U0936456

Staread
星文文化

·Sweet × Secret·

黄墨奇 著

午夜甜品店

浙江出版联合集团
浙江文艺出版社

没有吵架、没有异样

就在那个清晨

她留下一张冰冷的纸条消失了

烟火年年亮

以为会牵一世手的她一个转身，消失在夜色中

被留下的我日夜对着身边那个空位

什么样的爱才会让一个人无缘无故不告而别

十

那些夜里，我跟在她身边走
我们没有言语，单薄沉默
年轻的我喜欢她，却不懂她在想什么
我不能多送一步，因为她很警惕，她有自己的安全领域
每个晚上站在她消失的街头
我都问自己一颗心要怎样才能走进另一颗心

我是色盲

从出生那一天起，我的世界就只有黑与白

直到她的出现

在她的身上，我发现原来春天就是

桃花灼灼其华、摇摇欲坠，江水滔滔地流

草木青葱地长

起初，我并不懂这些颜色

后来反复琢磨才明白

因为在我的世界里，只有她是有颜色的

难道神之所以让我色盲，并非惩罚我

而是让我邂逅她

contents

目录

午 夜 甜 品 店

“吃一口甜点，你就会迎来最精彩的
甜蜜交换秘密时间。”

—— —— —— sweet × secret

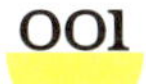

我亲爱的偏执狂

如果你爱我，
你的秘密也许就不会伤害我。
即使你离开，
我也会想办法把你找回来。

烟火年年亮，以为会牵一世手的她一个转身，消失在夜色中，被留下的我日夜对着身边那个空位。我想很多年以后我们再相遇，即使我鬓角开始发白，即使她身边已有家人，如我这般偏执一定还是会上前追问清楚：那天你离开我，是什么样的心情？

我是这般偏执。偏执到有些细微的习惯都坚持，甚至连她都不知道。

我喜欢用左手刷牙，用右手写字。

我喝咖啡不加奶，要加一点糖，但只喜欢方糖。

我冬天喜欢穿大红色的羊毛衣、外翻白色的衬衫小领。

我喜欢上了她，就如同手上的掌纹，再也割不走。

多庆幸二十五岁时和她结婚，教堂上还有最好的朋友沈丝索的陪伴。我们拍了无数的合照想要百年好合。好可惜，照片不会自己长脚走，但她会。

她曾劝过我：偏执的人过得不会太好，因为太多事不如己意，想不开，放不下，最终不开心，即便偏执狂可能很有钱，可能事业很成功，因为偏执的人认定了就够努力。但我一直以为自己不一样，我一直都很走运，一向也很开心，开心得连我自己都认为在街上落魄行走的这个男人不应该是我。

直到这个礼拜，她和我们最好的朋友沈丝索同时消失了。我当然知道她们不是私奔，她们只是，在同一个时间，以不同的方式，离开了我。

直到这个礼拜，我还是这个城市里最幸福的人，幸福得太久的人难免失去警惕，觉得一切幸福都理所当然，于是当被不幸击中，我走在这深夜的大街上，觉得每一盏霓虹灯都是对我的嘲笑。

走不动了，我站在一家甜品店的门口，看着玻璃窗里的倒影——另一个我，即使现在胡须没刮，烂醉如泥，我也敢对自己说棒呆了。我曾经以为我得到神的偏爱，原来这只是一个陷阱——没有体会过幸福的人感受不到痛苦的威力。我对她那么好，我如此爱她，她为什么要离开我？我想不通。

午夜深蓝，我跌坐在店门口，手持一罐啤酒，眼前闪着浮光，不断地问："你说，她为什么要一声不响地离开，她还会回来吗？我到底做错了什么？"

店门口坐我旁边的是一只英国短耳猫，它无聊地瞄了我一眼，一脸不屑的样子。也是，每个人都以为自己是这个世界上最痛苦的人，却没人发现所有的痛苦都来源于自己的缺陷。人类真的比自己想象的还要愚蠢。

它蹲在这门口，估计看过太多的伤心绝望，看惯了离别和眼泪。

豁达的姑娘喝得烂醉，心中又小心翼翼地藏着一个不可能的人。

刚失恋的二十岁男孩号啕大哭，骂着那个自己爱的女孩爱上了别人。

戴着宝玑手表的中年人，手腕上的时间嘀嘀嗒嗒在流逝，脸上却神色木然。

再多的痛苦对它也没有震撼。

门被打开，大胖猫一溜烟钻了进去，我听到一个清脆的男声对我说："你好，欢迎光临我们'甜蜜交换秘密'甜品店。你会吃到世界上最好吃的甜品，你会得偿所愿。我是陈橙。"

他说话的声音甘甜清爽，看上去又一脸天真无邪，就像秋天的橙，金黄耀眼，到最后才会让人感到酸。

我瞥了一眼店招，脑子有些迷糊："我好像听过这家店，如果你喜欢听口口相传的都市传说，也许你也听说过这家店，难道它是真实存在的，还是我醉得不清醒了？"

陈橙说："当然。"

我说："可我不喜欢吃甜品。"

陈橙微笑："但你老婆喜欢吃。"

我猛然抬头，震惊："你怎么知道？"

"我知道很多你不知道的事情。"

我评判眼前人，陈橙最大的美是，他的眼睛有光，是清晨的露水，是倒映在梅花鹿眼里的溪流。

可是我不想赌，我听过传说，凡是走进这家店的人出来后都对自己的遭遇绝口不提，也许是多余的贪心和好奇让自己的人生万劫不复？我勉强站了起来，整理乱掉的领结以及头发，要走。

陈橙说："想知道你老婆为什么离开吗？想知道你老婆去了哪里吗？"

我回头看看陈橙，转身走了进去。人绝望时总会错手乱抓一根藤蔓或水草。有时候一个人的意义在于，她不只是她，她还是岁月，青春的热情，曾经以及现在的爱，所有的尘埃、树木、秋天，失去了她，也就丢失了一切，我没有别的选择。

我打量四周，有些迷惑："我刚毕业时，最穷时，这里有家麦当劳，我和如丽以及丝索三个人分着吃一个冰淇淋，我不记得周围有这样一家店。"

"多少事情在变——年轻人变老，富人变穷，你老婆变心。'恋'拆开了就是'变心'，有什么好奇怪的？"说这话的是店里另外一个店主许何年。

我被无情地在伤口上撒盐，所有以为不变的过去，变成路灯的沉默，以及直入海港呜咽的风。

这店里有三个店主，陈橙热情地为我选了个位子，又热情地给我推荐本店最好的甜品。许何年看热闹，背影孤寂的沈默一人在柜台前忙碌。

我随他们的便，听从他们的推荐，反正我不打算吃，一口都不吃。

陈橙一手托腮好奇地继续发问："你老婆离家出走前没什么异样吗？"

我摇摇头："我们没有吵架也没有异样。前一天晚上，我还和她一起看电视看到十二点，嘲笑女主角柔光打得太多，简直像从鬼片里直接过来赶场，哪里比得上她好看。星期一早晨，我起床很意外地发现没有了早点、没有了熨好的衬衫，只有桌子上一张冰冷的纸条，她留下一张纸条消失了。"那一天的事，我回放一万遍，她也不会再回来。

许何年笑哈哈道："刚把老婆和鬼片主角相比，老婆就像幽灵一样消失了，你还真是伟大的预言家。"

我大怒："你什么意思，你干什么？"

许何年继续笑："幸灾乐祸啊！知道别人的不幸也是让自己感到幸福的一种方式。"

我竟无言以对。

陈橙说："那她在纸条上写了什么？"

我顿了一下："我们需要重新考虑，再见……你们不是说可以帮我吗？"

陈橙说："淡定，等我们的甜品上来给你压压惊。"又问，"你好朋友又是什么时候消失的？"

"我看到纸条后，就打电话给她，她是我妻子从小到大的闺密，可生平第一次，她的电话关机。当我两天内打了三十个电话后，我才明白，她也消失了。”

许何年又笑：“天啊，莫非是拉拉剧情，你真惨。”

我义正词严地否定他：“不可能，沈丝索是最仗义的朋友，她男朋友多得很，如丽也是真心喜欢我的。”

许何年“哦”了一声，说：“你好自信，不过你以前也很自信你老婆不会离开你。”

我再次无言以对。陈橙安慰我：“你别理他，我相信你。她那天有做什么事吗？其他时候没做的。”

我想了想：“过几天是我的生日，那天我们一起翻了翻这些年我收到的礼物。”

“里面有什么啊？”

我说：“有我这一生最温柔的回忆。”

陈橙被我的文艺腔恶心到了，翻了一下白眼：“到底有什么啊？”

“从高中以来收到的礼物。比如十八岁第一份礼物，那是认识她的第一年。”

想想都是岁月的金光，往事的余晖。彼时她还是十八岁的少女，我也不过是个十八岁的少年。我们还未相逢。虽然我们是一个班级的同学，可是在漫长的时间里，我们还没有真正地遇见，那种真正的、灵魂之间电光石火般的相遇。有些人终生不曾相遇，面面相对一辈子，依然是最熟悉的陌生人。

在遇见她之前，我是个年少的理想主义者，别人都说我有可怕的忍耐力和苛责自己的能力，我不关心别人，对待自己毫不留情。为自己的理想付出所有，每天早晨跑半个小时山路，读康德、萨特，每天下午游泳半个小时。而在遇见她之后，她将是我终生的理想。

别人说我天生是个宠儿，只有我自己知道为这个“天生”我付出了多少努力。那时我家里贫穷，优秀的成绩、颀长的体魄、向上的精神……是我不尽的汗水和意志力让这些所得看起来毫不费力。时常有人给我塞纸条、当面要 QQ 号，回班级就会看到桌上有一些莫名的礼物，知道我字写得好，桌子上就多出无名氏送的钢笔。

爱多了，再坚硬的人也会被宠坏，我不再看这些东西，甚至带着一些轻视。所有这些培养了我冷傲的贵气，那些一往情深的爱却让我开始觉得，爱廉价。我开始以为身边的这些人是配不起自己的。那么我这么辛苦地要求自己准备干什么？我也不知道。很多年后，我明白了，我是在准备迎接一个人在自己生命里出现，用最好的姿态。

那一天，农历八月十五，我们真正地相遇，我永远都会记得。那是中秋，仿佛象征了永远的团圆。可笑的是，中秋是关于月，月是关于嫦娥，嫦娥是关于离别，嫦娥离开后羿，中秋其实是一个永远的分别。

那一天，语文老师把前两日的作文打乱了分给大家，要同学们互相批阅，同学给的分数将作为一个真实的分数。

同学们都觉得新奇好玩，以前为鱼肉现在竟有机会成刀俎，谁拿到谁的作文，相熟的就笑嘻嘻地使眼色：“放心，我不会给你低分的，谁拿到我的也要开开眼，大家同学一场，都是为了分数颠沛在红尘嘛。”

我不知自己的作文流落何方，但无心为难，毕竟别人的前途何须自己操心，为何不做个顺水人情。大家都这么想，所以那次成为班上作文平均分最高的一次。语文老师看了大家的作文分数也无语了：“这些分数极真实地反映了班里同学间深厚的友谊，以及极不真实地反映了大家的实力。”他又看了一眼，有些诧异，“这次，分数最低的是，艾新爵。”

我的名字就叫艾新爵，艾是一声叹气，谁在街上叹息都像对我的呼唤。但艾新爵，顿时把一切不利的局面扭转了！大家纷纷脑补为爱新觉罗，走到哪里只要点名就闪闪发光，让人过目不忘。我父母也是拼了，顺手当了一回太上皇。从来名列前三的我对这个结果更吃惊。

语文老师看了，除了几个错别字被很认真地圈起来，还把给这个分数的原因写了下来。“逻辑严谨，文采也好。但通篇冷漠，对所批判和所拥护的人都抱着轻视态度，读下来异常不舒服。”

台下的我刚开始漫不经心，听了渐渐如坐针毡，窗外的树如缕缕绿烟，阳光皆变利箭，刺痛我全身。

语文老师笑着说：“这评价得比我公正，艾新爵是好学生，我自己都会忍不住偏袒。这是这次活动唯一的收获，谁评的，来台上一下。”

我生平第一次感到好奇、紧张。过了一会儿，有个女生站了起来，慢慢走到讲台上。名为颜如丽，却并不美丽。头发及肩，宽大的校服掩饰着单薄的身体，如一只白鸟，看上去怯生生的，眼神却又清明平和，她有着最小巧但是坚韧的骨骼。因为我的注视，她看向我，但眼神里没有歉意。她比阳光还要刺眼，我全身的血液偏离了轨道，漫延了整个世界。我全身心的细胞都在记住她这刻的眼神，我至今也不知道为何对她着迷，我喜欢她，这是我不能拒绝的。

此后我无数次向她提起她首次看我的眼神，像是我人生最初的魔障，而她却不记得，因为那次她看我，和平常看别人并没有任何不同。

刚开始追她一帆风顺。送她回家送到街口，第二天她会回赠我一份早餐，我帮她买一份习题，她会送我一本书，这是女孩子含蓄的暗示：我给你机会，我们可以这样你来我往，水到渠成地发展下去。

直到一个月后，一个朋友惊醒了我，他不能理解地问：“你为什么喜欢她，她又不引人注意，也从来没有人和她亲近，听说她是太过公道，显得有点不近人情。”我才发现是我太天真。难怪送她永远只能送到街口，难怪送她任何东西都会获得等价的回馈。这并不是许可，这是拒绝。一次一次的拒绝，她绝不要自己有亏欠我的机会。

这种公道变成了一种执拗的偏执，她不是不接受别人的好意，但她都要还，她太独立，怕亏欠。在她看来，你赠送我的所有欢喜，我都会以另外一种方式归还你，提醒你，我们是两个人。

“所谓的独立，不过是拒绝亲密，更简单地说，她不喜欢你。”许何年说。

“她只是那个时候还不喜欢我。”

许何年再接再厉地打击他的顾客：“只是那个时候？什么样的爱才会让一个人无缘无故不告而别。”

“她只是不会爱，她一直学不会。”我喃喃，是说服自己，又带着怜爱，对着她的爱。她连爱我的方式都学不会，连告别的方式也学不会。也许对于男人来讲，想象中喜欢的人永远是笨拙的、让人无可奈何却又放不开手。

深海一样的夜，甜品店如夜航船，要消失在海平面，是否几千米上的夜空也有人垂钓？店里每个桌子上开着一盏小小的灯，晕黄迷蒙，如同桌子自己的梦，小小的、脆弱的，一有动静它就消失。

如同那些夜里，我跟在她身边走，路灯一盏一盏，高而冷峻，照出世间烟尘，我们没有言语，单薄沉默，年轻的我喜欢她，却不懂她在想什么。

我不能多送一步，因为她很警惕，她有自己的安全领域。在同一个路口，无数次再见，她也回我再见，但如果我从此不见，大概对她也不会有震撼。

我开始能辨认市面上所有的酒，喝遍世间的酒，一次次重新分解孤独。

我开始抽烟，云来雾往，她却在我的心中扎根不走。

我的傲慢以及清高，我的学识和能力都是狗屁，我什么都没有，我什么都不是。我什么本事都没有，所以喜欢的人一点都不喜欢自己。年轻的痛苦无处安放，掩盖所有前程。每个晚上站在她消失的街头，夜的哨兵对自己无限失望，觉得这样的自己根本配不上他。

“还好我的救兵到了，本来转学到外地的沈丝索三个月后又转回来了，她是颜如丽唯一的朋友。”

陈橙托着下巴：“哦，沈丝索喜欢你，愿意帮你啊。”

我苦笑：“刚好相反，她比如丽还讨厌我，她说我傲慢、一向轻视人的情感，不适合颜如丽。我说那是过去的我，不是现在的我。她说没看到我的变化。”

沈丝索是一个洒脱率性的主，第一次站在颜如丽旁边，笑着问我：“你认识我吗？”

我实在困惑，没有印象：“难道我该认识你？”

沈丝索哈哈大笑：“我跟你同班两年，上学期期末转学走的，你觉得你该不该认识我？”她转头对颜如丽说：“太糟糕了，他就是这样。每次一看到他的死鱼脸，就好想叫人打死他。”

颜如丽难得地跟着笑。我很奇怪，颜如丽怎么会有朋友，还是这样的朋友。沈丝索开始给我编造各种各样的外号，每天一个：尾随痴汉、面瘫兵马俑、高级偏执狂、单恋患者……如有雷同，绝对包换。

沈丝索和颜如丽不一样，她如万里晴天，她如千树花开，每天分为笑、大笑、哈哈大笑。我真不知道这傻大妞每天怎么有那么多值得乐的事。

送颜如丽回家的路上又多了沈丝索这个阻力，她总翻着白眼说：“你就死心吧，如丽不喜欢你，我更不喜欢你。”“你总跟着我们，我们也不会给你肉吃。”“世道败坏，十八岁少年白天装优等生，深夜尾随年轻女性成怪癖！”

“当时我想，她喜不喜欢我和我有个狗屁关系，沈丝索总是这么白目。”我回想起那时候活蹦乱跳的沈丝索就觉得好笑，那阵子我听到一个幸运的消息，要摆脱她了——沈丝索交了男朋友。不幸的是，我们变成了四人行。

我一直不知颜如丽的具体住址，她生日前一天，我爬了那条街所有的路灯，夜幕降临，每个灯都投往街面一颗心。

我说这是我的爱，沈丝索则说，别信他，这是传说中的花心。颜如丽和我都笑呆了。

可惜还没感动到颜如丽，倒是惊动了颜如丽的父母。他们以为颜如丽早恋，找到了我，他们不认为太年轻的爱也能保温，他们认为太年轻的爱是脆弱的茧，飞不出好看的蝴蝶，所以他们切断了我们所有联系。

落日如血，浪花似雪，我常常走在沙滩的边缘。我觉得可笑可悯：“你们根本无须这么做，她根本不喜欢我的呀。”

一个月后，又有女生递给我情书，怯生生地，如新生的鹅看着遨游天空的鸟，抱着绝望的希望。

我呆住了，因为我从她的眼睛中看到了颜如丽眼中的自己，我们站到了一样的位置，都有了不被爱的经历，我理解了别人的眼泪。我明白了收到的表白再多，我们也不能丧失温柔，每一颗心都是独立的。

在表白者走后，我忽然因为懂得而泪流满面。

就像营业员沿路发出的传单，明知你看过很多传单，也希望你看一眼再扔垃圾桶。

就像即使是销售员打出的电话，明知你接过很多电话，也希望被稍微温柔地挂断。

是怀着被拒绝的自知之明递出的真心，这种爱和勇气并不是你我骄傲的理由，更没有理由被轻视。

沈丝索走过来时，已是人少的深夜，我抱着一个硕大的盒子像抱着遗物，沈丝索问："那是什么？"

我说："以前那些喜欢过我的人送我的东西，我整理了一下。"

沈丝索有一刹那的动容。我带着低哑的自嘲："我想我和她，是没有希望了吧。"

沈丝索大笑，摇摇头走过来拥抱我。

就像汹涌人潮已经退尽，熟悉的人还在老位置凝望。就如节目被排在末尾，你始终坚持在观众席鼓掌。

突然之间，我们拥有了坚不可摧的友谊。

沈丝索说："你以为如丽为何被困住不能见你，就是因为她没有在父母面前否认对你有感情。"

"是真的吗？"我难以置信，就像困在洞穴深处的动物看见了光。

她说："我想，体会过心碎的人一定会更珍视爱，老娘看在自己也交了男朋友的分上，决定普度众生，我会帮你们的。"

许何年嘴角带笑："真是一场摧枯拉朽的——单恋啊，从头到尾没听出你妻子喜欢你。你说你也是年轻有为，何必吊死在一棵树上。"

沈默端着精心做好的甜点走过来，一股清甜扑面而来。

我反感许何年一再抨击我们的感情，即使镜花水月也轮不到他来打碎：“如丽的性格就是那样。不了解别人就妄加评判。”

正如那晚上沈丝索对我说的话：“我帮你之前，要明确一件事。如丽对事、对人低于别人的温度，希望你以后可以谅解，也不要因此受伤。”

她说：“你不是一直很好奇为什么只有我和她那样好——我和如丽是从小到大的交情，才能和她培养到这样的友谊。”

她说：“如丽的父亲是检察官，做事太过公道，连对妻女都严肃、苛责。如丽从小得不到亲密的父爱，在模仿爱的路上，她也难以和人亲密，我们不能要求她得不到父亲的拥抱，却懂得去拥抱别人。”

我了解到颜如丽那生疏而有距离感的爱源于她父亲给她的爱的体验，我对颜如丽又多了怜爱。

沈丝索是个说一不二特别仗义的人，在颜如丽父母的眼皮下，每天都帮我和颜如丽鸿雁传书。

沈丝索说我们这个小团体的名字叫“爱丽丝”，注定一起进入梦境。

沈丝索帮颜如丽从房间的窗户里溜出来，月光流淌在她的眉间、我的眼里、她微笑的嘴角上，我手上的音乐一直放，一首唱完就唱下一首，每个歌手轮流为她们歌唱，欢快的音乐席卷整个世界。

再后来身边如愿有了她，整个城市都特别轻松，和她并肩看风吹柳絮、鱼跃水面、燕飞于天。

风吹柳絮、鱼跃水面、燕飞于天，这些都是我因爱她得到的喜悦。

我和她考到了同一个城市，一起走入教堂，我有成功的事业，以后将有自己的子女，人生从此顺遂。我自信就算有风雨也能一起笑着躲避，张开手就可伸向永恒，谁知有尽时。

沈丝索更是个女强人，一年四季为工作到处飞，她走到哪儿就给我们买礼物，但她始终是个马虎豪放的人，给如丽买的礼物还可以，给我买的就太离谱，二十二岁生日给我从美国捎来绿色纯羊毛衣，二十四岁生日从马来西亚捎来据说加在咖啡里会使味道非常特别的砂糖，实在都不是我的爱好，结果都收了起来。

我低头看沈默的甜点，竟然是颜如丽最喜欢的口味——抹茶巧克力，外表是坚硬的白巧克力，内里包裹的抹茶却清香柔软，白绿相衬，百炼钢化为绕指柔。

沈默说："你现在相信我们能帮助你了吧。"

我也没有想到眼前的三个陌生人是自己现在唯一的指望。

许何年说："青春苦短，我觉得他老婆是因为不爱他而消失。"

沈默说："女孩子没瞎，没有理由不喜欢他。你是觉得他老婆瞎了？"

陈橙说："我最关心你收到的礼物里有没有什么宝贝。"

我必须坚持我的自信，好让自己不会彻底崩盘："我说过如丽爱的表达方式不一样。"

我迁就她的性情，我们之间的爱是春日里的晴天，阳光不太炙热；是七分饱，还能舒服地散步回家；是阳光下的白衬衫，是不用太奢求的梦想。

许何年却说："你们的爱像圣诞节的橱窗，漂亮却虚假。你们的爱像一个宾馆，舒适但没有理由长留此地不走啊。"

陈橙开始不耐烦和激动："废话少说啦，直接点，吃一口甜点，你就会迎来最精彩的甜蜜交换秘密时间。"

我看着甜点，犹豫再犹豫，毒死我对于他们也没有什么好处吧？

沈默温和地解释：“你将看到你想知道的人的秘密。提醒你，我和许何年不一样，我对你的妻子有信心，但赢的经常是他。”

许何年笑嘻嘻地说：“所谓的‘秘密’通常是伤害，你确定你会为了找回她而知道她的秘密？悲惨一点儿她外遇了，喜悦一点儿她得了绝症默默离开你。你想知道吗？”

我犹豫、沉默、半信半疑，最后决定：“那让我看看最爱我的人的秘密吧。”

如果你爱我，你的秘密也许就不会伤害我。即使你离开，我也会想办法把你找回来。

桌子底下那只猫在溜达，我轻轻尝了一口甜点，顺便分给猫一口。

真是人间少有的甜点啊，连猫都觉得好吃，跟她吃过那么多，没有做得这样好的，她一定会喜欢。

瞳孔放大，放大，瞳孔，另外一个世界，平行空间，过去和现在。一个十八岁女生的背影慢慢清晰。长发，单薄，在无人的路上走，满地都是落叶，树木不要的心。冬天来了，树为了活，它选择放弃相依为命的叶。

我的心脏剧烈跳动，就像那个女孩背影频繁地抽动，她在哭，号啕大哭。虽然那个时候我还没注意过她，或者说，还没真正遇见她。

但这么多年的相识相知，我认得出来，那是沈丝索的背影。

我完全不了解这个岁月的谎言。最爱我的人竟然是沈丝索？我看着那个单薄的身影，多年以后，此时此刻，才是我真正遇见沈丝索的时刻。

无限的黄昏，总是黄昏，空无一人的教室，我看到那时还小小的沈丝索抱着大大的绝望站在教室门口，余光把她的影子拉成了一个人的天涯。

我看到她走向座位，是我的座位。把手上的礼物——一支钢笔放在我的位子上：“再见，这是我最后一次送你礼物了。”

走回自己的位置，开始带走自己所有痕迹。父母在门口等她，爸爸的眼里满是怜惜：“我很不赞成你这么早恋爱，可这你自己也控制不了，你怎么把自己搞成这样，不如直接告诉他。”

沈丝索固执地摇摇头：“不，爸爸，你不懂他，他是那样以自我为中心又偏执的人，如果他不喜欢我，他就永远不会喜欢我的。这是命运的安排。”

也许，是在很早前的某一刻，沈丝索早就真正遇见了我，所以这么了解我，了解到让我如此心痛。

妈妈拍了拍爸爸，温柔地说：“好了，不说了，离开后，你就会忘记他，你的人生还很长，这只是你最初的一段感情，很快就会烟消云散的，妈妈喜欢的第一个人连名字都想不起了。”

沈丝索也没有想过三个月后，自己会再回来，走时冬风萧瑟，回时春暖花开。

我看到过去的沈丝索黑白分明的眼睛看着我，仿佛在对我说：“我是因为你而回来的啊。”

我看着她倾尽她唯一的心事：“对啊，我逆流而回，就为了回到你的身边，就为了在某个最好的时辰对你说句‘原来你也在这里’，我为了你满身风雨，你却以为我们是初相逢。

“我也没想到你也有了你的心动，对，这就是你，你喜欢的人只会是你主动喜欢的人。我时时刻刻在想你喜欢的女生是什么样子，原来她就在我的身边，有着和我完全不同的模样。

“刚开始我害怕她应允你，我害怕你在她身边，我喜欢的人和我最好的朋友在一起，我该如何自处，我该退到哪个边疆伤痛才能追不上我？我千方百计，你寸步不让，中局是，你绝望了，我疲乏了。

“最绝望的秋夜，那个教学楼，我好不容易找到你，你抱着别人给你的表白信，哭得像无家可归的小孩，像丧家之犬，我知道你开始明白了，真心就值得用真心对待，即使你只懂得一半也好，我怎么能忍受你这么痛苦？我宁愿我自己受苦，反正我正在学笑着流泪的方法，我正在学不怕苦的方法，我是这课程的优等生。我大笑，上前紧紧拥抱你，即使靠你这么近，感受你的心跳近得像自己的心跳，我也无法对你坦诚，我生命中只有一个秘密，但注定无法和你分享，怕我的双眼泄密，我闭上眼睛，怕我的心会泄密，我关掉心。秘密，让我成为最孤独的人。

“我对自己说，你爱她，她其实也喜欢你，也许她能给你的只是这样冰冷的爱，但这已是她的极限，甲之砒霜乙之甘蜜，冷淡的你需要的也许从来都不是我这样热烈的爱。我会帮你们的，用尽我全身的力气，挥霍完我以前不敢向你开口说爱的勇气。

“就这样吧，干脆从此失去你，干脆我用自己的办法失去你，我就不怕以后一次次失去你。

“功夫不负有心人，你们终于在一起，你考去了她想去的城市，于是我假装去哪里都无所谓，也跟着填了。其实我有所谓，我去的城市要有你。

“你刚毕业出来，我们三个坐在麦当劳，你心事重重。你必须重新开始，但你不希望颜如丽受苦。我相信你会成功，但我怕这成功来得太迟。我去买了甜筒，甜筒只剩一个，我从远处看着你，你举手投足挥斥方遒，每次从这个角度看你，我就更喜欢你一点。你这么有才华，你怎么可以受苦，怎么可以为了贫困烦恼、忧愁，贫困会磨损你，伤害你，打击你，我要成全原来的你，我要你成为你。我偷偷求着我爸爸找了很多关系，你终于进入你想要进的公司。对不起，我这样干涉你的人生。

“你和她结婚，我当然是你们的伴娘。见证你们最完美的一刻，见证自己落单的爱，可没有关系，我已经习惯了，习惯了和自己的伤口一起生活，这世上那么多人捂着一颗破碎的心继续行走，在心碎的路上，我并没有落单。

“为了不让你们怀疑，我开始交很多男朋友，你从来都包容我的生活方式，不批评我，我了解，这种包容和尊重是因为不在乎。

“圣诞和春节你会第一个发祝福邮件给我，尽管后面跟着一大堆抄送人，但至少我排在第一个。

“我困难时，打电话给你，你会感同身受地给我提供你的观点，尽管最后的结尾，我总会听到你低声咨询她一遍：丽丽，你觉得呢？

“我开心时，甚至立刻打飞机来找你喝酒庆祝，尽管中间永远会多一个人，一个我同样非常喜欢、无法割舍的人。

“你有这样的心，送我这样的温情就已经足够我独自前行了。

“而你的爱情属于别人。属于她，她和你，我怎么忍心伤害呢？不管你们碰见什么困难，我都会全力以赴帮助你们，让你们永远在一起。

“但我知道我有很多一辈子都不会忘记的事。

“我不会忘记你用左手刷牙，但是用右手写字。

“我不会忘记你喝咖啡不加奶，但要加一点糖，而且你只喜欢方糖。

“我不会忘记你穿大红色的羊毛衣喜欢外翻白色的衬衫小领。

“我不会忘记你接电话说完第一句话总会习惯地停顿一下。

“我记得你所有的细枝末节，但我不会让你知道，我不会让你有半分的怀疑和尴尬。

“用让你觉得最舒服的方式和你相处，让你得到你喜欢的人，得到你想要的爱情和人生，这就是我爱你的方式，尽管这里面没有我。

“很多相爱的人，终成陌路，老死不相往来，多么惨。

“而我们，能打牌、聚会，嬉笑怒骂，我能看着你们的孩子长大，看着他的眉眼越来越像你，就像是回到了我们最初相见的青春欢畅时刻。我能看到你的皱纹和白发，我能和你们一起终老。于我而言，已经是这份感情给我最大的报答。

“以前我总会想你会以什么样的方式离开我？心烦意乱，光是想，已经令我绝望，于是，我用特别的方式，我用自己的方式，让你不会离开我。我爱你，但永远不会让你知道，这是我自己一个人的秘密。”

所有的往事沸腾着我的双眼，我的眼泪争先恐后地逃亡，什么话到了嘴边都不足以应付自己的情感，而羞愧地化为乌有。

沈默脸色黯然，语调波澜不惊：“这大概就是你妻子离开你的理由，她发现了。”

那一日，颜如丽整理那些礼物，看到那时的那支钢笔，也许是冥冥中的呼唤，因为它在昏暗的柜子里待了太久，她拧开了那支钢笔，钢笔里面的一张字条掉了下来。

海里潮湿的风从岁月深处吹进来：我喜欢你很久了，我想我可能会喜欢你一辈子——沈丝索。

这是多年前命运的曲线，多年后的阴差阳错。花落花开，风吹老少年，车开过一站又一站，所有的路牌看着所有人失散方向，全依赖沈丝索，唯有他们前后不离。

她忽然记得某一天，沈丝索说她喜欢了一个不会喜欢她的人，她痛苦、崩溃，所以她必须转学。那天她没有追问，亲爱的你喜欢的是哪一个。别人不告诉她的她就不主动问，这是她从来的分寸。

她忽然记起某一刻，沈丝索失口说：我很喜欢新爵穿红色毛衣……话说一半又迅速掉转了话题，她当时并没有在意。现在颜如丽明白了：她从来都记得，只是故意送错，送给他绿色的羊毛衣、不爱吃的砂糖，用爱包装成的友情。

她也明白自己那冰冷的爱之所以能被点燃，全依赖沈丝索无时无刻不在燃烧自己，沈丝索递给她火把，她却以为是自己在发亮。多么讽刺，她一向以为自己是最公道的人，却无法给予最好的朋友公道。

她了解到沈丝索说过的“真心就值得真心对待”的另一半，如果你愿意认真打开另一颗真心，也许你也会爱上它跳动的炽热。

这么多年来，如果没有沈丝索，她和我会在一起吗？她爱我，可是她对我的爱真的够吗？我不明白了，沈丝索是拯救了三个人的人生，或是毁了三个人的人生？

沈丝索用她的痛苦和爱，这么多年密密缝，把他们缝成一条绳上的蚂蚱。如果不被发现，她会沉默到底，到他们成为三块沉默的墓碑。

颜如丽想知道这无解的方程式是否还有解法，但她只是个文科生，沈丝索是出题者，是否可以告诉她答案。

夜风呼呼刮，我没有办法道谢，因为我比进来时痛苦百倍，我是误入怪潭的书生，一个时辰后跌跌撞撞出去，天下已大变，所有道路、所有方向牌都不再适合我。

许何年看着我，安静下来，若有所悟：“那些秘密，说出来好，还是死好？”

沈默平静地说："死了也不要说最好。"

我的双腿无力，勉强跨出门，我对颜如丽的爱是爱或者只是我过分的偏执？正关门的陈橙被门打回来，嗷嗷大叫。一个打扮入时的公子哥闯了进去，形容风流倜傥，脸色却苍白如久不见日光的吸血鬼，对他们说："快，给我你们的菜单。"

唉，不知是何方妖怪，误入此地，但愿他比我惨。

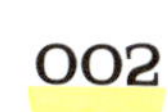

002

永不结束的爱情故事

没有一个女人像她这样，
她是敦煌壁画上的天女，
飞下来，降落在你的脚边，
只是你不知道她什么时候会飞走。

“一个人活到二十八岁，总有些故事可以讲，我也有我的故事，问题是讲了你们信不信。”我说。

“既然你相信我们店的存在，我们也没理由不信你的故事。”说话的是“甜蜜交换秘密”午夜甜品店老板之一沈默，他看起来是甜品店里话最少的那位。

每个故事的开始无非是遇见，最难是遇见。二十五岁时，我遇见了她，对于她，我每天都想捅她一万刀，每天也想替她被捅一万刀，你们说这算不算爱？

为什么二十五岁时会遇见她？我只能说坏运气就像坏天气一样难以避免。那年我遇到个大麻烦——我奶奶强烈要求我一年内结婚。我跟她说这是不符合我人生观的，结婚根本不是我的人生观。但我奶奶和我的意见相反，她说：“我生了你爸，你爸又生了你，这就是人生，滚你的人生观。滚去给我生曾孙是你作为孙子唯一该做的，小畜生。”

当年我奶奶也是这么对我爸的，我妈是独生女，奶奶强烈要求我爸和我妈结合，以便她的公司和我妈家的公司结合，成为S市最大的一家公司。

后来公司果然成为坦克一样无敌的存在，而我家也等于有了坦克，我爸妈从小娇生惯养，战斗力十分强，一言不合就大吵大闹，我爸喜欢花天酒地，我妈喜欢作天作地，一吵起来，快感比性高潮还强烈，什么东西都往外摔，数年后清点一下，两个人共有的财产没往窗外扔的只剩下我。

爸妈离婚后，我继承了我爸喜欢花天酒地的性格和我妈喜欢作天作地的人格，成年后我的人生理念就是：一，人间哪来的狗屁真爱，真爱就是珍爱自己；二，结什么婚？怕命短才结婚，因为结婚会让你度日如年，让你的人生变得很长很长哦！

我对奶奶嚷：“老太婆，你别逼我，你看你一手造就的我爸妈这对燃烧的离异夫妇，我爸每天脸色冷酷如冰，而我妈十年如一日，坐月子般垂死挣扎。”

奶奶用尽晚年的尊严瞪我，严肃地说：“你奶奶从商数十年，最大的本事就是善于认错，我吸取了经验，给你自由去选，茫茫人海，总有一个奇葩适合你这样的奇葩吧。”

开什么火星玩笑？这算善于认错？奶奶向来强硬专制，老来又添顽固新疾：“老太婆，奇葩都是独家打造，是孤品，孤品价值更高，商品都有孤品，你怎么就不承认人也注定有孤家寡人。”

“孤家和寡人都有后宫佳丽三千，傻 × ！你不结婚，公司你别想继承，有的是你弟弟妹妹排队，我从明天开始断你的粮。你爸妈治不了你，我还治不了你？”暴脾气的奶奶直接把桌子上那几寸厚的报告当唐家暗器甩过来。

“一年哪儿够？你这辈子得罪的人那么多，万一娶了阴谋家培养的‘赵氏孤儿’，数十年来的目的就是要嫁进咱家报仇，让我们一家进你提前预定的那十三万一平方米的奢华墓地，可怎么办，我怎么能这样连累我亲爱的家人？”

“你放心，不会有这种事，你带来的丫头，要我看得中，我看不中，你看得再中也没用，你不明白？”

“我不明白。”

“你不用明白，你只要明白现在时间缩短为半年，我生日那天给我带过来，你再多说一句，就变为三个月。好了，你可以滚出去了。”

我堂堂男儿二十五岁还要被威胁，也是气炸，潇洒地把她甩过来的文件往窗外一扔，接着一堆壮汉助理也抓住我，像扔废物一样往门外一扔。我奶奶对我如此咬牙切齿，不过是担心我这种挥霍无度毫无定性的浪荡子接手公司，将导致公司垮败，成为她人生的败笔，于是期盼我能结婚定性。其实，她的担心完全没有道理，毕竟她那么多钱，短时间也很难花完。我蛮有兴趣做个试验，看看花完那么多钱需要多长时间。

第二天一起床我发现所有卡都被冻结了，老太婆这次是动真格的了；第三天，我的狐朋狗友全被发动来劝我。

最爱装腔作势的林亚明说：“哎，亲爱的，人生就是个苍凉的手势。”我当场给了他一个中指。他无怨无悔地继续：“你奶奶给你戴的是荆棘王冠，哈哈，于是你就头破血流了。其实这事得赖你自己，这几年你但凡做过一件正事也不至于停卡三天就得来我家借钱。”

我们这些富家子弟是富家子弟中的一堆次品，人生理想是吃喝玩乐不用负责任。大家纷纷进言，说的废话比妃子劝皇帝选秀还要口是心非。你们自己不结婚，让我去结婚，真当我傻 × 啊！

我不要你们这些鸡汤，请给我一只会下蛋的鸡！我开始恐慌了，原来我被停的不只是卡，还有这些渣渣们的人品。

“废人们，废话少说，钱到底借不借？”

“你奶奶给我们挨个儿打过电话，我们没人敢得罪她老人家，你明白的。”

我不明白，我愤怒，我心中就像塞了整个亚欧大陆：“我结婚对你们有什么好处？我们中一旦有人结婚，团队就被瓦解了，兔死狐悲懂吗！你们这些文盲。”

大家闻言，突然明白了这共同的命运，气氛上立马同仇敌忾，再次见证了彼此深刻的友谊。朋友中智商拔群的余建说：“为今之计，你找一个看起来很靠谱但又不合你奶奶品位的奇葩去见你奶奶，既满足了要求还能拖延时间，你说我是不是很机智。”

“半年！我到底去哪里找这女菩萨给我奶奶的八十大寿献礼啊？”

“公子，在下认为你可以从你的女性好友中去挑。”

“可是我的女性好友都变成女友再变成前女友了。”大家纷纷喊畜生，什么兔死狐悲，你根本还不如兔子，至少兔子不吃窝边草。

“那就从前女友中下手。”

“哼！我宁愿去和泡椒鸡爪牵手，也不想再去拖前女友的手啊！”

但他说得有道理，狼奶奶太精明，随便在大街上找一个这种雕虫小技瞒不了老妖怪的法眼，从前女友中找一个是上上之选。

我不得不穿上防弹衣，以免被 AK-47 扫射，拉上余建和那群狐朋狗友一个个见面。见了之后大家直翻白眼来讽刺我的没眼光，这不怪我，我只是一个博爱的人。

“这个太老了，二十几岁，看起来像从‘一战’活到现在。”

“这个话太多，鹦鹉见到她都要咬舌自尽。”

“我去，幸亏你穿了防弹衣，刚才没当场被捅死也算你神功护体。”

太令人沮丧，就要前功尽弃。直到最后一个，在咖啡厅，长得小巧可人，智商、情商都算正常，余建说这应该是我过去最正常的一次交往。

她看着我，还带着过去绵长的情意：“没想到你还会找我。”

嗯，我也没有想到，人生有不测风云嘛。

她说：“我们分开后，我一直在想，我有什么不好，所以你要走。这两年我拼命地改进那些你不喜欢的地方，我想，天道酬勤，总有一天你会看到的。”

问题是我不喜欢的是你整个人啊，所以换了别人。我连忙撇清，我最害怕别人说我为了你怎样又怎样，好像我当场要为此负责，真是吓死人不偿命：“我这人要求低，你不用这么努力啦。”

没想到她眼泪说来就来，不像那贫乏的乳沟，还要挤一挤。我看了余建一眼：完蛋了，这个也不行，太痴情，后果难以预料。怎么办，没有人来度我。

然后听到隔壁有人扑哧一笑，没错，是她，高曼玉。余建眼神瞥过去：“你笑什么？”

痴情妹子以为高曼玉在嘲笑她的低姿态，瞪住她。高曼玉说：“妹子，告诉你一个常识，不喜欢负责任的男人总会装出最宽容的样子，来巧妙地逃避责任。”

我去，这是何方妖怪，跟狼奶奶的眼神有得一拼。

妹子看到她吸引了全部目光，立刻异常不满：“你是谁啊，说什么鬼？”

高曼玉不以为意：“妹子，姐姐劝你一句，有些事太努力就是毁了自己，人生不是打游戏，过一级就有一级的赏赐，通关了就能得到想要的宝物。”

特别着急的妹子终于不柔弱：“我努力不努力关你屁事。”

高曼玉不以为意，像是一个先知一样要点化愚众：“赵敏够努力吧，不过得到一个张无忌；程灵素够努力吧，最后换不到一个爱人。妹妹，有空找我，我教你谈恋爱，拜拜。”她站起来扔了一张名片给妹子，结账，要做世外高人，潇洒远去。

我和余建同时站起来，达成共识，这种每个人都想疯狂掌掴的自大狂，就是我们要找的奇葩。

高曼玉不愿意参加我们的骗局，女人嘛，不是要你的钱就是要你的命，我现在是要她来救命，所以能给的就是钱，可惜高曼玉戏谑地笑笑，让我们以为此刻她小龙女上身，冷艳惊人，家有古墓地产，无须为钱财奔命。

我大肆渲染讲奶奶彪悍的事迹，希望她作为一个奇葩有好胜心，面对奶奶这样一个绝代高手，既要表现得智商超群，又要惹她讨厌，这是普通的奇葩没有机会参加的精彩赛事。哦，可是她对拿下奇葩之王这样的桂冠毫无兴趣。

正绝望，她说：“除非事成之后，你给我你公司百分之三的股。”

我们都大笑，你疯了吧，你片酬这么高，真当自己是张曼玉啊。

“其实通过其他办法我也能拿到的，我只是给你们一个机会，你信不信？”她突然问。

我们笑得更大声。她也不恼：“你们信就是真的，不信就是假的咯。”

一会儿她说：“要不这样，你奶奶生日那天，我给你先来一场试试，算交个定金。”

我们达成共识，既能解燃眉之急，她有想要的东西，也不担心她作乱。

虽然她的长相、爱好、性格都是奶奶讨厌的那一款，只要像咖啡馆那样本性演出就能稳操胜券，但为了丢脸丢得自然，我们也反复排练，对奶奶我可是花尽孝心。奶奶生日那天排场大，各种叔叔、婶婶、弟弟、妹妹，八方友人尽数前来道贺。虽然奶奶亲生的只有爸爸和两个叔叔、一个姑姑，但不知道为什么，亲戚人数也能填平一条江，一张张陌生脸孔走到我面前，对我说快叫叔叔、婶婶，也不知道从哪里空降来的自信。我贫血，等一下来医院献血，别说血型不对哦。

晚宴开始，人影憧憧，几个狐朋狗友也隐藏在人群中，大家笑得比奶奶的假牙还假。我对余建冷笑说："交际的好处就是人人都在笑但没人真的开怀，营造太平盛世，每个人都客气地问你问题但不关心答案，每个人都只是要讲话而非有话讲。"

原本约定的时间，她一直没来，我开始有些急了。余建最后拿着红酒杯按捺不住地跑过来："她不会临阵退缩吧，手机打不通，玩完了。"

为了不太刻意，我们本来就约定好穿正常的晚礼服，在正常的时间出现，像是一个正常的女友，最后因为不对老祖宗的胃口正常出局。结果她竟然根本不出现，我们几个人都没老婆，但已担忧得如丧考妣。

奶奶看我一个人晃来晃去，不把她的谕旨放在心里，眼神都快杀死我——她今天可能要公布公司的继承人问题。我爸妈气得发抖，后悔以前没把我扔出窗外留下了后患。我外公外婆眉头紧锁，虽然爸妈结婚前，公司合并的前提是奶奶承诺以后公司由爸妈的子女来继承，但生意人和政治家的节操都一样，某些政治家还承诺保护世界和平呢，可行动并非如此。

奶奶开始切蛋糕，我望穿秋水，终于确定高曼玉不会来，而我完蛋了，奶奶切的不是蛋糕，而是我。

最后一刀，仿佛一种庄严而神秘的仪式，一个梦一样的时代要被开启。宴会厅大门被用力推开，夜里的风灌满了整个宴会厅，门外是星星和月亮，是辽远的山和海。每个人都往门外望。夸张、戏剧性，就像是灰姑娘，就像是窈窕淑女，就像是台湾智商三十的言情剧，女主角再丑大家都要表示被惊艳，因为他们的透视眼已经看透了她美丽的内心。她出现了，穿着白衬衫、牛仔裤——牛仔裤上还沾满泥水，满头是汗，太糟糕了！我们要演的是一场充满气质的贵族电影，结果主角采用了爆米花一样夸张廉价的演法！

我和余建他们面面相觑，觉得相信她的我们才是奇葩。

我脚如灌着铅，每向她走一步都像踩在刀尖上。我他妈的是受苦受难的人鱼公主，走到她面前，牵起她的手，笑得如丧考妣，嗯，恨不得她当场暴毙呢："你怎么来晚了？大家……不好意思，她是我的女友。"

远亲近邻都很震惊，奶奶最为夸张，震惊的目光根本无法隐藏。我凑到她耳边小声说："你挑这个时间，穿成西部牛仔过来，是怎样？你的本事就这样？如此浮夸。"

她脸上的笑纹一波一波荡漾出去："我这是古典主义演法。"

"我去，别侮辱古人。"

她走到大蛋糕附近，我正想着如何对付奶奶，奶奶却直接喊她的名字："高曼玉，这是怎么回事？"

轮到我震惊了。奶奶看着我："你和我最好的助理？"

"你助理？"真的假的？那我怎么从来没见过，我感到头晕目眩，我觉得这是奶奶的反间计，我被奶奶玩了。

她正色："唐董，对不起，我不知道他是你孙子，这两天才知道，所以决定不来了，但有一个很重要的信息，又不得不来。"

她走到奶奶处，我立刻跟过去，担心她变成荆轲刺杀我奶奶。她对奶奶说，得到绝密的信息，我们公司和俄罗斯的那个协议恐怕不能签，他们最近对外政策将有很多变化，签了对我们影响很大。

奶奶拿眼看她，半信半疑：“真的？”

她从衬衫里拿出份文件，都是俄罗斯文，我觉得我是个文盲。她念给奶奶听，老一辈受过高等教育的倒是能听懂俄文，点点头，说：“先看看，暂时不签。”

现场没几个人懂俄文，余建他们看看我又看看现场，完全不能理解这状况，纷纷醉了。

她一下子变成干练的助理，对奶奶说：“好，那我去处理一下。”说罢就要走。咖啡店那个人见人爱自大傲慢的奇葩呢？

奶奶笑了笑：“不用，你辛苦了，留着休息一下，我让别人去处理。”

这短短几分钟内，我已经发现奶奶对她出奇地信任。对于我奶奶这种人简直是意外中的意外，奶奶，你不是不喜欢她这样的外貌、性格，固执如你怎么可以口味变得这么快？让你孙子如何承受这意外的灾难？

奶奶一回来，高曼玉说：“唐董，今天是你生日，我没有准备什么礼物，弹一首曲子送给你。”

钢琴师立刻退位让贤，她带着全场的目光，毫无怯意地坐过去。又是从哪里得来绝密信息又会破解俄文又会弹钢琴，这奇女子根本不是咖啡馆那个奇葩女子。

还弹钢琴，怎么不现场表演喷火变脸杂技啊！那才出奇制胜，我冷笑。

但我不敢低估她，虽然我不知道她这次是打算出丑还是出其不意惊艳别人。结果是后者，我已经做好了心理准备，她弹得比我想象中的还好，绝对是下过几年苦功夫，我几个狐朋狗友都震惊了。

奶奶很满意，拍拍我的肩："是她，我就放心了。"不，奶奶，不是这样的，别对我放心啊！我心中哀号。

奶奶走上台，宣布明天我将被强制安排到公司学习，作为董事的我外公外婆终于松了一口气。仿佛我将明天结婚，后天生孩子，大后天继承公司，我爸妈再也不担心没有贵东西可以砸。

为什么会是这样的结果？我那几个狐朋狗友看到各自父母投来的殷切目光，天啊，兔死狐悲啊！

大部分人对她佩服，一些年轻女性对她充满敌意，忍不住贬低她。而我知道，只有优秀的女人才能引起同性的敌意。我浑身不对劲，不知道是中了她的局或者是她和奶奶两个人合成的局。

宴会散场，我拉着她留下来，我承认她很漂亮，像个谜一样，不是一览无余的漂亮。

"你是我奶奶的助理？我怎么没见过你？"

"怪我咯？我负责海外，而你基本上从来没在公司出现过。"

我压制住怒气，一如既往表现得毫不在乎："你为什么要玩死自己，明明我们可以很好地合作，结果连续剧被你拍成了一个小时剧终的短片。"

她笑着说："我不喜欢连续剧，我更喜欢真人秀，剧情不会被编剧一人控制，对了，我的目的是和你结婚。"

我笑她白痴："做梦吧，我以为你超凡脱俗，原来也这么幼稚。"

"我睡得沉，一向不做梦。"

我意识到也许白痴的是自己："既然你早就做了准备，那你一定知道我这个人从来没有打算结婚，我奶奶都不是我对手。终身大事，你为什么非要和我同归于尽？”

“因为梦想吧。”她笑，“明天我们就是同事了。”

我突然明白，她估计是说真的，大家不在，她又变成了最初见过的那个女人。她有一个优点就是爱演，比如在咖啡厅就生动地演了一出，又在奶奶大寿上来这么一出。我们于是只能在亲人面前扮演亲密情侣。

当然，现在我知道高曼玉这家伙根本不是奇葩，她压根儿就是恐怖分子，有多恐怖？我觉得她能控制别人的思想。

至今，我从未见过她的家人，她曾说她是孤儿。后来又说了另外一个版本，她父亲有外遇，妈妈被气得跳楼，六岁的她当时站在窗口，站在椅子上，隔着铁窗，看着妈妈跳下去，像是一朵白色的大花，呼啦啦的风，然后白花落地，变成大红花，所以她相当于孤儿。我去，你当自己是八点档女主角吗？还是最白痴的编剧操刀的，你怎么不说你自己得白血病啊？我是弱智才信。她说：“最假的往往是最真的。你知道吗？比如请个假，那些匪夷所思的理由往往是真的，那些看起来很真实的理由往往是假的，因为如果要撒谎的人，一定会用心地编得让它贴近现实。”

好有道理。她永远都有自己缜密的逻辑。

我笑：“嘁，你弄一堆狗血，再加上一个野生的生活哲学就想来蒙我。”

她也笑，眼睛里含着笑意，是那句口头禅：“你相信那就是真的，你不信那就是假的咯。”

她从来都不主动拒绝人，但却有办法把你扭向她想要走的方向，不知不觉地，如沐春风地。

比如点个菜，她不想吃，她不会说她不吃这个菜，这太下乘。她会说：“唐思源，余建的脸色看起来不是很好，今天他应该吃得清淡点。”

余建说："有吗？我觉得自己很健康啊！"

她会笑："你还说，这是你老婆特意交代我的，我打电话问问你老婆看她准许你吃吗？"

不知真假，还是那句话，信就是真的，不信就是假的。但这个电话不用打，余建会心甘情愿地投降。

她既世俗又泼辣，既懂人情又蔑视世故，既科学又笃信神秘。每个见到她的男人都不懂她，自以为懂她的，会被她的神秘感摄住，他们对我说："她真的很棒，有一种不拘一格的完美，你走狗屎运了。"

更有趣的是，她常常跟我讲这个城市里有个"甜蜜交换秘密"的午夜甜品店，类似于都市传奇的存在。她很不客气地说，如果我有朝一日想知道她的秘密，可以去找这家店，只要我和这家店有缘。

"故事讲到这里，你们信不信？"我坐在午夜的甜品店里，夜里的风在外面呼呼地吹，却吹不进来分毫。我对着几位笑，心空荡荡的，像是荒凉的几千里野外，无人的秋千。

"甜蜜交换秘密"甜品店里的三个店主长得最合我眼缘的许何年说："既然你能来到这里，我们没有理由不信。"

我笑，不可不信缘。她在某个地方控制着这一切。

许何年说："不过你既然拒绝得如此斩钉截铁，你们怎么还会结婚？"

我们怎么还会结婚？我众叛亲离，结婚这种事到最后根本没我置喙的余地："为什么？我只有那句话能解释，我觉得她能控制人的思想。"

某一天，我们兄弟聚餐，吃到半中间，他们对我说："我看你还是结了吧。"

他们是疯了吗？他们根本最清楚我和她之间的买卖关系，现在竟然来劝我结婚。

我不可置信地看着他们，最后把眼神放在余建脸上："你也这么认为？"

余建点点头。我问："为什么？"

余建非常可爱深情地说："因为爱呀。"我简直骇极而笑。他们都着了魔，余建不相信我不喜欢她。

"你们可要想清楚，我结婚后，你们个个不久也要身陷囹圄。"

"无所谓，我们也该收收心了。"林亚明做了一个苍凉的手势。

"那你喜欢她吗？"另外一个长相青春无邪的店主问，多无聊的问题，但无聊的问题往往很难回答。

我问自己，我喜欢她吗？她喜欢我吗？

我不知道。

我坚决不结婚，不代表我永远不打算结婚，只是我这人喜新厌旧，没办法永恒地欣赏同一个事物，也许这是人的本性，但我又很任性，我对女性有大爱，所以我相信我的婚姻会比我父母的还要噩梦，何必呢。

我也见过让心荡漾的人，一次在香港的马场上，远远看到一个中短发戴棒球帽、穿着斑马条纹运动服的女孩，她拿着相机，笑容明媚如湄南河上的阳光，英姿飒爽，可惜刚好是退场，人潮汹涌，还来不及接近她已消失在人海，因为没有缘分，所以缘分更深。

又有一回跟当时的女友去看演唱会，中途女友要去洗手间，我带她过去，站起来看到后排一个女孩子正哭得稀里哗啦，黑暗的空间里，密密麻麻的人影里，她长发掩映，肌肤如雪，眼波流转。趁着女友进了洗手间，我转身回来，结果她已不在自己的位子。我猜她的人生中也是有人像她此刻这样中途退场吧，不免有点怅然若失。

人生这么长，这种惊鸿一瞥也有过几次，都是完全不一样类型的女生。所以我每次说如果是她们这么美的也许我立马就结了。余建说你放屁，各花入各眼说错了，是各花都能入大哥你的眼，好花不常在，花谢得特快，你这人能定性，《花花公子》都要停刊庆祝。

坚决不结婚，没有人能奈何得了我。但很糟糕的是，我们曾经发生过关系，我本来就是这种乱七八糟的人，但这也不算什么，糟糕的是后面发生的事。

家庭晚宴，在我家举行。奶奶、外公、外婆、爸爸、妈妈一应俱全，简直是地狱的翻版。

当时我偷偷和一个日本女人打得火热，没有人知道，连我那些狐朋狗友都不知道，偷情更刺激。特别是这个女人有日本人的娴静隐忍，美得不得了，让我乐不思蜀，不对，我必须再三申明，我根本没有蜀。

我刚回家，走上楼，然后她从房间里走出来，我当场惊呆了，没有夸张，当时我觉得一个鬼站在我面前都没这么让我惊悚。她穿着日本和服，巧笑嫣然："我最近很迷日本的衣服，漂亮吗？"

我已经不知道怎么回复。我和她起了争执，在楼梯口，她拉我的袖子，我用力一挥，她一个站立不稳，差点摔下楼梯。

我吓了一跳，走下楼梯，她在上面喊我，脸色苍白，很奇怪，有一种绝望的色彩："你刚刚说的都是真的？"

所有的人一下都望着她，我怒，又是哪一出。我大声说："当然。"

她点点头，如同古代贞烈之女，惨笑："我明白了，我走。"后面隐约又说了三个字，太小声，我听不到了。

她转身，有点心不在焉，也许是和服设计太复杂，她踩到裙摆，刚好楼梯新近又铺了地毯，不知保洁发什么疯。她整个人被一带，一时没法保持平衡，整个人就往下掉。

房间里所有人都眼睁睁看着她一级级直往下滚，而站得最近的我看得最清楚。

如同一朵鲜红的花被大风刮落，我隐约看到她的脸，苍白，皱紧了眉，我觉得好痛。她滚落到我的脚边，纤弱，细碎，那一身格外突出的骨头包在宽大的和服里，我忽然明白，至少那个瞬间我是爱她的，爱到有一种彻底的疼痛。

她的脸微微转向我，一定非常痛，但眼睛里有笑意，像风吹皱一池秋水，转眼就没了。

没有一个女人像她这样，我根本不知道她是什么样的性格，她桀骜、她不屑、她博学、她决然，她如果想就能带走全场目光，猜不透她的心思，她是敦煌壁画上的天女，飞下来，降落在你的脚边，只是你不知道她什么时候会飞走。

对，再也没有女人比得过她，因为每个女人在她出现之后，都只是乏味。缺少她那种惊心动魄、千变万化的美。

短短时间，我心中有万千念头出现、消失，我们对望着，时间仿佛停滞。然后，有亲人尖叫，流血了，好多血，快打电话，叫医生。无数的人在我们身边穿梭，黑压压的，陌生的面孔，流星般，黑洞般。

后来，她流产了，原来她已经有两三个月的身孕，孩子无疑是我的。她没有任何责怪，有力气的时候，开始三言两语地替我开解，话不多，但用很坚决的语气，说是自己不小心。至于我们在楼梯上的对话，奶奶问她，她也摇摇头，说只是交流对和服的看法，奶奶当然不可能信。

我记起她对请假撒谎的那个野生哲学，她到底是要奶奶信还是不要？我不懂。也许还是那句话，你信那就是真的，不信那就是假的。

但不管如何，最坏的结果已经发生。我全家勒令我们结婚，我已经没有力气抵抗这种命运。

她得到了她的百分之三，更可怕的是，我那可怕的奶奶说公司要交给我，那必须先挂在她名下，因为奶奶非常信任她的经商能力，而我呢，除了玩什么都不会。房产也必须先暂时挂在她名下，奶奶才放心。我想这个世界和我，总有一个出了问题，不是我疯了，就是世界疯了，所以来这里，我想知道，疯的到底是谁。

我唯一能确定的是，没有问题的只有她，她没有破绽，她完美得可怕。

当时在楼梯上，她问我的是："你喜欢上的那个日本女人比得上我吗？"

我说："当然，谁都比你美。"

只是这样普通的、赌气般的对话而已。说给谁听，谁都不会信的。你们信吗？

另外一个店主陈橙说："她让你来这里，自然是不怕你知道她的秘密。"

许何年不关自己事地落井下石："也许她认为是时候让你知道她的秘密了。"

对，所有的事我都想不通，我拼凑不了我自己人生的拼图，我忍不住抓自己的头发，痛苦至极地嚷道："若能知道，我在所不惜。为什么我的朋友喜欢她，为什么我那固执多疑的奶奶信任她，为什么所有我身边的人都支持她？为什么？简直是不可理喻，她要把我逼疯了，她到底是什么人？”

一直在做甜点的沈默终于完工，端着甜点走过来，虽然我很少吃甜点，但也能认出这是著名的“黑森林”，我闻到了樱桃的酸、巧克力的苦以及新鲜奶酪的甜香……即使我完全没有食欲，味觉也被勾引了起来。

他家的“黑森林”和其他地方的有点不同，苦有点盖过甜，突然之间，在这五味杂陈里，我竟然看到了，她，高曼玉。

在飞机上，昔日的她旁边坐的是我奶奶，她剪短发，看起来干练，脸上有着新闻主播一样的表情，就是那种嘴上说着“巴格达被炸死了几百人”但她眉毛都没抬一下，一脸见过世面的淡定。助理陪我奶奶起身去洗手间，我眼睁睁看她巧妙、迅速地调了两个人的饮料，回来后，我奶奶喝了几口，开始心跳加速，脸色惨白，仿佛搭上便捷的飞机，要直接飞往天堂。飞机上的空姐疾呼有医生吗？有医生吗？旁边的她站起来理智地说，她不是医生，但是拿过护理证，老人家这个情况她还能应付，说完她迅速地拿起备用药箱，非常麻利地为奶奶做措施。一会儿，也许是药效过了，奶奶缓了过来，勉强对她道谢。一路上，奶奶和她聊着，聊到俄罗斯，她竟然如数家珍，比奶奶还熟悉十倍，俄文更是信手拈来，她简直是一个神奇技能万千的007女郎。我记得应该是几年前，我奶奶去俄罗斯，回来说她上演了高空惊魂，还好遇见了贵人。奶奶原本有心脏病，飞机上遇到这种事合情合理。

但奶奶是一个疑心病很重的人，回来后仔细审查了她的简历，她有好几年在俄罗斯做交换生的经历，所有调查信息显示她没有任何疑点。在去俄罗斯的飞机上遇见能懂俄文的人，顺理成章，我奶奶便委任她作为公司在俄罗斯那边的代理。

原来是这样。她为什么要这么大费周章的？我觉得她不只是为了一个职位。

镜头倒回好多年前，一个小孩子，穿着大人的蕾丝衫和高跟鞋坐在高高的椅子上婀娜婉转，做出公主的派头，伸出手等别人亲吻。镜子里的她也是同样施礼回来，是在学习《罗马假日》的奥黛丽·赫本的仪态。

那狡黠明亮的眼睛和刀削一般的下巴化成灰我也认得，她叫高曼玉，我小时候见过她。

小时候的她走出来，眼睛仿佛带来了世界上所有的光芒。笑着牵着我的手，对我说："你忘记我了吧，你这种没心没肺的性格算不算是个好事？我带你去看看我们第一次认识的地方。"

我跟着她，走到了一个旧日的小教堂。阳光斜斜照着，仿佛腾腾升起氤氲的旧日气息，哦，原来我们相遇于此处，这是我心理意义上的一个成人礼。

那是我记事以来哭得最厉害的一次，我在忏悔室里，对牧师哭得上气不接下气，然后又笑出来，我觉得痛苦又觉得痛快，大概像我这种怪胎一定会受到神的惩罚："我爸妈因为我离婚了！我以为我会很开心！这些年我千方百计就是想要他们离婚。爸爸衬衫上的口红、妈妈莫名多出来的求爱信，都是我搞的鬼，我厌烦了他们天天在家大战外出却像有多恩爱，做得太恶心，可是当他们真的离婚了，我却害怕了！从来没有我这种禽兽儿子吧？奶奶因为他们婚姻不稳带动股市下跌而生气，导致整个家族愁云惨雾。每天，我什么都不能说，我要保密，我像是做事不能留名的特工一样。"

年少的高曼玉笑得非常得意：嗯，当时的你没有想到，忏悔室里，你对着忏悔的并非一个牧师，而是我，一个十五岁的小姑娘吧。其实我也是来告解的，因为我的梦想破灭了。但牧师竟然不在，于是我就想知道坐在忏悔室里听着别人的秘密是怎样的感觉，没想到，遇到了你，唐思源。

我从小的梦想就是当一个演员，可是那么巧，刚好是那天，我看到一个报道，我最喜欢的演员自杀了，我忽然意识到，原来戏里那些风光、那些形象全是假的，不管戏里多成功，在戏外，她可能不过是一个生活的低能儿，被情感左右，终于……太可怕了，这不是我想要的，我被她——我最爱的偶像狠狠伤害了，而在同一天，我爸妈对我宣布要离婚，是决定而非商议。他们都是自私的人，虽然我只有十五岁，但他们认为我已经足够可以照顾自己。为了去过属于自己的生活，他们争先恐后不要我的抚养权。那一刻，我脆弱得仿佛是一个无用的花瓶，在没人关注的角落里瑟瑟发抖。我非常清楚，我的人生要自己掌舵了，这个世界能靠得住的就只有我自己。

我在忏悔室里听着你的故事，悲上加悲，你在外面哭，我在里面哭。你也许意识到了不对劲，掀开了帷幕，于是，我们历史性地相遇了，两张流泪的脸。

你要发怒，也许是看到我满脸的泪，竟然反而握着我的手，认真地对我说："做什么事，不管错对，咬紧牙根儿坚持下去，很多时候，路上只有你一个人走，让你恐慌得以为这是一条错的路，但只要扛过去，错的也将成为对的。"

我知，大概你只是用来安慰你自己，我却觉得受到了莫大的鼓舞，我们甚至一起牵手走出了教堂，像是青梅竹马的小伙伴，我还鬼使神差拍下了我们的照片。

我不知道当时你为何讲出这样的话语，但我从你讲的你父母扮演恩爱夫妻的故事中受到了启发，一个想法已经开始控制不了地萌芽。

每个人都戴着自己的面具在人生中演戏，可能家里暴躁的丈夫在公司却是最听话的下属，那个在客厅里最得体的贵妇在卧室可能却是最放纵的荡妇，每个人都有很多个自己，这是人应对生活的本能，那我为什么不能在生活中演戏呢？如果能在生活中自由切换角色，满足我的表演欲望，还能掌控生活，过上自己想要的生活，那我的人生该有多棒？这个模糊的想法越来越强烈。

如果能承载我这些表演的人是你呢？你性格多面，给我带来挑战，你有钱有权，将会把我带到更大的人生舞台。这是命运，既然是你带我走到这条路，那不管对错，就让我们一起牵手走到尽头，有个伴我们都不会太过害怕。

这些年我研究你的家庭以及研究你，其实你也没有多好，你自大、自私、游手好闲、自以为深刻，看透感情，充满了无聊的颓废和空虚，但你有一种不争的魅力，不用争，所有人都奇怪地会喜欢你，你奶奶明明被你气得半死，但就是最宠你。你有一种漂亮的礼仪，即使对方再难缠，你都可以用各种手段分手分得很漂亮。你真是一个有格调的人物。

自从认识你，确定了人生目标，我开始疯狂学习对我有用的东西。英语、俄语、经济学，这些将是我进入你生活的利器。我学习表演课、心理学、逻辑学，因为它们是必备。同时我还要管理自己的形体，我父母长得都好看，于是很荣幸，我也没有长歪，拥有了一个生活上的演员最骄傲的资本。

当很早就能确定人生的目标，又有坚持的性格，你的人生将不再浑浑噩噩，每一秒钟都有了意义，我很感谢你，也很感谢自己。我的生活将是波澜壮阔的，戏剧非凡的，真令人兴奋。

人生如戏，全靠演技，只要我的演技过硬，人生将成为完全自控的好戏。

我无时无刻不在锻炼自己的演技。在爬到床上时，像很多女人一样，我会自导自演一些强暴戏：不要，不要，求求你放开我。在洗澡时，我会一边用喷头冲刷自己，一边流着泪靠在墙边：我太脏了，洗不干净了！

的士也是表演的重要场所，有时候我会扮演一个心情沉重的豪门失婚女人，有时候我会扮演一个被生活所迫流落风尘的夜莺，总之，与的士司机们交流的时候，他们一定不会想到他们口中不一样的那些传奇人物其实是同一个人。

很多年后，在你奶奶那里，你也知道了，我是一个短发干练、不苟言笑、007女郎一样的理智人物，会多国语言、懂经济、能外交，行动迅速，是她最喜欢的硬派女性。

至于那天我们在咖啡馆相遇绝非偶然，是我必胜的一击，你要一个自傲的奇葩，我就给你一个自傲的奇葩。从那天开始我不再隐形，真正走入你的生活。

而收服你那些狐朋狗友的办法我早就准备了好几年，你们这些有钱人从小各种东西司空见惯，钱和女人都不稀罕，人一旦占到了一个制高点，世界上所有资源都会围过来，那什么才是最稀缺的？能够直击他们精神末梢？我想是那种完全把自我牺牲掉的感情。

在他们面前我要扮演的是一个脆弱的，如《一个陌生女人的来信》里那样的女人，默默花费半辈子追逐一个男生，对他却毫无所求的女人。

戏剧和人生的演绎最不一样的地方是，生活更残酷，生活没有NG，所以每一次我都必须成功，不然生活不会给我下一次的机会，所以每次重要的出发前，我都在家中模拟过上百次。

通过他们的女友约了大家出来，他们尤其是余建开始是挖苦我、讽刺我，认为我不过是为了你家的钱，我才没有那么低端。但是他们这么想也正常，我不生气。

直到我拿出第一张照片，那是我们第一次见面，在那个教堂外面，阳光正好，我们哭过的脸都笑得如同雨过放晴的天，他们没有想到，原来我们竟是岁月深处的故交。

我慢慢和他们讲我们的相遇，彼时站在即将跨入青春的门槛，我们在那个教堂里一起在痛哭中成长，从此有了眼泪的交集，那是我们生命中完全不一样的一个时刻，从那里出发，我们变成现在的我们。

从那时候起，我开始追逐你的身影。我慢慢拿出更多的照片，这十多年来的照片，照片中的你从年少不羁到现在眼中失去了纯粹的光芒，我用最真诚、痛苦的语气讲起我一个人的故事，爱，本身就是一个人的事。

在赌马场里的你，在演唱会里的你，回眸、发呆、沉思、专注……我看着你少不更事，放纵自己，游戏花丛，无所事事，但这些都无损我对你的爱，因为我的爱是不计代价的。我告诉他们因为怕被你们发现我经常乔装改扮，我给他们看在各个场地里的我，笑着让他们看看我的化妆技术有没有很高明：马场里拿着相机的短发女孩、演唱会里那个失声痛哭的长发女孩……

他们惊呆了，这才意识到，你一直在找的都是我，所有的事并非我一厢情愿。

其实这些记忆也是我赠给你的。你曾经和他们提过那些你心动过的女孩子，那个明媚的，这个柔软的，那个忧愁的，短发的，长发的，哭着的，笑着的，都是我，全都是我。

还没有和他们讲完漫长时光里的故事，我已经哭得一塌糊涂，那一刻是真的眼泪，我甚至哽咽得停不下来，我自己都差点相信了整个故事，才发现我入戏太深，因为我几乎花光了我前半生的所有。我已经没有办法离开你，并非你很重要，而是我花费了我所有的时光和心血，让你对我变得如此重要，让你站到了生命中最高的位置，成了记忆中的不朽。

其实你喜欢的，每一个，从头到尾都是我，可惜你还不知道。

但你朋友特别是他们的女友现在知道了，他们太感动，甚至嫉妒，人都为自己所未拥有的东西感到艳羡，他们相信我们是命中注定的爱情，而你浪荡半生不过是等待我这个海岸给你停靠。

或者他们更相信我们是同时扬帆的船，天高海阔，我们从年少的时候就并肩出发，经历各自的磨难却眺望同一个海岸，我们会相会于彼岸，那天一定不会太遥远。

他们最后吞吞吐吐告诉我你一直在找的就是我，我假装不相信，也恳求他们不要让你知道，因为我相信命运自有它巧妙的安排。

他们自愿担当我们命运的说客。故事多么戏剧、多么感人，可歌可泣，惊天动地。但这些对你还远远不够，因为你父母的婚姻毁你毁得太彻底，你害怕承诺，逃避真情，必须由生活来给你重重一击，让你懂得何为珍惜，何为爱。

这个生活之神当然还是需要我来扮演。但是怎么演呢，我也在思索，她该是一个百折不挠的斯嘉丽还是娇俏心碎无法回头的冯程程？刚好我有了你的孩子，而你的花心不减。我感受到腹中的孩子慢慢地跳动，一个新的生命，多么美，是我们传奇般爱情故事的延续，可是我想，为了延续这传奇般的爱情故事，它是不得不牺牲的。就像是演员为了戏剧需要增重，需要毁了自己，我也要毁了自己，我知道这将是我一辈子的噩梦。你没回来的晚上都是我痛哭的晚上。终于那一天到了，我站在高高的楼梯上，所有的人在楼下穿梭，我俯视着大家，多么渺小，像是所有被置身事外的无辜市民，我像是站在城头了然一切的海伦，为了一个文明的城市，我要牺牲自己，我启动双唇无声地对你说："看着我。"

你听不到，但是你必然会望着我，这是命运。

我从楼梯上滚落下来，所有人都震惊了，此刻我是一个受尽侮辱又圣洁不可侵犯的女神。

我躺在地上，感受着全身的血液在倒流，我整个人热得不可思议，头晕目眩，直到你震惊愧疚地看着我，我昏了过去，然后感觉到梦中有无数的话语和黑影。

你放心，楼梯我早就让保洁阿姨以家宴的名义铺了地毯，我不会受重伤，但我需要让这伤害来得如此真实。

孩子没了，还会有的，重要的是，你走不掉了。

然后我们都发现了一个事实，但又默契地保持缄默：不是你走不掉，谁能拦得住你呢？是你自己不想走了。

我所做的这一切，不过就是为了赢得一个人，我已经赢得了你的心，一切牺牲都值得了。

你可能要说这是变态，但用半辈子来做一件事赢得一个人，如果还不是爱，还有什么可以算爱呢？你说是吧？

当她的形象消失在我面前时，当我看到同时缄默的许何年、陈橙、沈默时，我知道见多识广如他们也惊呆了。

我脑海和心脏的螺旋桨还在剧烈旋转，割得我血肉模糊，我感到出生以来最大的恐惧，我记起生命中所有令我心心念念的片段，我明白了一个事实，这是一份恐怖的爱，而其中最恐怖的地方是我发现我爱她。我对她的爱，是在时间荒野上相互取暖的爱，是流着泪的快乐，是笑着的痛苦，是狂人对战争的向往，医生对鲜血的痴迷，普通的人哪里可能明白。她是对的，变态到了极致也是爱。

我慢慢走回家，推开门，看到她站在楼梯口，水晶灯被风刮得摇晃，一颗颗假的钻石映射着假的日光，灯火辉煌映照在她棱角分明的脸上，像是那个坠楼的夜晚，眼神中有种掌控世间一切的架势。

她如此迷人，我从来没有见过如此能摄人心的美，她的眼神仿佛会给你永远不会厌倦的生活。

我靠在门口对她淡淡地说："我去过'甜蜜交换秘密'午夜甜品店了，我已经知道你所有秘密，你是个变态。"

她嘴角上翘："你最适合变态。"

我没说话，她说："我们扯平了，可能现在你知道我比我知道你还多，这是我要给你的公平。"

我若无其事地问："你要和我生活一辈子吗？你有把握吗？你……爱我吗？"

我突然好害怕，双手流出无数的汗，仿佛心中有一条翻着热浪的巨大的河流，裹挟着一切。她会走吗？她总有一天会厌倦我吧？但是她从十五岁开始，花了这么多心血，她是不会轻易放弃的吧？这是她一生的戏剧。

她说："你爱我多少，我就爱你多少。"

我爱她，这是真的。但她爱我呢？是真的吗？还是那句话，信就是真的，不信就是假的。

我信。因为比起她骗我，我更想骗自己。

但我不能让她占尽上风，我开了门，准备走，对她轻哂：“但爱对我来说是最不重要的，重要的是，远离你，保护自己。”

她说：“来不及了，你相信命运吗？”

我听到外面呼呼的风声，如同一个命运的转轮不断滚动着。

“你外公、外婆空难去世了，现在你没了保护的屏障，而你的奶奶已经知道你父母当年是被你拆散的，不是我告密的。你奶奶和你爸妈都非常生气！你的叔叔婶婶弟弟妹妹都要来抢家产。”她声音柔和下去，仿佛耳语，“阿源，我们新一场表演就要开始了！我们互相需要，我们相互扶持。”

我愣住，我根本没想到奶奶会知道这陈年旧事，但她说不是她告密的，我相信，因为她一定会让我相信。我更是根本没想到最疼我的外公外婆一次旅行竟然天人永隔，眼泪控制不了地涌了出来。

模糊的泪眼中，看到她一级一级从楼梯上走下来。

走到我面前，我们拥抱，像是这世界仅有的温暖。

这只是一场戏，但我们都付出了所有。明天我的世界将要陷入末日，整个文明将要塌陷，所有的亲人将要显出真面目，我们将厮杀、陷害，置对方于死地。所有的道德、伦理、温存在金钱面前不堪一击。而我们此刻的拥抱是最后的温暖。

一场又一场的大雨，沙漠变成海洋，烈日一天又一天的暴晒，雨林变为戈壁，等所有的时钟都停摆，等所有的红绿灯都废弃，等身边所有的人都来了，等他们又走了，等他们不再回来。

等到最后的最后，还有什么会存在呢？还是会有顽强的东西存在吧？那大概就是，我和她。我相信，从她决定开始，我们就永远不会结束，我们是一个永不结束的爱情故事，我们都准备好了。

小动物们的挽歌

我不回头，一直走向你的海市蜃楼，徒步翻越沙漠，
饥饿当是历练，疼痛当是脆弱，直到我撑不住，才发现，
饥饿就是饥饿，疼痛就是疼痛，我也只是一个普通的我，
走过海市蜃楼，不过是另外一片沙漠。

这个世界里所有堕落的事物都没有翅膀，它们只能往下坠，往下坠。凌厉的风像刀一样割破因压强太大而变形的脸，所有景象都像镜像一样颠倒，变得锋利如刀锋，一根根刺穿你，你等最后那“砰”的一声，粉身碎骨，一切终结。或者，还没有终结，你躺在血窝里，继续面对更难看、更难堪的一切。

“你的世界观好悲观。”甜品店的可爱男生陈橙说。

“对，我悲观到需要走进一家甜品店寻找慰藉，而我不吃甜品。”我说。

“你对甜品过敏吗？”

“没有，我对一切甜过敏。”我笑着说，“即使电视剧，播放到男女主角甜腻的情形，我都浑身起鸡皮疙瘩，觉得好假、好恶心。”

“为什么？”陈橙有点好奇地问。

“也许我过惯了苦日子，一旦真的有甜食，我就会战战兢兢，充满不安，充满猜疑。怀疑这一切转瞬即逝，怀疑我配不上这些快乐，我的心不习惯幸福。”

我渴望亲密，又恐惧亲密，我渴望有人给我拥抱，但在绝望的时候，真的有人给我拥抱，我又觉得恐慌、窘迫，我甚至不知道他紧紧抱着我的时候我的双手应当放在哪里。当王子和灰姑娘圆满结局后，我知道等待他们的是漫长的日常的折磨，是灰姑娘性格中那无往不利的尖锐，是爱慢慢消失的悲剧。

每件事情环绕的，是我对自己永远无力的质疑，我凭何觉得自己拥有让人永远爱自己的魅力？

“你知道，穷人，或者曾经穷过的人最大的问题往往在于，自尊心太强，自信心太脆弱。那巨大的自尊心拖得你的爱人喘不过气来。所以不管怎样得到的爱，总是用同一种方式失去。”

在爱消失前，在天黑之前，在别人厌倦自己之前，一定要先离开，这是给自己留下的尊严，也是给以后的一点退路。

陈橙打量着我，我知道，他怀疑我的说法，我除了脸色非常憔悴，其余都很好，LV 包包、浪琴手表、DIOR 套装，这所有一切都仿佛在说明我和苦日子并没有任何关系。

“你看到的都是我的武器，有这些当然很好，它们是一种伪装，也是一种保护，当我面对这个弱肉强食的世界，借着它们，我觉得我有盔甲。”

这些东西的存在很多时候并非是它们有多美，而是一种标榜，别人因为它们有了敬畏，而脆弱的我们则从中借来了谈判的勇气和喘息的空间。那些你以为强大的人可能不过如此，也许你会反驳，真正强大的人不会这样，但我从来都不属于那种。

只有我知道，不管我站在哪里，和谁握手，签多少金额的合同，穿着什么，那里面住的永远是当年那个找不到工作，站在人来人往的天桥上，看着天桥下的车水马龙，只差最后一点勇气纵身一跃的女孩子。

“可是你活下来了，你还是怕死的。”许何年点破我。

“也不算，我最终没跳下去，是因为有人挽留了我，现在想想，是金钱挽留了我。大家都知道钱是个好东西，但没受过穷的人不会懂得钱到底有多好。”

“你一直在说穷，你到底多穷过？”

“嗯，你们想象不到的穷，穷到因为没有钱坐公交车，每天晚上走一个小时回宿舍，穷到住在地下室里上个厕所要半个小时，荒郊野岭，即使小便都是一场事关生存的危险搏斗，穷到觉得自己的人生再也不会有希望，站在天桥上，觉得跳下去其实也并没有什么。”

陈橙、许何年和沈默都看了看我。

这是一个用钱支撑起的花花世界，如果你想真正认识这个世界，你最好穷过。

我想了想，穷，特别是青春期穷的问题不在于那当下给予人的苦难，更在于它埋伏在你漫长未来的并发症和后遗症。我人生的经历大概从贫穷的青春岁月就确立了，我感觉到自己温暖的眼泪，而我的眼睛是冰凉的：“穷到我遇到他后，不管我以后多有钱，我也拥有不起他，金佳明。不管他是不是在利用我，不管他有没有真的爱过我，我从未真正拥有过他，一根手指或者一天的灵魂。”

人生就是靠运气的，有些人生下来就是有钱人，更要命的是，天生运气好的人还会越来越好，即使摇骰子都要赢你，而我，是运气不好的人。我出生在南方的一个小城镇，虽然是小城镇，父母都是普通人，可是也曾有过愉快的童年。家乡有绿树和蓝天，有一大片的稻田，大人们总是在其间忙忙碌碌。年少不懂辛苦，只觉得那景象团结、热闹，充满了快乐的人情味。夏天有蝉，冬天有霜，因为身边的人都差不多，也便不觉得自己穷，至少回家还是有口热饭吃的。

我有好几个玩伴，玩得最好的就是刘溢。刘溢是个腼腆斯文的男孩子，但小时候大家出去玩，他不是在看书就是在画画，只有家乡每年过节，请戏班子过来唱，每次都唱三个晚上，这三个晚上他才愿意和我们一起玩。但还是有不同，我们一个摊一个摊搜罗玩具、小灯笼，以及冰糖葫芦、棉花糖等各种小吃，他就和一大堆老头、老太太待在一起看戏，目不转睛。我笑他是个小呆子，那戏里的故事到现在我都不知道当年的他到底有没有看懂。

然后有一天，阳光明媚如夏花，我路过他家，他坐在门口的椅子上，还是那般目不转睛的认真。我走过去，问他："你干吗呢？"

他抬头对我笑，在阳光底下，天啊，你不会知道那个微笑有多动人，比所有戏台下所有的棉花糖都还要漂亮。他对我说："你看，我画的画好不好看。"

我看了，是一幅彩笔画，画的是《大戏班》，然而画里的戏班很小很小，小得缩在画的一隅，占据画面的是无垠的星空，璀璨发亮，一个无穷的宇宙和一个小小的戏班，原来我们在嬉闹的时候，他看到的是这些。那个时候我还太小，我不懂生命之蚍蜉，宇宙之大树，只是被这画的美妙吸引了。我看到画左边有一个编辫子的小姑娘，我问他："这是谁啊？"

他说："这是你啊。"他对我扬起嘴角。

从此我像是爱上了艺术一样爱上了他。

但我那个时候并不懂，那种天天想和他在一起，每次看到他都觉得他会发光的感觉就是爱。

只是他走到哪里我就想跟他到哪里，我们总是一起玩。他有了新朋友我会很不高兴，我希望我是他最好的朋友，因为只有我最了解他，他的沉默，他的胡思乱想，他信手拈来的画，他的爸爸妈妈，他家的椅子桌子，童年里跟在所有人后面的胆怯。

我们上了同一所初中和高中，如果这样下去，总有一天我会明白自己，总有一天他也会明白很多，我们有可能成为恋人，或者，让这段情思有一个清清楚楚的结束。可是我的人生并不是只有少女心事啊。上了初中，同学在炫耀他们家的小洋房和新衣服时，人人对贫穷嗤之以鼻。我开始意识到，为什么我还和父母睡在一起，因为家中只有两间房，一间卧室一间厨房；我开始意识到我只有两套衣服，于是，当大家都在咒骂校服的丑，只有我感到庆幸，因为它至少保护了我。该来的终究躲不过，几个同学一起去踏青，我计算好不会经过我家才去的。

但是，好巧不巧，公交车抛锚，我们转车，刚好要步行经过我家。

有娇气的同学说，李流光，这不是你家附近吗？去你家坐坐，我好累哦。

我坚决拒绝，我听到我如鼓的心跳声。我从来没有和他们说过我家，他们只是知道大致的方位。

另外一个同学说，对呀，干吗呢，走啦，反正现在还早。

几个同学一起起哄，我咬紧牙关。他们投来奇怪的眼神，不明白我为什么不肯答应。

最后他们说，一定是看不起我们，我们又不会把你家怎么的。

我心里说：不，我怕的，是以后你们看不起我。

可是他们越说越上劲，越说越奇怪，我骑虎难下，不得不带他们走回家。我从来没有感到这条路有这样长，我恨不得它突然塌陷了，不见了。但我对自己说，我没法逃避，也不能逃避。贫穷不是一种错，可为什么不小心它就变成了一种罪。

我手心冒着汗，尴尬，不安，等着被揭穿，等着被同情，就这样吧，这些是事实，你们将见到我贫困的家和贫困的父母，至于你们怎么想，那就是你们的事了。

然后奇迹出现了，那辆车修好了，经过我们，让我们上车，大家便哗啦啦走进去。去我家对于不知情的他们，是一个计划外的寻常事，对我，是一场差点到头的大灾难。

车子经过我家，我赶紧掉转头，尽管没人知道，但我害怕有人问我，李流光，你在看什么。

坏运气的人是没有底线的。那一年我考上大学，家乡发生了大变革，在村长的授意下，全村的地被大房地产公司征用。我那不愿意妥协的父母誓死捍卫自己的土地，那一家人赖以为生的几亩土地。我父母不懂，穷人的“誓死”是没有用的，也是会真正被实现的。他们死于那场没有硝烟的战争中，一切消息都被封锁，我努力过，我甚至想过上访，但还没出省就被遣回了。我，一个没有家乡也没有爸妈的人，就此成为背了一个不明背景的女孩子。

父母的葬礼，每年靠助学金的我怎么有钱支付，最后，还是家乡人出了点钱。班主任觉得我可怜，也发动了捐款，我越是制止班主任越是热情：李流光，没关系的，大家互相帮助，你别担心欠了大家的，大学的友情是最真挚的，你不用胡思乱想。

捐款的那天，我站在班级的台上，大家陆续把钱投在办公桌上的箱子里。我低着头，不敢抬眼，像是被批斗的人，充满了不甘心却由不得自己不服气，整张脸红得我怀疑我会脑充血就此死去，如一只濒死的蝴蝶，所有人的目光像是飞刀一样把我钉在贫穷的十字架上。

那些探索的，那些嘲讽的，那些同情的目光，我躲了那么多年，终究躲不过。

哦，你以为这已经是最糟糕的，但并不是。不知道为什么家乡征集的土地没有开发，家里土地的补贴钱也一直没有下来，但我只剩下自己一个人，他们愿意给就给，他们不愿意给就不给，我已经赔上父母的命了，还能拿这个弱肉强食的社会，拿这复杂的人间怎么办？

我毕业了，理应有一份工作，养活自己以及分期偿还助学贷款。有一份工作是一件理所当然的事，但我却找不到工作，每天投了无数的简历，每一封出去了就没有回来。

我每天对自己说，会找到的，每个人都要经历这一场煎熬和空白。

和我一起租在地下室找工作的毕业生也说：我们不要着急，我们一定能找到工作的。加油！

但他们一个个找到工作走了，只剩我，我不知道这一切都是什么原因。眼看秋天来了，冬天也快来了，那无数的坏运气和失败的经历让我不得不打起精神。当我确定我的邮箱并没坏掉后，我不能等死，每天一大早就出门看哪个店有应聘，总会看到一堆匆匆忙忙赶路的上班族，皱着眉，为了这么早要上班而痛苦，而我，为了没有班上而痛苦。

为什么，运气会坏到这个样子，我长得不算难看，作为一个艺术生，找不到图书馆、画廊的工作也就罢了，可我连一个洗碗的工作忽然都找不到了。

每天晚上我在广场上焦虑地踱步，看着街头盖着破被子的流浪汉，我既害怕又想痛哭一场。我从未觉得自己和他们那么接近，以前我总以为，人只要够勤劳，总不至于沦落至此，是什么让他们宁愿冻死在街头也不愿意去做一份工？

现在我似乎明白了，这个世上，真的有找不到工作的人，真的有无可奈何的人。我想找一个人倾诉，我看天空的时候，希望那里凭空伸出一双援手，可是我只是一个人见人欺的孤儿。

我想报复社会，为什么有些人生下来就那么有钱？即使他们的儿子是白痴，是浪荡子，是花花公子，也继续有钱，永远有钱？凭什么？又凭什么我要穷到走投无路？这个世界太不公平了，这个社会的阶层已经固化，财富已经不再流动，穷的人子子孙孙不断穷下去，翻身的可能微乎其微，而那些浅薄、无知，只知道挥霍钱的有钱人却天天在浪费钱！既然他们不珍惜，为什么我不干脆抢过来帮助自己也帮助那些落魄的有才青年？

这样想那样想，我在我的铁笼里出不来，每天我想到怒火中烧，对这个社会充满绝望，但这些都无济于事，我的积蓄越来越少，眼看真的要饿死街头。

我抓到了一根救命稻草，动车站有一种差事，就是帮助行李太多的乘客拖行李。做这份工要先交一千元保证金，而我全部家当也只剩下一千多。我管不了那么多，交了钱，弄了一件红马褂和一辆小拖车。

每次帮一个乘客可以得十元，如果一天有十趟，扣除吃饭费用，一个月下来有两千多一些，再扣掉房租和其他生活用品的小费用，也许一个月能有一千元的存款，所以我每天提早一个小时走路到动车站，可以省下三元的地铁费用。

可是我没有预料到，这行业竞争这么激烈，而且都是老粗人，推你或绊你都是小事，火气大的还打人，为了一个客人，为了那十元钱。他们还拉帮结派，排挤其他人，做一千万的生意竞争都没这么惨绝人寰。我真的不明白，大家处境都已经这么差了，还要搞这套，原本应该抱在一起痛哭一场反击命运，结果他们不针对那些让他们变得这么惨的人，他们非要踩同样落难的同路人，要看到有人比自己更惨才能满意？处境越差的人对身边的人也越粗暴，充满恶气，无限放大天性里的贱。让人看不起的人他们就往往真的干脆往品行恶劣、毫无仁义的路上一路奔走，越让人看不起，似乎这是一种宿命的恶性循环。人生经历决定了格局、气度、性格和所有一切，一辈子没有希望也是正常的。

第一天，我赚了三十元，还是趁他们不注意的时候，或者客户太多他们忙不过来的时候。一天下来，我摔了两次，午饭被碰到地上。

第二天，我赚了二十五元，被砍价了五元，他说他没有零钱。我连骂人的力气都没有，对啊，人家看我不过是一个穿着红马褂的傻 ×，顺手砍我五元钱，并且佩服自己的理财能力，他永远不懂这五元钱对我多重要。

生活越困难人就变得越偏执，我怨恨不劳而获的富人，讨厌充满戾气的穷人。如果说要在贫穷中保持开朗乐观可爱，这样才有可能等到命运的临幸，那我只想说，命运你去死吧。

虽然很不情愿做这份工，但既然做了，我总是想做好。就如同我很讨厌洗碗，但真的要洗碗，我会想洗得很干净。就像有些清洁工，虽然一大早起来很不情愿，但既然做了，这一块地，也希望它是干净的。对得起自己的辛苦，在这种辛苦中，看着成果得到一点点细微的、可怜的满足。既然走到这一步，也就安于这点现状，久而久之，也就天长地久了。

第三天，我遇到了金佳明。

金佳明是我遇见过脾气最好的男人，没有之一。说起那天的相遇，他总是用一种宿命般的虔诚语调：“那天听说家乡天气好，我忽然想念院子里的梅花，所以临时决定提前回来。我买的是机票，结果误了飞机，来动车上接我的司机，半路又堵车，一件一件事的失误，任意一件事缺一环，我们就遇不到了。拖着这么多行李，那么多人争先恐后想帮我，就你一个人站在不远处，漠然地看着我，灵魂像是飘在半空中俯瞰我。”

许何年笑得没有良心：“如果后来他知道你当时想的是‘这十块钱我赚不到了’，应该很崩溃吧，镜花水月，都是误会。”

陈橙说：“听起来很感人，这么会撩人，他一定女人缘很好。”

我说：“听起来是很感人，他不只女人缘好，他所有的人缘都好到可怕，简直像个非人类。”我停了停，“可谁又知道他心里想什么呢？如果进你们店里，真的能消除一个疑惑，我想问的是，他是否爱过我？不说一年，哪怕一秒也行。”

金佳明又说：“你不知道你脸上愤世嫉俗的表情有多明显，我很疑惑，这么多人，竟然没人察觉这样的你，当时，那么乌泱泱的人群，只有你，在我眼里是有颜色的，鲜红的。”

可是我懂这不过是客气话，这里所有的短工都和我一样穿着廉价的红马褂，身上还挂着横幅写着“助人为乐”，当然，钱给多点会更快乐。

我愤怒地以为人根本没有什么公平可言。别人从不会想肯德基的服务员是否爱读《尤利西斯》，加油站的小伙子是否喜欢比利·怀尔德，扫大街的大妈是否钟情古典音乐，人们看到他的职位等于他，卑微、寡淡、仓促，他们也有才能？怎么可能！所以扫地神僧才会那么震撼人心，我们不得不承认，站在哪里有时已决定了一切。

他当时没有理会任何一个人，而是拖着那么多行李笨拙地走到我面前，对我说：“嘿，你能帮我吗？”坦白讲，当时我感动又惊诧，感觉眼泪要流下来。那么多人，他为什么非要费劲地走到我面前呢？

我站在这里，和所有穿红马褂的短工一样，并没有任何差别，但他独独走到了我面前。

我点头：“当然可以。”不顾旁边那些同行愤怒的眼光。

他对我笑了笑，露出好看的牙齿，眼睛弯成月牙也好看。他这人一个词概括就是“好看”，没有一点侵略性，脸庞线条流畅却不凌厉，戴一副无框眼镜，穿着很书卷味，身上有几代人沉下来才能培养出来的修养。

我帮他把行李抬上架子，他弯腰帮我。有个行李拉链没拉好，一卷画溜了出来，我连忙帮他拾起来。虽然只是一刹那，我看到，那幅画笔法新颖，构思跳出了当代画家的格局，一朵朵迎着风的莲花，画家一定是一个很凛冽的人。我读艺术这么多年，却也很少看到当代这样出彩的画，便忍不住看了下画家名字，却是不认得的。“难道是他自己的画？”我看了他一眼，也分辨不出，如果他是画家我也不惊讶。我心想：“以后画这画的人估计会很了不得吧。”然后脑海里自动补上半句，“如果命运眷顾的话。”像是对自己的宽慰和嘲讽。

我帮他推着行李，一会儿他问我：“你觉得那幅画怎么样？”

问我？谁会知道我曾经是个艺术生？虽然我的确是因为总有自己的想法而不受老师欢迎的艺术生，但穿上这套衣服，我不是艺术生，不是女生，我只是一个小工，也许他只是随口问问打破沉默，至少也算是有风度的一种尊重了。

我也就随口答说：“还不错。”

他说：“我刚才看到你的诧异，你认识这个画家？”

我一个表情他也看在眼里，这令我有点受宠若惊。这些日子，没有钱，没有父母，没有故乡，我受尽了像狗一样的对待，不禁也认真起来：“我不认识，只是看了这画很诧异，表现方式很特别，笔法很细腻，这连天的莲花如天空变幻的云，颜色在灰白中游荡，如灰暗童年的幻象，很脆弱又很刚硬，他以后会成为名家吧。”

刚好到达了动车站外面，接他的几个人已经在外面候着他，我看这排场，还是一个大家族的贵公子。

他说：“很高兴认识你，我叫金佳明。我觉得你挺有眼光的，能给我你的联系方式吗？我很喜欢你。”

我更加吃惊了，但他那种无可无不可，天下人皆可交的姿态深深吸引了我，既然有机会我当然要抓住，我给了他我的联系方式。

他点点头，说：“谢谢，我一定联系你。”

陈橙说：“他有联系你吗？”

我笑了笑：“没有，但我不争气地期待过，前面几天很激动，觉得自己要转运了，后来就消沉了下去。最后一个晚上，我鼓足了勇气打电话过去，关机，我便拉黑了他的电话。”

许何年说：“你有没有想过他可能丢了手机呢？”

“呵呵，比起绝望，更让人痛苦的是让你觉得好像有希望。那时候的我已经没心情为任何人着想任何事。”

那个晚上，他是落井后的石头，雪上加的霜。我的工作一个月结账，只赚了八百元，还不及我的保证金，我知道这件事也干不下去了。

外面一直在下雨，整个地下租房破落潮湿，我觉得我撑不下去了，终于，我决定打那个电话，当传来的是关机的声音时，我知道我已经被整个世界拒绝了，一点希望都没有。我多天真，可怜到把别人的客套话当真。

我就这样睁眼坐了一个晚上，注视着黑暗中的黑暗，墙上要脱落的皮。第二天天一亮，我就要离开这里，马上，虽然不知道要去哪里，也不知道还能干什么。

我麻木地走在公路上，像是一只失魂落魄的狗，车和人在我身边来来往往，急急忙忙穿梭而过，仿佛我是一个幽灵，倒映不到任何人的视网膜里，没有人看得到我，而我自己对自己也构不成意义，这样活在这个世上有什么意义吗？怎么办？当我忽然明白，这个世界花红柳绿，千万条路我一条都不用选，当我忽然明白，如果我消失，连一张寻人启事都不会有，我和这个世界彼此没有牵挂，我连悲伤的能力都失去了。我站到天桥边时，我意识到，这是我的弥留时刻，我不是因为想跳下去走到这里，而是走到这里，觉得自己可以跳下去。这种感觉不是心血来潮，而是顺理成章，你不过是顺着生活的河流，流淌到了该要到达的地方。它给了你那么多绝望，就是为了让你走到这个终点。

我翻过天桥，看着天桥下车流滚滚，再等一分钟，等到车流红灯，何必让无辜的人飞来横祸。

风吹着，吹散我的头发，来自人间的风呀，是我最后一次感受到这样的温柔。我的眼睛微微发酸，是不是还有一点点眷念呢？可是也并没有想念的人啊，这个世界有这么多人，也并没有一个我喜欢的人。想到这里，甚至连积累那么深重的绝望都消散了，风再次抚过脸庞，我嘴角甚至有了笑意。我握着栏杆的手指一根根松开，慢慢感受自己离开这个世界的速度。我想生活给了我这么多侮辱，我以为我会痛恨、诅咒，没料到我会以这样轻松的心情离开它。

五、四、三……只剩下两根手指头，我的身体往下倾，我的手指已经疲倦无力，整个地面呼唤着我，我将以和这个世界紧紧拥抱、血肉相连的方式离开它。

松开倒数第二根手指，我整个人往下掉，但却没有掉下去，我的手好像又重新和栏杆连接起来。我的手被人握住了，我转头，竟然是有过一面之缘的金佳明。

他笑着说："你在干什么？"

我正在自杀你不知道吗？你的问题真好笑，我心里想。但我不需要任何人的同情，随口胡说："哦，我想挑战一下，从桥外面的这头走到桥的那头。"

他依旧握着我的手，望了下桥的那头，挑眉想了想："确实蛮有挑战的。你真有勇气。"接着又说，"我也来，一起吧。"

我震惊地叫道："你疯了啊？"手不禁一松，脚一滑，幸而他紧紧握着我的手，没有跌落下去。他脸色一点儿也没有变，只是点头："我说真的。等我一下。"

他松开一只手，另外一只手还把我的手和栏杆加固，敏捷地翻过桥到了我旁边。

我似乎活了过来，心怦怦乱跳，颤声道："你好好的日子不过干什么？疯了啊？"

他说："日复一日的日子过厌了，就需要像你一样，刺激一下自己，重新让自己的感觉苏醒。"

他说："我放开了啊，你不许耍赖。"然后放开我的手，我怕连累他，动都不敢动。他在我前面，倒是一步一步走了开来。

终于很多行人注意到我们两个神经病，有人开始拍照、拍视频，好心人还叫我们快返回来，还有人赶紧报警。人越来越多。我忽然，好像，又被这个世界重新关注了。

就像是一件古老的文物，被重新挖掘，在漫长的黑暗后，见了天日。

就像是一个寂静的微博，忽然被一个大号转发，所有人蜂拥而来。

他却恍若未睹，坚持他对我的承诺，转头对我说：“你怕了吗？慢慢走，没有什么好担心的。”

刚刚明明想跳下去的我，此刻却有点脚软，好不容易移动了一步，慢慢跟着他，两步，三步，往前走。

我想不明白他为什么要冒这个生命的险。为了我吗？我有什么值得的？我害怕、惶恐，紧张不安，受之有愧。在跟着他一步步走的时候，我的心奇迹般地慢慢平静下来，有一种全新的澄澈，如同新生。下面是滚滚车流——死亡使者，每一步都可能是最后一步；旁边是叽叽喳喳围观的人群，看热闹，也许并不在乎我们是死是活。但没有关系，我都不在乎，全新的人生体验，也不知道怎么做到的，我们两个都走到了桥的尽头。我觉得我自己是在清醒当中，走完了人间的奈何桥。

他先翻了过去，伸手给我，把我拉回了人间。我全身湿透了，才发现自己有多害怕，刚才是怎么做到的现在全都想不起来了。人群欢呼起来，有人鼓掌有人吹口哨，有走捷径到天桥的自行车不断按铃要围观的人让出路。我看着他春风般的笑容，才发现他脸上也有很多汗。

警察过来教育我们，他动用关系敷衍了一下，很快就没事了。

我傻傻地看着他，不知道应该对他说什么。让我获得新生？可是走到了奈何桥的另外一端，我还是面临之前那绝望的生活，并没有一点改变，谈不上什么新生。

他说："我一直在找你。"

那句"真的吗"刚出现在脑海就消失在我的口中，我瞬间就相信了他，他现在说什么我都相信。我问他："为什么？"

他笑着说："如果换作是你看到一个人在天桥外走，却毫不迟疑想陪着他走，你想这是为什么。"

我还是不能置信，答案那么明显，但我不能说服自己。

他也不勉强，又说："我找你，是因为我有一个画廊，经营不善，我觉得你可以帮我。"

"那么多人，我们刚认识，你为什么要选我？我有什么能值得你相信的？"我问。

他很自然地讲："我不是相信你，我是相信我自己。"

清淡的一句话，让我不用负疚。

"如果连你自己也做不到，我想我并没有那种信心做得到。"我猜测自己是因为上半生遇到了太多坏事、坏人，所以现在老天赏赐给了我一个好人。我很想抓住这个难得的机会，但是现实磨灭了我的自信保留了我的良知，我不能伤害那个对我好的人。

"你不用担心，自信我自己有。"他又很柔和地强调了一次。

我去了他的画廊，是以前的我从不可能来的地方，在本市最好的酒店里，他说是和酒店合作开发的项目。

他现在要推的小众画家就是那日莲花图的绘画者。他会主导这件事，但作为一个艺术营销专业的人，希望我给出建议。

现在艺术行销都讲究出位、大胆，有时甚至于鄙俗，但我看他并不是这样的人，至少我觉得他并不需要以此营生。

以此营生的人多半要流气难看，哪里要这样优哉游哉。

我想了许久，终归没有想到好的办法。眼看截稿日要到了，好不容易稍缓了几日，那种被命运之刀架在脖子上的感觉再次出现。如果帮不了他，我是不可能觍着脸留下来的，也许有人做得到，但老天给了我贫穷的同时还附赠了过分强烈的自尊，每个人对我的一点好皆是额外的赏赐。我战战兢兢，如果还不起我就要不起。

他看出我的紧张，请我吃饭，就在酒店。黄昏的落日依依不舍地挂在遥远的玻璃上，像是时隔多年翻老旧的箱子，不小心翻到童年泛黄的贴纸。

我问他："你为什么喜欢那幅绘画？它的颜色那么奇怪。普通人很难接受灰白色的莲花吧。"

他笑："我很喜欢它的姿态，莲花总是很脆弱的，但它却充满了一种不顾一切的欲望。一把枪很容易充满欲望，但是一朵莲花就不一样了，它本该清净，却有异样的对抗和欲望。"

我对他似懂非懂，因为我们中间数十年不同阶层生活带来的巨大鸿沟。他就坐在我面前，对我笑，不知为何我想起过去，想起刘溢，不知道他如何了。自从我家里出了变故，我就再也没和他联系过。

他是我所有回忆中唯一不带伤口的，我再惨，也不能让他看见，这是我最后的自尊。

那略带阴郁的莲花总使得我想起当年那个故乡的庭院里，我们彼此的那个照面，我对他还没有爱，于当时的我而言，他就是一匹单薄的竹马。

竹马走失，而今，陌生的人骑着白马过来，白马其实才是有用的马不是吗？

最初就是因为不知道心中的那份欲望，才能成就那份完美，那朵莲花也是如此。心中有火，可是看上去浑然不觉。如今回想，现实张牙舞爪地把过去撕裂。

我灵感迸来，斗胆说："如果我们的展会名为'欲望的对抗'，请本市十个有名的尼姑与和尚来为十张画护法，出位，但并不是哗众取宠，人生而有欲望，花花世界放大所有人的欲望，摒弃欲望的修行是否是徒劳的？袈裟、佛珠、平和的眼神是否真的就能拒绝这滚滚红尘？我想能让看画的人受到大震动。"

他想了一下，说："欲望真的不好吗？莲花代表贞洁，就不能有欲望吗？现在的清规戒律就一定要和过去的清规戒律一模一样吗？和尚拿着手机我们觉得很突兀，因为别人都以古老的目光打量现代的他们，觉得他们要像过去的莲，我觉得也挺有意思。"

他打电话给本市的宗教协会，聊起我们的创意，看似商量，但却有十足把握别人会答应。

果然，他放下电话，说："这件事情就这么确定了。"

司机来接走他，他顺便送我。

第二天，他又让司机带我去他家。他在家中等我。

我是第一次去他家，因为是别墅，我以为会是在城郊，然而并不是，是在城中心。车沿着石板路往上开，一栋一栋的别墅静静地匍匐在那里，即使那么安静，我也觉得富贵得惊心动魄，环境异常安静，一切都很低调沉默，只有两边的花开得热情洋溢，在风中显得特别嚣张。司机开到一处，大门自动打开，我看到院落中巨大的喷泉，水花在空中溅落下来，喷泉围着一圈小石人，撒花的西方顽童，射箭的丘比特。

院里有好几栋楼，司机停在了一栋楼下。

我战战兢兢地下了车，手紧紧捏着，我的心被自己捏在手心里颤动着。

我抬眼看，碎金色的阳光洒落在我眼里，我从未见过这么好的阳光，此刻连阳光都是势利的。

一瞬间，我想起，我刚刚离开的那个潮湿的、永远见不到阳光的地下室。

我知道这世界不公平，但不公平的程度往往超出我们的想象。

我一步一步，努力地走进去，一个完全不属于我的世界。里面是木制的红木楼梯，别墅里的装修并不十分新，有很久的烟火气，也许重新修缮过，但尽量保持着原来的风格，我想他家是一个世家。有人投胎生在马厩里，有人投胎生在这样的家里，呱呱坠地时就已经全然不同，有什么好谈公平的。

此刻我有点自暴自弃，我想我即使很久以后靠自己的努力，以及老天给的运气奋斗到也拥有这样的财富，但也无法改变从小养成的那因贫穷而过分敏感、激烈的性格，我永远得不到他那样的金贵从容。

差距太大的人就不会嫉妒，只会羡慕。

有一个管家模样的人出来和我打招呼："少爷的客人来了啊，他正盼着你呢。"

我点了点头，跟着管家要上楼，楼梯口一个清脆的声音传了下来："哟，金佳明的贵客到了啊，还请到了家里。今天搞了这么大的动静，让我看看，是不是有三头六臂？"

我尴尬地抬头，看到一个鬼魅般的年轻女人站在楼梯口，头发如瀑布滑下来，遮盖了三分之一的脸，只看到一双桃花眼，以及奶白色的皮肤，她穿着丝绸睡衣，手里拿着个红酒杯，好整以暇地看着我。

我莫名感受到巨大的压迫感。

管家赔笑道："太太说笑了，少爷等着人呢，我得把人带过去，不然他可就不高兴了。"

那位太太笑得很直率："你逗我玩呢？他会不高兴？他什么时候不高兴给你们看过？金佳明的情绪管理能力以后你会知道的。"

后面那句话大概是说给我听的，我假装听不懂。

她又用不善的眼光打量了我一下，我正想着要怎么打破这尴尬的局面，毕竟我一个穷女人赚点钱容易吗？

金佳明的声音在她背后响起："今天你是好雅兴，连我的客人都要为难一下。"

金佳明笑着走了出来，对我说："你先上来吧。"我仿佛吃了定心丸，一下子有力气爬楼梯了。

那太太一个转身，把手搭在金佳明身上："我头一次起这么早，就是为了欢迎她，你总是误会我。"

金佳明笑笑，把她的手从肩上拿下，她带着莫名难测的笑容走回房间。奇怪的暗流在他们中间流动。

我跟着金佳明，金佳明说："不好意思，没去接你，因为想让你见见我给你的准备。"

我受宠若惊，连忙表示我根本不需要人来接，活了这么多年从来没有人接过我，我就是这么风雨无阻地活下来的。

他笑："你说话真是有趣。"

我笑着说："一点都不有趣啊，别人听了都被我心酸哭了，就你还笑得出来。"

他笑得更开心了，我的紧张感方才走失了一些。

我一走进客厅，就见到许多人，个个打扮得十分新潮，还有一个中年的和尚和一个尼姑。

他对我说：“我很希望这次展会能够成功，他们都是我的伙伴，有他们，你也就不必太担心了。”

说完，其中穿英伦风大衣、梳着大背头的年轻人走过来，金佳明介绍道：“这是画展的艺术顾问，他虽然从英国留学回来不久，但对国学也很热爱。”

我早就有预料，所以把最好的东西都穿在身上了，但还是没想到阵容如此之大。事到如今我反而没有什么好担心的了，反正我做什么准备这差距都无法弥补，反正我的人生从来都没有退路。

我说：“多谢，我没有任何经验，我只能尽自己最大的努力，还请大家多多帮忙。”

金佳明又给我介绍尼姑、和尚，都是知名人士，我说：“慧悟禅师和无门师太倒不用介绍，我在网络上听过你们的讲座，在我很痛苦的时候，你们曾经开解过我。”

禅师看看我，不动声色：“施主郁结多年，若真能够开解施主，是我的功德。”

我的心颤了颤。大家都散后，金佳明对我说：“那说来你倒是有点佛性了。”

我苦笑：“我觉得你才是有佛性之人，我不过是希望从佛经中寻找自己痛苦的根源，但克服不了自己的痛苦。”

“那你找到了吗？”

“也许吧，佛经说，众生造作妄想，以心生心，故常在地狱。”

我顿了顿说：“其实我希望找佛教人士，并非想要造噱头，而是真诚地希望从画中能照见本心。我很担心现在很多宗教人士风评不好，媒体的报道也会歪曲，多谢你找到慧悟禅师和无门师太。”

金佳明还是绅士般的笑容：“我明白你的意图。如果真的是恶劣的炒作，我也不会答应。对了，我们的画家荣生性格很避世，不一定会来。”

我点点头，十分感激他，却又不明白他。安排好工作后，我正准备走。

有高跟鞋的声音在门外回响，门外的人阻拦：“少爷说会没开完，大家都不能进去。”

那个俏生生的女声响起来：“哟，少爷的话你们听，我的话就不用听了吗？”

“对不起，太太，不是这样的。”

话音未落，门已经被打开了，那位年轻太太走了进来。

我有点好奇她到底是什么身份，看起来那样年轻，是金佳明哥哥的老婆？或者金佳明的老婆？有钱人的世界，金佳明有一个不得不联姻的老婆也不是不可能，虽然我并没有期待，但心还是往下沉，如果是这样，他对我的好不是显得很荒谬……

金佳明把靠椅转过去，对着进来的太太：“我倒是不太理解，你对我的事情这么热衷的原因，你能告诉我吗？我愿意改。”

那位太太身子直接靠在酸枝木书桌上，即使我读艺术系，看到这样一套完整的清朝酸枝木家具也是非常吃惊的。她娇气地说：“因为我是你妈妈，天底下妈妈关心孩子需要理由吗？”

天啊？我的脑袋要炸成璀璨烟花，这女人看上去和金佳明年纪差不多，竟然是他的妈妈，这样的世界我也是不懂。

金佳明也不恼，指着面前一张相片：“不好意思，我只有一个妈妈，你需要儿子还请努力自己生，不劳而获的事人生碰见一次就是幸运，一做再做恐怕会折损你的福报。”

我看过去，那确实应该才是他的真妈妈，雍容华贵，但又有温柔慈悲，也不知道是离婚了还是过世了。

太太点了一根烟，继续笑：“福报恶报？如果我怕，就不会走到这一步了，是不是，金佳明？”

金佳明笑而不语，太太一看就转头问我：“那你呢，不劳而获的感觉如何呢？”

殃及池鱼，我被揭开最担忧的伤疤，不禁握紧了拳头，说不出话来。耳畔传来金佳明的声音：“你还是欺软怕硬，一点也没有进步。李小姐，实在抱歉，我连累你了。老李，你先送李小姐回去。”

我连忙说没关系，跟着老李退了出来，感觉那位太太的目光像飞镖一样一直跟在我身后，简直要把我钉在墙上。

听到这里，陈橙有点好奇地问：“为什么？他们有财产纠纷吗？可是财产纠纷也牵扯不到你啊？”

许何年说：“你问她不是很多此一举，如果她知道，她自然会讲；如果她不知道，她还需要我们告诉她理由呢。”

陈橙恼：“滚蛋，我就是好奇！感觉他就见你两次对你这么好也是不可思议，灰姑娘情节现实版？好瞎哦。”

灰姑娘？我听了觉得有点好笑，这个词曾经也一直出现在我的脑海里。我不断地想，我是一个灰姑娘吗？是一个不劳而获就被幸运选中的女人吗？

如果是，灰姑娘当时踏入皇宫是不是也像我如此惶恐不安？她怎么有信心能融入那个完全不一样的世界？可是我不是灰姑娘，灰姑娘再不济也是个没落贵族，至少也是见过世面的。

而我，那个世界太遥远，当我踏入的时候，梦幻的浪漫情节一个个被击碎，我心中只有严酷的壁垒森严，我知道，这样的世界是我不能掌控的。人要认清现实，也要认命。我不能不劳而获。

而且他为何对我这么好，我究竟有什么值得的。我在地下室里，一次次对着镜子问自己，问不出结果。

我知道画廊只是金佳明业余的一个兴趣，他们家族的正经核心行业是时装，几代人不断壮大下来，在国内也是数一数二，十几年前又开始涉及房地产。

工作了一段时间，我开始有点工资，终于可以搬出地下室，找到一个比较适合人住的房子。所有命运的转折都是因为他，他于我而言不应该是一个男人，而是一个高高在上的命运之神。

可是谁会不喜欢他呢？他事事显得如此金贵，如此从容。为了准备这个画展，我经常加班加点，除了固定的办公地点，也经常出入他的处所，不管多晚，他总是叫司机送我回去，有时候也会随行，但从来不开车。

他会问我喜欢什么菜，但从来不下厨，他说厨师会做得比他更好，很多事情交给更适合的人，会得到更棒的结果。

除了画展，他和很多人谈其他项目，不管是饭桌上或者办公室里、电话里，他的口气从来都和善自然，就像是合唱团里的指挥家，参加惯了国际大赛，举手投足之间，自成大家气度，手轻轻一挥，全场自然配合。

我想，他从来没有想过会被人拒绝吧，即使有人想过拒绝，他也会很体面地让那人最后应承下来吧。这并不是我的胡思乱想。每次和他在一起我总觉得自己粗糙、空虚、贪钱、自愧弗如。

即使到了那时那刻，或者此时此刻，看到那些乱花钱的人我还是会痛心疾首。那些天真的眼神和满不在乎的手让我感到心疼，没有过钱才会知道钱多珍贵，这就是我和金佳明之间巨大的差距。

画展的大小事都由我来做，他是善于信任人的，只有那位画家比较难搞，所以还是由他来沟通。他之前觉得画家出席与否并不重要，但后来又希望画家参加。

他打电话给画家，对方显而易见不断地在推辞。

他说："荣生，我了解你不想出席公众场合，对于金钱和名声你也不十分看重，如果我说有更好的圈中机会提供给你，想必你也不感兴趣，所以我没有办法说服你参加。"

他这般圆融的说法我以为他放弃了，对方也以为他放弃了，说了几句准备挂电话。

然后他说："我记得我光是找你就花了一个月，这次布展也花了很多心力，我非常希望整个布展能衬得起你的画，你的画是世界上你唯一关心的，难道你不想看看它们第一次展出的模样？即便不是如此，如果你是凡·高，我希望做一直支持你的凡·高弟弟，你来，就当是对我的报答。"

我明白，没有一个人的付出是不希望得到回报的，金佳明也一样，以他的位置，他认真的付出和他坦诚的话语让荣生不得不来参加。他越是乖僻，就越是不希望亏欠别人，他这部分的性格已经被金佳明参透了。

荣生最后心悦诚服地答应前来。我想，我呢？他这样对我，希望得到我什么回报呢？我能回报他什么呢？

想到那天在那人间的奈何桥，他和我一前一后，跟着暖的南风，生死相随，把我带回了人间，我的生命是他重新给的，我拿什么回报他都微不足道。

他那天回答我的话我不是不记得，因为爱吗？对我的爱？这些日子，我越来越觉得自己得出的这个结论很荒谬，天方夜谭，但我也认为我身上肯定有他想要的东西，只是我还不知道而已。

而我呢？我爱他。谁能不爱他呢？但我想我对他的爱不是男女之间的爱，是一种崇拜的、高不可攀的、对偶像理想化的爱。

看上去只是一个简单的画展，但准备起来十分琐碎，我又不希望它出任何差错，希望能呈现出金佳明想要的精致程度，所以十分耗费心神。在一段日夜不分的忙碌后，画展终于如愿开始。

我也穿上用透支半个月工资换来的高级套装——我不希望我是这个画展唯一的败笔。为了配合曲折欲望的主题，我们大量借鉴苏州园林的做法，使用了大量的镜子和廊子来增加景观的层次和深度，再有慧悟禅师和无门师太等僧尼，整个画展显得既澄空又曲折，我和金佳明一起在迎接宾客，宾客都称赞不绝。原本的标题党记者们一进来表情也变了，显然格调与他们想象中的哗众取宠有天壤之别。

一会儿，金佳明接了一个电话，说：“画家和他的经纪人一起来了，可以介绍给你认识。”

我看到一个人招摇过市地走了进来，穿得特别夸张——穿得让人看不懂也是艺术圈内未战先胜的一招，既然身在此圈中，如果不够浮夸，谁又看得到你。他后面跟着一个安静的人，想必前面那个是经纪人，后面那个就是孤僻的画家了。

我静静地等他们，经纪人看到金佳明就是一张比满月还大的笑脸：“金总，看到这个画展，我实在太感动了，没想到你对我们荣生这么用心，我们真的倍感荣幸，无以表达。”

他对后面的人说：“荣生，多谢人家金总。”

我看到后面的人走过来，漠然说：“谢谢。”

这声音如此熟悉，是童年的回响。我沿着旧铁轨晃荡回去，那些年，乡间的路，梨花开，寂静的庭院，我心中那个安静的男孩，旧时光如疾驰的火车迎面撞来。我还没反应过来，只是全身的血液都冲到了脑海里，视线一片模糊，好不容易才看清楚，虽然多年过去，他的骨骼、容颜已不再青涩，但清俊内敛，水波不兴，不是刘溢还能是谁呢？难怪那天我见到那幅画那般熟悉，原来真的是命运在召唤。

我颤声：“你是刘溢吧？”

经纪人一惊，但也不能否认，只是不高兴地看了我一眼：“他的艺名叫荣生，小姐。”我知道金佳明感觉到了我的失态，正看着我，但我也顾不上了。

我又问：“你不记得我了吗？”

他看了看我，终于露出一点久违的微笑，说道：“你是流光，你怎么不见了这么多年，怎么都联系不上你？”

原来他在意我，在我失踪的几年内，他试图找过我，对于一个对外界丝毫不感兴趣的人来说，这已经是他的极限了。我的眼泪在眼眶里沸腾，世事沧桑，一眼万年，如今我是一个无父无母的孤儿，站在他面前，竟仿佛一切都没有变。那些不可抑制的爱的欲望在多年之后又蓬勃而生。

金佳明道：“本来想介绍你们认识，看来倒是故人相见，挺好的。”

我才反应过来他一直在我身边：“不好意思，他是我少年时最好的玩伴。”

刘溢的经纪人见状又咋呼起来："原来还有这层关系，这次展会李小姐出了大力，看来真是心有灵犀一点通。"

我觉得有很多话想和刘溢讲，讲这些年怎么颠沛流离，讲自己曾经走到奈何桥的边缘，也有很多话想问他，如今的家乡如何了，但最后，觉得安静反而是此刻最好的方式。

有客人来，金佳明走开了。

经纪人看了看我俩，说："你们真奇怪，熟人见面，全靠眼神交流啊。"

又转头看了看会场："许如雪没有来啊？"

我第一次听到这个名字："许如雪是谁？没有在邀请名单上啊。"

经纪人露出不可思议的笑容："我看金总对你这么好，你都不认识许如雪？"

我觉得其中似乎颇有渊源，收回心神，也许能解开我的一个疑团，便灵光一闪编了个谎："哦！你说许太太啊？都没有给我介绍她全名，她没说要来。"

我看经纪人的表情便知道我是蒙对了，经纪人说："有金佳明的地方，没有她才奇怪。"

我想了下说："他们的关系是有些奇怪，矛盾挺多，不来也正常。"

经纪人说："李小姐，难怪金总这么看重你，全城都知道的秘密你也要守口如瓶。"

我看到旁边刘溢随着我们的讲话难得地脸色也变了，看来这全城都知道的秘密他也是知道的。

我就假装知道这秘密，问："刘溢，你也知道？"

刘溢沉默了一会儿，说得非常中立："嗯，女友成了后妈这种豪门猎奇之事被报道也挺正常，小市民喜欢听，其实故事中人真实的心境大家反而并不关心。金总和报道里看上去也不一样。”

今天对我的打击实在太多了！即使我时刻如履薄冰，提醒自己要看清自己，但扪心自问，内心深处真的没有半点期盼金佳明是真喜欢我的吗？有，而这一刻这样一个隐秘的心思被狠狠嘲笑，难怪他们的关系说不出地诡异，我倒是成了多余的人，或者我是金佳明手中的一张牌？这张牌的用处是什么呢？为什么非要是我呢？我实在想不通。

说曹操，曹操就到。

大家都把目光调到不远处，许如雪的美是那种既精致又哗众取宠的美，再加上打扮的光华，走到哪里总要被当作标本讨论一番。许如雪对金佳明说着什么，但不管许如雪说得多迫切，用完了多少表情包，金佳明总是笑而不语。

我很好奇，究竟是什么样的怒气使得一个女人去嫁给自己爱人的爸爸，这个我素未谋面的金佳明的爸爸又如何能坦然接受？

当我觉得莫名的诡异时，经纪人说：“天底下没有新鲜事，这是李隆基和杨贵妃故事的翻版。”我好像瞬间就接受了这个设定。

刘溢对经纪人说：“我们先走吧。”

之前金佳明就说刘溢肯来就行，不需要让他公开站台演讲，如果要走随时都可以，于是我并没有挽留他的理由。

经纪人瞅瞅他：“走吧，笨小子。你现在是看到有夫之妇心里就不舒服是吧。”

“啊？”我没消化他的话。他这个经纪人有些事精明，但对八卦之事却过于热衷，管不住自己的嘴。

所以，刘溢是被有夫之妇骚扰过吗？我那么迫切地想知道这些年他有哪些故事，而且想听他亲自对我说，既然有了彼此的联系方式，这一天并不会太远。

金佳明走过来,许太太也跟着过来,我远远看到金佳明略微皱了一下眉,他转头对她说：“我想，你今天在这里也没别的事了吧。”

声音的表情是明朗的，显然那一刹那的皱眉在他回头的时候已经消散了。

许太太声音不大，但因为娇媚在安静的展会里辨识度很强：“我要给你的新欢,那位孤女道声恭喜,第一次展会就这么成功,多亏金总调教有方。”

孤女？她调查过我了？我的心一紧,那种莫名的紧张感和防备感翻倍。

金佳明还是那种绅士般疏朗又有些疏远的微笑：“是她有天赋，和我无关。”

“那至少是你眼光好，是不是？”年轻的许太太走到我面前，问句抛给我，语气中带着慵懒的撒娇，那样美的脸，当着面，根本没有办法不还给她一个笑脸。

“对，我非常感谢金总给我机会。”我很认真地说。

金佳明走到我旁边，搭着我的肩，声音同样认真：“你忘记我和你说的了？相信你，因为就像相信我自己。”

我觉得自己像是一个武器，一对旧情人之间的武器。问题在于，旧情人和好后，武器总是最先遭殃的。

可是金佳明的手传递给我的是温暖而坚定的力量，他真是一个容易迷惑人的人啊。我转头很诚恳地说：“所以我更要说谢谢了。”

许太太嘴角露出点微笑，似乎轻蔑又似乎调侃：“佳明，李小姐对你可是生疏客套得很，听说你可是冒着生命危险救她的，妈妈替你感到难过。”

金佳明不理她，对我说：“不用谢，有你我很安心，之后画廊就全托付给你管理了。”

许太太的冷笑像个面具挂在脸上，只是听了这句话，那个面具颤了几颤，要说什么，最终只说了句：“你可真是孝顺。”

金佳明只是笑着望向她，不说话，那样的眼光中看不出来爱，也看不出恨，就如看着一个普通人。如果不是刘溢，谁说我都无法相信他们彼此有那么深的羁绊，我信了许太太的话，他的情绪管理能力确实很强。

许太太冷哼一声，弱柳扶风般转身走远了。

金佳明给我画廊的实际管理权，包括资金调用的权限，他是如此信任我，令我受宠若惊。也许飘零了那么多年，我终于有了一个自己的岸，只要我够努力，我也可以有自己的房子和车子，从此以后，我付出的努力能兑换回来同等的回报。

那天晚上我做了一个梦，梦中自己像以前一样一无所有，在大雨的夜里，没有地方可去。然后在噩梦中惊醒过来，双手差点把被子抓烂。

第二天原本是周末，醒来是因为接到了老板的电话。金佳明说已经在我家门口，我瞬间惊醒，抹了一把脸，冲出去，发现他果然在外面，天气那么冷，他竟然倚在车旁，为了要帅也是拼了。

我还穿着睡衣，寒气猛地冲进我鼻腔，我打了几个喷嚏，狼狈说道：“不好意思，稍等我一下，我换一下衣服。”

他笑道：“没事，不急，你慢慢来。”是那种具有安定力量的笑容，明朗又宽容，我一时间呆了，又感动。我想，在我慌不择路的前半生中，如果早遇到这样的笑容，即使只是在旁边看着我，我也不至于那么绝望。

在你绝望的时候，有人默默鼓励你，那绝望的颜色都不会显得那么惨淡。

我换了衣服，上车，还是司机开车，我忍不住问：“你不会开车吗？”

金佳明还没说话，司机先说：“少爷怎么可能不会开车，他是给我个工作，不然你看我五六十岁，还到哪里找工作，李小姐是想让我失业吗？”

我连忙说：“哈哈，怎么敢。”他对所有人都这么好，并不只是对我，说实话，这反而让我压力没有那么大。

但也不是平白无故对别人好，比如这个司机开车就不是一般地好，车平稳地开了一阵，感觉是往画廊的方向。我问金佳明：“我们回画廊？有紧急事吗？”

他说：“不是。”说话间，车开进一个小区，已经到了地点，我不再要求答案，只跟着他。走进一栋楼，上了电梯，在12楼下，他按了门禁，打开了一个公寓，没想到他这里也有房子。

房子看起来没有人住，不过应该时常有人来打扫，并不大，但麻雀虽小五脏俱全，卧室、洗手间、厨房、小客厅，该有的都有，窗明几净，咖啡色调，很舒适。

他说：“你搬来这里住怎么样？离工作地点比较近，免得你每天早上都要倒三班车。”

我虽然隐隐有预感，但他说出来我的内心立刻又感动又恐慌，我是不能接受的。我坚决说：“不行，我收到你的好意已经太多了，我不能平白无故这样接受。”

他说：“没有平白无故。我不会平白无故对你好，只是因为对你好让我觉得自己会好，再说，这里如果没人住也是空着。”

“为什么不出租？”

“因为这是我母亲以前的一套房子。”

“你母亲呢？”很久的疑问终于脱口而出。

“过世了。”他淡淡地说。我一刹那明白这房子的重量，是我不能承受的。为什么他要对我这么好，好到我喘不过气来。这种好是如此无缘由，以至于我担心，无缘由地，它又失去了。

我想拒绝，但看到他的眼神，那种眼神是不容拒绝的，我的话便哽在喉咙里说不出来。

我有何德何能呢？不久前我还是一个处处碰壁，穷途末路，除了死已经没有其他选项的流浪狗。一转眼上天送我这么好的男人，这么大的礼物，我又凭什么呢？我找不到答案。

眼泪忍不住还是流了下来：“你为什么对我这么好？我又哪里值得这么优秀的人对我这么好？”

他靠近我，擦干我的眼泪，拥抱着我，轻轻拍着我的背：“你不知道自己有多好，对我有多特别。”

“我确实不知道，我根本一点都不好。”我哭着说。

“你不好，我又怎么可能喜欢你呢？是生活磨损了你，让你失去了信心，以后你会发现自己有多好的。”他很有信心地说。他对我这么有信心，我甚至不知道那种信心是从何而来。

但我有最后的坚持：“不管怎样，我不能白住，我可以付一定的租金给你。”

他最后答应了，给我市场价的一半，条件是他可以经常来这里蹭吃的，我又有什么理由不答应呢？

第一餐就是这天晚上，我去买了菜。做饭我还是很有信心的，他在旁边帮工。我说："帮忙把番茄拿给我。"

一个转头，他递了一个土豆给我，表情无辜。类似错误，层出不穷，我笑出了眼泪，他也无辜地跟我一起笑。真是贵公子，终究和我不是生活在一个世界里，我们短暂的相逢如戏剧般传奇，不知道什么时候这场戏会落幕，我悲观地想。

酒足饭饱，他很开心，说已经很久没吃过这么放松又好吃的饭了。我想了想，有点明白，在外应酬在家又要对着前女友变的后妈，哪里有一顿轻松的饭吃呢？

"因为许太太？"我问，我发现我对他也越来越大胆，多私人的过分问题都敢问。

他摇摇头："和她没关系，我跟她没有关系。"他看着我的眼睛，我们四目相接，我一时间错不开眼神，他的眼睛、他的脸在我面前放大，他的唇碰到我的唇。我心跳如擂鼓，忍不住闭上眼，温柔的唇，缠绵的吻。我耳边轰隆隆一片，仿佛有火车从耳边碾轧过去，整张脸如火一般烧了过去。好一会儿，他又慢慢离开，我的心静下来，才知道是屋外有风在轻轻吹。

我的大脑当机，不知道对这个吻做何解释。

他说："这就是我对你好的理由，这就是我喜欢你的程度。"

所以，他是真的喜欢我？其实在奈何桥那时候，他已经说过了，只是我不能相信，即使到这一刻我还是不能相信。我多么高兴，但我不能相信，我脱口而出："不是因为许太太吗？不是为了刺激许太太吗？"

他很认真地问我："我说的你都相信吗？"

我点点头，他对我这么好，我哪里能不相信："相信。"

"好。"他说，"那我告诉你，我桥上牵你的手、吻你都是因为喜欢你，和许太太无关，外间关于我和她的绯闻都是假的，你不要相信那些，你只要相信我。”

他从来不称呼许如雪为金太太，连带着我也跟着他叫许太太而非金太太了。

“好。”我迷惑不安，也许爱情就是没有理由的，也许别人都看不到我，但他却能在茫茫人海中发现我，发现我是多么不一样，这就是爱。是的，是这样，此刻我相信他。

他很有君子风度，不管多晚，他都不会留宿，司机总是等到他下楼，把他接走。每次送他下楼，小区的风吹着夜幕里的森森树木，仿佛奏鸣曲，仿佛是在轻轻和着《莫斯科郊外的晚上》。哦，莫斯科郊外的晚上，多少年前，那些恋人相依偎，好多话不懂怎么讲，见面了又分离。

“所以，你们也相信爱情是没有理由的吗？”我看着陈橙和许何年，“真的有人会无缘无故为另外一个人付出全部，仅仅是因为爱吗？”

许何年不用说我也知道他的答案。果然，他说：“即使父母对自己的孩子好也不是无缘无故的，因为孩子是他们从无到有创造的。”

我自嘲了一下：“对吧，你们也不相信吧，我又怎么去相信，尽管我真的试图相信过。”

陈橙一反常态地沉默，好久才说：“我相信。”

我和金佳明建立了一种奇怪的关系，似乎可以定位为恋人，但我们都没有说破，我们拥抱、接吻，依恋彼此身体的温度。画廊如果有什么问题，到了他那边很快就变成没有问题。我非常依赖他，虽然见的人越来越多，但他始终是我见过最有能力、脾气又最好的人。我也尽我所能去打理，慢慢地画廊成为本城最知名的一处艺术景点。而他也经常来我这里吃饭、休息，然后回家，更渐渐让我介入他更深的工作中，介入公司的总部，我才知道公司董事会的成员构成。许家和金家是世家，许家是公司的第二大股东，公司原先有五位核心股东，金佳明父母、金佳明，以及许家父女，现在金佳明的母亲过世后，就空缺出了一位。金佳明母亲的股份原本应该由金佳明继承，但不知何故，到现在法律程序还没走下来。

而许太太和金佳明的关系也是让我云里雾里。我感觉许太太对金佳明充满情意和情欲，但是在董事会上，凡是金佳明支持的都是许太太反对的，反之亦然。实在不知道是什么原因令许太太对金佳明仇恨如此之深。可能恨比爱更有力量，但前提是对方要在意你这份恨意。金佳明对许太太从来都是春风拂面，一点不着恼，许太太那满腔的恨意无处发泄，每天都像一颗行走的炸弹。每次开完董事会碰到员工就爆炸，久而久之，一旦有董事会，大家都避之不及。

那一次董事会，因为我有急事要找金佳明，于是在外面等他。不知道为什么，许太太又怒气冲冲地走了出来，听说明明每次都是她给人气受，结果最后自己被气坏了。

金佳明含笑走在后面，他爸爸在和他说些什么，我听到了几个关于“体谅”“不要搞得这么僵”“他也很为难”的词。

这是我第一次见到金佳明的父亲，他们的关系也并没有想象中那么脆弱，也许金佳明说的是真的，他和许太太都是外界的人云亦云，不然正常的父亲再夸张要娶一个人也会顾虑儿子的感受吧，而且他们看起来像是一对寻常父子。

许太太走过我身边，哼了一声："你个受害者，现在倒是青云直上，我就看你上了天还怎么下来？"

我知道她的脾气，虽然不明白为什么又称我为受害者，但她这样的人总有她讽刺挖苦人的典故，没必要计较，我也不打算去追究。

我和金佳明交代了一些事项后，和他讲晚上刘溢约了我，可能晚点回来。他犹豫了一下，最后什么也没有说。

我也没想到刘溢会主动约我，尽管今时今日，我们彼此已经都不是过去的我们，但我依然记得那个在庭院里画画的男生，那大概成为我人生中永恒的一幕，我当然不管怎样都要排除万难，去见他。

刘溢终于长成了我想象中的那种男人，虽然甚少言辞，但很努力和外界保持着适当的关系，痴迷于艺术，单纯感性，如同经过了时光雕刻的玉石，散发着更迷人的光彩。

刘溢一见面就对我说："流光，不好意思，上次见面后，我闭关创作，这么久才联系你。"

我说："你不必这么说，我知道你，我自己也很忙，甚至没联系你。"

他停了一会儿，才说："知道你过得好，我很开心。"

我知道这已经是他能表达的极限，也让我知道我在他心中的重量。这些都让我满足，比我所有的工作成绩都让我开心。

刘溢带我去看他最近的创作。他真是一个创作力爆棚的人，每一幅画的点我之前都没见过。我看了好久，那种旧日的情绪在心中翻涌："你这些画的是我们的故乡吧？"

他点点头："你看出来了。"

我因为激动，话脱口而出："你一定不知道，我学艺术销售就是为了你，你这期的画还是交给我吧，我一定尽全力不让你的付出白费。”

很久没有回音，我转头，看到他感动、内疚的目光，他有点哽咽：“对不起，让你受苦了。”

我笑：“我受苦和你有什么关系，每条路都是我自己选的，你从来没左右过我。别这样。”

他说：“以后你受到了什么伤害，一定要来找我，不管何时何地，我都会保护你的。”他说得异常诚恳，我能感受到他那坚定的内心，如同漂泊在这异乡人的世界，只有我们两个相依为命。

我们聊起故乡的一切，聊起那些久远的趣事，我仿佛又回到了悠远的年轻日子，我的父母健在，我只是担心自己那一点点贫穷，就那一点点忧愁，现在想来简直可笑，而我们总是走在故乡的田野里，我陪着他写生，他陪我说话，日子悠闲得像是妈妈们晚上让宝宝入睡的呢喃声。

最后，他拿了一份土地赔偿契约书给我，他说：“原本早就该给你，但你上诉被遣回后，失踪了这么多年，我都找不到你。”

我握着那份土地赔偿契约书，那里面有我父母的生命。他知道这份契约的重量，所以这些年一直在找我，仅仅这份情谊，都让我永世难忘。我为他所做的一切都是值得的。

离开前，我想起上次那个“有夫之妇”的典故，便问他，他摇摇头说已经是很久以前的事了。临走前，他拥抱我，像是故乡的树拥抱另外一棵树，那熟悉的眷念让我眼泪落了下来，怎么办？我的心被编成了乱码，但还能怎么办？我们就变成最好的姐弟永远这样下去吧。

我在的士上，思绪始终纷乱，下定了决心才翻看那份土地赔偿契约书。都是固定的契约形式，谁又知道这一份简单程序化的法律文书，我付出了血和泪，付出了整个家庭的代价呢？我的眼泪落到赔偿书上，看不下去，匆匆翻到最后一页，就这样结束吧，这个世界根本没有公平可言，那些贫穷的生命如土地上的草芥，风来了，被风吹走，雨来了，被雨打残，动物来了，被动物踩在脚下，弱小如我，又能为父母做什么呢？

正当我要合上，一颗更大的眼泪掉下来，模糊了底下的签名，我定睛一看，那个签名分明是“金佳明”，再看一次，还是金佳明。

我的手拼命抖动，我的脑子一片凌乱，我急促地重新翻了整个契约书，是的，是金佳明家的房地产公司没错，那一滴眼泪是受到父母的指引，让我知道这一切的吗？

为什么？为什么会是这样？所以他是因为内疚而要回报我？多么可笑。所以，刘溢看我的眼光总是欲言又止，所以他总是对我是否过得好那么关切，所以他明明知道我过得很好，依然对我说如果受伤了他永远在那里。他知道一切，但他是那样善良的男人，与其让我活在痛苦、痛恨里，不如让我活在幸福的幻境里，是啊，永远不知道该多好。

我拿起手机，手指还在颤抖，我勉强控制了自己，输入金佳明公司的名字和我故乡的名字，我看到最前面的几条都是金佳明公司的项目出了人命，当时金佳明也因病在医院，众多可怕的信息导致一向信佛的金佳明妈妈心脏病发作过世。

原来是这样？所以他从来不提他妈妈，在这个灾难中，我们付出了同样的代价，我失去了双亲，他失去了母亲，我们势均力敌，所以，他其实是要报复我？

我想起了许太太那句话，原来我是这样的受害者，“现在倒是青云直上，我就看你上了天还怎么下来”，所以金佳明要把我捧上天，再狠狠地让我摔下来，这是最狠毒的报复。我感到有生以来最大的恐惧和愤怒。

他那微笑的面具下到底藏着什么？他向来宠辱不惊，轻易就能让人心甘情愿地去为他做事，这样的人我怎么能斗得过呢？

我现在所有的一切，我的工作，甚至我住的地方，都是他提供的，多么荒唐。我下了车，风吹来，脸上都是干了的泪。我站在小区前，看着那些楼房如怪物影影绰绰，无法移动脚步。

好不容易挪到我住的楼，我看到熟悉的车，金佳明站在楼下等我，看到我，焦急地走过来："你怎么这么晚？"

我说不出话来，我该说什么？夜色很好地掩饰了我的失态，但掩盖不了我颤抖的身体。

他皱眉说："你很冷吗？穿多一点，郊外比较冷。怎么还是不懂照顾自己，让我怎么安心？"

我有点想发笑。他脱下他的大衣裹在我的身上，熟悉的温暖袭来，他的味道真真切切传到我鼻子里，光这个味道都使我瘫软，失去了反击的能力。

我说："你这么晚还在这里等我，有什么事？"

难得看到他犹豫不决的样子，他说："我担心你，另外，有一件事情一直想告诉你，瞒着你很不安，我觉得是时候告诉你了。"

我麻木地问："什么事？"

他顿了一下，仿佛在下决心："你家乡的那个房地产项目，其实是我们公司开发的，对不起。"

一句"对不起"就了事了？那短暂告别的眼泪再一次涌到我的眼眶，我的眼泪横七竖八地流。我不明白，我以为他会永远瞒着，现在告诉我又是什么缘故？以他的智商和情商，因为知道我去刘溢那里，八成会听说，所以先下手为强？

我忍不住哭喊：“我爸妈两条命，你就一句‘对不起’？你们有钱人的‘对不起’真的很值钱！”

我用双手胡乱地打着他，直到失去了力气。他没有还手，直到我没有了力气。他看着我手上的契约书。

他温柔地问：“所以，你早就知道了？”

我惨笑：“怎么，后悔没有毒死所有人，留下了活口？我告诉你，不关刘溢的事，不是他告诉我的，你不要去找他麻烦，是你在这契约书上的签名出卖了你。”

我要瘫软下去，他用力抱着我：“对不起，对不起，对不起。”我感觉到我的脖子里有他的眼泪，温暖，慢慢变冰凉。我混乱了，什么时候轮到你流眼泪，你这么悲伤，演得如此入戏，让我这个父母双亡的受害者怎么办？他说：“我也付出了我的代价。”

是指他妈妈吗？也许吧，可是安慰的话我说不出口。

我说：“如果我今天不去见刘溢，你就打算继续瞒下去？我太傻，还真的以为有人无缘无故会对我好。”

他说：“不是，我很不安，下定决心告诉你，和刘溢无关。”

我用力推开他，感觉到他脸上有一刹那的受伤，这一点受伤让我感到痛快：“既然我都知道了，你也不用对我这么好了，卸下面具，想怎样就直接说，更轻松一点吧。”

他又要抱我，我闪躲了，他说：“你说过你相信我的！”

“是吗？你想我相信你什么？”

“我认识你之前从来不知道你牵扯在这里面，直到在会展上见到刘溢，我才知道的。对你好，并不是因为这件事，只是想对你好。”

“哦。”我冷冰冰地回话，不知道该怎么办。他是一个高手，总是能把握别人，他要控制我的情绪，他会有他的办法，他要让我相信他，他也有他的办法。

可是，我还有什么值得他这么用心的？我想不通，还要报复我吗？你妈妈很惨，失去妈妈的你很惨，可是我更惨啊。

可是，每个人都从自己的悲伤出发，谁又能体谅谁呢？权贵人的生命和穷人的生命本来就不是等价的，也许三条生命才能等同于他妈妈的一条生命吧。

如果是这样，那个时候，他为什么不让我直接从桥上跳下去呢？我感到迷惑，让我得到希望再绝望，这样玩弄我更能消解他心中的愤怒？

有钱人的世界我不懂。

最后他抱着我：“我爱你。”这是他第一次对我说出这三个字，来得太符合这个场合的走向，我接住了。也许于他而言，我们现在的状况，只能用这最高级别的三个字化解了。

我心里冷笑：你爱我什么，我有什么值得你爱的？你身边珠环玉绕，哪个不比我优秀？

我说：“我想回去休息了。”没有办法，再痛恨，我也无处可去，逃不出他的五指山。

最后他什么也没说，我上楼后在窗户边站了很久，他的车子才开走。这样高情商的人，我回到楼上会站在窗户边看，大概他也是计算得到吧，所以必须晚一些退场。

第二天，他带来了他的新故事，也许是费了一个晚上编织的，我洗耳恭听。

他说在动车站遇到我之前，他就遇到过我了，很久之前："那次，我本来是去找我朋友，刚要走进他的办公室，就听到里面传来一个很坚决的女声'不好意思，我没有身材可以提供'。我推门进去，你转头怒目看我，然后铿锵地走开了。我问了朋友，才知道你是新来的艺术销售助理，有一个土豪看中了你，如果你愿意，他会高价买画。其实这行是这样，不只是这行，艺术是装饰品，装饰自己的品位，他们更需要的是满足自己。我并不觉得意外，我朋友暗示只要你愿意，你将前途似锦，你却义正词严地拒绝了他。你那样看我，大概只是把我当成了那个金主，这些也都没什么，拒绝或者接受不过是你个人的选择，对我来说，最特别的是……"

他停了一下，他的故事似真似假，我是不是应该相信他？因为的确有这样一件事，当时我确实怒气冲天地走了出来，还撞了一个男人。我瞪他，不是因为认为他是金主，而是我当时没戴隐形眼镜，所以看人要特别用力，但再用力也还是徒劳的，看不清，何况再次偶遇，我已经经历了人间炼狱的种种恐怖，哪里还能认得他？

"最特别的是，你的表情和姿态告诉我，你非常非常需要钱，你非常非常想成功，可是你不能这样赚钱，因为你有需要守护的东西，并不是自己的贞洁，而是其他的。"

我震惊了，因为当时我确实是这样想：我又有什么重要的，那段时光，每当走到绝境，面临艰难的选择，我总会想，我如果选这个，只能步步错下去，以后我怎么面对刘溢？当他把他的作品交给我，我怎么有资格代表澄净的他？

我要相信他吗？这样的一个情节，太简单了，太灰姑娘了，我凭什么？

就凭当时一腔怒火？没道理的，生活的际遇让我从不相信“你成功引起了我的注意”这样的戏码。

金佳明很认真地看着我，伸出手摸着我的脸，奇怪地，我竟然没有躲避。“活着的大多数都想活出不平凡，”他叫我的名字，“流光，这个世界没有比希望不平凡更平凡的事情了。我当时就想，这个不断往下坠的你需要一双翅膀支撑，我可以成为你的那对翅膀。”

他还没说完，我的眼泪已经流了满脸。他是我的翅膀，在认识他后，多亏了他，我才能这样飞翔，那么多活着的人无助、痛苦、绝望，穷尽一生都在堕落中打转，又有几个有我这样的幸运呢？我是这样的傻瓜，明明他是我的仇人，可是几句话就把我骗得团团转，几句话就让我缴械投降。我必须武装自己，我不能经历那么多苦难，依然像是一个容易上当的傻瓜。

“所以，你之前不知道我是谁，只是因为爱我才帮我？”我冷静地问。

他点点头：“那你爱我吗？你可以爱我吗？”他说，他那样从不露怯的人，我却看到他的害怕和恳求，可或许这也是他阴谋的一部分呢？

我没有说话，心中想起了刘溢，这个问题我觉得到处都是陷阱，我没有办法回答。

他慢慢收回他的表情，又变回那个总是面带微笑、得体的金佳明：“没关系，我可以等这个答案，我只要你的信任就好，其他不强求。”

虽然他努力显得平静，但心乱得走出去时撞上了门，但愿不是演来博同情。

他开始更经常地出现在我住的地方，和我吃饭、聊天，但从没有再说到爱，也许他在等待，等待用他温柔、持之以恒的态度软化我。软化我之后呢，我对他还有什么用？我对他芥蒂的态度他如此聪明的人肯定感觉得出来，但任由我任性，他从来不说破。

我比以前更频繁地从噩梦中醒来，梦见我掉进汹涌的河流里，在湍急的黑暗河流里几近窒息，突然我抓住了一双手，他拼命把我拉出了生天，得救的我激动地回头，是他，是他狰狞的脸，他从来没有如此狰狞过，我觉得他现出了原形，我从噩梦中醒来，满头是汗水。又或者梦见突然身边所有的东西一件件消失，房子、车子、桌子、椅子，我拼命地扑过去，想抓住什么，可是我每抓到一件它们就消失，我终于又变成那个身无分文的穷人，没有什么是可以抓住的，天地间赤条条的只有我自己。

醒来后，我开始拼命买东西武装自己，名牌包包、名牌衣服，它们是我的武器，我在这个城市唯一可以倚靠的，至于刘溢，我得去保护他，我不能脆弱到让他来保护我。我和他联系得更频繁，听到他的声音就让我感到安心，每次我感到惶恐的时候，我就想和他讲讲话、见见面，当然我总是收敛起自己的痛苦，他对于我，什么都不知道，以为我依然天真无知地活在那个被编织好的天堂里。

那天，我从刘溢那里回来，发现金佳明已经在我房间里，虽然他一直有钥匙，但从来没有自己开门进来过，我吓了一跳。他看我进来，站了起来："你回来了。"

并没有问我去哪里，也许他早就知道答案，我们心知肚明。我们像恋人，但比恋人还要互相了解，比恋人还要容易互相误解。我们是一对无解的关系。

他说："今天想告诉你一件事，关于你家乡的那个项目，我们准备重启。"

来了，终于来了，我心中警铃声大作。在我身上花了这么多时间，终于到了需要我的时候？

他诚恳地说："我原本想永久搁置这个项目，重启这个项目是因为你，我不希望因为我们的原因让你的家乡陷入荒芜。”

哦，多么漂亮的借口，逗我呢？你所做的都是为了我，我父母死在你们手里也是为了我？以你的聪明才智根本不至于这样粗暴地邀功，又来骗我的热泪？

我说：“如果是因为我，没有必要。我不回去很多年了，对家乡并没有你想象的感情。”

他看着我的脸色，有点焦虑，又平静了下来，好久才说：“这么久了，我能说的都说了，掏出来的心都凉了，你什么时候才肯相信我？”

“我一直相信你啊。我答应过你，你说的我都相信。”我信口雌黄。既然你会说谎，难道我不会吗？

他看着我，一股失望和痛苦的情绪蔓延在眉宇之间，一会儿说：“因为你的父母，因为是你的家乡，我在申请让你深入这个项目，你会有讨论权和决策权，因为你的牺牲，你的家乡面貌你比谁都有资格做主。”

说完，他过来深深拥抱了我，便快步往外走，不小心撞上了门，一会儿才开了门出去。这是第二次，看来这个决策对他相当关键，他的心和我一样乱。

我不明白他想要做什么，何必麻烦地重启争议这么久的项目？关于他妈妈我从来未和他谈过，但我陆续知道他和他母亲的关系异常密切。他母亲大概是他世上最关心的人，他妈妈那样的死对于他来说我难辞其咎，更何况一个人对于发生的事情感到无能为力时，通常会迁怒。我并不觉得我需要对这件事负责，我觉得我是被迁怒，但不管他想怎样，我没有多余的牵挂，也就没什么值得害怕的，走一步算一步吧。

“其实那个时候，我非常矛盾，大概内心深处觉得他是不会害我的，不管他的爱是真是假，我都在这样麻痹自己，这大概是女人们总是上当受骗的原因吧。”沈默端着美得致命的甜点走过来的时候，我寻求他的看法。

沈默说：“能永葆初心也是一件好事，但其实你并没有，你有保护自己的力量，你没有你自己描述的那么脆弱。”

也许旁观人更对吧，我连自己都不了解，更谈不上分辨出什么来了。

慢慢地，他找我的时候我不是推托在加班，就是见客户。我宁愿和刘溢待在一起，刘溢让我感到轻松，仿佛心变小了，情绪变淡了，一切都没有压力，没有解不开的笑容，也没有防不胜防的阴谋。

终于在一次我推托不在后，金佳明忽然出现在我面前，声音变得很冷淡：“你不是不在吗？我们连基本的信任都没有了吗？”

“我的信任对你很重要吗？”我被当场抓包，心虚变成了怒气。

“很重要。”他毫不犹豫地说。

“我不明白你为什么一直向我索求信任。”

“对，你什么都不明白，所以你最轻松。”

听了这话我也生气了：“我哪里轻松了？”我没想到我有一天也会用这样的口气和他讲话，人果然是得寸进尺的。

我们像是结婚几十年的夫妻，相见两厌，没有对方不行，但又分分钟想掐死对方。他努力克制自己，我想难得他也有这样情绪不稳定的时候。一会儿他说：“你有什么想知道的，别闷在心里，问我，我都会告诉你。”

我不知道他指的是什么，但我不觉得能从他这里得到什么真相，我说：“我没有什么想知道的。”

他长舒了一口气："对你家乡的规划你总该有兴趣吧？"

"什么意思？"

"我说过我会给你争取到决议权，现在这个项目，你有机会进入董事会。因为在市郊，但离市区并不远，有山有水环境挺好，我们有两个方向，一个是建成艺术村，一个是建成别墅群。"

"建成艺术村？"我问。

他的笑容有些冷，问我："怎么？建成艺术村你就有兴趣了？"

"我可没说我有兴趣，你说的艺术村是什么性质？"

"会包含画廊和绘画培训。"他一针见血地说。他说得如此直白，我倒是不知怎么回应了。

"哦。我考虑一下。"我只能说。

第一次进董事会，我才知道许太太能和金佳明吵成这样，照例是金佳明说什么许太太都要反对，可是金佳明是完全不把她当一回事的。许太太自导自演，感觉自己太不吸引人，最后怒气爆发摔文件、抓狂。金爸爸皱眉，估计也觉得难堪。

金佳明微笑着走过去，捡起地上的文件，对许太太说："你又何必呢，文件又有什么错。"又转头对金爸爸说："董事长，总是这样闹也不是个事。"在公司，他总是喊他董事长。

我觉得这不生气的金佳明在气急败坏的许太太面前倒更像一个不败的魔鬼。

金爸爸左右为难，便说："好了，如雪，你也消消气。"

许太太一下子站了起来："我能不生气吗？你看看他那嘴脸，他把我当妈尊重吗？"

说着风卷残云一样奔到门口。我刚好坐在门口处，她最后一句话让我哑然失笑。

她斜眼看到我，便停下来，对我露出森然的笑："你别太得意了，以后有你受的。"

无故遭殃的事情我也不是第一次遇到，成为别人眼中的刺儿，就要习惯她想拔出来。

但这次不一样的是，那个夜晚，许太太找上门来了。

开门的时候，她正倚在门口，一副醉醺醺的模样，手里拎着一瓶红酒："来，我们来喝酒！"

我只能婉言拒绝："对不起，我还有很多工作要做。"

"怎么？看我不爽？想把我打发走？"她用力瞪了我一眼，直接绕过我进了屋子。

我十分无奈，也有点惶恐不安，毕竟她平时对我已经很刻薄，谁知道她喝醉了会怎样？可是她再怎样也是金佳明的后母，我的间接上司，我也不能直接把她轰出门。

我只好说："既然要喝，那我就喝一点吧，我去拿酒杯。"

我闪进厨房给金佳明发了一条微信，请他快来帮忙解围。然后走了出来，许如雪在沙发上看着我："说漂亮，你也没有我漂亮，不，你根本不漂亮，性格也不好，又穷，你说，你用了什么手段，为什么金佳明就喜欢你？"

"你误会了，金佳明和我不是那种关系。"

"我误会？"哈哈哈，她笑得声嘶力竭，一会儿说，"我和金佳明一起长大，这么多年，他对人什么神态、口头禅是哪个、发短信用哪根手指，我都知道，他不喜欢的时候也会微笑，只是会情不自禁地蹙一下眉，打电话响五声没人接就会挂，他在想什么我会不知道？我会误会？”

我一时间哑然，不知道该不该信她，甚至不知道该不该安慰她，以我的身份，会不会显得很虚情假意。

“如果没有你，如果没有你……”她自言自语，忽然哭了起来，非常悲痛，非常哀伤，“没有你，也是一样的，关键不是你，换作其他人都一样，他恨我！”

她哭得我心烦意乱，又心软，到头来不过是一个女人，一个爱而不得的女人，我怎么会不明白这种心情？我忍不住我的好奇：“你们从小一起长大，他为什么恨你啊？”

“我们何止从小一起长大，我们曾经是情侣，在开发你们那个破地方的时候，我们起了分歧，他妈妈过世了，他恨死我了！”

我震惊了，她歇斯底里地哭：“又不是我的错，拆迁的人员是他父亲找的，他没有人可以恨，只能恨我，所以我就要嫁给他父亲，要恨，就来个彻底！”

这豪门恩怨内情实在让我消化不了，可是我想起金佳明说的，他和许如雪从来不是那种关系，新闻都是乱报道。

我想起，金佳明一直让我相信他，他骗我又有何意义呢？

许太太看着我的表情：“你不相信我？觉得我骗你？哦，还是金佳明告诉你，我和他没有任何关系？呵呵，也对，以他的心机当然会这么说，不然有这样的后妈，怎么骗你爱上他？”

“许太太越说越离谱了，骗我爱他又没有什么好处。他这样的人，总是很容易被喜欢的，又何必要这样，金佳明不会骗我。”可是我想起许太太的话好几次应验成真，虽然她讲话很难听，难听得像是实话，心里也是有点摇晃。

她看着我，像是看一个大白痴一样，紧接着从包包里拿出一份遗嘱："看看吧，他骗你没用？傻女人，你以为他怎么让你进的董事会？发的善心？"

我翻看那份遗嘱，是金佳明母亲的遗嘱，上面表明她把她的股份留给在那场事故中死去之人的儿女，也就是我。

忽然，我一下子就明白了，那个温柔的金佳明，那个无微不至对待我的金佳明，那个把我从地狱带出来的金佳明，不过是贪恋这些。我每天惶恐不安，总觉得我配不上他，对他无以为报，又时刻充满自责，我怎么可以用这么功利的角度去考量他的爱？我怎么总觉得要有所图他才会爱我？

我凭什么得到这样的爱？现在有答案了，就凭这个。他觉得这个不属于我，所以要用自己的办法再拿回去。我的心直往下沉，我一直害怕接受他的爱，因为我知道我一旦接受了，就会贪图，就无法放开了，可是我根本没有那种本领，永远留住一个人的爱。那太难了，太难了。

可是如今，我没得到已先失去，我不是应该庆幸没有泥潭深陷吗？为何我却如此痛苦，如此痛恨？我抱着仅有的一点希望："如果是这样，我死了对他不是更好？"

"你死了？你要他和他爸爸争这个？你活着，更好，他需要的是体面、优雅、高贵地拿回自己的东西。"

"如果你觉得我坏，那他也好不到哪里去！"许太太尖声说。

我心死如灰，倒了酒，对许太太说："也许我们喝了这杯酒，也可以杯酒泯恩仇。"

金佳明匆匆赶来的时候，许太太已经走了，剩下的酒我喝了。摇摇晃晃地走去开门，看到他有点紧张的脸，我说："没事了，许太太已经走了。"

“她没对你怎样吧？”金佳明关切地问。

我视线落在他的西装领上，有一小块红酒的污渍。我深深呼吸了一下，如果不是我身上的酒味，那就是他的酒味和我的来自同一款红酒，深夜，许太太拿着半瓶红酒过来，那另外半瓶是和谁喝的我也是心如明镜。

这叫“我和她没有任何关系”。

我说：“她只是喝醉了，晕头转向的，我让她司机送她回去了。”

“那就好，你……”他关切地伸出手来，我用手抚了下刘海，躲过了他的手。“为了迎合她也喝了些，就是有点晕，我得先休息了。”

他当然听懂了我的言外之意，想说什么，最终什么也没说，让我好好休息就回去了。我站在窗前，看到下面等他的司机。我微信给他发的是：尽快来帮我，许太太喝醉了，不知会发生什么！而他，不忘叫上司机，这就是他对我的真心。

我没有再做噩梦，我干脆彻夜难眠，连续好几天。早上站在镜子前，发现自己的眼睛又红又肿，不知道是眼泪造成的还是失眠造成的，脸色枯黄，仿佛一下子老了好几岁。你看，做不符合实际的妄想，代价就是心碎。

我想我不能待下去了，离开他是我唯一的选择。至于什么股份，那本来就不属于我，我也带不走。如果我执着于此，我不就变成他了，那我又有什么资格和立场去谴责他？

我开始收拾行李。那天中午他来找我，我房间已经收拾了一半，不能让他看见，我只好掩上门，和他一起坐在客厅里。

他看着我：“你最近脸色很差，有气无力，联系你也不回，上班也无精打采，你怎么了？”

我摇摇头，说：“没什么。”

他和颜悦色地说："你看着我，是不是许如雪说什么了？或者威胁你了？"

我还是摇摇头，认真看他，才发现他的脸色并不比我好，以他对自己的要求，他这样暗淡的脸色、黑眼圈、干枯的唇是从未有过的吧。至少自我认识他起，我没见过他这样。我忍不住问："那你的脸色又是怎么了？"

"你终于舍得关心我了？"他的语气有责备，也有失望，多多少少还有一点撒娇。

我想说什么，忽然电话响起，刘溢让我出去一下，希望我能陪他回一趟家乡，他已经许久没回去了，我更是如此。

本来我是害怕回去的，可是此刻就仿佛有使命在召唤，我迫不及待地想飞回去。

我站起来："金佳明，不好意思，我有个事要出去一下，我们要不要晚点再说？"

"什么事？"他还坐在那里，听到我的逐客令，却并没有要回去的意思，他这种水晶心肝，知情识趣，现在这样又是第一次。

我意识到他有些不对劲，但我不想去猜，更何况我从来猜不了他。

"就是有些急事。"我要往外走，事到如今，他一个人留着也不是不行。

他却站了起来，挡在我面前，怒声说："又是刘溢叫你？我知道，就是刘溢，只要他叫你，你就走，不管你在哪里，你都要飞奔到他面前！你们的感情需要这么感人吗？"

他的话激起了我本来对他的仇恨，我语气也变得恶劣："你说什么话？有必要吗？"

"有必要吗？有必要吗？"他的眼睛怒视着我的眼睛，仿佛要吃了我，

“每次，我都要等你从他那边回来，每次，只要他召唤，你就要从我身边离开，他不过是懦弱的笨蛋，你就对他这么好！他哪里好，他不过是个懦夫！”

我没想到他这么诋毁刘溢，我气得大声叫道：“不许你这么说他，你有什么资格这么说他！”

“资格？你和我说资格？”他冷笑。

我觉得他简直不可理喻，他变成了那个尖刻的许如雪。我推门要出去，忽然听到他哀哀的声音：“我不生气了，是我不好，我不该对你发脾气，我向你道歉，我会控制我自己。”

我顿了顿，没说话。

“如果我求你，求你留下来，就今天，你也不肯吗？”他的声音里有我从未听过的悲切。

可是我不能回头，我知道我不能回头。我知道我一旦回头，看到他的脸，看到他的眼睛，我就走不了了。当得知他利用我时，我那么伤心，我知道，我是爱他的，不管这是对偶像的爱或者同伴的爱或者其他，都是爱，那些徒劳的爱啊，他还是成功骗到了我的爱。

可是我得走了，不只是此刻、今天，而是从此以后，我要收拾行李，离开他，到没有这些痛苦、仇恨、欺骗的地方。

所以，我狠下了心，头也不回地走了。

当我关上门，我听到里面巨大的声音，他把花瓶摔了，也许还有其他东西。他也许第一次知道也有他控制不了的事，所以他疯了。

我和刘溢试着不去想和金佳明的那些事。当走在故乡的小路上，我的情绪全然陷入了过去，我记得以前总是有非常多的小孩在这些乡间小路上跑来跑去，像是这片土地会永远生生不息，不会有寥落的一天。谁又能料到有这么一天，无聊的风吹着不知多少年前的旧塑料袋，没有方向地飞出一段路，在静寂的空气里发出巨大的响声，落在我们面前。那些小孩都长大了，离开了，不再回来，带着他们可能有的小孩，独独留下这片土地。我感到难过，可是我也知道无数的中国村镇都变成了这样，我们一转身都变成了没有故乡的异乡人，我们连痛苦都并不特别。

我努力地想重寻那些回忆，刘溢拼命地想把家乡画出来，但都是徒劳的，金钱的力量击败一切情怀。刘溢指着一个破落的房子，对我说："记得吗？这里，我们以前的小卖铺。"

"当然记得，当时我们一起收集的七龙珠贴纸。"

"还有这里，刘婶开的小吃店，当时以为世界上没有什么比这里的东西更好吃，现在想来刘婶手艺真不怎么样。"他说着要笑，又陷入沉默。

"对啊，可是我走遍了世界，才发现确实没有什么比这里的东西更好吃。"

他深切地看了我一眼，我们彼此陷入往事，不能自救。

弯弯曲曲走到一个老地方，我们脚步停了下来，我努力微笑着叹息："原来，一个家，如果没有人住，会变成这样啊。"

可是倔强的笑容尚未展开，眼泪已纷纷滚落到腮边。那破落的房子，蜘蛛网盘结的门头，灰尘满地，就是我曾经的家。只有家旁边的那棵梨花树，记忆中的梨花树，不理人间变迁，桑田变沧海，沧海潮起潮落，依旧旺盛生长。

刘溢抱着我，我在他的肩头大声恸哭了起来，似乎要把这么多年的积郁全部排解出来，哭到我都不知道该怎么停下来。但再也不会有爸妈给我沉默的安慰。

刘溢一直抱着我，对我说："对不起，对不起，我不该要你回来。"

我哽咽着说:“不,是我回来得太晚了,一切都已经太迟了,我太没用了。”

这么庞大无情的世界，钢筋一般坚硬的人类社会，我认不清，所以我连保住自己的家、保住自己的家人都无能为力。

那么，既然已经这样，还能怎么办呢？失去的人已经失去，我们只能不回头地往前走，重新找回自己生存的意义。

我说：“刘溢，不管怎样，我一定会坚持把这里建成艺术村，这是我唯一能做的事情了。”

刘溢说：“这都不是我们能决定的事情，顺其自然吧。”

我简直是咬牙切齿：“自然从来没有对我好过，我为什么要顺着它？我一定要坚持。”

我听到刘溢的叹息声，可是刘溢你别叹息，你是我最喜欢的人，这是我能为你做的，就让我为了年少的梦、为了旧日的家乡，坚持到底吧。大不了再次被打回原形。

好一会儿，传来脚步声。我们抬头，见鬼了，不知道为什么金佳明和许如雪竟然出现在面前。不知道为什么，我心虚地放开了刘溢，虽然我和金佳明不是恋人，却有一种被捉奸的感觉，大概是我欠他太多了吧。

然后我就开始胡思乱想，他们为什么会一起出现在这里，他们不是不对付吗？毕竟还是有旧日残留的情意吧。

金佳明冷冷看着我，即使上次他那么生气，我也没见过他这种眼神。我们的关系真是每况愈下，如果我不走，终有一天也会形同陌路，更令人心痛。

金佳明看着刘溢：“你真是个软弱不堪的男人。”

我有点生气：“你凭什么这么说他？”

“就凭我认识他不久，但远比认识他几年的你了解他。”

他这样情绪失控地攻击刘溢让我觉得非常不满，许如雪在旁边含笑看着我，又讥讽地看着刘溢，露出看好戏的微笑。她乐于看到这一幕，我知道。

终于，他们还是赢了，不管我们怎样挣扎，赢家始终是他们。

金佳明和许如雪站在一起，我们终于回归了正常的排列，我和刘溢，他和许如雪，我们是两个世界，镜花水月一场空欢喜之后，终究只能重回这样正确的排列。

金佳明对我说：“流光，能借一步说话吗？”

我没有动，他放软了口气：“也许是我们最后一件事。”

我听了，看了看刘溢，刘溢也让我过去。我对金佳明是狠不下心，不管出于什么目的，他救过我。

我们走到一旁。“你知道，后天就是董事会关于项目投票的时候了。”他沉吟了一下，似乎在考虑怎么说服我，“我知道你是支持建成艺术村，但我爸爸和他们父女两个人都是支持建别墅群更值钱，你再加上我一票，其实也没用，不如你答应我，你也投别墅群，只要你相信我，我一定有办法会让他们建成艺术村。”

董事会投票是最后一轮，怎么还可能有变？他又想达到什么目的，又想诓我？其实建成别墅区是他的目标，所以，也是他对我这么好的最终目的？可是没理由，如果只骗到我一票，又有什么用？

但不对，我记得许如雪永远和他作对，许如雪知道他要建成别墅群，所以和她父亲会支持艺术村，而金佳明父亲左右为难，我这票会成为关键。这是他的心理战术，我可不能轻易上当！

他看着我的眼睛：“最后相信我一次好吗？流光。”

我犹豫，最终没法坦然地回答他，我说："我必须……考虑一下。"

他最后非常郑重地说："我以我的母亲发誓，我不会骗你。"这样的誓言吓到了我。

终于，投票的那一天到来，进办公室的时候，他又非常诚恳地对我说："这是我们最后一次机会。"

我不知道所谓的最后一次机会指的是工作抑或私人关系。

但是在两天的思想斗争后，我已经下了决心。

"投票的时候，虽然下了决心，可是我不明白我为什么还会手抖，大概我知道这一票投下去我和他就完了吧，不知道为什么，明明理智告诉我就投个票，不至于的，但内心已经预感到了这样的结果。"我流着眼泪述说。

沈默依然沉默，许何年也不吱声。你们都和我一样知道，人生的路太难选，我们以为总会有百分之五十的正确机会，但所有的关系都难以权衡，所有的路都是错的，你每一次的选择都令你每况愈下。

我为了我死去的父母以及活着的刘溢而投，他们太重要，我只能舍弃金佳明，少了我这一票，少了这个项目，金佳明照样会活得活色生香，但刘溢不一样。我只能选择艺术村。

开票了，金佳明的父亲投的是别墅群，令我吃惊的是，许如雪和她父亲投的也是别墅群，我料对一件事，他们会和金佳明作对，因为金佳明投的是艺术村。虽然金佳明的选择令我感到意外。但这样，我这一票就无关紧要，投哪个选项都起不到任何作用。我内心松了一口气，至少金佳明没有骗我，而我这一票对他也不会有任何影响吧。

岂料，他打开我的投票后，脸色变得苍白。我看到他努力低着头，也许有一分钟，也许更长，我不知道，我看到有水滴滴到了我的选票上，是他的眼泪。

很久，天荒地老，海枯石烂。他吸了一下鼻子，冷冷对我说："麻烦你出去一下。"

我愣住了，心像是失修的电梯卡在那里，不能上不能下："什么？"

他再次冷冰冰地重复了一遍："我知道你的选择了，请你出去一下。"

大家都看着我，我只能尴尬地退场。大概半个小时后，秘书请我进去。

我看到许如雪和她父亲的脸色变得非常糟糕，金佳明的父亲脸色也不怎么样，金佳明对我宣布："我们经过统一和友好的协商，他们愿意放弃原来的立场，支持建成艺术村。"

竟然是这样，为什么会变成这样？他早就有他的计划。

他冷笑了一下，看着我的眼神已经没有任何情意："这是我答应你的承诺……你从认识我开始到现在从不相信我的承诺，即使我以我的母亲起誓。"

一瞬间，我整个身体都发冷，腿支撑不了我的身体，全身的力气都消弭殆尽，我只能撑着桌子，坐到椅子上。我明白了，我是爱他的，那种爱超越了我们之间那么多难以整理的复杂恩怨，那是对一个男人的爱，那么深刻的爱。我对刘溢，那是少年里的图腾，我从未对他再有过男女之间的欲望，我怎么就想不明白呢？但我也明白，他对我的爱已经消失了，我的这一票决定了我们的关系，这就是他最后的计划——得到他或者失去他。

当他决定放弃我时，我才明白我的爱，我真是可悲又无可救药。

他说："我会出去一段时间，也许几个月也许几年，看项目的进度，这个项目交给流光负责，这也是流光你的心愿吧，为了你的刘溢。"他冷笑。

"等项目完结的时候，我再回来。希望在座的几位记得我刚刚和你们说过的事，好好配合流光，我虽然在远方，但会一直关注的。”

许如雪和她父亲脸色惨白，乖得不像从前，乖得像是木偶人，什么话也说不出来，只是点了点头。

退场时，他们迫不及待，像是活见鬼一样都出去了。我苦苦等着金佳明：“对不起。”

“你只是做了你的选择，而我知道了你的选择。”

“不是，我没有想明白。我能否……”可是那样出尔反尔的话我讲不出来，因为我看到了他冷淡的毫无期待的脸色。

一会儿，我鼓足勇气，又说：“你什么时候回来？”我真是没有骨气，明明他害得我家破人亡，为何我又对他如此眷念？

他收拾好了文件，没有情绪，没有忧伤，也没有喜悦，变回了那个万事从容的金佳明，那个许太太眼中“情绪管理能力极强”的金佳明。他淡淡地说：“等你项目做好离开的时候，我想，我们不会再见面了。”

“就这样，那次会议成为我们的最后一面，他消失了，我再也找不到他，没有人知道他在哪里，只知道他什么时候会回来。”我自嘲地笑，“等我消失的时候。”

“所以，你想知道什么？”沈默问。

“整件事如同一个梦，好多环节我都想不明白，我想知道他是怎么做到的，让许家父女变得那么乖，以及……”我还没说完，许何年打断我说：“以及他是否爱过你？”

我说：“嗯，你知道我。”

他叹息：“你们女人啊，平时那么聪明、感性、敏感，对别人情绪一丝一毫的变化都了然于心，最后却连一个男人爱不爱你都不知道，一整天用追问男人爱不爱她来获取安全感的女人是最笨的女人。”

“对，因为我这么笨，所以失去了他。”我说，眼泪是已经流完了，太可悲了。

许何年说：“你想知道，我让你自己问金佳明吧。”

沈默看着我颤抖的脸，我甚至控制不了脸上的肌肉，他说：“你可以冷静一下，因为你马上就要知道答案了，吃一下我们的甜点。”

玛德琳蛋糕我在《追忆逝水年华》里见过，这个蛋糕让普鲁斯特想起了童年、礼拜天的上午、贡布雷、姑妈的家。再好的回忆都镶着惆怅的金边，我们对此无能为力。我对甜点的排斥消失了，小心翼翼地吃了一下，果然，我第一次吃到让人心暖的甜品，让我冷了好久的心感觉到了一点暖意，我情不自禁地摸了摸旁边那只慵懒的猫。

就在这一刻，我看到了许久不见的金佳明，他看起来过得挺好，穿着休闲服，斜斜地靠在沙发上。酒店当然是非常好的，米色的雅静装修，看起来很符合他的个性，他辛苦了，为了躲我，天天住酒店，我感到非常心痛。

“你过得好吗？在异乡还适应吗？”我喃喃地问。

“挺好的，没有你之后，我又变回了一个人的孤独。可是这就是我人生的常态，人人来来去去，当你不对人抱有期望，你就不会有失望，我们完整守着自己的秘密，不再期待有人来了解，明白了这就是生命的宿命，那么一切都和往常一样美好。”

“可是你有什么秘密呢？你生于富贵之间，花团锦簇，又为何会觉得孤独呢？”我明白我问了蠢话，有钱和孤独不孤独又有何关系呢？但他并没有笑，只是一如既往地从容、平静。

然后，我看到了更年轻的，我没见过的金佳明。

那是还在童年的金佳明，已经依稀可以看得出眉清目秀的小模样。家还是他带我去过的那个家，只是整个房间似乎变大了，他颤巍巍地在房间里跑来跑去。真是可爱，每个小孩我们都无法预计到他们未来会变成什么样的大人。

妈妈一脸的宠溺，在旁边给他唱着小曲：“蓝蓝的天上白云飘，……”

金佳明成熟的脸出现在我面前，我懂他的表情，那种“我已经很努力了，可是结果还是那样子”的无奈，但没有丝毫惋惜。因为最后一次会面他对我的态度就是这样的：“对啊，从那个时候，我就觉得自己和别人不一样，虽然我那个时候那么小，还分不清楚到底有什么不同。”

妈妈总是对我说：天空是蓝色的，叶子是绿色的，血是红色的。金佳明的金是黄金的颜色，你看，黄金就是妈妈戒指的颜色。

可是我不知道，我不确定，天空为什么是蓝色的？叶子为什么是绿色的？血为什么是红色的？直到有一次我不小心摔倒，我哭着告诉妈妈我流血了，为什么我的血是黑色的不是红色的！

妈妈很诧异，然后脸色变得苍白，她什么话也没有对我说。后来，她开始问我，天空是什么颜色的？叶子是什么颜色的？戒指是什么颜色的？

我很惊讶地想，它们都和鲜血的颜色差不多啊，为什么同样一个色彩有那么多区分，这个世界好复杂啊，为什么明明是同一个颜色，但天空叫作蓝，叶子叫作绿，戒指叫作金。

妈妈终于忍不住哭着抱着我说我是色盲，是她害了我，我不太明白什么是色盲，为什么我是色盲。妈妈让我不准告诉父亲这件事，她偷偷带我去了很多医院，最后的结果都一样，是先天性的。和她无关，可是我妈妈不相信，总是哭着说：一定是她怀孕的时候天天喝酒，才导致我有了缺陷，变成了色盲，是她做母亲的自责。而这个时候，真正复杂的世界刚刚对我露出一点面貌。

很久以后我才懂得色盲的意义，原来从我出生那一天起，我的世界就只有黑与白。所谓的五彩斑斓，所谓的红色、蓝色、黄色、金色从我出生的第一天起就拒绝在我的世界里出现。

我知道，我妈妈因为我父亲天天拈花惹草，甚至在她怀孕的时候变本加厉，所以她怀我的时候经常借酒消愁。为此，我妈妈显示出了巨大的决心：她不再生孩子了，我将是她唯一的孩子，因为她怕新生的孩子会分薄她的爱，她没有信心，在面对一个有缺陷的孩子和一个没有缺陷的孩子时，她的爱不会出现倾斜，所以她要把我变成她的唯一，这是她作为一个母亲对自己孩子做出的补偿。

知道我色盲的，除了我妈妈还有一个帮佣，那个帮佣不久就以此为由勒索我妈妈。我妈以非常坚定的手段让那个帮佣永久消失了，还对我说：“以后关于任何色彩的事情不要和任何人谈，这是我们母子独有的秘密，特别是你爸爸。”

我问：“为什么不能告诉爸爸？”

她说：“如果你告诉你爸爸，他就不会爱你，你告诉别人，他们就不会爱你了。”

虽然我当时不明白，但模模糊糊中懂得了：别人的爱，甚至我父亲的爱都是有条件的，只要他们知道我是色盲，他们就不会爱我了。

后来我懂了，我妈妈太了解我父亲，他对别人的要求太高，他的爱太浅薄，太没有定力，又被各种花花草草吸引，如果他知道我的缺陷，他肯定会质疑我连基本的色彩都分不清，有什么能力能做好一个以时装为主业的家族事业？我妈没有信心和实力，我还能成为整个集团的继承人。因为他随时有可能新造一个有他血统的人来继承家族的事业。

也许，你开始明白，我为什么从来不开车，因为我分不清红灯和绿灯。

为什么我从来不煮饭，因为我连黄瓜和丝瓜都分不清。

最讽刺的是，我为什么经营画廊，明明所有的画在我的眼中只有黑色和白色。

不管是谁，穿得多么鲜艳夺目，在我眼里也只有黑色和白色。

我想我再怎么向你表明我活着的这个世界，你们都不会感同身受，也许你们还会想，至少只是色盲，不是什么绝症，应该庆幸了。

是的，我也是这样安慰自己的，怀着自己巨大的秘密。

我对自己说，不能以自己是色盲这样的理由搪塞自己，放弃去学习任何技能，我也学厨艺，我也学开车。

请来的教练说从来没有看过上手如此之快的学员，天生有方向感和车感，甚至开玩笑说我假以时日可以去做赛车手了。

你看，我并没有放弃自己，可是，我第一天开车上路，当我到达红绿灯时，前面没有车，旁边也没有，我不懂我是该开过去还是停下来，我惊慌失措。直到后面的车拼命按喇叭，我知道了是绿灯，我该开走，可是我没有力气，我趴在方向盘上，眼泪止也止不住。我明白这是我最后一次开车，我不能为了证明自己，去以无辜路人的生命为代价，我应该放弃，不是为了自己，而是为了别人。

有些事情是注定的，你再努力也没有用。所以我该做的事情不是努力，而是学会微笑着放弃。能去努力原来也是一件需要幸运之神眷顾的事。

放弃时装，放弃画画，放弃开车，放弃厨艺，放弃电影……放弃用色彩去分辨这个世界，习惯躲在自己的黑白里，这样的世界也很简单和美好，不是吗？

我妈妈教我的，你是不一样的，你是独一无二的，你要好好保护你的秘密和脆弱，你要永远微笑示人，不要让人看穿你。

我妈妈说真正爱你的人，不管你伪装得多好，总有一天，尽管你不告诉她，她也会看到你这个秘密，那这个人才是真正爱你的人，是值得你付出的人。你一定要找到一个像妈妈一样爱你的人，妈妈才会放心。

我的妈妈总是太不放心，对我的未来期待过大。但她又何尝不提升了我对爱的期待。

我怀着这样的笃定和盼望，我最喜欢的歌曲是 Beyond 的《光辉岁月》，因为那句歌词："缤纷色彩闪出的美丽，是因它没有分开每种色彩，年月把拥有变作失去，疲倦的双眼带着期望。"

我总是笑着唱完，把从未得到的装作是自己失去的，假设自己也能分清黄色的肌肤、黑色的肌肤，分得开每种色彩。

李流光，那个时候你总是问我，不断地怀疑我，为什么是你，你有什么值得我喜欢的，因为你是那么没有自信。

开始我并没有告诉你，后来也没有骗你，我对你从来都是真实的，只是你不相信，也许你也不是没有自信，你是对我没有信任。我们第一次见面是我去我朋友公司的那一次，我承认我在外面听到你那句"没有身材可以提供"，我就开始好奇，这是一个有什么样身材的姑娘啊。

然后你开门出来，我发现你并不是没有身材可以提供，而是不肯提供。

你是个倔强的姑娘，你像是一个新生的凶狠的小动物，长着爪牙恶狠狠地看着这个世界。

你吸引了我，我心中也有这样一头小动物，总是忍不住要抓向这个世界。

而且，你这个小动物是那么具有光彩，狠狠撞击着我的瞳孔，怎么形容呢？我记得你的脸因为生气有点潮红，你的眼睛黑白分明，你的衣服应该是叶子的绿色，你穿着深蓝的牛仔裤。我并不懂这些颜色，后来我反复琢磨才明白。因为在我的世界里，只有你是有颜色的，我第一次明白，原来红色是明亮，绿色是新鲜，蓝色是忧伤。

李白第一口喝的酒，肖邦第一次弹出的音乐，哑巴学会了唱歌，雪人有了体温，色盲看到了缤纷。

对，这是一个石破天惊的奇迹，你于我而言是黑白山水画中走出的多彩丽人。第一次见到你，就如同第一部电影刚出现，观看的人看到火车轰隆隆开来，大家吓得掉头就跑，我也是那样，又惊又喜，心脏承受不了，几乎也要掉头跑掉。我在你身上能看到出生以来从未见过的颜色，是不是神奇到恐怖，是不是即使我告诉你你也不可能相信？因为不管从科学、精神学、心理学上都无法解释我，解释你，我眼中的你。

多么甜蜜，多么不科学，当别人说起多瑙河的蓝，我想起了你；当别人提起法国阳光下紫色的葡萄园，我想起了你；当别人议论这一季时装的流行色，我想起了你。我能想到的颜色都是关于你。不管是眼睛里还是心里，因为你，我拥有了一个缤纷的世界。如果这不是爱情，还有什么能称为爱情呢？

不管怎么去描述这种感觉，你也不会明白你对我的意义。当你走掉的时候，我呆了一下，原本应该追出去，但我忽然意识到许如雪在身边，虽然她已经是我父亲的娇妻，所以我想下次总会有机会。我委婉地向朋友打听你的信息。

因为那次给我冲击太大，我没有控制住自己的情绪，太心急了，竟然没有顾忌到在身边的许如雪。我们从小一起长大，她太了解我了，我从来不会过问任何一个与我无关的人。

我和许如雪是一笔烂账，我们是少年时认识的，因为她爸爸成为我父亲的合作伙伴。我们是服装世家，当时准备向房地产进军，而她爸爸是白手起家的房地产商。你知道，也许我对白手起家的房地产商有偏见，但他们确实比常人凶狠、残酷，在创业最开始的时候，为了成功、为了进度，工地上不是没死过人，都是用钱和黑道解决的。我不知道这一路上，为了他们自己的成功，多少可怜的工人付出了代价，对，他们认为谁最初的成功不是一屁股屎？当你站到了最高处，在最高处演讲，大家只看得到你的脸，谁又能看到你的屁股。

许如雪一直很喜欢我，我们关系很密切，毕竟那个时候我怀揣自己的秘密，戴着微笑的面具，把每个人都小心翼翼地隔开，保持着距离，只有她，她是主动性和进攻性很强的人，再加上两家的紧密合作，我们作为两个继承者，不得不熟悉。直到有一天，还没有十八岁的她对我说，她人生第一信念，源自她父亲的：“人不为己，天诛地灭。”她告诉我，这将是我们做生意成功的第一要诀。

我知道，我和她永远不会有更深的关系，即使许如雪这些年一直不肯放手，但我知道我的秘密若被她知道，终有一天会变成她伤害我的把柄。

为了防备她，我暂时按住了找你的愿望。当我开始找的时候，也许太晚了，怎么都找不到你了，你失踪了，我很懊悔，但我没有办法，那段时间的我经历了比失去你更恐怖的事情。直到在动车站再次遇到了你，我眼中的整个世界依旧如一出嘈杂、没有剧情的冗长黑白电影，你的出现让电影上了色变了调，你站在非常遥远的地方，穿得像一团火一样，你的眼睛里有快要泯灭的火光。

我那么震惊，你怎么沦落至此？我感到强烈的不安。我走向你，你的眼睛里有吃惊和感激，这也不像以前的你。我这阵子在忙一个画展，这个画廊是很久以前我妈妈开的，她说，最危险的事情就是最安全的事情，你终究要自己去面对这个世界，这是个小小的修罗场，如果你在一个色彩最丰富的空间里，都能很好地隐藏，应付自如，我就没什么好担心的了。

没有比隐藏自己更刺激的事情，也没有比隐藏自己更苦闷的了。那个秘密像是一个小动物躲在心中搔动我，我永远都不可能向别人敞开胸怀。

也许一开始我妈妈让我隐藏就是错的，人还有什么比坦荡地活在阳光下更舒服、更重要的？但也只是也许，因为无数事实见证了我爸爸对少数群体的偏见，证明我妈妈对我爸爸的判断是无比正确的。活着，总要有牺牲。

我的画掉落了下来，你流露出的欣赏和震惊，让我更明白你可能是我的同路人，也许是那个能知道我秘密的人。

但你当然不会知道我为何喜欢一朵黑白色的莲，为什么要举办一次黑白色的画展，因为这就是我眼中的世界，我要向这个世界偷偷展示我自己，但没有任何人知道。像是对这个世界的恶作剧一样，也许，我在天堂的妈妈看到也要窃笑不止是不是？

回去后我才知道，那段时间，你被逼得无处可走，你甚至怀疑神是为了惩罚你的傲气，要逼着你去死，既然你如此有气节，神就偏偏要看你能否靠着这口气活着，不然怎么至于到了最后连个洗碗工的工作都找不到呢？

我那强烈的不安证明是正确的，那个神就是许如雪，在你所有的路上设置路障，逼着你最后走上那座桥。

我和许如雪对质，许如雪很干脆地承认是自己做的，并且说："你看上的人也不怎么样，我轻轻弄几下，就想着去死了，意志薄弱，浪费了我的兴致。"那也许是我第一次和她动怒，我摔坏了我的手机。

我深深知道仗着阶层的差距，一个人要逼死另外一个人也并不难，难的在于你是否洞察到这种隐形的阴谋，而不是至死都带着"时运不济，没有能力"的自我责备走向最后结局，变成冤死城的一个幽魂。那种莫名的压迫无处不在，你感受到了，但你是局中人，怎么会知道有隐形人潜伏在你的四面八方，推你进入这样的境地。

我身体一向不是很好，还好来得及将你从奈何桥上带回来。说真的，当我得到了消息，看到你即将一跃的那一刹那，我慌张到觉得我身体有一部分也差点死去，还好，多么高兴，你愿意听我的话，跟着我，翻过那座桥。暖风吹着，无数的外人露出奇怪的眼神，我觉得我像一个凯旋的将领，我们一起并肩作战，你看，我们是不是天造地设的一对，我们一起承受外界诧异的眼光。我一直想，如有一天，外界知道一个上市服装公司的继承人是个色盲，看不到任何色彩，他们会用什么眼光看我？这就像是一个事先的安排，我发现我异常坦然——外界摧毁不了我们。为什么我能及时在最后一刻挽留你？我无数次问自己，最后我相信这一切都是命运的安排，都是我妈妈的安排。安排我邂逅这样一个你，倔强、不安、充满才华的李流光。我和你，是天造地设的一对怪物。

我迫不及待地想把我最珍爱的事业，我妈妈的画廊交给你，但我怕吓坏你，所以我一步一步慢慢来。你呢，总是担心欠我，拼命地证明自己，夜以继日地加班，我看了很是无奈。我不希望你这样，你的才华我早就知道。你呀，就是这种性格，大概人家请你吃一顿饭你一定要回请人家一顿，互不相欠，不然就寝食难安。

我了解总有这个阶段，你有你不能降服的自尊，正如我也有。画展很成功，我从来没怀疑过你的能力。但我没想到的是原来你和画家是故交。我一眼就看出来了，你喜欢他。

我也没想到原来你是那个在拆迁中失去父母的孤儿。我虽然查过你，但我只想知道你在哪里，至于你的过去，没有你的允许，我是不会去了解的，我不允许别人来侵犯我自己保守的秘密，我又怎能去挖掘你的过去，也许那也有你的秘密呢？我只想等你有一天告诉我，没想到这么快和你的过去迎头相撞。

但如果我告知你我不知道，你也不会相信，因为我发现你多疑又防备心强。这些都没关系，我要做的是，保护你免受许如雪的伤害，等你爱我。

既然我们是天造地设的一对，既然在你生命最后一刻出现的是我，我十分坚信会有这么一天。

既然你知道你的过去，我知道你父母的死亡迟早成为别人的一张牌，那是我们的一个考验。其实关于你父母这件事，也是我这些年一直在追查的，当然我追查的不是你父母的死。

我和许如雪很早就闹掰了，我很明确地告诉她我们之间不可能，因为自从我们开始参与公司层的决策，因为不同的价值观，矛盾已经多到无法掩盖。最严重的爆发就是关于你们村的拆迁问题，她和她父亲是主战派，我和我妈是主和派，但是他们做地产起家，用无数的案例告诉我们这种事情根本不可能和平解决。但是我和我妈妈始终坚持不能强拆。那没有决断能力的爸爸陷入了两难，就像他流连花丛，却从来没有确定哪个是他的真爱一样。

这次争执双方第一次撕破了脸，毕竟金钱才是最好的朋友。他们认为我们是毫无实战经验的、软弱的、只会纸上谈兵的怪物，继续合作下去只会加剧他们的损失。在这个时候，我身上发生了另外一件令人绝望的事情——我得了急性白血病，如果得不到匹配的骨髓，可能活不过那一年。还好，我妈的检验结果证实和我的骨髓相配。

我心疼又害怕，因为不管医学多么昌明，骨髓移植对我们两个都依然存在危险性，但我妈妈始终坚持，她说幸好匹配的是她，如果是我爸，她才要绝望，所以现在已经是上天的仁慈。

呵呵，上天的仁慈，我色盲又有白血病，这就是上天的仁慈。

手术过后，我慢慢恢复了。很久，我妈妈都没来看我，终于有一天，他们的告知让我巨大的不安变成了现实。

这世界唯一爱我的、知道我一切的妈妈走了，为了救我。

这就是他妈的上天的仁慈。我犯了什么错，要让我一辈子活在地狱里。

我不能绝望，我要努力活着，用我母亲教导的那种微笑活下去，因为我的命是我母亲换来的，我没有资格处理它。

更可笑的是，许如雪成了我爸爸新的妻子，她就这么迫不及待。许如雪曾对我说：对我有伟大的爱情。

呵呵，在伟大的爱情之上有一层更伟大的利益。我爸爸迅速改变了立场，在我还在昏迷和养病的时候，他们已经对你们村动了手，也有了你家的悲剧。

他们为了掩盖外界的质疑和新闻的咄咄相逼，竟然谎称我妈妈长年信佛，因为听到工地上你父母死亡，于是心脏病发作，也跟着去世了。他们这些禽兽用我妈妈的死来掩盖了他们的恶行，而这本来就是我妈妈生前极力反对的恶行。

而且，天知道我妈妈心有多硬，她怎么可能这么脆弱。当年有人以我的色盲来要挟她时，她做的并不比许如雪手软。她信佛不是为了别人，不是为了苍生，仅仅是因为我，为了保佑我一生健康平安，不再有波折。

她并不博爱，她只爱我，终其一生都为我殚精竭虑。当我从学校回来，第一次懂得色盲的真正意义，摔东西大哭，为什么明明那些普通的颜色每个人都能看到，我却多努力都没用，只有黑和白，我犯了什么错，所以要受到这样的惩罚。

我妈妈却没有哭，也没有手足无措，她只是尽量安抚我，对我说："佳明，妈妈告诉你，色盲不是病，也不是缺陷，你也没有做错任何事。我以前也这么想，妈妈到底做错了什么连累了你，但现在我知道不是这样，因为神觉得你是特别的，你是与众不同的，所以给你一个独特的看世界的方式。"

我长大后，了解到她不是不难过，可是如果连她都撑不住，又有谁能让我坚强?

为何我一病醒来，整个世界都变了，神连我的妈妈都要夺走？我不信有这样的神，我怀疑我妈妈死亡的真相。

许如雪和我爸在一起后，他们的势力得到了进一步的加强，很明显，我是落单的一个，所以我只能悄悄地查，还好我习惯了隐藏自己，还好有你的出现。

和你在一起的时候，总是我最放松、最自在的时候，有时候我甚至不会想起我妈。我记得那次和你骑单车到郊外，我喜欢骑在你后面，看着风扬起你的白色衣袖，你黑色的头发，一朵朵黑白的花掉落到你身上，于是有了缤纷的颜色。原来这就是春天，所有的桃花灼灼其华、摇摇欲坠，江水滔滔地流，草木青葱地长。也许是累了，你也放松了下来，对待我像是一个普通人，而不是恩人。

你轻笑着，捡起地上的落花，随手一朵朵拈开，扔到流逝的河水里，我看着一朵朵粉红的桃花离开你的手，变回了黑白，随风远去。

这就是我独特的看世界的方式，我甚至觉得神之所以让我色盲，并非是惩罚我，而是让我邂逅你。如果我没有色盲，也许优质的生活会让我变得孤高、傲慢，即使你在我面前出现千百回我也不屑一顾，是吧。

但你的放松只是很短时间，很快你又变回那个急于报恩的李流光，你的心里只有刘溢。我一直在等，等你看破刘溢不过是你童年的幻象。

如何让一个你深深爱着的人也爱你呢？这本来就是千古难题吧，求也求不得，不然就不会有那么多伤心的情歌、那么多断肠的古诗。

曹植深深爱着他的嫂子甄宓，可是得到甄宓的他哥并不珍惜，赐死了甄宓。曹植只得到甄宓临终前赠送的一个枕头，他连纪念的资格都没有，为嫂子写的《甄妃赋》要改名为“洛神赋”。

凡·高割下了血淋淋的耳朵要送给爱的人，尼采的表白吓坏了原本同情他的公主。我又怎么会不知道，太过痴情，太过痴迷，从来不会有好结果。

不管我多忙、下班多累，我总要去你那边待一会儿，我们这样亲密地相处，你知道我爱你，你怀疑我是否真的爱你，你觉得你没有什么值得我爱的。我说得没错吧？你想什么，你眉毛一动，我就能猜到。

可是，我从来没有开过车，我的司机说一句如果我开车，他就失业了。你就相信了。一次一次，不管多急多晚，我都要司机一起来载你，但你从来没有任何怀疑，因为你对我根本没有上心。

甚至，刘溢出现后，我着急到那么明显地暗示你，在你家煮饭的时候，你需要番茄，我递给你土豆，番茄是软的，土豆是硬的，基本的手感都不一样，你却以一个我“生活太优越，五谷不分”的想法就打发了，因为你根本不在意我，也就不会想了解我。

每分每秒，我表现得那么明显，只要你问我，问我一句，为什么你连番茄和土豆都分不清呢，我就自然地会告诉你，因为我是色盲啊。

只要你问一句，你为什么这么大从来都不开车，这不正常啊，我就会迫不及待地告诉你，因为我是色盲。

我甚至发慌到说：你问我啊，关于我，关于你父母，关于我母亲，关于许如雪，问我什么我都会如实回答你。可是，你从来不给我这个机会。不爱一个人，当然没有心思会在他身上，即便这个人日日夜夜在你身边，那也不过是一个影子。我丧失了对你的信心，竟然用这么可怜的办法拙劣地让你来了解我，可能我是疯了吧。

金佳明说到这里，叹了口气，看了一看，仿佛看到了近在咫尺的我。

我哭腔沙哑，叫道：“金佳明。”

旁边的许何年叹气道：“他看不到你。”

我又何尝不知道，可是我控制不住自己：“为什么你不告诉我呢？为什么要让我们变成这样？”我的眼泪已经流得如枯泉，可是我发现我还是怪他，我不肯承认自己的错误，我是如此自私。

他的眼睛看着虚空中的虚空，我知道他看不到我，他只是向着心中虚拟的我解释，那个虚拟的我也许也问过他这样的问题。那个虚拟的我一定深明大义，能体会他的苦楚和难处，能了解他微笑背后的沉默和伤痕，而不像现实中的我，无理取闹，防备他，忌惮他，忘恩负义，恩将仇报。他离开我是对的，像野草一样自私的我配不上他。

他温柔地笑着说，我从小得到的教育就是，我不需要用弱点去博取别人的同情和爱。爱是如此珍贵，用缺陷去得到爱，以后的日日夜夜里，我将永远怀疑这份爱是源自爱还是源自同情，我不允许自己陷入这样的境地。

我的眼泪只是没有意识地流着，你有一个好妈妈，教会你自尊是世界上最贵重的物品，即使是那么渴望的一份爱，也不能用它去换取。我永远比不上你的好妈妈，珠玉在前，你能爱上这样的我原本就是我的荣光。

那个时候，我对我们的关系有了点信心，我吻你我能感到你也在心动，我拥抱你你不拒绝，我甚至偷偷期待，你是像我一样沉迷于这个拥抱的，于是我决定把你父母的事情告诉你。可是没想到你知道了，不管我怎么解释，你都恨我，但我不能告诉你我母亲的死，因为我还在偷偷调查，多一个人知道就多一分危险，我不能置你于危险之中。后来看到你的态度，我也不想告诉你了，母亲是我爱的来源，不是我得到爱的武器。我更不能告诉你那个盖印我没做过，也许是我大病昏迷时他们拖着我的手盖的，我不想让你知道我身处在多复杂的密林里。但这些都不是重点，重点在于，我高估了你对我的感情，我想，你大概对我是没有感情的。

金佳明苦笑了一下，如同时过境迁的自嘲：我并不奢望你的爱，可是你恨我，不相信我，甚至于，你对我连基本的人格的信任都没有。后来我一直问自己怎么会这样，你心中的那个人不是我，你内心本来就对我有很多成见，所以我们才会那么快从恩人变为仇人。这么多日子，我对你再好，又有什么用，也许是天气太冷，我纵然掏出了心对你来说也是凉的，那些亲密的错觉不过是一厢情愿。如果是这样，我和你解释再多又有何用呢？

可是爱情的痛苦在于，不管我多么痛苦，我都还是爱你的。不管你爱的是谁，我都还是爱你的。我对你失望，对你发狠，失眠头痛，都是因为爱你。所以我总是自我安慰，是我对你的要求太高了，我凭什么要求你来了解我，凭什么你要有兴趣知道我的秘密呢？

我一次一次想给你机会，每次都说是最后一次，但每次过后又有了下一次。

那天晚上，我试图和许如雪达成一定的和解，这么多年，我第一次和她一起坐下来喝了半瓶酒。

她哭着说："金佳明，你记得我们第一次喝酒的时候吗？我们两个偷偷喝，喝醉了，坐在酒店门口，你爸爸接到电话，半夜来把我们捡走了。"

她说："金佳明，为什么，我上小学的时候就想嫁给你，可是最后却嫁给了你爸爸，你说是不是很可笑，荒谬的命运。"

我说："这不是命运，这一切都是你的决定。我记得那个十多岁的小姑娘，但那不是你。"

她说："我比她好，为什么你从来都看不到，我走到哪里都是焦点，都璀璨发光，为什么在你的眼里却像黑白的。你是不是有问题？"

她激动地说："要不，我们在一起吧，偷偷地。"她扑过来，我觉得恶心，推开她。

"我很庆幸以前拒绝了你，你总是证明那是正确的。"

她愤怒地看着我，想杀人，但终于没有，只是把手上的酒恶狠狠地泼过来，便走了出去。可是不过是今天离开而已，明天我们还要见面，后天，大后天，如同没完没了恶化的疾病。

你发短信给我，我匆忙叫上司机过去，途中，收到她的电话，她说："她就是这么一个扔人群里捞不到的傻 ×，甚至一点也不爱你，也不在乎你，我给她撒了一个最浅显的谎，关于你，她一下子就相信了。她甚至相信我多过相信你。你爱她什么，因为她傻 × 傻得闪闪发光吗？你这个可怜虫。”

我到达你的家，你愤恨的眼神甚至不屑于掩饰了，我知道她是对的，你甚至相信一个从不掩饰对你有恶意的女人，而不相信我。

你相信她说的我们是情侣的谎话，尽管我曾经一次次向你解释过、否认过。你甚至相信我母亲留了股份给你，因为她的内疚。你是不是太天真了？但凡你有一点怀疑，你总会想去核对那遗嘱的真伪。可是我只能安慰自己，你不了解我母亲，你也不了解我，因为我都没有告诉你，我们的信息是不对等的，所以你总有这样那样的误会，你太慌张了，找不到我无缘无故对你好的理由。终于，许如雪给你一根树枝，你当成树干抱住了，再也不用担心对我无以回报，减轻了心中满满的负疚感，说到底，天真的是我。我们都是一样的，趋易避难，相信自己想相信的。

这样的自我安慰也渐渐持续不下去了，安眠药吃多了也就没了作用，身体有了抗药性，所以我一边吃安眠药一边看着天亮。你和刘溢越来越接近，他是你的幻境，我从来舍不得去戳破它。

我想我要再给你机会，那天我去找你，那是我母亲过世的日子——很可笑，我对自己信誓旦旦地说不能拿自己的母亲作为武器，可那么痛苦的时候，我还是希望在身边的是你。我假装用暂时的脆弱打破了自己的原则。

还没等我说出来，你接到刘溢的电话就坚决要走，你手上有你的车票，你急匆匆要搭乘去心中的远方，我甚至不是月台，连暂时的挽留都做不到。

他要你去的是你多年都不曾踏足的故乡，你毫不迟疑，我是曹操，你是过了五关斩我六将坚持回去的关羽。

我一直以为我在给你机会，直到此刻，我明白了，原来是我可怜兮兮，一次一次，不是给你机会，是给自己机会。

我和许如雪一起出现在你的故乡，你和刘溢都一样震惊，特别是刘溢。见到许如雪震惊，是个常人都会怀疑。可惜你不是常人，你是喜欢他的人，所以你没有怀疑。

于是我拉着许如雪出现在那里也就失去了意义，我已经心灰意冷了。即使我控制不住对刘溢口出恶言又能怎么样？即使我指着他的鼻子骂他是个懦夫又能怎么样？我从来都没有这样诋毁过一个人，这让我看不起自己。对你的爱让我堕落到看不起自己的境地。

我知道你也有所耳闻，刘溢和有夫之妇有瓜葛。他在你心中太优秀、太干净了，你单方面下意识就当他是被骚扰的一方，其实他爱上了有夫之妇，那个有夫之妇就是许如雪。你喜欢的刘溢那么喜欢许如雪，被当成一个致命的武器使用。

许如雪曾经骗这个单纯到可怜的男人，要为他把你们村改建成艺术村，希望你们村村民能同意。你们村反抗浪潮不绝，抗议倒不是针对你们村未来要改建成什么，谁管得了这种身后事，他们只是需要更多的赔偿。所以她又唆使他先让你们村两个比较怕事的人出来抗议，这样事情比较容易被说服，容易解决。所以他去找了你父母，岂料许如雪打的主意是杀鸡儆猴。

可是，你父母也并不是无辜的，当时拆迁合同已经签订，赔偿已经给到位，可是你们村不知又从哪里听到流言说补偿费原本可以更高，是你们妥协得太早，于是又起贪念。在法律的荒原，大家缺乏基本的契约精神，钱是个好东西，君子爱财，取之有道，但对大家来说不讲道理如果能赚钱，为什么要讲道理？于是本来就偏见重重的许如雪恶从胆边生，才有了这样的悲剧。

虽然，我不能否认我是间接的加害者，因为我也是这个项目的发起人之一。

你对刘溢和对我的立场太不公平，你对刘溢下意识维护，对我下意识怀疑。其实我以前有时候会觉得，你对刘溢也许不是爱，也许只是眷念，只是形成太久的习惯，是弥补你对故乡、对父母的亏欠，但我终于发现这不过又是一剂我自我安慰的药。

这是爱吗？爱让人失去了欢愉，让人变得痛苦、嫉妒，自我怀疑，击碎我多年累积的自信，我一直的笑容多年来已变成自己的面具，爱击碎了这个面具，却没给我更好的面孔。

我不回头，一直走向你的海市蜃楼，徒步翻越沙漠，饥饿当是历练，疼痛当是脆弱，直到我撑不住，才发现，饥饿就是饥饿，疼痛就是疼痛，我也只是一个普通的我，走过海市蜃楼，不过是另外一片沙漠。

我不回头，自己演一场盛大的戏，以为感动了天感动了地，结果被感动的只有自己，缤纷绚丽，世界唯你有光彩，以为是宿命，是奇缘，其实也不过是偶遇，是一场轰轰烈烈的自我催眠。

再给你一次机会吧，最后一次，只要你还有一丁点向着我，那所有过去都是值得的。

我用最坦诚的姿态告诉你投一票，只要你投的是建别墅群，我一定尽我全力让你建艺术村的愿望实现，我早就想好了办法。

因为我查明了母亲死亡的真相，许如雪和她父亲收买了医生，在手术中兑换了药，导致了我母亲的死。但骨髓移植并不是百分之百保险，在欧洲也有错用药导致捐献骨髓者死亡的前科案例，在我醒来前，他们把这定为医疗事故，开除了医生，选择了息事宁人，这些我都不知道。

直到我们追查到这个医生之前曾经有相同的状况，找到了之前的受害人家属，联合起来才找到了突破口，让他老实交代。我痛苦至极，甚至想我妈不应该救我，我也是害死我妈的凶手之一。我心思烦乱，可是你不会懂，你没时间关心我。

我从未骗过你，我对你的承诺从未没有兑现过，或早或晚我都在努力。很可惜，你最初口口声声说相信我，但从来不曾真正地相信过我，你心心念念的只是实现刘溢的梦想。

为什么我要把自己放到如此悲哀、难堪的境地呢？当打开你的票，看到你的答案，我的眼泪不知道为什么掉了下来，一滴，一滴，模糊了整张纸。我想我不能这样放纵自己下去了，我该下最后的决断。

我抬起头，却发现，你在我面前模糊一片，我闭了闭眼睛，再睁开，并没有什么两样，你红色的包不见了，你粉色的毛衣不见了，你蓝色的牛仔裤不见了，你鲜亮的笑容不见了，它们都变成了黑白，你是黑白的，和旁边的别人没有不同，你的色彩消逝了，就像我对你的爱一样，消逝了。

如果爱你就是这样，像是下不完的雨天，被泥泞困住，没有太阳暖心房，没有白云漾情怀，让自己千疮百孔，慢慢腐烂，那我就太辜负母亲给的两次生命。不如让遗憾停在这里，变成你我的一个句点。我想多年以后，我也不会后悔这个决定。

我让你出去回避，最后一次以母亲为武器逼迫他们。我爸爸知道真相后也吃惊至极，多年的夫妻之情对他大概也不过凝聚在此刻这吃惊的表情上，真是可笑、可恨。

他们当然只能同意，没有让他们得逞也算完成了妈妈的一个遗愿。这同样是我能为你做的最后一件事。我选择出走，我没有办法待在这里面对你们，至于报仇的事，让我好好谋划，只是以后所有的事都和你无关了。

会有那么一天，这天已经不远，我完善证据链，重整旗鼓，再次归来，让杀害我母亲的人得到应有的惩罚。然后等到真正对的那个人，她不必光彩夺目，我们一见就如故人，没有误会，没有猜疑，心意平等，我不需要牺牲，她不需要愧疚，我们坐在沙发上，一边看无聊的电影一边吃烧焦的饭菜，她烫不平衣服，打不好领带，但能解开我的愁容，即便相对沉默，也不尴尬，一觉醒来，看到她在枕边，不吃惊，也不心绪难平，这就是我需要的平凡生活。

金佳明慢慢在我眼前消失，我不敢哭，连眼泪都显得我无耻，连哽咽都显得我卑鄙，为什么我能这样深深地伤害一个深深爱我的人呢？大概是因为，只有深深爱你的人，才会不管受到你多重的伤害，都一步也不会挪开自己站的位置，只怕你捅到他身上的窟窿太大风会吹进来，身后的寒风会冻到你。

我早就知道我对刘溢不过是对玩伴的眷念。而现在我更明白了，在我失踪的年月里，刘溢频繁地找我，不是因为对我的爱，只是因为对我的内疚，对我父母的亏欠。

我把他的亏欠当成了爱，又把金佳明的爱当成了亏欠。看不到世界色彩的不是金佳明，而是我。

我曾经一直不知道自己有多爱他，他在我不断下坠的时候给了我翅膀支撑，我开始飞翔，时过境迁，竟以为翅膀是天生的。我有钱，有包，有房子，我想用这一切换一样东西，他的爱。我知道换不回来，因为这些东西本来就是他给的。

“怎么让一个深深爱过你的人重新爱你呢？有这个可能吗？还有这个机会吗？”我用余生的力量颤声问沈默。

沈默报我以漫长如夜的沉默，最后说：“我不知道爱怎么重新开始，就像我不知道爱最初是怎么开始的。”

我离开了午夜甜品店，我没有回头路，为了免于被往事淹没，被后悔和痛楚吞噬，只能不断往前走，找到金佳明，无耻地求他原谅，即使明知他会头也不回地离开。这一次轮到我用一生的力量去爱他。不要害怕幸福，不要恐惧挫折，我知道也许他永远不会接受，但爱本来就不应该计算到好结果才去投入。爱是一场疾病，考验我们的心智，纵然因此受到重伤，一棵有伤痕的树更耐看。如果他能再爱我，是侥幸；如果他不再爱我，是宿命。

004 砍掉那棵樱桃树

以后一年四季，世间不再有你，

樱花独自开谢，樱桃树下的刻痕再也不会更新，

起点成了终点。人们不明白，金钱丢失了还会回来，

而真正失去的都找不回来……

桃花谢了长出桃子，苹果花谢了长出苹果，一切都是自然而然。

就像雨过了天晴，水涨了船高，就像我们以为樱花谢了长出樱桃那样自然。

但让人吃惊的是，那些灿烂的樱花谢了并不会长出酸甜可口的樱桃。

而樱桃之前开的花也不是我们赞美的那种浪漫的樱花，它们并不一样。

这是一个无意为之的骗局，你上当了，但你怪不了樱桃，也怪不了樱花。

如同人的际遇，很小的时候我以为我会成为一个魔术师，长大后我变成了一家甜品店的合伙人，我们给人提供甜品，交换客人心中最深处的秘密，说起来也很像魔术师，但不一样，魔术师制造幻觉，给人快乐。如今我们交易的却是真实，真实中总是缺少快乐。

午夜，城中心的钟敲了十二下，钟声荡漾在整个空虚的城，我们的店又开门了。这些年我们招待了很多人，收集了很多秘密。刚开始我对进来的客人非常好奇，因为只有真有秘密的人才能看到我们的店。但日积月累，秘密越来越多，我渐渐失去了这种好奇，高山爬多了你也不会想念日出，大海看多了你就厌倦了日落，悲伤的故事太多，眼泪也无能为力。

又有一个客人推门进来了，沈默负责甜点，从来不迎接客人，许何年还是老样子，尖酸刻薄，一点亲和力都没有，我只好再次送上大大的笑脸和清脆的话语。

这次来的客人是个穿着华贵的女客人，看起来挺年轻，刚喝了酒，脸和眼睛都是红的，像成熟的樱桃，散发着酸涩的醉意。

她说："我没想到我会走进一家甜品店，我也不知道为什么，我不吃甜食。"

"为什么？你对甜食过敏吗？"我问。

"没有，我对一切甜过敏。"她苦笑，"即使是电视剧，播放到男女主角甜腻的情形，我都浑身起鸡皮疙瘩，觉得好假、好恶心。"

又是一个奇怪的客人，这么多年，我已经明白所有的古怪中都蕴含着痛苦。痛苦比快乐更有力量，它会迸发出难以想象的热情，让人拼命往前走，也会让人沉迷失控，不断往下掉。

我说："你想知道什么。点一份甜品，我们都会告诉你。"

她说："我知道你们店，'甜蜜交换秘密'，没想到真的存在，你们听过很多故事，知道很多秘密吧？"

"这也是秘密。"许何年淡淡地说。许何年牙尖嘴利，但从不会被客人套出心里话。

"你们想知道我的秘密，那不如你们先告诉我一个秘密，这样才公平。"这样的要求也不是没有过。我的故事也不怕给客人讲，可是总是讲个开头，客人就打断了。

我说："你想听谁的秘密。"

她有点醉意地看了看我们三个："都可以。"

我说："通常客人都听不完我讲的故事。"

她问："因为太难听吗？"

"不是,人生的际遇没有好听或者难听,只有痛苦快乐,或者悲欣交集。"我笑着说。

"那为什么？"她有点好奇了。

"因为他们太沉迷于自己的痛苦，他们太想知道自己的答案，对别人的痛苦已经没有余力关心。"

她想了想，然后非常肯定地说："我会听你讲完，我听不了甜腻的故事，但我能倾听痛苦。"

很多时候是这样没错，有一个客人说过，他从小家里很穷，连睡觉的地方都没有，后来发愤图强，成了富豪，买下了城里最好的房子，拥有最好的席梦思床，但终于有一天，他被发现他的席梦思床是空的——他每天等太太睡着后偷偷躺倒在地板上才能安然入睡。

怎么讲自己的故事呢？自己讲自己的故事总是有点难为情，听了这么多别人的故事，我还是不习惯。

我叫陈橙，秋天的橙，金黄澄净，像最甜蜜的笑容，听名字就知道我父母对我寄予了怎样快乐的愿望。

我考虑了一下："我怎么讲呢？我家乡有一棵樱桃树，每到春夏相交，就会结满了红通通的樱桃，一串串，红到近乎透明。那时候我还不高，沿着城镇里的路走着，在远方绿荫的草地上，在寥廓的蓝天下，有一棵盛放的樱桃树。那是记忆中的家乡，你能想象，有一天，有人要砍倒这棵樱桃树吗？"

沈默和许何年当然知道我的故事，所以他们不说话。她听了，点点头。

"那我就给你讲一个有一棵樱花树的童话镇的故事吧。"我笑着说。

她也笑，散发着一股醇厚的红葡萄酒味：“你很会包装你的故事啊。”

我闻到了沈默甜点的味道，他果然开始做那款樱桃苏打果冻蛋糕。如果我还能拥有一个无所事事的夏天，天空飘着没有心事的云朵，阳光照得树叶懒洋洋地耷拉着，知了有一声没一声地叫着，如果我的生命里还能出现那样的夏天，我也许会喜欢这样的甜点。

“也许吧。”我说。其实并不是，只是把故事包装一下，仿佛在心上隔了一层保护膜，让往事变成别人的故事，仿佛隔靴搔痒，治愈不了痛苦，但那些痛苦袭来的时候也就不会那么明显。

童话镇周边的人生活平常普通，我出生后也同样简单快乐。那些年是童话镇经济发展最好的时候，我即使还小，也可以感受到，家里的黑白电视变成了彩色电视，家里的录音机变成了大的音响，在小的时候还穿堂兄留下的衣服，后来穿的都是新衣服。生活像是被一道幸福的光照耀着，唯一被要求的两点是，一是不准和对街的坏小子陈果玩，二要好好读书，这样长大后就能去大公司，拥有一份永不变迁的工作，拥有一个安稳的人生。

我父母心中好公司的典范就是巨子公司。巨子公司这些年迅速崛起，已经是国内知名的公司，而创始人就来自童话镇。以前他和刘邦一样，有个爱吹牛的特性，经常对人构造他虚拟的商业帝国，大家便取笑他，给他取了个外号叫商业巨子。谁都没想到这些年来，一贫如洗的商业巨子忽然来了时运，好风凭借力，他索性把自己的公司命名为巨子，也不知道是感激还是反击。当然对于这些我都不感兴趣也不知情，直到巨子公司在城里开了分公司，街头巷尾人人都议论，想不知道也是难事。

坦白地讲，我一点都不关心巨子公司，我更关心门口的樱桃树。那棵樱桃树长在路的中间，是爸爸小时候和他的童年好友一起种的，可是长大后因为生意合作失败而失和，友人变成了仇人。

传闻他们以前是最亲密的朋友，对方经常来我家通宵喝酒、下棋、打牌，直至合作后亏了钱。在那些互相磨损的日子里，一个怨对方经营思路不对，一个怨对方运气太差，总之，人生要过得心安理得，就要善于发现别人的错误。

最后闹到每年樱桃树收成的时候，总要因为谁分多少而大打出手。向南的樱桃枝生得多，向北的樱桃枝生得少，所以按路的中间线一刀切来分成总有一方不肯，人幼稚起来一点点都计较，谁都不肯吃亏。

我不懂那些，樱桃树只是樱桃树，它只是好看。陈果就是我爸爸失和朋友的儿子。他是个矫健的孩子王，每天爬上爬下，带领一堆孩子四处狙击，每次我见到他都要远远绕开。

直到有一次，他爬上了那棵樱桃树，我最不喜欢别人爬那棵樱桃树了，实在忍不了，就叫他下来。

他说：“我偏不。”

我说：“你去爬其他树，为什么偏要爬这棵树？”

他说：“因为爬这棵树你就会理我了，洋娃娃。”

其他孩子都笑了，我也就恼了。我说：“不许叫我洋娃娃。”

他说：“好的，那就不叫了，洋娃娃。”

大家又是哄堂大笑，我恼羞成怒，骂道：“我是洋娃娃，总比你野孩子好，我爸妈说你是野孩子。”

他停了一下，才说：“野孩子挺好的，野孩子能爬树，洋娃娃只能在树下看。”

“谁说我不能爬？”

其他小孩跟着起哄："你不怕，你就爬啊，别说大话。"

我从小就受不了人激，虽然心里有点怕怕的，但脸上挂不住，便咬紧牙根，真的爬了上去。

陈果就笑："洋娃娃长进了。"

我抬一条腿要去踹他，差点掉下树，还好他拉住了我："脾气好大。"

我冷脸对他，他笑哈哈地说："能爬树也不算厉害，你听过一个古老的故事吗？山上有一个洞，洞里面有一只麋鹿的角，我们一起去找吧，能找到我就不叫你洋娃娃。"

我想了一下，那座山我们这群十一二岁的小孩除了他估计谁也没去过，我才不上这个当。

我说："不去。"

他说："胆小？洋娃娃。"

我说："你管我，你让去就去，我傻啊。"

他三下两下地跳下了树，说："好好好，你最聪明，你不傻。"

不过我盯着树下真的傻眼了，刚才一怒之下爬上来，可是爬树容易下树难，看着那么高，我不敢跳下去。

他看着我，似乎明白了，忍住笑："你下来啊。"

"你管我，你们走，我要在树上待一会儿。"

"哟，你要在树上修仙啊。"

"你管我。"我摘了叶子树枝狠狠砸他。

他叫身边的那些小屁孩先走，一个人在树下和我杠上了。我不敢下去，他又不回去，我想着等爸爸、妈妈出来找我，结果这小子一直在这里，我马上就要丢脸丢到家了。

太阳快要落山了，天边的云火焰般燃烧，他在树下悠悠地说：“要不要和我上山？”

我说：“不要。”

他说：“听说找到了麋鹿的角，就能听到别人内心真实的声音，大家的谎言你都能拆穿，大家的秘密都瞒不过你，多刺激。”

我有点半信半疑。

他又说：“我不会骗你，这个事可不是我编的，大家都在传。再说，我经常上山，你不会是怕吧？”

“我才不怕。”我气鼓鼓地说。

“不怕就这么定了咯，来，你跳下来，我接住你。”他一跃而起，笑着对我说。那样的笑容，我发现我眼前的这个陈果并不像我父母说的那个坏到骨子里的陈果。

他说：“你相信我，我不会耍你的。”他的语气中有一种郑重的承诺。

我相信了，我跳了下去，如果他耍我，那我大不了崴了脚，总归要下去的。但是，他没有骗我，他接住了我。

于是，我也不能骗他，我决定和他上山，在不让父母知道的情况下。

我们约好了时间在山下等，那时候我有点战战兢兢，因为我从来没有骗过爸妈，但因为没有骗过他们，所以他们很轻易就相信了我。

到山脚下的时候，我发现只有他一个人。我问：“其他人呢？”

他笑说：“他们都不敢来，你是最勇敢的。”

“屁。”我觉得他肯定又在取笑我。

结果他说：“真的，你想，这玩意儿如果真的那么容易找到，还轮得到我们吗？”

有道理，我有点好奇，跃跃欲试。但并没有一定要找到的决心，心想着转一圈，真的找不到就下山。

“麋鹿的角是什么样的啊？”我有点好奇地问，虽然知道他肯定也没见过。

他很笃定地说：“就像樱桃枝一样，弯弯曲曲，火红的，你一定会喜欢的。”

“真的找到就能听到别人的心事？”我又问。

“真的。”

“算了，听到了让自己心情更差吧。”

“怎么会，到时候你什么都知道，你想干什么就能干什么。”他说。

我们爬着山，我发现这里的树都一模一样的：“会不会迷路啊？你认得路吧？”

“不认得，我从来没上来过。”

“什么？”我大叫一声，停下来。

他无辜地看着我：“我没告诉你我来过啊。”

“大家不是都说？！你不是也说？！”

“大家说的你也信，他们吹牛的。我说过我上山，但我只走了一小段就往回走了啊！”

我对这家伙简直是无语了，回头看，松涛茫茫，哪条是回家的路？这个时候下山其实还是来得及的，可是我的好胜心作祟，已经爬到这里了，放弃总是可惜的。

很久以后我才懂，我从来学不会放弃，任何事明明看得到结果，我偏偏要勉强，还要心存侥幸，这是最糟糕的事。

他嬉笑地看着我：“你来决定，要上去，还是下去，我都听你的。”

我咬咬牙说："上山吧。"

他眼睛闪亮，非常高兴："我就知道你，没看错你。"

我们两个并肩走着，我突然觉得奇怪，我父母警告我不准我交往的人就在我身边走着，也并没有怎么样，在所有的传闻中，那样的一个坏孩子也不过是一个普通的孩子。

我们似乎那么熟悉，因为我们就住在对面，虽然从未说过话，但他的发型，他的眼睛，他的衣服，他的鞋子，我都是清清楚楚的，就如同他对我的熟悉。

只待我们一方放下警惕，对对方伸出手。而他是那样自然而然地和我说话，我们就变成了朋友，仿佛那些年的沉默并不是敌对，我们早就是不说话的朋友。也许是因为我们都是孩子，没有芥蒂也没有需要维护的面子。

很多年后，我来到你们这个城市，每次乘电梯时，看着大家彼此沉默和警惕的眼光，即使住同一栋楼，开门、关门都能见到对方，然而一起出现在电梯里，都尴尬到只能假装看电梯里自己苍白的倒影，我就更加怀念那段旧时光。

没有了樱桃树，没有了麋鹿的角，没有了顽皮的野孩子，只有不能被打破的沉默和冷淡。不再相信童话和传说之后，我们失去了认识彼此的勇气。

他带了小刀，摊开地图，在每一棵树上做记号。

我看了看地图，最高的地方有标着山洞，我说："这地图是真的假的？"

他又充满信心地说："祖传的，我爷爷给我的，当然是真的。"

当时我们步伐小，爬得上气不接下气，感觉山路都没有尽头。我一不小心把脚崴了，痛得要命，蹲了下来。

他蹲下去帮我看脚，然后说："好像青了。哎呀，不行，我们还是下去吧。"

但是我的执拗劲儿上来了，说："不行，一定要上去。"

他无言地看了我一眼："你说你看起来活泼可爱的，大概也就只有我知道你是这牛脾气。"

"你又知道了？"

"天天抬头不见低头见的，发烧也要坚持上学，你爸妈随口答应你的事情你一定吵着要实现，不然就不放弃，这样的我看多了。"他夸张地说。

好吧，说的都是事实。小一点的时候爸妈总是为了敷衍我随便答应一些事情，带你去城里、给你买糖果，我每一件都记得，每一次都要坚持到他们不能耍赖，后来，他们就再也不敢轻易敷衍我了。

他蹲了下去，我问："你干吗？"

他说："背你啊。"

"不用。"

"你以后变成瘸子，一辈子赖上我？你爸妈一定以为我是故意的，要坑他们的洋娃娃大宝贝，我可惨了。"他说。

我无语："你扶着我，就能走。"

他便扶着我，实在难走的时候，就背我，走走停停，终于到了地图上标着山洞的地方，他非常开心，说："你在外面等我，我进去。"

我说："我们一起来的，你可别独吞。"

他气道："你把我当什么人了，我可是堂堂正正的男子汉。"

有十来分钟，我等得十分焦急，他灰头土脸地出来："里面连鬼都没有。"

看他那倒霉样子我忍不住大笑，他就怒目看着我："有什么好笑的！我没有你也没有。"

我笑："你那地图不是祖传的吗？"

他说："谁知道！估计我爷爷也被骗了！"

我笑得要在地上打滚，他托着下巴在旁边无语地看着我。

一会儿我说："不瞒你说，我家也有一张祖传的地图！"说着，我从怀里掏出来。

他再次无语："你怎么不早说。"

我说："你不是对你爷爷很有信心吗，我可不能打破你的信仰。"

他说："没想到你是这种洋娃娃。"

他接过地图仔细研究，我也拿着他爷爷的地图研究，两个都放在地上，忽然有了一个神奇的发现，我们把两张地图拼在一起，整个东南西北的方位、标志的方位全都变了，也许这两张看起来独立的地图其实拼起来才是真相。

我们惊喜地看着对方，他大叫一声："走。"

我说："你看，这标注，太阳落山之后有大型野兽出没。"

他说："快快，我们还有点时间，我背你。"

我们收了地图，他这人天天为非作歹，倒是有力气，背了我就跑。

我有点犹豫："这看起来好像很简单，不会又是骗局吧？"

他说："是不是去看了才知道。"一会儿又说，"看起来很简单，可是我们的长辈永远不会拿出来给对方看，所以永远不会发现这个秘密。"

也许他是对的，这是一个简单的道理，可是成年人不懂分享，每个人都怀揣自己的秘密，最怕别人来分享自己的财产。这大概是制作地图的人给我们开的玩笑。也许城里很多人都有一张自己的地图，只是他们默默藏着，每天深夜才拿出来试图破译。所以从未想过，那张地图是错的，他需要向对手坦诚，才能换回彼此的一次机遇，于是，一次次上山都是徒劳，山上无数错的山洞等着他们。

好难得，因为当时我们头脑太简单，所以做了一件简单的事情。

按照地图上的标志，我们来到了那个位置，果然有一个山洞，山洞外面都是野花野草，五米之外就很难被发现。我说："这次，我要和你一起进去。"

他看了我一眼："好吧。"估计太了解我难缠的性格。

一走进去，我就大叫了出来，只见一只豹子向我扑了过来，还好他背得紧，我才没吓晕滚下去。他说："喂，看清楚，都是模型。"

太吓人了，那黑豹的眼睛还发着绿色的幽光，纵身欲跃下，栩栩如生。他打开手电筒，我们又吓了一跳，整个山洞一路过去，两边有黑豹，凶光外露的雄狮，弓着腰要扑过来的老虎，一群狼、狐狸，虽然都是模型，但太像真实的，我都怀疑我是在梦里，狠狠掐了自己，好痛，我才发现这一切都是真的。

他背着我，我紧紧搂着他，吓得大气都不敢出，生怕突然扑出一只真的过来。

我悄声问他："你怕吗？"

他声音很镇定："不怕。"

他确实走得很稳健，让我也稍微不那么紧张，虽然只短短几百米，我觉得简直如翻山越岭，比之前上山一路花的时间还要多。

终于，我们看到不远处最高的石头上，有一个如同皇冠一般的麋鹿角，血红的，就如同传说中那样，如同他刚刚说的，像是樱桃树的树枝。

但那个石头和山洞里所有的石头都不一样，它是磨得发亮的花岗石，即使看起来从未有人来过，但很奇怪，它干净得如同刚刚才有人清理过。

我有点恐慌，说："感觉那石头好古怪，不会像电影里演的有什么机关吧？"

他想了想，从包里拿出一根可以伸缩的竹竿："没事，我来。"便用那竹竿去挑那个麋鹿角。

其实这样真的很天真，如果真的有机关，这样挑过来我们早就挂了，可是我那时也许太单纯，比相信自己还要相信他。

竹竿真的钩到了麋鹿角，竿子一点点往回缩，麋鹿角越来越近，整件事真实到近乎荒谬。

终于，麋鹿的角被他拿到手上了。真的太漂亮了，他拿在手里翻来覆去地看，漂亮到我觉得谁拿了都舍不得放手。可是麋鹿的角只这么一个。

我开动脑筋，想着我们要怎么分享，看来只能一周大家每天轮流拥有，周天共享。我正要开口，他忽然把麋鹿的角戴到了我的头上，然后发出啧啧声："你戴上好看，给你了！"

"给我了？"我简直惊呆了。

"对，给你了，这么精致的玩意儿，我玩不来，你最适合，像个王冠，漂亮。"他打了一个响指。

"你不喜欢？"

"我不喜欢。"他说。

我听到他的心声，我知道他是骗人的！他刚才看到麋鹿的角，眼睛散发出的光芒，他拿在手里爱不释手的模样，可是他二话不说，说给我就给我了，没有一点犹豫。

我们有那么深的友情吗？即使当时我还小，但因为这样突如其来的大礼我都开始思考了。我说："你很快就会后悔了。"

他和平常一样吊儿郎当："我从不后悔，说给你就给你，你少啰唆。"

他看了看我，黑暗里，他的眼睛像是刚才看麋鹿角一样闪闪发光，似乎很满意他的成果。

我真的彻底被感动了，虽然不明白这玩意儿代表了什么，关于它的传说是不是真的。我还想说什么，忽然听到了什么低吼的响声。

我本能地害怕，小声对他说：“不是说太阳落山之后有大型猛兽吗？现在太阳下山了吗？”

他被我提醒，跳了起来：“对啊，忘记了，我们赶快走。”

可是来不及了，我看到洞里远处有很多绿幽幽的光，是野兽的眼睛。它们飞速地扑过来，我叫道：“陈果，是不是之前的模型活了？”

他说：“扯淡，怎么……”话说了一半，停了下来。我知道他也有了和我一样的判断。

我脑海中无数的念头闪过，我再也见不到我父母了，早知道我不要什么麋鹿角了，我只想回家，是不是动了这个麋鹿角它们才活过来的，我们放回原位有用吗？

可是来不及了，那些猛兽向我扑过来，忽然一道肉身挡在我前面，可是又有什么用呢？我眼睁睁地看着那狮子的爪子抓了下来，那狰狞的兽的眼睛在我眼前瞬间放大，我想，我们要一起死了。

我当时年纪还小，不那么怕死，但我怕痛。如果不痛多好，也许陈果能帮我挡住一点痛吧。

那爪子凌空袭来，我所有的汗迸出了我的身体，那爪子抓到了我的头，不，头上的麋鹿角，奇迹般地，瞬间消失了。

陈果比我反应快，抓住我头上的麋鹿角：“这个有用！你小心跟在我后面。”他拿着麋鹿角在前面挥动。

此刻我已经全然相信了他。如果一个人在生命的最后时刻，选择保护你，你还有什么需要怀疑他的?

那些张牙舞爪的巨兽们，黑暗中的眼睛和爪子，豹子、老虎和狼在四处虎视眈眈，然而，随着挥动的麋鹿角，被碰触的瞬间，它们就消失了，仿佛一场被惊醒的噩梦。

他像是一个年轻的指挥官，第一次在司令台上训练他的士兵，阳光洒在脸上都是骄傲的色彩；他如同一个首次登大型舞台的指挥家，拿起指挥棒，灯光四面亮起，音乐从低至高，一个人的声音混合成一百个人的和声，每个人的才华都成了他的一个声部。恐慌、害怕、不安……然而在所有情绪之上还有那最高昂的骄傲，压制了一切。手到之处，所有的野兽倏地被定住，变回模型，木然地看着我们。

我跟在他的后面，徐徐在百兽的原野里穿行。直到冰凉的风吹到脸上，我才醒觉我们已经走出了山洞。他停下，转头对我笑：“没事了。”

我吓傻了，要说话却发不出声音。他笑了出来，伸手摸我的脸：“满脸都是泪，果然是洋娃娃。”

我叫道：“哪里有。”自己摸了一下，哪里都有……刚才吓哭了，太紧张，自己都没发现。他随手把麋鹿角如同王冠一样戴到我头上，又蹲下来背我：“走，我们赶紧下山去。”

我趴在他的背上，想起在野兽扑过来的时候，他想到的是扑过来挡住我，换作我，我是做不到的。他并不是我爸妈讲的顽劣小子，我的人生从那时开始有了自己的判断，他是一个最最讲义气的兄弟，他会是我人生中最好的一个朋友。

“那现在呢？你还这么想吗？”那个女客人问。

“对，永远。”我说。

女客人脸上有怀疑的笑：“你的故事有点像天方夜谭！”

“我说过你不会信的，不讲好了。”我无所谓，我自己的故事永远在我心里，不需要在别人的耳朵里。

女客人摆摆手：“不，我相信你，可是坦白讲，我听不太懂，里面的隐喻什么的搞不清楚。”她停了下，“你别不高兴，其实我也不喜欢童话，我觉得很假，也很无聊。”

我笑了一下：“当然，没有几个成年人喜欢童话，所以我的故事总是讲不完。”

女客人勉强笑了笑：“我愿意听完。不过我想问下，如果你坚持你的故事是真的，会不会是你以前的记忆有什么差错？你知道，有时候我们记忆会有一些奇怪的错乱，比如我一直记得我和外公说过话，可事实上，我妈妈嫁人之前，我外公就过世了，他们经常和我讲外公的故事，后来我就把梦境和现实搞混了，产生了……某种幻觉，把幻觉当成了真实。所以，你的那些老虎啊，狮子啊，听起来很唬人，又有奇怪的真实感，不像童话。”

我笑了，来这里的客人往往有一种可怕的直觉，你越想隐藏的就越容易暴露：“对，你说得对，确实是幻觉。其实我小时候就有这病，我经常会听到空气中有人对我说话，有时候唉声叹气，有时候训斥我，我也经常会看到各种幻象，我会看到屋顶忽然开了大洞，看到夜空里千万颗星星同时下坠，飞来椭圆形的UFO，有很长时间，我不敢出门。我很容易就恐慌、孱弱、气喘吁吁、忽然沿途飞奔，如同被鬼怪追赶。医生说我患有幻觉症，这可能是精神分裂或者其他未知病症的前兆。这也是除了读书以外，我父母不愿意让我出门以及和其他小朋友接触的原因，既是出于保护我的目的，也是不希望让大家知道他们养的是一个怪小孩。”

女客人诧异道：“那你现在……”

“我是分得清楚现实和幻觉的，而且来这里的客人比我聪明的很多，他们倒是分不清楚现实和假象。”我笑得如此甜美而没有伤害性。我知道她是信任我的。

“所以其实没有所谓的麋鹿的角，也没有什么寻宝地图？”女客人问出了口，又觉得好笑，当然不可能有。

“如果我没有得幻觉症，就不会有，不是吗？”我笑着问。

她反而答不出来。我们希望生活里有奇迹，我们又笃定科学，尽管科学发展到现在也不过能解释世界上百分之五的现象，但已经足够让我们变得骄横、自以为是、目空一切。我们对现实灰心，现实又是我们造成的。

没有能找到宝藏的地图，没有倾听心声的麋鹿角，没有生猛的老虎，没有复活的黑豹，没有唤醒妖怪的钟声，没有藏着奇迹的山。山只是山，树只是树，麋鹿角也不过是树枝编成的圈。

我们有的是朝九晚五、结婚生子。我们的每一天过得简单而粗略：闹钟响起，从早晨的鸡蛋灌饼、中午的快餐便当到晚上拥挤的地铁；我们的关注点，从每天需擦拭的皮鞋、新色号的口红到股票、期货、银行存款（当然你可能也没有），点点滴滴，日复一日。有时看到新闻报道的他人意外事故，敲着键盘 Enter 键发送评论，心惊胆战地庆幸发生意外的不是自己，但有时候又希望是自己，就这么一了百了倒也干脆。就这样怀揣着没法说的秘密和欲望及心中无法排除的郁结飞速老去。

“如此说来，有幻觉症的人生倒是美好一点。”女客人说。

“也不是，你如果一直不一样，大家会恐惧你，然后排斥你，最后驱逐你。”我说，“既然你不喜欢童话，那我用现实的角度来讲吧。”

我们在山下分开，那个花环还戴在我头上，一个虚假的王冠。父母看我崴了脚，大惊小怪，两家人自然又是大吵一架，差点就动手了。回到家父母软硬兼施，让我不要和陈果再往来。

此后我父母和陈果父母对我们严加监视，要对我们的关系斩草除根，我和陈果被迫成了秘密的朋友，而且这份友情是任何人都破坏不了的。我们对于彼此都有这样坚定的信心。

我们偷偷见面，有时候就我们两个，有时候还有其他小伙伴。当我们聊起梦想，天晴朗得像是世界上还没有人类的那个时候，鲸鱼独自遨游在孤独的海洋里，恐龙在一片一片茂密的树林里穿行，天空还没有飞鸟飞过。我兴奋地说：“我想成为魔术师。”

他跳上去攀在树干上，又一跃而下：“为什么？”

“因为我觉得爸爸、妈妈的生活太现实、太无趣了。”我说。

他笑着说：“魔术师？你本来就是啊。”

我好奇：“什么意思？”

他一本正经地说：“你看到的世界和我们的不一样，是不是？”

“你怎么知道？”我感到无限恐慌和不安，他怎么知道这个？是谁告诉他的？我躲着汹涌的人群，我不交朋友，严守着自己的秘密，从来都没有告诉任何人。我觉得这是保护自己的唯一办法，但还是被人知道了。

“我就是知道啊。”

“对啊！我就是有病！你想怎么样？”眼看无法否认，我跳下树，要跑开，其实我不知道该怎么做，跑开对这件事并没有帮助，可是逃避是我一向的特长。

他拉住我说："以前我经常在窗外看你，你在学校的每篇作文我也都看，你喃喃自语的时候我也听见过，有一次你在一个巷子里跑得上气不接下气，但后面没有人。再加上你爸妈那样对你，久而久之，我就明白了。我很羡慕你，你的世界和我们的都不一样，我每天都希望能看到你看到的，能和你生活在同一个世界。"

"我的世界是假的。"

"什么假的真的？这个世界又有多真呢？"

"我这是病，医生说有一天我可能变成疯子。"

"你不喜欢这样？"他认真起来。

"谁会喜欢变成疯子？我很害怕。"我说。

"行，那我想办法帮你治好。"

"要花很多钱的。"

"那我先想办法有很多钱。"

有时候我会忍不住问："你为什么对我这么好？"

他说："不为什么。"

因为不为什么的好，让我对他拥有不为什么的信任。

一两年过去了，三四年过去了，我们能感觉到彼此的身高如同那樱桃树一样年年增高。我们每年都在樱桃树上刻下我们身高的尺度，他越长越高，皮肤有麦子的颜色，眉眼是山野之间的自然气息，而我虽然也长高了，令我不高兴的是，始终比他瘦弱、苍白。更重要的是，我的病一直没有好，甚至更严重，我产生幻听和幻觉的频率越来越高，虽然并不对人有害处，但是在一个奉行集体主义的城镇里，人对异端的容忍度非常有限。人们天真，天真总伴随着无知，无知则会带来残忍，一旦我被发现了，肯定寸步难行。

有一天他约我，非常兴奋地对我说：“告诉你一个消息，我进了商业巨子的巨子公司。”

他像是加入一个宗教般宣誓：“我要努力赚钱，帮你治病。”

我陷入我的幻觉，站在我面前的是一个魔术师，手轻轻一挥，将带给所有观众全新的喜悦，如同沙漠忽然降起大雨，如同赤道落雪，所有不寻常的生活将带给大家乏味的人生新的刺激。

后来我想，我从小就有不甘于平庸的心，我总是想着过上和别人完全不一样的生活，也许不只是我，是我们。我希望能翻越沙漠，去看绿洲，爬上高山，俯瞰湖水。等每个夏天回来，看那棵樱桃树结出沉甸甸的奇异果。

可是当世界真的赋予我们不一样的特质，我却害怕了，我怀疑这个不一样会让我面临难堪、痛苦，甚至最后给我带来死亡，我希望在别人发现之前，我就已经成功结束这种不一样。我能毫无负担地融入人群之中，就像我从来没加入过，也像我从来没离开过。

陈果加入巨子公司的事情很快大家都知道了，大家当然陷入了不解、羡慕、好奇的狂潮中。最不开心的是我爸妈，我爸妈一辈子和陈果父母攀比，他们没想到那个野孩子轻而易举地赢了我，他们受不了这个打击，我妈妈甚至悲伤（嫉妒）得卧床不起。

那些日子，陈果开始学习销售，刚开始非常拙劣，他每次学了新的销售招数谈判技巧都会在我面前卖弄，但经常错漏百出，我一看立刻就说不买不买。他有点尴尬，但依然勇气可嘉地说：“以后会精进，不然以后你也进我们公司了，我怎么教你。”

有时候我看他认真的表情我都不忍心拆穿他。我们就这样若无其事地彼此照看。

直到有一天，我爸爸把我叫过去："孩子，我们为了你考虑，已经把房子和一些资产当作投资押给了巨子公司，这样我们每年都能得到丰厚的利润，每一年的利润还会逐年增加，最后相当可观！当你达到法定年龄，本金不但全部返还，我们作为公司小股东，你还有机会加入巨子公司。小时了了，大未必佳，我们不要学那个陈果年少轻狂，我们要脚踏实地，一步一步来。"

我虽然年少无知，但这种用家产赌我明天的做法让我胆战心惊，我父母是不是被嫉妒冲昏了头脑："爸，怎么有这种一本万利的好事，这……"

他说"没事，我们这里很多人这样做，巨子回馈老乡，有钱不赚是傻瓜。"看来是被金钱冲昏了头脑。

"如果想进哪家公司，我会靠自己的能力进去，不用你们这样！而且……""陈果会帮我"这句话被我吞了下去。

"而且什么？"他见我没说话，就说，"协议已经签了，你说这些干什么，听我们的安排，我们会害你？"我明白他们怕我输在起跑线上，本质上怕的是自己落于人后。大人就是这样，自以为成熟，其实虚弱得要命。在这个世界里他们充满了慌乱和不安，怕被时代的巨轮抛下，怕被别人超越，不只是为了世俗的成功或者攀比的面子，更是怕远离了人群，如同一只羊一样丢失了自己的羊群，在森林里独自迷路。集体是他们生活安全感来源的重要部分。

你知道即使每个人都要独自面临生死，但假如你的船翻了，你落到海中央，你知道你必将死亡，但旁边有一批同样落水的人，你们一起眼睁睁等待死神降临，也远好过自己一个人漂泊在无尽的海洋。

算了，想想，等于多了一个保险，以后能够和陈果在一个公司，也不是一件坏事。

让我没想到的是陈果的反应，他说："什么？叔叔把那么多家产押注下去？你快去叫他们不要这么做。"

"他们已经做了，来不及了。"

"他们有没有风险意识，这样太危险了！"没想到陈果小小年纪，倒是要教我父母风险意识。

我说："我劝不动他们。怎么，我和你以后在一个地方你不高兴啊？"

他蹲在那里，喃喃地说："当然开心，怎么会不开心，本来我进去就是努力着希望你……也能进去，可是叔叔这样做太冒险了，未来充满了变故，我有点担心……"

我拍了拍他："好了，你别担心了，我家的事情让我父母自己去操心，再说大家都这么做，你赶紧升职加薪，以后带我就好了。"

他转念兴奋地对我说："下周公司有个重要的会议，我负责提案，来，你看我进步了没？"

我手抱在胸前，呵呵地笑："来来来。"

这么多年了，我习惯用一种挑刺儿的方式来表达对他的亲昵，而他当然不敢有什么意见，我很早就发现他这人外强中干，只要我一怒，他很快就妥协了。但这次他出奇地有信心。

他跳到石头上，开始他的脱稿演讲，语调流畅、年轻的脸庞因为快乐显得神采奕奕，眉毛染上了阳光的光辉，流光照耀着他的眼睛，在他的鼻尖上流连，微微有点绒毛的麦色皮肤上有金色的汗滴，一种自信从他的眼睛里、从他的语调里、从他的微笑里散发出来，让他如同一座雕塑一般迷人，值得最好的雕刻师把此刻的他雕成永恒，这大概就是青春之美的化身吧。

我怔住了，很久才激动地说："内容也全都是你自己规划的？你真的成了。"

他听了，脸色迟缓了一下："我没有学历，以后肯定不如你。"

"你一定要和我比吗？"我有些不高兴。

"也不是，但我觉得我必须比你强啊。"他倒也很坦诚。

这种坦诚令人不愉快，尽管我知道他是认为我弱小，甚至认为我有病，需要被照顾，但这就更不可饶恕了。

我转身就走，他急忙跟在我后面，我不理他。他也不知说什么，只会反复地说："我也是为了你好，我也是为你好，真的。"

我转头，他那么郑重其事的脸色很少见，我当然也不会真的生他的气。只不过有点伤心，我的幻觉症对他来说到底也是一种负担。

那次会议他一举成功，签下了大合同，在城镇里引起了轰动，虽然有些人依然挑他的刺儿，质疑他没有学历，一定是走了后门，现在不过是走了运。当然这点不需要反驳，运气是人生的重要组成部分，有的时候，甚至是最重要的部分。

接下来是他持续的成功，连续的升职加薪，努力很稀有地得到了应有的回报，他慢慢变成一个神话。即便我父母也从最开始的嫉妒和看衰慢慢变成："那小子神了，还挺能的。"

我每次听到这样的话，发自内心地骄傲，那是，那是谁啊，那是陈果，无所不能的陈果。

甚至我听说有些富太太都把家财拿来投资了，原本富太太总是坐在家里泡茶、闲聊、化妆，好老得慢一点，而时光划过，她们像静坐的佛，佛呢，总归是丰腴的。我没想到富太太也经不起诱惑，搞起了投资。看来有钱并不会使人快乐，有很多很多钱才会。

直到我听说镇长也参与了，我开始有点害怕，我觉得这并不是年轻的我或者他能承受的。再保险的投资说到底有得有失，但我不觉得他们有做失去的准备。

我正想见到意气风发的陈果，我该如何劝他收敛一些。一个人成功太快有时是一件坏事，它会让人失去正常的判断力。

然而，陈果并没有意气风发，他甚至有些忧愁和烦恼。当我再次说起暑假要去他们公司实习的时候，他第一次严肃地拒绝了我。

原来他和我有同样的担心，但是他的担心更加具体，在我的问询下，他断断续续说了一些：他在公司到了比较高的位置，看了更机密一些的材料，对公司的经营模式和财务能力有了担心。

尽管他只是起到一个媒介的作用，但大家通过他把钱交给了公司，责任感压迫着他，他希望大家是得到而非失去。

我们沿着河流走，谁也没有说话，月亮跟着河水流淌，拉长了我们灰色的影子。我看到河流消失了，月亮消失了，山和树消失了，甚至我的影子也消失了。我知道没有人喜欢失去，听说过很多人固守金山，但几乎没人愿意人生得意千金散尽，即使一时新鲜，青春放肆，来日方长，早晚会回过头来，为曾经的失去痛彻心扉。

我第一次看到陈果这么垂头丧气的样子。

我故作老成地拍拍他的肩：“赚钱的时候和你无关，亏钱的时候就要找你？哪有这种道理，明理的人都懂，别担心了。”

他说：“我不担心这个。”

我说："那你就更不要垂头丧气了，看你这样我难受，你有什么好怕的！"

陈果看着我，冲口而出："我有什么好怕的，就是怕以后不能护着你。"他深深叹了口气，无奈地看着我。仿佛我还是多年以前，山坡上那个崴脚少年。

我都知道，你什么都不必说，你这么拼命，就是想长了本领，能一辈子护着我。不然，你还是那个骄傲勇敢、无所牵挂、没有烦恼的野孩子。

可惜世事总不能如人愿，可惜人们真正想做的事情总是最困难的。

我们不过是恰好生在对门的邻居，因为岁月交错，我们的生命竟然如此紧密地盘根错节在一起。

很多年后，有人问我友情是什么，是性情相投吗？是缘分吗？也许吧，但于我而言都不是，我的友情是天注定，我们不需要选择，从出生就认识并不是我们自己的选择。

从来没有这么一刻，我会这么想保护他，我希望他没有进入这家公司，可讽刺的是我发现，我能为他做的事情那么少那么少，除了陪着他说说大话，我什么也做不了。

当你以为事情已经足够糟糕，往往更糟糕的事情就会到来。我能感受到我们家的经济能力在下降，这一年即将过去了，我爸妈去拿巨子公司的分红，被告知今年因为效益下降，只能领到一半，我爸妈当下就怒了，吵了一架，没有结果，回家后越来越惶恐，毕竟他们太过贪婪，把全家的家当都当成了赌注。

家丑不可外扬，爸妈为了维持我们家在镇上的尊严，决定守着这个秘密，毕竟即便在童话城里也一样，经济基础决定生活里的话语权。

也许是我太敏感，我发现镇里弥漫着一股沉默的、奇怪的气氛。每个人都试图从对方的眼中看出别人的破绽，但又维持着表面的和平。

我默默祈祷严寒的冬日会过去，清凉的春天会到来，雪花会融，冰会解冻，樱桃花会开，海豚会跃出水面，每夜的月色会像是一页漂亮的日历，在我们生命中的每一天做下标记。

直到陈果忽然很冷静地对我说："陈橙，你跟我走吧。"

我听不懂："什么意思？"

他说："离开这里，不然就来不及了。"

我说："你先告诉我是什么事情。"

他很认真地看着我，迟疑了很久，最后断定不告诉我，我是不会和他走的，他说："我们都太相信巨子集团了，它没有我们想的那么好，它不值得成为大家的信仰……"他顿了顿，"信任的程度越高，信任崩塌的结果就会越严重，一场雪崩，无人可以幸免。"

"什么？巨子公司怎么了？为什么会崩塌？"

他说："为什么你一直没有告诉我你爸爸妈妈今年只拿到一半利润的事情？"

也是，他就在巨子公司工作，当然知道。我说："我不想你烦心，你已经够烦了，我们撑一段会好起来的。"撑一段会好的，我们总是这么想，这已经是最困难的地方了吧，我们绝望的时候总会这样给自己安慰。其实很多时候，人生不是一场励志戏，你的最困难只是刚开始，困难没有底线，你撑再久也没有用。

陈果表情很严肃："我发现巨子集团，极有可能只是一个旁氏骗局。不只是你爸妈被欠钱，除了金字塔顶端的少数人之外，其他大部分的投资者都被欠钱，可怕的是，我们童话城百分之五十以上都参与了巨子集团的投资。我身在其中，我坑了大家。”

他无力地坐下来，掩面。

“这是个骗局？不可能，这么大的公司，它是个全国性的公司啊！”

“骗局就是骗局，不会因为规模大就变成真的。我们都不笨，小小的骗局很容易识破，可是当骗局足够大，大到让我们眼花缭乱，让我们如盲人摸象，每个人都从这种规模中获得了安全感，我们反而更容易被骗。”

“你怎么确定是个大骗局？”

“我最近一直在研究公司的财报，其实公司一直以来都是亏损的，只是他们钻了很多合法的空子做成盈利，比如把这两年花费的成本平摊到未来五十年，这样这两年的利润就出来了。公司几乎没有盈利的项目，但公司不断地开发新项目，不断融资，绑架银行和投资者，希望以此做到大而不倒。”

我听了暗自心惊。我抱着最后的希望说：“可是现在很多大公司也不盈利啊。”

陈果叹了口气：“差别在于别人有核心的业务方向，而巨子公司没有，我们甚至不如一个融资平台，现在只是我们这儿的分公司先爆发出问题了，但我想，一个泡沫是不会因为它足够大就不破的。”

“现在怎么办？”我手足无措，想着家里为了我那缥缈的未来，把所有的家当都押在上面，沉甸甸的世界压得我呼吸不了。

陈果叹气：“我做了最坏的准备。你先去通知叔叔，现在事情还没爆发出来，及时抽身也许还来得及，稍后我准备发邮件通知童话城里受害的人们。但是巨子公司一定会找我算账，你愿不愿意……和我先出去避避，等事情平息一点，再回来……”他可怜兮兮地看着我。

“好。”我说，毫不犹豫。

回家的路很漫长，我们思考着巨子集团对我们的影响，它是童话城的经济图腾，它如同一个时代造就的奇迹，包装出了无数煽动人的口号，它的速度是新时代的速度，短短时间就成长为庞然大物。以至于我们惊羡地闭上了眼睛，看不到它的阴影。所以，当它倒下，受苦的是大部分无辜的人，我们都被压在身下。

绝对的信任上面有一个绝对的危机。

所以一个人，一个成熟的人，一定要对那些看似完美的事充满怀疑。

回家后，我把事情含蓄地告诉了父母，让他们先偷偷地去把积蓄赎回来。

“你也是自私的。”听到这里，那个女客人忽然说，难得有这么认真听的顾客。

“对啊，我多么自私。”我无力地笑。谁又能做到真正的无私呢？

但我没想到我的父母表情特别淡定。

他们问我：“是谁告诉你的？”

我没有回答，答案他们也知道。一会儿，他们又急切地说：“你不准告诉别人。”

我觉得他们没抓到重点，我再次重申问题的严重性，让他们尽快把钱套出来。

我爸爸面无表情地对我说：“不准出去乱说，告诉陈果如果乱说，我不会放过他。”

我父母把我关在房间里，我迷惑、惊讶，我不懂为何得到的是这样的反应，不懂他们为何不赶紧去挽回。直到我冷静下来，我才慢慢明白过来：其实以他们的生活阅历和资历，我父母早就知道了，所以他们一点都不惊讶。

当他们第一次或者第二次拿不到足额的利润时，他们已经有了预感，发现上当了。可是他们已经上船了，他们只要下船就意味着巨大的损失。唯一能做的就是哑巴吃黄连，只要保密下去，危机可能就会渡过，说出来只会引起恐慌，到时候参与的人一拥而上，真挤垮了，谁都得不到好处。保密下去，等更多的人上船，按照巨人集团的资金等级制度，他们会上浮到金字塔的较顶端，拿到不同层级的钱，只要后来的人足够多，他们可能不会亏损还能赚到钱。

只要他们不是最后一拨人，只要骗局不在他们手上破掉就可以了。所以他们捂着船上的破洞，延长船的寿命，假装这是一艘无恙的巨轮，以免被救生团队发现。

原来在这场骗局中，贪婪的巨子公司和更加贪婪的投资者，没有人是无辜的。

我开始担心陈果的处境，也明白了他为什么要走，一旦骗局被戳破，大多数人无名的怒火肯定会再次燃烧到他身上。

我在房间里焦虑地听着父母絮絮叨叨到了半夜，窗外那棵樱桃树，已经开始开花了，樱桃树开的花并不是观赏花，但也不难看，重要的是，不久之后就要结果了。

月亮的银光照在那棵樱桃树上，我虽然看不见，但也能感受到，月光渗入我和陈果刻下的痕迹里的温柔。

我是被连天的巨大喧闹声吵醒的。张开眼，天还没有亮，但是整个镇上的灯光亮到照亮了天。

我的心猛地往下沉，直觉大事不好，陈果已经把邮件发出去了。我听到有人敲窗户，一看，是陈果，他一脸的着急。

我连忙打开窗户让他钻进来，他一见到我就叫我："赶快收拾行李！"

我说："怎么了？"

"不知道为什么，很多人都聚集在你爸妈这里！"

我这才听到我家客厅有密密麻麻的脚步声，非常焦虑、疯狂的。估计是陷入绝望的大家。可能大家觉得我们比较了解陈果，来我家商量。

我听到他们有人在说："陈果那小子肯定是个内奸，先把那小子抓起来。"

我父母很理性地说："大家还是冷静下吧，巨子公司这么大的公司怎么可能会做这种事，陈果那小子从小就品行差，也许是造谣生事，大家都查清楚，别上当了。"

大家三言两语便开始义愤填膺地讨伐起陈果，添油加醋，认定他从小就劣迹斑斑，后来又学了戏法坑蒙拐骗乡亲。

我才懂相比陈果，巨子公司是他们大多数人心中的图腾，肯定更可信，不可能轻易被陈果的三言两语打败，何况人在灾难之中往往会产生一种奇怪的自我安慰情绪：才不是那样的，有人搞错了，事情总会解决的。为了让他们自己不幻灭，他们也会迁怒到别的事情上。让他们承认自己一开始就错了，不见得有几个人有这样的勇气。

"一定是别人做错了！"这件事显然更容易接受得多。

无辜的陈果成了最大的牺牲品，我非常担心陈果："这么危险，怎么还跑过来！赶快走啊。"

他说："我走了，你怎么办？"

我知道这短短的时间，我必须做一个决定，没有给我犹豫的时间。

我下定了决心，抓了几件衣服，带上自己仅有的钱以及一些必需品："我们走。"

陷入这样的困境之中，我也不能免俗，同样产生了自我安慰的情绪：先出去避一避，等流言转淡，等时间过去，等大家变回理智，发现原来这些都是误会，所有的一切原本就和陈果无关。

当然，我们知道这不太可能，愤怒本来就排除了理智，人的进化是非常缓慢的。但是如果不自我安慰，我们又如何在一次次难关中挺下去，活下来。

正翻窗出去，听到我父母来敲我的门："橙子，你醒了吗？和谁在说话？"

糟糕，很快就会被发现，我父母当然会猜到我是和陈果跑掉的。

果然，我们还没跑多远，就听到家里的大门打开，人密密麻麻地跑了出来，大声叫我的名字，我父母冲到了陈果家里。

我们远远看见，陈果父母也出来了，我爸妈和陈果爸妈打了起来。

这些都是我造成的，我想要回去，陈果拉住了我的手。他轻声却坚决："一会儿他们就闹完了，如果我们回去，才会没完没了。"

是啊，是这样没错，既然选择了，就不能走回头路。

我们正准备溜开，我远远看到我妈冲进房间里拿了一把砍刀出来，我大吃一惊——不要闹出人命来。我忍不住手颤，陈果牢牢抓着我的手。

远远听到我爸妈怒斥陈果爸妈："你们家杂种没有教养，为非作歹就算了，还拖我家孩子下水，我家孩子从小到大没有做过任何错事，就你们……你们把他还回来！"

我妈忽然高呼："橙子，妈妈知道你没跑远，妈妈能感觉到你在附近，你出来好吗？"

熙熙攘攘的夜忽然一阵寂静，我能感受到我妈的失望和痛苦。过了一会儿，她叫道："你们不出来，我就把这棵树砍倒了！"她知道我最爱这棵树。

说着,她用砍刀狠狠砍了一下树。陈果父母一看,怒急攻心,也奔进房里,拿了斧头出来:"早就该砍了,这破树,我跟你们一刀两断！别人不知道你们,我会不知道你们的德行？你们儿子估计早就想离开你们了！"

他们也狠狠砍树，我和陈果看到树摇动，树叶像是眼泪一样纷纷落了下来，月亮钻进云层，天地一片黑暗，月亮又出来了，照亮了两把刀。

他们发起狠来，谁也不肯输给对方，一棵树摇摇欲坠，紧接着，围观的人们惊呼一片，四处闪开，樱桃树重重地倒在地上。

那树如同一个中枪的烈士，最后无法理解地回头看一眼，为何喜欢它的主人到最后也不肯出现，帮它一把。我的眼泪流了下来。

它只是如期盛开,春天开花,夏天结果,愿大家欢喜。可惜真心无济于事,纵然你于世无害，不等于不会受到伤害。

"走吧。"陈果低声说。

"走哪里？"我好像已经没有牵挂，可好像也没有地方可去。

"跟着我。"我们如沉默的两颗星。

最后我只想再问那个我永远想不明白的问题："我们两家这鬼样子，你当初怎么肯接近我？"

他在夜里笑了笑，还是最初的回答："没有为什么吧，我爸妈警告我不能和你们家接触。也许是叛逆心理，也许是我第一次见到你，不知道为什么，就想对你好。"

他停了停，看看我的表情，又说："你不要太感动，我是为了自己。

我以前活着总是瞎胡闹，东游西荡，看起来很厉害，其实特别空虚，特别没意义，我找不到可以努力做的事情，直到开始为你努力，我每天都特别高兴，真奇怪，明明比以前辛苦多了。这是我的幸运。毕竟即使没有为谁付出，力气也会渐渐消失，即使没有为谁白头，头发也终究是要白的。”

我渐渐地，渐渐地，觉得这份友情已经超越了我生命中其他所有的感情，他把我当生命的意义来奋斗。我又要落泪了。

“你啊。”他赞叹，“先不管了，我们去公司把我的东西拿上就走。”

深更半夜公司没有人，我跟着陈果走到最里面的一栋楼，一层楼一层楼上到顶楼的办公室。

进门后，他翻箱倒柜：“怎么材料都不见了，怎么回事？”

我才发现，所有箱子、柜子都被打开了，所有东西都不翼而飞。只有一个柜子里残留着一个本子，我翻开看，是他的笔记本，最后好像还有一首诗。

我们目瞪口呆地看着彼此。他突然醒悟：“糟糕，被公司的人设计了，赶快走！”

还没来得及撤离，就有人大力推开门。外面的光极亮，我眼睛被强烈刺激，好久才看见外面黑压压的人。

他们中有人叫道：“陈果，你果然在这里，你把事情说清楚，把我们的东西还回来。”

他平静地拉着我往后撤：“你们的财产不在我这里，我只是一个员工，你们该去找老板！”

靠在窗户上，我们两个果断地翻窗而出。跑到天台才发现天台空地上也都是童话城里的街坊邻居。

他们逼近我们，我们只能往后退，最后靠在楼顶的栏杆上，栏杆很矮，只到陈果的大腿处。他们团团围着我们。

混在其中的我父母叫我："你懂点事，快回来，不要跟着这种浑蛋。"

我坚决地说："我不。"

陈果高兴地握了握我的手。

他们狰狞的脸近在咫尺。陈果大声说："我已经发邮件告诉了你们，巨子公司从头到尾都是一个骗局，我和你们一样都是受害者！难道我们不应该同仇敌忾？"

我父亲说："你撒谎！你怎么证明？"事到如今，我父亲还想掩饰。

陈果说："证据我正在收集，刚刚发现被人偷了！"

果然，陈果的话没办法说服任何人。

有人骂："你就是童话镇的间谍，我们的财产到哪里去了？你不是你们分公司的主要负责人吗？"

他说："财务权不可能在我这里，事到如今，你们为什么还不相信我，要相信那个商业巨子？"

他们拿着武器更逼近我们一点，看来我们如果不交出点什么，是不能活着出去了。

他们要对付的是陈果，对我还没那么多恶意。我站在陈果前面，双手护着他，对他们说："你们看到了，那个房间早就被人翻过了，我们什么都没有，我们也被设计了，跟你们一样！"

他们看着我们两人身上空无一物，似乎有点相信。我又说："你们有谁真正了解巨子公司的？我们听到的都是媒体的宣传，没完没了的广告，你们怎么还不肯面对巨子公司的真相，最知道内情的是陈果，能帮你们的也是陈果，难道我们一起合作不是目前唯一的办法吗？”

他们有点松动，开始嘀咕起来，也许目前的危难有可能和解，我松了一口气，两个人都放松了一点，陈果笑着看着我。

然后，混乱中，人群中有一双手猛地推了一下。

我来不及反应，更没有准备的陈果猛然往栏杆外掉落出去，我来不及抓住他。我整个头皮发麻，我甚至不敢回头，仿佛这样，陈果就还安静地站在我的身后，像我保护他一样保护着我。我只是模模糊糊意识到发生了一件我人生中最恐怖的事情，好久好久，仿佛天长地久的一辈子，我听到砰的一声。

那是陈果的身体撞击土地的声音。

这一刻，我失去了陈果，也没有了父母。

那一双手，别人认不出来，我认得出来，那是我父亲的手。

我疏忽了，我忘记了，我父母有多么恨陈果，那种盲目的仇恨，令他们不顾一切也要伤害陈果。

后来他们以为，是陈果让他们失去了我，其实不是，是他们自己让他们彻底失去了我。

这一刻，我仿佛无事可做，这世间的一切都失去了意义，青山、流水、金钱、樱桃树，都没有任何意义。

我就像一台电脑突然死机，又被猛烈重启，我意识到我要下去看看他，也许还有机会，也许。

我拨开人群飞快地跑下去，一层楼，一层楼，一层楼，弯弯曲曲，像是迷宫般，魔咒般，我在梦境里跑不出来，怎么跑都是在转圈，找不到终点。我被封禁在古老的诅咒里。

终于到了第一层，我跑过去，我不得不去面对这一切，除了我他谁都不需要了。

有几个人站在陈果旁边唏嘘。我跪在他身边，我不敢动他，他的头骨碎了，他的肋骨断了，他的腿折了，他的血浸透了整个大地。陈果，他是土地长出来的果实，如今，他重新滋养土地。

我轻轻唤着他，我担心声音太大，吹落了他的呼吸，惊动了死神："陈果，陈果，陈果。"

他似乎心有灵犀，忽然睁开了一点点眼睛，似乎要对我微笑，可是他做不到，我想，这一定都非常痛吧。

我以为天下起了雨，因为有水，一滴一滴，掉落到他的脸上。

直到他微弱地说："陈橙……不要哭啊……"

我才发现，那是我的眼泪。

他断断续续地说："你……要……好好的……"

我狠狠地点头，我觉得我的五脏六腑都在抽搐，我说得好快，担心他听不完："不用你保护我了，我会保护你的，陈果，陈果，你看看，我已经不是那个崴脚少年了。"

他露出了微笑，放心了一般，慢慢闭上了眼睛。仿佛一个电影的慢放，仿佛一个漫长的告别，再也没有睁开。

以后一年四季，世间不再有你，樱花独自开谢，樱桃树下的刻痕再也不会更新，起点成了终点。人们不明白，金钱丢失了还会回来，而真正失去的都找不回来。很久以后，我会年老体衰，儿孙绕膝，一个人远离蜂拥的虚伪祝福，向着南风，孤拐独行，记得风中有你，那个年轻的孩子，岁月一轮一轮，已经没有人记得。

不，我不要这一天，这不是我要的未来，我要一个人牢牢记住我们彼此的真诚，记住你对我毫无保留的付出，即使隔了天涯海角，茫茫岁月，也不允许世俗冲淡这一切。

当我停下来的时候，沈默把蛋糕送上来，看着里面点缀的樱桃如哭红的双眼，女客人问："那后来呢？你再没见过你父母吗？"

"见过。"我淡淡地说。

警察来了，看到混乱的凶案现场，询问大家谁是凶手。从狂热的情绪中冷却下来的时候，大家都茫然不知，直到问到我。

我该不该说出真相？我看着我的父母，我没有办法说出口。但如果不说，也许陈果可以体谅我，可是我原谅不了自己。

我说不出口，我只能伸出手，像当时父亲伸出手那般，我指向了我的父亲。全场的人都目瞪口呆地看向我，我父亲震惊得像是那个坠楼人是他。

我妈大声哭了出来。最后她喊出来："不是真的，我的孩子有病，他一直有幻觉症，他刚才一定是产生了幻觉。"

一刹那，我最害怕的噩梦出现了，所有人像是围观异类一般围观我，他们窃窃私语：平时没发现他有病，真是吓人。有病怎么能瞒着大家！太没道德了！

我妈带着人到家里找到了我的药，证明她说的一切都是真的。

一个有潜在精神病的人的口供是做不了证据的。我亲眼看到的景象就这样变成了虚构的片段，我夸夸其谈地说过我能保护陈果，然而我做不到。

再后来，天亮后，我和警察去巨子分公司，巨子分公司说从来没有一个叫陈果的人在他们公司上过班，警察搜寻了很久，果然都没有发现陈果的一点痕迹。群众都在沉默，警察说这一切都来自我的幻觉。

再后来，巨子公司的老板过来，亲力亲为和大家见面，解决大家的信任危机。我想很多机构都会护着他吧，毕竟他关联着银行、关联着金融、关联着很多很多人，巨子公司如果倒闭影响太大，会成为年度头条新闻，会影响投资者的心态，甚而影响投资界的稳定。巨子公司宣布他们正在开发一个新产品，将再次改变行业的新格局。他们还将开展多个海外投资，展示自己的资金实力，巨子公司很快会长成世界型的巨人公司。

我不顾父母的阻挠，追问陈果的事情怎么处理。他们说这个世界上根本没有陈果这个人，他们把我带到陈果父母面前，陈果父母说他们只有一个孩子，他不叫陈果，现在在外面打工很少回来——我知道陈果有一个哥哥。他们家一定收了钱，就像我家一样，既然死的人不能复生，为了另外的孩子过得好点，足够的钱也就能封口了。他们最后说，陈果这个人是我幻想出来的。因为我自小孱弱而文静，所以幻想出一个天不怕地不怕、好动野性的陈果，这是一个心理的补充，符合科学和心理学的解释。我的病越来越严重了。

我说那个晚上他们合谋砍倒了我最爱的樱桃树，他们说这里从来没有一棵樱桃树，以前倒是有一棵樱花树，因为水土不服，死了。

我开始怀疑是我疯了还是他们疯了，也许他们说的才是对的，我一直都有病，这一切都是假的？这世界上真的没有陈果这个人，我甚至希望他们说的都是真的，那该有多好，那我就不必如此痛苦，那我继续沉迷在幻觉症里，就还能见到陈果，可惜即使我不再吃药，我也再没有见过他。

我的病广为人知，大家开始害怕我，避开我，当我是个怪物，他们要求把我送到精神病院。临行前的那个晚上，我戴上了很多年前他给我的麋鹿角，我从来没有使用过，因为害怕，我的害怕是对的，我听到我的父母以及那些人的想法，所谓人心不知道真的是更幸福的选择。

我来到了陈果出事的楼顶，猎猎的风吹着，我想了很多事，那些玩笑话和誓言，年轻的时候，就是这样，每一天都以为还有明天。

那些事都那么真切，不像幻觉。但一个喝酒的人说自己没醉是没有效果的。

只要力量够大，利益够多，一个人的消失是如此轻易，在所有的生活里都找不到他曾经的痕迹，我觉得害怕。只有我一个人相信他是真正存在过的，我感到无比的孤独，我变成了一个怪胎。

如果我的人生连基本的真假都已经无法判断，我又何谈拥有人生，我无法毫无遗憾地自我安慰：活下去，你会有更好的明天。我没法说服自己，照常吃饭、坐车、上课，等着进巨子公司，仿佛他真的没存在过。那个缺憾在我心里，永远是不能弥补的一角，每天滴着新鲜的血，直到我重新找到他。

我在同一个位置，跳了下去。醒过来的时候，已经在甜品店了。

“你觉得陈果真的存在过吗？”我问女客人。

女客人愣住了，无法回答，最后只能甩出一句冠冕堂皇的话：“假作真时真亦假。”她尝了一口蛋糕，她不想说真话伤害我，便转移话题问沈默：“为什么你能把味道做得这么好？”

沈默说：“这道甜点我有独家配方，我用这个红色的麋鹿角磨粉加了进去。”女客人看到柜台柜子上摆放着的那个麋鹿角圈。

她怔了一会儿，才掉转头问我："你不是有他的一本笔记本，能证明他的存在吗？"

我打开随身携带的那本笔记本，翻阅起来，里面没有陈果的名字，倒是从开头开始，没几页就写着陈橙。陈橙，我的名字。

我想，他开会的时候、思考的时候、无聊的时候、心烦意乱的时候，就会写写我的名字吧。

"这也没办法证明啊，他们都有充足的理由说这个笔记本是你的，也许在巨子公司上班的是你自己。即使笔迹不同，既然你有幻觉症，他们有理由怀疑你有两种笔迹。"

女客人看着，叹了口气，感觉很无奈，我想她也怀疑我故事的真实性，怀疑陈果这个人从头到尾都是我的臆想。

"所以你经营午夜甜品店的原因是等着有一天，你能找回失去的人……找到陈果？"那个女客人低声问。也许我看错了，她的眼睛里有了泪光，也许是可怜我，但更可能不是因为我，她大概也有想要找回的人。

"是。"我很坚定地说，"我坚信有那么一天，有人告诉我，告诉许何年，也告诉沈默，当我们收集了足够的秘密，我们把每个秘密还给遥远的悲伤树林，树木们的每个树洞都被秘密填满，一棵一棵重新回到地下，一棵树都没有遗留，悲伤树林变成了无忧草原，太阳升起来，能照亮每一个角落，你想见的那个人就会回来，你们像从没有失去过对方一样拥抱。"

"所以你这么确定你能找到陈果？"

"嗯。"我坚定地说。他遗留的那个笔记本被夜风翻到某一页，是他随手写的一首诗。

第一次看见你
穿着小西服 小马甲 白色的球鞋
一路踢着碎石 好奇地回头张望
身畔的河水流淌 洋溢永恒的微笑
你是夏天的果实 如阳光一样明亮
昼与夜交替 春与秋流转
每次樱桃成熟 预告一个新的开始
我愿你幸福成长
我愿你的人生寂寥且无波
我愿你的人生无聊而平静
我愿为你搭起长梯 摘下天空的星
和你等樱花谢了 长出新一季的樱桃
去放飞摘下的所有星星

女客人沉吟了很久，尝试努力相信我的这个故事，但最终无法摆脱摇摆的情绪。她摇了摇头："陈橙，这是我一生中听到的最悲惨的童话。"

隔着面具说爱你

爱不一定漂亮，爱有时候也丑陋，
丑陋但是永恒，
像那些伤疤，像你年老后的皱纹。
爱就是皱纹，
就是伤疤，就是烫，就是痛，就是你。

在黑夜里仓皇地跑了十几条街，我发现自己终究没有任何地方可去。自己的家不能回去，爸妈的家不能回去，朋友的家更不可能……活到三十岁，我终于活成了一个除了自己不再信任任何人的人。但当发现身边所有的人都有问题，我也只能绝望地认为：我自己可能问题更大。

倚靠着喘息的店门打开，一个清亮的声音说：“小姐，你脸色看起来很差，进来吃点甜食休息一下吧。”

我懒得理他。另外一个男生懒洋洋的声音传来：“众叛亲离，我觉得你需要吃一下我们的爆款——岁月真相。”

我猛然转头，看到两个亮眼的小伙子，一个笑意盈盈，一个满不在乎。

我抬头，原来这里是“甜蜜交换秘密”甜品店，原来这个店真的存在，那么是老天终于觉得对不起我，要帮我解开最后的谜团？

我走进去，店里一个沉默的男生给我拉开座位。我问：“所以，如果我点了甜点，你们会告诉我想知道的？”

和另外两个人不同，他声音特别低沉：“你讲一段故事，我们给你一个结局。”似一本书，我是书中的主角，惶惶然不知道会有什么收场，而他们是阅完整本书的读者，要提前预告我的命运。

我喝了一大口水，想了想，最后还是决定要说，再不说我要疯了——以前是没有人听："我以为我丈夫想杀我，我惊恐，日夜防范，然后默默调查后发现，我丈夫可能比我想的还可怕，可是重点还不在这里，重点是，我发现我的家人、朋友，没有一个能信任，我觉得我要疯了，你们是不是也觉得是我得了幻想症？"

清亮声音的陈橙说："凶杀案经常都有，我们已经见怪不怪了。"

许何年拍拍我的肩膀说："大多数人都生活在平静的绝望中，变态很正常，正常人私下也不乏变态。"

奇怪，我可能太容易相信人了，也许是传说带给我的心理暗示，也许是这里仿佛没有时间流过的寂静氛围，我竟然有点相信眼前这两个看起来不靠谱的人。当然最令我相信的是，前面默默做着"岁月真相"的人。

我得赶紧把我的故事讲完，他们到处在找我，也许很快就会找到了。可是这个庞杂的故事要从何开始，我沿着时光的线索逆流回去寻找最初的火种："我丈夫是我和我双胞胎妹妹的青梅竹马，我爸妈最疼爱的我双胞胎妹妹出嫁那天出了车祸死亡，于是，我绝望的父母让我假扮我妹妹，嫁给他……"

漫长的黑夜终于过去，睁开双眼，我又一次活了过来。转了个身，身边抱着我的人还在睡梦中。因为睡眠白得更不像人的皮肤，浓密的睫毛，一晚后隐约的胡茬……阴差阳错，怎样的阴差阳错，让我得每天提醒自己，这个最熟悉的人已经成为我的丈夫四年。就像此刻，一个清醒，一个沉睡，最亲密的人拥有的最遥远距离。起身给苏醒的绿色小植物浇完水，推开窗，薄暮一样的清晨，是我最喜欢的天气，空气从千万朵悄然开放的花中释放出来，所以清晨的空气是有香气的。明明是世间万物明朗的开端，却有一种令人手足失措的末日之感。自从车祸后，我开始喜欢一切似是而非的东西。

如黄昏的凌晨，如无底天空的海洋，唯一讨厌的是，如她一样的我。

这是他，我的丈夫陈诺喜好上和我最大的差别。

午夜梦回，我总是记起那场车祸，我的双胞胎妹妹当场死亡，我和他昏迷，但是我比他早醒过来，于是我父母逼着我做了一个我一生也没办法回头的决定。

我经常在梦中流泪，敌人在梦中一时飘远，一时近在眼前，我握紧了双拳却伤不到我的敌人，梦总是让人这样无助。我从梦中醒来，他抱着我，紧紧抱着我，为我擦眼泪，他担忧地说我一直在哭，但是问我什么都不答。我嘲笑自己是这么一个值得信任的人，即使在梦中都能保守秘密。

陈诺是知名的年轻心理医生，有自己的医院，事业成功，英俊上进，除了出席一些国际会议外，他永远比我早回家，永远。我不知道他是如何做到的，只因为我害怕走进一个没有开灯的黑暗房间。他上班又比我晚，所以我每次早早就做了早餐，有时候是清粥小菜，有时候是牛奶面包，他要求很高但并不挑食。

不挑食是指他对食物的种类不挑，要求很高指的是对烹饪的技术。

今天领导老早就打电话让我过去，我匆忙出门差点忘记换鞋，陈诺拦着我给我拥抱，忘记这个拥抱他是不会让我出门的。我拍了拍他的后背："好了，好了，男人不管多大都像是一个小孩子，今天我如果路过商场，就顺便帮你带那香水。"

他低着头，埋在我的脖颈边，声音变得低沉："怎么办？没有你我怎么办？"

“你小时候有没有看过《新白娘子传奇》？”

“有啊。”

“许仕林和胡媚娘爱得死去活来，胡媚娘真的为他死了，他转眼就笑呵呵地娶了表妹，过去仿佛不存在的云烟，你看，没有过不去的事情。”

“乱扯，那是假的。”他依旧紧紧抱着我。

“也许我也是假的呢？”我半开玩笑地问。

“乱扯，最普通的早餐，牛奶培根，是不是你做的我一闻就能闻得出来。”

我听着他鬼扯，脸上挂着笑容，但我怀疑我发热的眼睛会出卖我的情绪，便转头开门。多么可笑，最普通的一顿早餐你都能分辨得出来，你为何就分辨不出我呢？你是我妹妹的爱人，你一直爱着的是我那个已经过世的双胞胎妹妹，不是我。我不过是一个窃取妹妹爱人的贼，我是一个无耻的贼。而你呢，我怀疑又嫉妒你对我妹妹的爱。即使外人如何分辨不出我们姐妹，我都觉得我们的差别大过天和地，而你，你不是一个外人，你是她的竹马，她口中的诺哥哥。当我父母让我扮演这个本该消失的角色，我非常恐慌，我知道我演得太差，每天我都觉得明天就要被发现了，但这个明天过了四年还没有到来，真是滑稽。

一个谎言，到最后，说谎者和被骗者谁更痛苦呢？当说谎者意识到这个问题时，谎言已经走到人很多的闹市，大家都成为目击证人，说谎的人再也没办法抓住它的尾巴，把它狠狠甩回最初的原点。也就是说，一个谎言诞生前受控于说谎者，当它诞生后，它控制了说谎者。

我刚拎包进办公室。“郑巧！”五十岁的领导跟跛脚鸡一样蹦蹦跳跳出来叫住了我，领导前几天竟然在走了几十年的大厅楼梯上失足，脚踝做了多年配角，突然成了全身最受重视的中心。我以此总结了人生格言送给领导：人生不管走得多顺遂，都要时刻提高警惕，最熟悉的地方最可能让你侧翻呀。

我笑道：“不巧，失足的老男人。”

我时刻谨记必须隐藏真实的性格，但总在某个不经意的瞬间就不经意地暴露。本来领导脾气敦厚，没想此刻把脸一板：“这里有个现场赶快去，一个女人回家，发现丈夫死了。”

我这些年虽然称得上见多识广，但还是忍不住皱眉：“什么鬼？李曼丽不是值班？怎么这种血霉非要摊上我！”

“曼丽那样子，昏倒在现场，到时候倒双倍血霉的还是你。”

“丈夫死了有什么好采访的？天天都有人死，那我岂不忙死。”

“因为是我们市著名主持人的丈夫。”

我无言以对。看领导如此严肃，作为做了多年现场的记者我也知道事情的爆点，连忙叫上摄影，我多年的同学兼搭档林思理出发。林思理是我郑好的朋友，而非我扮演的郑巧。

后来我才知道郑好过世，受打击最大的是他，我本以为会是我的父母，可惜不是。从他们让我扮演郑巧的那一刻，我就知道，他们希望过世的是我，我是一个父母希望消失的孩子。只是他们没得选择，他们也在被命运选择。

“打断一下，”许何年说，“既然你父母更爱的是你妹妹，你为什么愿意答应他们做这种荒谬的事，让自己消失，让妹妹活下来？太可笑了。”

“是很可笑，也许我是个孝女吧。”我淡淡地说，事到如今，说这些又有何用，“他们受不了这件事，他们幻想那更优秀的女儿还活着，为人子女，怎么能看自己的父母绝望，那些绝望就我自己收了吧。最绝望的时候，我总是拼命说服自己，父母也是人，他们也有缺点，他们也很为难，郑巧是他们的掌上明珠，从小能文能武，科科考第一，钢琴甚至能代表学校出国比赛，见到人总是绽放最甜美的笑容，还有一个对她呵护备至的竹马。而长得一模一样的我为什么就这么不一样？我只会翻墙旷课，有一次还和小混混打架挂彩回家，衣服永远只有牛仔裤、白衬衫，想也知道我们关系不会好。现在衣橱里满满的芭比娃娃一样的裙子都是郑巧的爱好，还好，因为我从事的行业，我可以骗过他们，基本逃脱穿它们的命运。”

“她是最棒的，最完美的，最闪闪发亮的，原本我以为命运眷顾的是她，最后才发现原来是我，能活下来就是最后的赢家。尽管我父母决定放弃我，让我假装他们的宝贝活下来，但以假乱真始终也是假的，至少活着的是我。”

陈橙横了许何年一眼：“你别老插嘴，让人家讲。你们要去采访那个主持人，然后呢？”

我说：“著名主持人理所当然住在著名的别墅区里，很远，我顺便开导开导林思理。”

别墅区离市区的距离过去要一个半小时。林思理很冷静地说：“上帝真是善于挖苦人，出去走个穴回来丈夫就进墓穴了。”

我说：“你可以再冷血点。”

他笑着说：“你大可放心，自从你姐死后，我的血就没热过了。”他像个快乐王子，天天一副贵族般从容的笑脸，只有我知道他内心巨大的伤口。每天那些来来回回阴魂不散的悲伤，他不吝于给我展示伤口，好像论定郑好的死是郑巧的错，所以以此来惩罚这个郑巧。

我转头看窗，窗外的景色转瞬即逝，镜外的花、镜外的树都留不住。

“都四年了，何必如此痴情，搞得场面这么悲情。每次和你说到这个我不满怀同情都好像对你有罪。”

“烫过的孩子还是喜欢玩火，想忘记是忘不掉的原因。”

我不想和他做这样的对话，来缅怀自己，觉得实在荒谬。等到达主持人家的时候，附近已经遍布媒体，埋伏满四周。

还好我们拿到独家的准许证，媒体看我们后来先进，恨不得一起扑过来把我们碎尸了。

并没有血腥的场面，别人的丈夫连死都死得安静、得体，不给这个世界添麻烦。主持人贾静太过伤痛，暂时拒绝接受采访。

我们采访邻居，邻居表示了震惊和恐惧，其中一位阿婆刚买回来的菜还没来得及放回厨房，就带着花菜、番茄和黄花鱼一起上镜：“他们夫妇关系实在太好，从来没有吵过，男方对女方百依百顺，感觉很爱女方，怎么舍得，很难想象会服药自杀，真是活久了什么都能见到。”

当时阿婆又转头想了想，人生第一次上电视也不能太过草率地结尾，她用满脸的皱纹表示她见过很多世面，最后很庄重地摇头：“不过也很难说，我孙女说著名作家张爱玲说，每一段感情都是千疮百孔的。”

从阿婆口中听到张爱玲那种违和感还来不及调和，她的假发经不住强烈的摇摆就掉了下来，露出参差不齐的头皮，幸好我及时捞住了帮她戴回去，人活久了确实什么都能见到。

其他邻居的表态也是大同小异，他们在惊骇之余也有点放心了，一个女人，又漂亮，又年轻，有好工作，有好老公，十全十美，简直占尽了天下的好处，果然是没有这种好事啊。

我隐约听到主持人在卧室内哭到沙哑的声线：“我不知道，我回来他就这么躺着，一动不动，他为什么要这样对我？为什么？”

林思理说：“她的丈夫心理方面有一些问题，好像是抑郁症吧，长期服用安眠药物，没想到这次一次吃了半个月的量。也是治病心切呢。”

我瞪了他一眼，习惯性地用背包甩了他一下：“滚蛋，你冷血，连同情心都没有了。”

没想到他忽然静止了，脸上突然浮现出非常奇怪像是要哭出来的表情，半晌才吞吞吐吐地说：“你瞪我、用包打我的表情真的很像她，怎么这么像。她是不是……什么时候能回来……”

“以前她在的时候，你老是打击她，怎么她不在了，你就变这样了？”我没说完就看他脸上都是内疚，也许是恨自己太刻薄，那些有限的日子没有好好对“我”，而是经常用刻薄的话来隐藏温暖的真心，我转话说，“你这么想她，那就快回去睡觉。”

“睡觉？”

“我会让她托梦给你的。”

“屁咧，你从来都指挥不动她。”

警方还在调查，因为找不到自杀的动机。我天生有好奇心，做这行是我变成郑巧之前和父母提的条件。我现在好奇的是，一对你侬我侬的夫妻，为什么丈夫要服安眠药物，又为什么突然自杀？原谅我，对世界上那些所谓的完美都深感怀疑。可惜主持人贾静据称受创过度，要过两天才能采访到。我们回去，到办公室整理了一下，时间一晃，天好像被拉下了黑色的帷幕，唰的一下就黑了。

我下楼，就看到陈诺的车，他在发呆，一看到我，就叫道：“郑好！”

我差一点就脱口答应了，然后全身的血液都汹涌澎湃，觉得不对劲，不对劲。我不是郑好，一刹那，我惊悚得全身寒毛都立起来了，我觉得我的表情一定像是见鬼了一样，他终于认出我来了？认出我不是他爱的那个人？他来这里揭穿我？

然后听到他停了一会儿，温和地说下去：“正……好路过这里，就等你下班。”

我身上无数的神经细胞都站了起来，瞪大了眼睛，听他说完这句，方才松了一口气，继续各司其职。

“以后还是别来接我了，同事们见到了会以为我是炫夫狂魔。”

“这样不好吗？”

“当然不好，秀恩爱，死得快，万一我们以后离婚呢，我得给自己留条后路。”

他似乎被气到了，因为车速一下飙升了三十码，我整个人都往前飞了点。他说的每个字都像是被自己咬扁了才放出来：“我们，绝对，不会，离婚。”

“好像你做得了主似的。”我轻笑。不知道为什么，我每次都要挖苦他，要让他痛，来证明什么。反正这个男人爱的不是我，反正这个男人连自己爱的人都认不出来，他的爱能多深呢？还自以为爱得深沉，自以为是天下第一情深圣人，多可笑，这个世界多可笑。

可是，说完，我也会痛，毕竟，这些年，我对他也有感情了吧。我转头看他，他皱着眉，紧闭双唇，窗外的霓虹灯照耀，一溜光从他的额头、鼻尖淌过去，形成漂亮至极的弧线。

认识他多久了？他认识郑巧多少年，我就认识他多少年，如果撇开命运恶意的安排，原本我们也能成为亲密无间的亲戚，而不是一对居心叵测的夫妻。

他没有看我，只是说："当然，只要你爱我！"他顿了顿，努力收敛语气，"你变了，你真的一点都不爱我吗？"

一切陷入了静默，他在等我的回答，我也在等自己的回答，可是我现在一个躯体里有两个灵魂，它们互相对峙，互相推诿，互相监视，我答不出他的问题，整个世界都静静潜伏在我们身边，准备看我们的笑话。

然后是急促的刹车声刺穿我的耳膜，我感觉眼前大亮，整个车都仿佛翻了过来，然后一个黑影朝我扑过来，温暖的躯体覆盖着我，一切陷入了黑暗，那一刹那，仿佛往事重演，翻车的速度、耳边嘈杂的尖叫声……关于以前那次车祸，我苏醒过来后全忘记了，是父母告诉我的，医生说是失忆症，忘记了一段时间的所有事。此刻往事全来挑衅我。

我似乎听到上方传来他沉闷的声音："郑好，不用怕。"

时间哗啦啦后退，那是春季灿烂的一天，看好的良辰吉日，是我妹妹和陈诺的大婚之日，一行人喜悦地出发。迎亲结束后，一行车乐呵呵地前赴后继，陈诺和妹妹坐在前面，我坐在后座。我什么都记不得了，但据说，我们是很高兴的，一生中最重要的一天，没有理由不高兴，我们的心都飘到了云上，快乐让我记忆模糊，根本记不起那一天妹妹的模样。

我们的车开到跨海大桥，有个大转弯，一直以来都是事故多发地带，但不发生在自己身上的事故永远只是一段不痛不痒的故事……而事故之所以称为事故，当然是因为概率低。残酷的是，那个概率当天就这么无缘无故地降临了，后面的车疯了一样地直接撞上来……后来警察说速度起码有一百五十码，真的是疯狂，我们没全被灭真是苍天饶命，我和陈诺各自只昏迷了几天。作为疯狂的代价，后面的车连续翻滚如熟练的厨师翻动平底锅里的煎蛋，车烧了五六分钟，车主来不及救出来，当场就死了。不久就知道，那个车主是本市市长的儿子，斯人已逝，丑闻就被压下来了。

那个时候我醒来时脑袋一片空白，完全记不得近期发生的事，所以到现在还定期服药。

许何年点点头轻哂："你丈夫似乎很爱你，或者说表现得很爱你，果然秀恩爱，死得快。"

我苦笑："谁知道呢，他从来没有对我不好过，可是我从来看不懂他。"

陈橙对老是插嘴的许何年很愤怒："今天轮到你做甜点，你可以滚过去帮忙了。"可惜许何年对他挑了挑眉，纹丝不动。

这次车祸后，当我醒过来时发现是在医院，又是医院。我没事，不代表他没事，他是我的人肉盾牌。也许爱就是这样，他爱她，他愿意做她的盾牌，就像是他真的能无坚不摧一样。

我急促地问医生："他，我丈夫，他没事吧？"

医生和气地说："你们都命大，他也没事，应该醒过来了。"

正说着，我好久不见的父母来了，我爸还是老样子，领导派头，见到谁都一副"赶快过来给我跪安"的样子，妈妈喜欢赶时髦、爱保养，穿着隆重，以示不能久留，看完女儿还要和好多姐妹一起做SPA去，可还是显出了老态，每次见到都会老一点点。不知道为什么，我和父母形成了一种默契，除了不得不见的节日，我们是不会见的，也许是见到彼此，那些回忆会让彼此觉得刺心。

反正我没事，我一向和爱缺少缘分。我自嘲："对，我这人唯一的优点就是命大。"

我爸妈听了，脸色不佳又不知道说什么，只看着我，叹气，最后说："陈诺没事就好。”走到这一步，不怪他们，他们也为难，我只是觉得酸楚。

陈诺颤巍巍地走过来，高高瘦瘦，像是个孤立无援的孩子。明明他是个洞察心理的心理医生，但我觉得他只是个孩子。他看到我安然无恙才放下心来。他什么都不用说，望过来的那种眼神那时的我一下子就懂。现代社会，人情少，情人多，竟然还有这样一个他愿意用一切护我周全。

我又是内疚又是酸楚，他对我越好我越不安。这种不安令我总是要刺激他。我说："翻车的时候你好像叫'郑好，不用怕'，是想起之前的车祸吗？我们一起还真是祸事连连，还好我比我姐姐命大。"

我看到这件诈骗案中共犯的表情，我爸转头看窗外，我妈削着水果的手明显一顿。陈诺的脸因为痛楚，仿佛抽搐了一下。哦，那个被牺牲，那个不管你们是否知道她还活着对你们来说都已经死了的郑好对你们还是有些杀伤力的呀。

很奇怪的场面，倒好像他们三个是共犯一样，一起陷入奇怪的沉默。看到陈诺痛苦，我收获了另外一种痛苦的满足。

我笑道："你们可是我的亲爸妈，不是他的，现在倒好像你们三个人才是联袂的一样，我是亲生的吗？"

陈诺对我的笑总是温暖而真诚："你听错了，也许是记忆重叠交错的问题。对不起，是我的错，我开得太快了，还好你没事。"他转头对我父母说："爸妈，你们别怪她，发生这种事，心理的恐惧总会演化成焦虑。"

我笑："心理辅导做到我爸妈身上了。"

我爸妈不回答了，只是做着自己的事，但对于陈诺的歉意，他们并没有歉意，不应该呀，照理说，我们一起合起来骗陈诺，我天天见他，都还有些歉意，而他们心理建设得真好，姜还是老的辣。

最后我妈说了句公道话，我妈是无论多大年纪还是一把娇俏黄莺的声音，从台湾电视剧里偷来的：“好啦好啦，陈诺最会忍耐了，他是你的盐，你可缺不了他，好好对他呀，女儿。”

是让我做个好女儿、好妻子，好好演这场持续一生的戏，别辜负了这个旷世好男人。陈诺也看着我，还好林思理推门进来，兴冲冲地说：“你醒了呀，还好没步你姐姐后尘。”

“我没死你很失望啊。”我答道。我明明能从林思理的眼中看到一点关切，但说出来的话就是这么难听，他报复我，我报复陈诺，奇怪的生物链。

“才不呢，死亡并不能解决一切问题。”他吊儿郎当地说。看到我父母以及陈诺，他并不打招呼，只是点点头。我父母也没怎么招呼他，以前我怎么没发现呢？我从车祸中醒来，忽然觉得所有人都不对劲了，或者是我不对劲，这是车祸后遗症？这些明明都是我最亲近的人，一个个儿的关系怎么都让人不舒服？

林思理又说：“对了，告诉你一件很巧的事情，记得贾静的丈夫吧，猜猜他到哪里看心理医生的？”看他一脸的幸灾乐祸，我不禁望向陈诺。林思理立刻得意地说：“对，就是陈诺的医院，那些药也是陈诺他们医院开的。陈诺你没协助调查啊？”

不知道为什么，我觉得心里一惊，有什么更不对劲了。

陈诺一点也不恼：“这个城里大多看心理的人都会在我们医院，并不奇怪，而且他有他的主治医生，肯定会协助调查。”

林思理说：“你们的结婚纪念日快到了吧，怎么庆祝呀？”

陈诺淡淡道：“这当然是神秘惊喜，不能向你这样的外人透露。”

我不懂林思理和陈诺，他们简直像是有世仇一般。林思理嬉皮笑脸：“对对，这是夫妻间的情趣，只是我想到，那天也是郑好的忌日，有点心痛，当然，活着的人优先嘛，我懂。”

陈诺还一副悠然的样子，我的父母脸色都变了，未发一言的我父亲突然站起来非常严厉地说：“你是来看望病人还是来刺激病人的？你这样疯言疯语的，请恕我们不能接待，你走吧。”

林思理走上前两步安抚愤怒的老干部：“伯父别动气，因为我和郑巧太熟了，所以话都乱讲，您老别介意，我以后注意点。”

老干部还要发威，林思理狡猾，立刻对我说：“没啥事就别装病了，台里还等着你跟那个事，我先走了。”

他关了门又推开，对陈诺说：“你还不知道吧？这对主持人夫妇是那个市长儿子的朋友，记得吧，车祸当场死亡的那个。”扔下了这个超级炸弹，才真的飘然远去。

我心中大震，不明白什么意思，陈诺还是温和如秋日里的围巾、冬天里的贝雷帽，我的父母脸色却都气青了。

我承认我这个人粗线条，后知后觉，也许他们早就这样，只是我以前没注意，我太专注于自己扮演角色的痛苦和挣扎当中了。正要入睡时，护士走进来说：“有个人来探望你，我说已经过了探望时间，他让我把这个交给你。”

一个信封，拆开，是打印的字，所以没法辨认字体，写着：“想知道真相就别放弃贾静这条线索。”

我惊慌地站起来：“那个人在哪里？长什么样？”我要追下去，护士拦着我：“你干吗？不能下去。”

我要叫，但又担心引起大家注意。护士说：“是个小孩，说外面人等着他，估计是别人叫他来的。”

护士打开窗，我望过去，月光下没有人，一只黑色的鸟飞过去，呜呀呀地叫了一声。护士说：“下去干吗，早就走了。”

护士要出去，我冷静了下来，对她说：“这事您别告诉任何人，我……丈夫陈诺也不行。”

哪个事情需要真相？车祸，或者其他，真的有什么真相？不会有人想利用我干什么吧？我怀着七零八落的想法休养了两天，实在克制不了好奇，不顾陈诺的阻拦坚持要回台里。

没想到我刚回到台里，林思理不断跟我眨眼睛，我就有不祥的预感。跛脚领导痊愈后表示同为病友，感同身受，不让我跟贾静这条线了。

“公安已经定论是自杀案，就是个名人社会案件，做做头条专题什么的，交给别人就可以。”

“自杀？心理医生询问了吗？”

“当然，都是正常的开药、正常的程序，没有什么疑点。”

“那你为什么不让我去？”

“关心你。”

“你如果关心我，就应该让我去采访这种没啥风险指数的案子，领导我们这么熟，你不会瞒着我还听别人号令吧？”

四平八稳的领导看在我刚从医院出来的分上，控制住让我再进去的冲动：“郑巧你真是不识好歹。总之，你不准去。”

哦，以前以为是杀人分尸的凶杀现场就把我推出去，现在一个普通的社会案件却担心得不让我去了，逗我玩呢。领导让不去就不去，我可不是这样乖巧的女子。织女那么乖都不听父皇命令下凡了，我能听他的？

我去找曼丽，曼丽一脸羡慕："您老这么不消停，我看你老公来找过领导了呢。我才是单纯的小公主，怎么就没人对我这么好。"

我更必须去了。林思理开的车，车七拐八拐，越开越离谱："喂，开错了，你是麋鹿吗？"

"接一个人。"他神秘兮兮地说。

等到了一个小弄堂，我看到一个戴着礼帽，叼着烟斗，穿着黑色大衣顺便拿着把黑色雨伞当拐杖的"奇葩人物"，那脸明明是年轻人的脸，像极了流行的小鲜肉明星。

他看到我们就步履安详地走过来，上了车，转头对我点了点头。

我对装神弄鬼的人一向不感冒，说："你从哪里穿越来的？要去哪个COSPLAY场所啊，山寨版福尔摩斯。"

那人叫道："你不认识我！你竟然不认识我？"又转头对林思理说："果然如你所说的，牙尖嘴利不看人好。"

"我该认识你吗？你很有名吗？下飞机会有无数女孩子尖叫着冲过去要你的签名，签不到就晕倒在机场吗？"

"差不多咯。"他大言不惭。

"哈。新的广告法禁止吹牛逼，你小心被判刑。"我倒是第一次见到如此不要脸的人。

林思理这才说："郑巧！你真不认识他？你以前很崇拜他的啊？"

我一时语塞。还好他继续说："不过你一向不是追星族，他就是国内著名侦探小说家夏洛克，写过很多著名的小说。"

夏洛克得意扬扬地说："没想到你还崇拜我。"

我连忙亡羊补牢："年少无知咯。"

他气得叫道："你知道我有多少粉丝吗？你知道我那本《深闺谋杀案》卖了多少本吗？你知道国内那著名的兄弟相爱相杀连环案是在我协助下破的吗？"

"懂了，看出来了，你穿成这样，凶手看到你以为是福尔摩斯附体，一下子就惊慌失措全部招供，你就破案了，高明！"

"你懂什么，我这是仪式，你too naive，仪式感是创作的重要组成部分！"夏洛克年纪轻轻果然沉不住气，被气得要撕下假胡子和我一决高下了。

"就这么沉不住气，还破什么谋杀案。"

他气得当场宣布："我今天不和你说话，你太无知。"

"好吧，好像不和你说话我就失去了生命的源泉一样。"我对林思理说，"你带他干吗？"

"他恳求我带他，说要寻找灵感，也可以协助我们采访挖掘一些细节。"

"什么鬼？公安不是说了是自杀案吗？也看不出有啥异样吧？"

夏洛克再次沉不住气，受不了我的naive，怪声怪气地说："没什么异样？我以我的专业保证，绝对大有文章！"

"哦，你的专业？你跟我讲讲，你说那个兄弟凶杀案是什么？"

夏洛克就一副"有求于我了吧，让你知道我的厉害"的表情，这大概是史上最容易套话的侦探小说家了吧："就是一个哥哥杀了弟弟以骗保的案子，那个惊心动魄绝情绝意，有空给你讲个三天三夜，或者你可以去买我的书，想买可得抓紧了，太畅销了。"

我心中一动，感觉快要想到什么，没想到就到了。我们几个人连忙下了车，贾静只能给一个小时的时间，而且过时不候。

我怀疑悲伤欲绝的贾静遇到这戏剧化的夏洛克，会当场把我们赶出来。

夏洛克一见贾静就露出绅士独家定制表情，脱帽致敬："你好，女士，我对你的遭遇感到无比的同情。"

我的尴尬症简直要当场发作，不过贾静对他并没有任何反应，对我们都是，我们的话语对她来说和布谷鸟钟差不了多少，只是证明时间在流逝。

贾静父母在客厅忙着处理剩下的琐事，贾静虽憔悴，还是非常美，像是个空洞的琉璃美人，头发微微披着，没怎么打理，穿着睡衣，黑眼圈严重到难以置信的地步，脸颊消瘦。

她淡漠地说："你们有什么问题就问吧。"

我说："警方已经定论你丈夫是自杀的，虽然很唐突，但想问你猜得到原因吗？"

"不知道。"她抬手摸了摸脸颊，手上我都看得到明显的青筋。

"听说你们感情一直很好，你丈夫对你也很亲昵，也并没有财务危机，就这么突然地过世了，你不会觉得诧异？对警方的这个论断你认同吗？"

贾静抬了抬眼皮看我，想要说话，忽然脸上一阵抽搐，她三两步跑到洗手间干呕起来。

林思理低声问道："不会怀孕了吧？"

我其实也不知道，但不想她在这个时候又被传出这种消息："你八点档看太多，女人不是只有怀孕才会干呕的。"

贾静回来，坐在那里，整个人像是悬浮般苍白无力，过了一会儿才说："我现在什么都想不了，也不想想，也许过几天，我才能……"

夏洛克打断她的话："你丈夫都没有留下任何遗书吗？"

贾静摇摇头。夏洛克说："真不厚道，留下遗书是自杀的人对这个世界最起码的礼貌。"

我真想把他推下楼。

贾静听了，我们还来不及反应，她突然变得非常愤怒，脸色潮红，站起来不断急促地来回走，披头散发，焦躁地尖叫道：“你们什么意思，你们什么意思，你们走，都给我走！”接着开始砸东西，一个仿古花瓶在我们面前炸开，一个人情绪能这样迅速切换确实诡异。我们趁着摄影机没被砸之前赶紧滚下楼。做了这么久新闻，很奇怪的，唯独这次，我并不觉得悲伤，而是觉得压抑。林思理看着我说：“她看起来悲伤过度吧，估计晚上也睡不好，谁能想最爱自己的丈夫一回来就死了呢？真是同床异梦。”

夏洛克就说：“刚才我并没有感受到悲伤。”

我简直是瞬间找到了论据证明我并不是没同情心的人渣：“对，感觉她生无可恋，她对自己感到无助和愤怒，可是女人的直觉——她并不是死了心爱之人的痛苦。”

夏洛克说：“女人的直觉？凡是女人胡搅蛮缠时，别人问她们，她们就会祭出这神圣的大旗——女人的直觉，那你用直觉告诉我答案吧。”

我横了他一眼，他不在乎地说：“是个好素材，我要好好调查一下他们。”

我们刚走出去，准备找个地方吃饭，就看到陈诺来了。陈诺说：“我就知道，你没好就会跑到这里来。”

我已经开始有点害怕他，我那么急于来贾静这儿也是因为他，他真的有什么真相隐藏着吗？他太沉得住气了，他太会忍耐了，让人看不出来任何破绽，也让人十分恐惧。

夏洛克热情地握陈诺的手：“久闻大名，我也有些心理问题请教陈先生，相识不如偶遇，一起吃个饭吧。”

我们找了一个西餐馆，夏洛克用银光闪闪的道具切着牛肉，牛肉很硬，他切得挺兴奋："我觉得是个谋杀案。"他看我一眼，补充，"男人的直觉。"

林思理笑着说："你写书写魔怔了，到处都是谋杀案。"又转头问陈诺："陈先生，你觉得一对在外人看来感情很好的夫妻，妻子可能谋杀丈夫吗？"

我看着陈诺，陈诺很自然地说："我不了解，没有发言权。"

没有人问夏洛克，但夏洛克迫不及待地分享自己的心得："谋杀也分等级，高级的谋杀就像是艺术，让你找不到一丝痕迹。完美，perfect！"

陈诺道："这点我不认同，既然是谋杀，就是有预谋，预谋和实际永远存在误差，所以不可能有完美的谋杀案。"

我插口问夏洛克："你今天说的兄弟谋杀案算得上完美的谋杀案？"

夏洛克说："布局半年，慢性药，每天一点点，查不出来的，最后忽然衰竭，差不多完美了，如果不是当年要保险赔偿填补漏洞要得太急，我也不会发现漏洞……哥哥杀了亲爱的弟弟为了公司的振作、家族的中兴，感人肺腑，真是积极向上有家族荣誉感的杀人犯啊！"

我露出淡淡的笑容，看向陈诺，陈诺很认真地切着自己的牛排，然后把切好的牛排给我。

我的记忆自从车祸后就有点困难，这一次我想起来，因为我家境不错，我父母在我们成人后就给我和郑巧买过额度比较高的保险，后来陈诺还和父亲合作一个生意。模糊记得有段时间资金周转失灵，那段时间又忙着筹备和郑巧的婚礼，也是焦头烂额。

我想着，又看向陈诺。当我看陈诺时，他没有看我；当我掉转头，我就怀疑他在看我，因为当你凝视着深渊时，深渊也在凝视着你。

"所以你从那个时候开始怀疑他的？怀疑他可能是个谋杀犯？"陈橙

天真地问。

“也许吧，疑问是经年累月慢慢产生的。”

我当时忽然有一个非常可怕的念头，一个无来由的念头，当年的车祸不是偶然的，也许他就想杀掉一个人，那个人刚好是坐在这里和他相交多年但情分浅淡的郑好，只因他不知道杀掉的是他亲爱的郑巧，只因我四年的扮演。所以这成为一个差不多算完美的谋杀案，他本来就是一个见多识广的心理学家，又冷静，善思，充满信心。至于原因，因为我父亲就可以得到一笔钱周转。而且我父亲不知情，他的神情会悲痛而自然。

我觉得我要疯了，我竟然这样猜测他。可是万一是真的，那万一他发现我不是郑巧，我不就完蛋了？

陈诺忽然关心地问：“你手怎么抖得这么厉害？”

我被他突然的发问吓了一跳，抬起头惊愕地看着他，我怀疑我脸色是惨白的。因为我看到他皱了皱眉，又转头对夏洛克：“别讲那些话题了，她车祸受的惊吓刚好。”

夏洛克于是开启了自言自语的模式：“那你们别听，我是对自己说。她有不在场证据、不在场证明，每个谋杀案的凶手都喜欢费心营造这个事。”

陈诺无语。夏洛克转头问林思理：“其实不在场证据不是最高明的，你知道什么是最高明的吗？”

林思理大概是想气死陈诺，非常配合地问：“是什么？”

“是在场，是和被害者一起受到一场看似意外的袭击，这是不是更高明？我的下一部书可以用这个梗。”

陈诺淡淡地说：“夏洛克，我觉得你呢，有点问题。”

夏洛克表情夸张地伸长了脖子，饶有兴致地问：“啥问题？”

陈诺说：“就像现在，夸张，哗众取宠，追求感官刺激，喜欢成为被关注的中心。这叫戏剧化人格，是人格违常的一种，患者常显得不成熟、情绪不稳，具有强烈的自我意识和个人表现欲，严重者以后会经常情绪爆发，甚至有自虐倾向，但通常又死不承认自己看世界歪曲了，不承认自己有戏剧化人格……”

夏洛克还没听完就喊：“我才没有，我是基于……”一收嘴，才发现入套了，只能默默收下这个见面礼。

陈诺擦了擦嘴，站起来拖我的手，对两位告别：“那今天就到这里吧，她需要多休息。夏洛克，你有需要可以来我医院。”

我和他刚走两步，林思理叫：“郑巧！”

我回头，他迅速拍了一张照片，吊儿郎当地说：“角度正好，镜头感正好，这张照片不错，陈诺你也不错。”

陈诺若有所思地看了他一眼，似有怒意。一路沉默地一直走，陈诺握太紧，握得我手疼，我挣扎了一下，挣脱了他的手。这个紧紧牵着我的手的人也许是杀了我的人，愤怒战胜了恐慌，心灰又战胜了愤怒，我无法分辨内心的情绪，对他说：“我们的车，好像走过了。”

他才反应过来，看了我一眼：“哦，对不起。”那样的一眼，那样的姿态，我的心刹那间就软了。那乌沉的眼睛里有无尽的眷念和心痛，就如同我是他在这个世界上唯一的意义，仿佛他拖着我，能把荒漠走成草原，仿佛他拼尽全力也一定要护我周全。可惜，此刻我是郑巧，这四年他无尽的爱都是因为郑巧，那，可怜的郑好呢？你如果那样对她，不会愧对她吗？可是你并没有愧疚吧，反正逝者已矣，你是个心理素质一等一的心理学家，所以你甚至找我领导不让我查访下去。

我轻声问他："你在害怕什么？"

他没有任何吃惊的表情，只是说："没有，我担心你被别人带上弯路去。"

是吗？是怕在弯路上看到过去的真相吗？

一回到家，他准时倒了水拿了药给我，看着我吃了药，脸色才好了一些。

他沉静地说："你现在有些逆反心理，如果我让你不跟这个案子，你一定反弹得更厉害，你要去便去，自己注意，不要太相信夏洛特和林思理。"

"夏洛克我懂，但林思理是我们多年的朋友，又有什么问题？"

"因为你不记得很多事，我不说他坏话，他也确实不是什么坏人，对你也挺好的，对你……姐姐更是了。但没有坏心的人反而可能坏事。"

他到书房去工作了，他永远那样沉着冷静，看不出他心里在想些什么，这让我发慌。我用他爱的人的身份在骗他，对妹妹和他的内疚让我总是下意识和他保持着看不见的疏离。我们大概是最貌合神离的夫妻。

第二天，夏洛克打电话给我："Hello，我在你老公的医院里。"

"你真有病啊？你去干吗？"

"哈哈，你老公邀请我来看病，能打折，我干吗不来？"夏洛克又嬉笑了一番，"不逗你了，我来看看贾静老公的医生开的药，不过他不给我，说警察已经调查过了。你能帮我吗？"

"我为什么要帮你？"

"你不是也很想知道？也许就能知道当年的车祸真相。"

"我不需要。"我挂了电话，心里一动，当年的车祸也许有视频留下，就立刻查了当年的事故地点，时间我记得一清二楚。

林思理摆脱不掉，我只好说是为了贾静之事，和自己无关。

到了交通局，出示了记者证，再经过百般恳求，他们还是不同意查看，最后林思理联系了公安局的朋友才搞定。

没想到查了一番后，交通局的人说："没有监控，什么也没有留下。"

"怎么可能，那里是事故多发地带，那个车祸又那么严重，一点案宗都没有留下？"我实在气愤他们的工作水平和能力。

"没有就是没有，我也帮不了你。"他口气比我还横。

林思理一脸爱莫能助，我们两个垂头丧气。一个中年人走过来，看着我，很奇异的眼神，仿佛认得我又仿佛认不出我，他说："你们查当年的那个事故？"

我点点头。

"那个案子双方都达成和解，互不追究，你们现在为什么要查？"

"双方？我父母也是？"

"没错。"他不可思议地看着我，仿佛我是个怪物。

我百思不得其解，心中有了更多的恐慌，我父母为何同意和解，甚至默认让这件事默默消失？

林思理笑着说："你想不通你父母的做法？别多想了，你也知道你父母本来多疼你一点，当时又是你的出嫁日，人死不能复生，总要以活着的人为先，和解也是不得已而为之吧。"

他的话像是一把刀插在我的心脏上，郑巧的死，我的亲生父母竟然以这种潦草的方式终结了，仿佛她从未存在于人间，而且，这是他们最爱的女儿，他们到底还有什么难言之隐瞒着我？

这次结婚纪念日，我要，大张旗鼓，狠狠地纪念。

我打电话问夏洛克是否还在医院，他说刚出来。

我说："你等我。"

我开车到医院，问了下前台："陈诺在吗？"

前台清脆地说："陈先生正在出诊。"

"那我到他办公室等他一下。"我进了陈诺办公室，立马开了他的电脑，输入郑巧的生日，号码不对，输入我们的结婚纪念日，号码不对，输入他的生日，号码还是不对。

什么鬼，他的密码到底是什么？我紧张得手上都是汗，电脑却显示："您已经输入三次，请半个小时后再试。"

没法子，我赶紧翻箱倒柜找他们资料室的钥匙。幸好他的抽屉没锁，抽屉里面，就是一大串钥匙，我解下那一把。

有人推门进来，声音在我头顶上："你在干吗？"

抬头，陈诺走了过来，我瞬间收好了钥匙，笑道："等你不来，想玩一下你的电脑，密码我还破解不了，你这是有小三的节奏了？"

"难得你来我医院找我，就是来抓小三的？那就可惜了，我没有。"

我笑道："那最好了，我就和你商量一下，我们结婚纪念日也叫上我父母吧？"

"这也太奇怪了吧？"他皱眉。

"我怕他们两个人在家里想起郑……好难过，而且，我和父母这些年联系少了很多，挺不该的。"

他深深地看了我一眼，似乎要看破我，想了一会儿，才说："不管你提什么要求，我总会答应你的。你也知道。"

他这样，他总是这样猝不及防地让我内疚，我仿佛看到他的无奈和颓败。他爱我，以他爱我的程度，我的戒备和距离他一定每时每刻能感受到，但是他不懂为什么，没有自己喜欢的人这样对自己更让人挫败了，我懂。

我过去，抱着他说："对不起，下次，下次一定不会这样了。"

他也抱着我，很久才放手，似乎自言自语地重复我的话："下一次……"又自嘲般地笑了一下，"下一次。"

最后问我："如果我做了什么你不知道的事，你会原谅我吗？"

我的心直往下沉："我不知道，你为什么这么问？"

"没什么，只是想知道你有多爱我……"他没说完。

我不宜留在医院太久，大家都认识我。我考虑了很久，夏洛克信不过，我还是把钥匙交给林思理，毕竟他是我多年的拍档，让林思理去帮我取资料。

林思理带出来的除了贾静丈夫的病历单，还有一大堆税务单，他对我说："陈诺的医院是不是有些财务问题？最近税务局查得紧。"

我看了一下，那些税务单也看不太懂，便放了下来。

一会儿夏洛克过来，还带着一个装逼范专用放大镜来研究病历单。他煞有介事地研究了许久，最后说："就是抑郁症患者的病历单，没有什么异常。"

我有点遗憾，却莫名松了一口气。

紧接着夏洛克对我说："我有一个坏消息和一个更坏的消息告诉你，你想听哪一个？"

我怒："凭什么别人都是'我有一个好消息和一个坏消息'，轮到我这儿就变成了'有一个坏消息和一个更坏的消息'，我有这么衰吗？"

林思理望着我笑。夏洛克煞有介事地说："你到底要听哪个？"

我说："坏消息。"

夏洛克说："贾静不见我们，放话说如果我们再骚扰她，她就报警了。"

“更坏的消息呢？”

“贾静丈夫的死亡日期正好是市长儿子的生日。”

“所以……”我疑惑重重。

“所以，如果这是自杀，一个人选在这个时候自杀一定有他的意图！不知道和你家陈诺有什么联系。”

“神经病，能有什么联系，车祸之前他们又不认识！”话虽如此说，但我根本没有自信，与其说我现在对即将重新认识陈诺感到恐慌，不如说我对陈诺的处境感到害怕。

我脑海中不断重新排列着那些组合，陈诺的医院可能面临着财务危机，陈诺对我似乎有很多秘密，贾静丈夫有抑郁症并且在陈诺的医院治疗……这些不关联的事情中似乎有一些隐秘的关系，但是此刻的我想破了脑袋也破译不出来。

而我到底在找什么呢？我需要什么样的真相呢？我不明白我那莫名的执着。

我们正准备回去，刚好碰到贾静丈夫的心理医生送一个人出来，那个人拿着一堆资料，正要和我们擦肩而过，夏洛克抓住她说：“你不是贾静的姐姐吗？”

她漠然地看了我们一眼：“对，有什么事？”

“帮你妹妹拿资料？”

“这难道不是废话？不然你觉得我一家人都有病？”

虽然语气不善，但夏洛克最擅长打哈哈缓解气氛了：“没有，我倒是觉得你们一家人口才都很好，不愧是主持人世家。”

心理医生对她说：“这个时间点，这里很难打到车。”

夏洛克问："没开车过来？"

"不然你们都是开车过来，然后把车扔了，打车回去？"她讽刺道，真不明白她哪里来的这么大的怨气。

我问："去哪里，我看我们是否顺路？"

她没回答。

心理医生道："陈太太，她妹妹的车之前在中山路附近的4S店修，现在去取车。"

我说："那我们刚好顺路，不介意的话，我们捎你一程。"

她看着我，脸色稍稍缓和。心理医生也说："也是，让陈太太捎你一程，至少中午之前能赶回家。"

她同意了，到了位置，夏洛克说："我们等你，万一没修好，你至少有个车可以走。"

"当然是修好了我才会来提。"她没好气地说。

"人生不就是怕个万一嘛。"要赶走夏洛克这个厚脸皮的牛轧糖根本不是一件能办得到的事。

我们和她进去，问了一下店主，店主说车子已经修好，又拿出了单子给她，我走过去看看车子。

忽然我觉得有什么不对劲，再仔细看了一下车子的里程数，我明白了是哪里出的错，赶紧拿手机拍了一下。又走过去，趁着贾静姐姐和店主聊车子的维修，把她的保修单也拍了一张。

贾静姐姐听到拍照的声音，回头问我："怎么了？"

我做自拍状："没什么事情，难得来车行，平时都是陈诺来的，我自拍一张发朋友圈炫耀一下。"

店主说："这车的保险钱应该已经打给你妹妹了，我们实际修理给你妹妹打了个折，多少你们还是赚点钱吧。"

贾静姐姐说："能报保险就好了，至于赚什么钱的，都是些零头，我妹妹不在意。"

贾静姐姐走后，我对林思理说："我总觉得有些不对劲。"

夏洛克凑过来，说："怎么了？"

陈诺提醒我后，我对夏洛克有点疑心，想着讲还是不讲。

夏洛克笑道："这么见外，还需要我走开，不是说好你是我粉丝？好伤心。"

林思理也说："夏洛克只是个二逼，你不用介意他。"

夏洛克骂道"你才是二逼"，但觉得林思理没说是傻×已经是"放水"，反抗也就不强烈。我想这也是我一个小推测，说给他这个擅长推理的人分析一下也无妨。我打开手机照片："我就觉得有点奇怪，我看到她保修单上车子的公里数是39780公里。"我翻到车子的照片，"修理后，怎么变成了40000公里。"虽然公里数增加不大，但刚好数字很不一样，我才注意到。

讲到这里，许何年总算正眼看我，很深邃地说："你是个蛮聪明的女人。"

哦，可是聪明并没有给我带来好运。

他紧接着说："聪明的女人命都不会太好。"

我无语，也无可辩驳。习惯了他的阴阳怪气，为了赶快讲到故事的结局，我抓紧梳理我的回忆。

听我那么说后的林思理说："照理说，保修单就是怕车子被店员开出去浪，但是她姐姐是太粗心了吗，反而都不注意这点？”

夏洛克发出略低的声音，我们两个回头，看他拧着眉头，一会儿才说：“你们看，220公里差不多是贾静从她当时所在城市往返这里的公里数。”

我说：“你的意思……贾静没有长途汽车、动车的记录，车子又在维修中，所以没有人注意到，她……某一天回来过？以为她一直在 × 城？”

夏洛克说：“如果大胆一点，‘某一天’可以改成‘那一天’。”

我否定他莫须有的指向：“你在暗示可能贾静买了去的动车票但没坐，其实是开车出去，然后偷偷潜回来杀了自己的丈夫并伪装成自杀现场？这个指控你知道有多严重吗？你不能又用书生的想象力来胡说八道，这可是真实的人，不是你书中的角色。”

夏洛克吐了吐舌头：“证据还不都是你提供的，哼，装什么，吓死宝宝了。”

他这二逼才不管我，又说：“你心里还不是和我想的一样，所以反应才这么大，这叫做贼心虚。还记得我跟你讲过的那个亲兄弟相残的故事吗？所以，妻子谋杀丈夫、丈夫谋杀妻子，也并没有什么稀奇的。”

许何年笑了笑：“哦，这社会已经坏到这个程度了，丈夫谋杀妻子，妻子谋杀丈夫都上不了头条了？新闻界竞争有这么激烈了？”

听到夏洛克如此讲，我突然非常灰心。陈诺打电话给我，他说感觉我最近不开心，要给我一个惊喜。

“什么惊喜？”我问，他不说。

接完，夏洛克说：“你老公要来找你？那我得先撤了！”

林思理笑：“也有你怕的人啊，你这小子怕陈诺？”

夏洛克夸张地说："她老公这个级别的心理专家还是少见为妙，上次我就明白了，咬人的狗不叫，我见他多一次估计要多添一个心理病，最后就变态了，少见为妙，少见为妙！"

我骂道："你说谁狗呢！"

他笑道："你们一定是真爱，不是真爱谁敢和心理学家在一起，爱不爱他估计分分钟被看穿，再也不能红杏出墙了。"

听了他这一句，我如被雷击中，所谓当局者迷。多年的我仿佛被这无心之语拆穿了，如果真的爱一个人，即使有其他人跟爱人非常非常像，但毕竟不是自己的爱人，作为心理专家的他会分辨不出来吗？何况爱本来就应该靠爱去分辨，而非靠眼睛，不是吗？

林思理说："才不一定，电视台那些情感专家经常帮人分析感情巧舌如簧，殊不知，家里老公早就出轨了，这叫能医不自医。"

他们走后，我开始冷静地问我自己，这些年来，是我演得太好，或者是，他演得太好？平心而论，我虽然比较随性，可是妹妹和我生活这么多年，她的行为习惯我当然都能记得，更何况我们两个其实是不对盘的，所以对于你不喜欢的动作习惯你反而会记得更深刻，我讨厌她考了好成绩明明很得意却假装无所谓的样子，我讨厌她永远不拒绝喜欢的人对她的热情，尽管她讨厌他们。我明白我妹妹也有优点，但人不都是这样的记性机制吗？开始扮演郑巧时，我虽然战战兢兢，但也算尽心尽力，因为还有谁比我更怕被认出呢？

但另外一方面，陈诺是一个这么出色的心理学家，我们朝夕相处，他不仅认识我妹妹也认识我，从小的交情，我并不能保证时刻都用灵魂在演出，甚至我都很少穿那些芭比娃娃服装，尽管是事业限制，但是人对于自己热爱的东西都是满腹热情，像吸毒一样哪能说断就断。但他从没起疑过，一点都不起疑反而更让人起疑吧？还是因为他从未往这方面想过？毕竟正常人都不会有这种猜测。我被可怕的心魔控制，一旦觉得可疑，便处处都觉得可疑，觉得自己处处都是破绽，怀疑自己是穿着新装的皇帝，得意扬扬地招摇过市，全天下的人都看到了，只有自己蠢到不自知。

我下了决心，打个电话给保险公司，问我的保险情况，对方说，对，您有一份索赔三百万的意外险，万一您出现意外，您丈夫是第一获益人。当时是您父亲帮您办的，后来您丈夫又追加了。

“又追加了”……这四个字沉甸甸的，像是最后的证书，露出狞笑要证明我那些走火入魔的猜测。

所以，他早就认出我了？我不是他爱的人，我只是一个骗他的人，所以他打算用我的保险来渡过他医院这次的财务危机吗？

我简直要笑出声，这是怎样伟大的一家医院要我死两次？可是还未笑出来，我的泪水已经争先恐后地表明了我真实的情绪，哪怕只是往这边想一想的猜测，我都心如刀绞。

陈诺来接我的时候，我神情恍惚，他问我：“怎么了？”

“哦，因为贾静一点新的事心烦。”

“最近因为她，你好像有点走火入魔。”他淡淡地说。

我忍不住抬眼看他，因为“走火入魔”这个词。

他说：“下班时间，忘了那些事。先去逛街。”

他拉着我上车，开到附近的街，灯火辉煌。

他说：“先挑挑衣服。”

我诧异道：“什么神秘惊喜？见谁还要这么隆重？”

他笑笑，然后帮我挑衣服。我说：“天啊，不要这么少女风。”

“你在我心中永远是少女。”他看着我，眼中盛满深情，“你最近被工作消耗了太多能量，为了工作连喜欢的衣服都牺牲掉，现在就给自己放一天假吧。”

“哦。”他这么说，我又有些恍惚起来了，看着琳琅满目的百褶裙、小礼服之类的衣服，他还当我是郑巧吧。

我试穿了几件，终于选了一套浅红的圆领连衣裙，穿着显得既修长又淑女。我穿着感觉特别别扭，但他在镜子后露出赞许的笑容，感觉他真的特别满意。原来我总是穿着牛仔、衬衫多半不符合他的审美趣味吧，毕竟他喜欢的郑巧就是这样，只是他一直在迁就如今的郑巧。

我问：“你喜欢？”

他没有说话，只是站在我旁边，看着镜子里的我们，说：“你看，我们多般配，你别离开我。”

“为什么这么说，为什么你觉得我会离开你？”

他难得露出放松的笑：“因为你总是恐吓我。”

一刹那，我凝视着镜子中的我们，又恍惚了，他如此爱我，又怎么会害我呢？一定是我误会了或者是哪个环节出错了。

我看他这么高兴，我也觉得高兴，原来他的笑容可以令我这般着迷。我们如同盲人般不断探索着彼此那些未知的界限，却不小心站到了万丈悬崖边。

我忍不住问陈橙和许何年：“人世间是否还有另外一对人，有我们这样的感情体验，两个人，在我心中却永远是三人行？”

陈橙笑了笑，我以为他要安慰我，他说："相信我，这家店这些年，比你惨的不要太多。"

许何年说："人的问题都是太放大自己的感受，明明是普通恋爱却觉得彼此是天造地设的奇迹。"

可是我和陈诺，说爱，说恨，都太简单。

他早就订好了餐厅，等我走近，就看到一个显著的位置，一对男女向我们笑着招手。那女的好面熟，我竟然一时想不起，又不敢问陈诺，担心是什么重要人物令我前功尽弃。

陈诺有点兴奋地说："今天在街上偶遇了你初一的同桌，你最好的朋友。后来你转学后你们都没联系了吧。"

我这才记起来，这女的就是郑巧以前唯一的女性朋友啊。郑巧看起来乖巧可人，在男性圈子里大受欢迎，在女性圈子里则恰好相反，这女孩子以前天天来我家玩，所以印象特深。

他竟然安排我和郑巧的老同学见面，看来他是真的对我并没有起疑。

我们走过去，她立刻拉着我的手高兴地说："这么多年没见，你还是一点变化都没有，还是这么漂亮，还是喜欢这种裙子。"

我有点紧张，怕她扯出什么我们共同的往事我就傻瓜一样暴露了，幸好她是个话痨，只管自己哗啦啦地讲："你终于得偿所愿，以前你多喜欢陈诺啊，现在真的在一起了！人生真是太完美了。"

我心中有点疑惑，以前不是陈诺喜欢郑巧吗？怎么听她口气像是郑巧在追陈诺一样？我笑着说："哪里，别人的人生总是看起来特别好，你看起来也不错。"

她看看我又看看陈诺，咂咂嘴道：“你和陈诺真的很配，以前你总是对我说，一定要拿下陈诺的，我当时还想陈诺这种死心眼的人好难拿下。”又对陈诺说：“不是批评你啊，是表扬你专一。”

呵呵，淑女郑巧竟然有这一面，看来面对喜欢的人再淑女也很狂野。而我的老公，是郑巧这么喜欢的人。我心中涌起万般情绪，是否应该这么宽慰自己，我鸠占鹊巢，那就替妹妹好好照顾你，不让你难过，不让你知道你喜欢的人早就离开了这个人间，这是我能给你的最好的温柔，是对你最好的报答和赎罪。

菜陆续上来，她叽叽喳喳开始讲起那些往事，我只能点头微笑，她夸我真的变淑女了。我说：“喂，我本来就很淑女。”

她快速地说：“你以前在其他人面前装，但不在我面前啊，我又不是不知道你！陈诺也是你老公了，怕什么！”说完又觉得自己好像说错了话，把我说成了一个演技派的心机婊。我倒是好奇起来了，原来郑巧还有我不知道的另外一面。

她又说：“哎呀，我们年轻的时候太多事，说起来简直要三天三夜，陈诺对你太好了，不然我们怎么能见面！没想到这么多年过去了，哎，你还记得你当时带我冒充成年人去那家歌厅，你说了什么吗？”

天啊，郑巧还冒充成年人偷偷去歌厅？这还是我的那个妹妹吗？永远拿着三好生成绩单，高高在上死鱼眼一样看我的郑巧吗？我一时接不上话。

幸好她丈夫说：“你们多久没见了，不聊聊现在老聊过去多没意思。”

她立刻说：“也对哦，听说你在电视台工作？”

我还在她提供的那些一鳞半爪的往事中走不出来，和她若有若无地交代了现在的状况，她一再感叹我变了，怎么变得这么有公理心。

她说："你以前最嫌弃这些了，说只有你那圣母姐姐才这么喜欢多管闲事，自戴光环。"

好吧，看来郑巧不喜欢我并不亚于我不喜欢她。

一餐结束，陈诺起身去洗手间，他的卡都在我这边，我先去结账。

刷完卡，签单。

她看着我的签名，有点好奇地问："你现在都这样写自己的名字？"

我有点莫名其妙："什么意思？不这么写怎么写？"

她笑："'巧'字下半部分写得圆润，钩得很上来，看起来像画一个倒着的心形。"她说着在旁边写了一个给我，"你练了很久，以前给陈诺写信都这么写的，说这是为陈诺创造的，只给他，以后成为陈太太后都这么写。"

在最寻常的时刻，在一个陌生的店里，一个普通的前台，谜底像是忘记密码的锁屏，随便一碰竟然哗地解开了，所有的猜测在我认为最不可能的时候一下都成为现实。我手上的笔唰地掉到了地上，我努力用双手撑在桌子上，才没有滑倒在地。她看着我问："你怎么了？"我心想一定是我脸色惨白到她看出我很不对劲。我的脑海一片空白，工作人员问："小姐，你怎么了？是低血压吗？我问下店里有没有葡萄糖。"

我再三摆手："不用，只是偶尔，现在我很OK。"我一定不能让出来的陈诺看出什么异样，我匆忙买了单，在门口等陈诺。

夜色迷蒙，夜凉如我心，我茫然地想着，无比荒谬，无比可笑，原来他们两个有自己的暗号，没有人知道，即使我伪装得再好又能怎样呢？恋人之间独有的小秘密我又从哪里得知呢？纵使我的父母也计算不到。

你是从什么时候开始知道我不是她的呢？从看到我第一次签字起？还

是以为我偶然疏忽，多观察了几次？不管怎么样，也是在很多年前我就彻底败露了吧。然后你不动声色地陪我这么多年，终究，你的演技更高一筹。

你是一个了不起的心理学家。我怎么会以为我能骗得过你，我连自己都骗不过。

你是一个沉得住气的杀手，保险单你追加后打算等我几年呢？你医院的财务状况还能撑多久呢？

你一定觉得我拙劣得很好笑吧，所以你总要讲那些话：别离开我，没有你我怎么办？我爱你，没有人比我们更般配。像是一场猫鼠游戏，你逗着我玩。

所有的情话此刻就像是一个个响亮的耳光，让我痛到麻木。你甚至知道我现在开始怀疑你，于是艺高人胆大到把郑巧的老同学叫到我面前来打消我的疑虑，没想到老天自有安排，幸亏有这么一个小细节，你们的这一点小秘密出卖了你。

为什么我证实后，我这么难过，也许这些年你所谓的真心也打动了我，我也是爱你的吧。因为岁月，因为那些年深日久的陪伴变成了我生命中的一部分。

我知道我这个时候的情绪一定瞒不过他，他出来了，我干脆装病。我有气无力地说："陈诺，我一天都在外面跑，中午没吃饭，刚才又被风吹了，我感觉我很难受。"

我猜他一定觉得我是见到郑巧的老同学紧张过度。他关心地扶着我："啊？我带你去医院。"

我摇摇头，这倒不用演，我确实已经走不动路："这种小病小痛，去医院也没什么帮助，回去躺一下就好了。"

他权衡了一下，终于还是回家。

我躺在床上。一会儿，他拿了药过来："今天的药，你先吃了，等下我再给你冲点感冒冲剂。"

他打开手心，我看着那些小小的洁白的药丸，我吃了很多年，药都是他从医院带回来的，我信任他，从来不问他。我想起夏洛克说的那个案子，慢性药神不知鬼不觉的，几年，要了命。

真是有耐心啊！我抓起那些药，药还残留着他手心的余温，原来是这样，我还想你要用什么办法让那份保单生效呢！杯子里的水不断晃动着，仿佛水神共工在杯子里发难。他拿走我的杯子，我才发现，不是杯子里的水在晃动，是我的手拼命在抖。

他摸了摸我的额头，亲切地说："你确实发烧了，来，乖，把药吃了。"他把水送到我面前。我一口气吃了药，喝了几口水。反正已经吃了这么多年，再吃几颗又有什么差别。

他越温和我越觉得恐惧，这个人真是了不起，这个心理学家真是国际一流水准。

他帮我盖了被子，满意地走开了。

很奇怪地，除了恐惧和伤心，我心中竟然没有恨他，一点都没有，如果你需要我的性命来帮你，那就拿去吧，就当我欠你的。

我不知道，我内心渐渐平静下来，竟然有这样视死如归的想法，我不懂这是为什么。

"是爱。"不远处做着"岁月真相"的沈默忽然说。

"爱。"我喃喃自语。

第二天，我接到夏洛克的电话，他说：“贾静同意再见我们一次。”

我有气无力地问：“你问她车的事情了？”

他还是那种很贱的语气：“是咯，她打算给我们一个答案，不然我就报警咯。”

我不是不知道我这样下去再知道一个所谓的真相并没有任何好处，一个永恒的谎言有时候何尝又不是一种真相？但人类的劣根性，好奇战胜了内疚和害怕，当我拨开了一点点云雾，我就忍不住想完全知道所有的幕后。

我们刚赶到贾静的别墅，停好车，正准备走进去，忽然林思理很慌张地小声说：“看顶楼，贾静在顶楼阳台外。”

我骇然抬头，就看到高楼处，贾静穿一袭纯白色的衣裳，风一吹，像是摇摇欲坠的百合，即使相差那么高的高度，我依然能感受到她灼灼的目光，她在盯着我们看。

我们三个都定住了，寸步都不敢移，我叫道：“贾静，你别冲动啊！”并非想贾静能听得进去，只是想提醒屋里的人。

但没有人出来。她既然决定死，一个死意已决的人往往比正常人更加冷静而清晰，一定已经计划好，把所有人都支出去了吧。

她俯瞰着我们，仿佛是一个神的角度，我们是无能为力的愚蠢众生。我能感觉到她嘴角慢慢绽开一丝笑容，解脱了？终于要离开这个麻烦的世界了？再也不用和痛苦纠缠不休了？

我在这刹那突然和她心意相通，她特地叫我们过来，是要死给我们看！她就是要死在我们面前？可是我不过和她初认识，无仇无怨，她何必如此，如果不是针对我，那是针对夏洛克或者林思理？是谁？她究竟和谁有仇非要死在他面前？我脑海中翻转千万个想法。

林思理打电话报警，夏洛克小心移动着脚步，想要偷偷摸摸上去救人。空中的贾静看到了，我心中一震，一声“不好”脱口而出。

贾静就这样跳了下来，如银河倾泻下来，没有穿鞋，宽松的白衣裳仿佛是块飘散了的云，其实只是一瞬间，然而这也许是我人生中最长的一瞬间，一秒一秒都仿佛静止，仿佛博物馆里永恒的定格。

巨大的树枝断裂声，她卡在了庭院里的树上，然后跟着树枝落地。我抱着一线希望，树枝缓冲了力量，她也许还有救？我们走过去，她一身血，如同宣纸上洒落的病梅，双眼紧闭，生死未明。

陈橙忍不住咋舌：“你这个故事死的人真多，你真是太不幸了。”

许何年掐住他的脖子：“你这话也太肤浅，大多数人活着就像死了，岂不是更不幸，有些人活着让别人都想死，这不是不幸中的登峰造极？”

然后我听到别墅里隐约飘来的音乐：“你的心里到底在想些什么？为什么留下这个结局让我承受？最爱你的人是我，你怎么舍得我难过……对你付出了这么多，你却没有感动过……”是她跳楼前听的歌，如此悲伤的语调。看着她苍白的脸，一个念头在我脑海中清晰起来，我没有足够证据，但直觉让我知道这个判断无比正确，我说：“有抑郁症的不是她丈夫，是她。”

我们只能做力所能及的救护工作。这里离医院近，已经听到了救护车的声音。

“什么？你为什么这么说？”林思理不明白地问。

“记得我们上次见她吗？她的脸色，她的表情，她莫名其妙非常狂躁，她甚至跑到卫生间吐了，那可能是食道反流，抑郁症患者经常出现，我们却没有意识到！”

夏洛克在旁边拼命点头：“你是对的，你真是个天才！她是个知名主持人，被人知道有抑郁症很不好，小则被媒体打扰，大则可能失去工作，所以总是她丈夫替她去医院，她丈夫是她最亲近的人，最了解她的病情，把那些病情套在自己身上就好了。”

“所以吃那些抑郁药的应该是她，而不是她丈夫。”

“如果是这样，那她丈夫因为抑郁症自杀身亡岂不是不成立了？”林思理震惊了。

救护车来了，医生们把她抬了上去，我追问医生，医生说暂时还没法判断。我们给警察留了口供，又跑到医院，医生说第一轮手术做完，暂时没有生命危险，但处于昏迷当中，不知道何时能够醒来。以现在新媒体时代的扩散力，我都能想到明天的媒体多热闹了。

正如我们判断的，医生也说她体内的用药情况证明她有深度抑郁症，而一个有抑郁症的人又碰到这种事，跳楼简直太正常，警方觉得没有可疑之处。

我心中一直闪现着她当时空荡荡的眼神，回荡着那句歌词：“最爱你的人是我，你怎么舍得我难过……”

这里的“我”指的是她还是她丈夫？是说正如邻居所看到的，她和她丈夫彼此相爱，她丈夫自杀这个结局她无法接受的意思，还是别有其他？

我忽然神经质地想起陈诺，不久前我耳边他自嘲的那一句：“下一次，下一次。”

人生不一定有下一次，我们要等多久，才能等到下一次。

我打电话给陈诺，不管我们的关系有多复杂，但此刻我只想要他的安慰：“贾静……跳楼了，在我面前跳的，我好难过……我不明白她为什么要这么做。”

我说完，才发现自己颤抖的声线和冰凉的眼泪，原来我是如此爱你，还有比这个更糟糕的事情吗？生命如此短暂，我们的下一次呢？当你用尽所有的温柔对待这个我，我又何尝没有动心？这个假的我也是血肉之躯。当你以为我是郑巧，抚摸我的脸颊，那些战栗，都是属于我的，属于真的郑好的战栗。

生命热烈地碰撞，每个早上的拥抱和吻，你须后水的味道，温暖的手拉着我走过的大街小巷……一切也结结实实地印在我生命中。我在演一场戏，但我是一个无法抽身的演员，因为我们的戏，镶嵌在真实的人生中。

我对许何年和陈橙说：“那一刻我终于明白，即使他想要毫无痕迹地杀了我，我也并没有恨他，不过是因为，我爱他。相比于爱，恨太微不足道了。”

人真的太复杂了，我每天说狠话刺激他，最后却发现是因为爱他，他费尽心思想对我好，其实却是想要我的命，而我也灰心到想成全他。可是看到贾静跳楼，我又反悔了，我想活下去，即使生活再糟糕，即使活下去还会变得更糟糕，我还是想活下去。我想知道真相，我想看清他，看清我爱人的真正模样。

我回到家，他果然不在，我翻箱倒柜，看到他给的药时我惊呆了，没有药瓶，没有说明，他异常仔细地把每天的用量用药规划好，往后半个月每天的药丸组合都已精心备足，如果我拿走一副药一定会被发现。

我想了一下，把最远一天的药倒出来，里面先随便放点其他药，他至少不会很快发现。我把药丸送到医院化验，医师说按工作的排期三天后会给我答案。

刚走出医护室的门，就听到匆匆走过的护士说：“听说了吗？那个跳楼的惹上什么仇家了？趁家人出去吃饭，被拔了氧气罩。”

“哪个啊？”

“就是……就是那个跳楼的著名主持人啊！好可怕，监视器还被黑了。”

“什么啊？那现在还好吗？”护士震惊的讨论被我抛在身后，我上气不接下气地跑到贾静的病房前。

推门进去，看到她父母衰老的容颜。

我鼓足了勇气，才问：“贾静没事吧？”

她妈妈擦着眼泪说：“还好命大，及时发现了，都怪我，怎么就没留个人，两个人都下去了！都怪我！”

我走近贾静的病床，看到她苍白的脸色，紧闭的眼睛，氧气瓶里若有若无的呼吸，那呼出的白雾仿佛她脆弱的生命。

生命为什么这么艰难啊？你身为著名主持人，出入繁华，令多少人羡慕，谁又知道你跳楼躺在病床上也得不到片刻的宁静。

想到心痛处，我深深吸了一口气，有一丝熟悉的香水味儿在鼻尖萦绕，极淡极淡，虽然窗户开着，但并未完全消失。这香味简直令我彻底绝望。

我已经不知怎么对自己解释陈诺来过这里这件事了。他还和贾静有往来吗？他为什么这个时候来？

我问：“有谁来过吗？”

贾静的父母说：“没见到人啊。”

那么，陈诺是避开大家偷偷来的，他是拔氧气罩的人吗？事到如今，我还是不愿以这种恶意猜疑他。假如是真的，那当年的车祸到底有何真相不能公之于世，以至于让他不惜再牺牲一个人的生命？

我打电话给之前约过的郑巧的老同学："上次说的歌厅是在哪里啊？我都有点记不清了，上次被你说得想故地重游一下。"

我按照她给的地址过去，过了十多年，当年的小舞厅非但没有倒闭，反而壮大了不少。我走进去，其中最老的保安奇怪地看着我，一会儿才说："小姑娘好久没来，变化真大，幸亏我眼神好。"他啧啧有声。

我看其他保安，好像都不认识我，估计就他们的头头，这老保安待得最久。我笑了笑："你还认得我！"

"当然咯，你以前可是我们舞厅一枝花，最年轻的，招多少人喜欢，你说！"说着就要动手动脚。

我反感这油腔滑调，毛手毛脚，便甩开了他，走进人群到处逛。灯红酒绿，刺鼻的洋酒味，节奏感极强的音乐震耳欲聋，人人退化成动物，舞跳得热烈，随性之至，欲望的天窗被打开，获得了低等的自由。真是令我大为咋舌，还未十六岁就偷偷混迹于这样的地方，白天又是一副乖乖优等生的模样，亲爱的妹妹，年轻的妹妹，你到底在想什么？到底是因为什么，我们三个人怎么兜兜转转都变成了生活的演技派，真是可悲。我有点自责，当时我并没有去了解我的妹妹，我们都忙着挑剔对方的刺，而忘记我们流着相同的血。

我正胡思乱想，忽然被一个人结结实实抱住了，我吓了一大跳，用力挣脱都挣脱不了，便大声叫道："你谁啊，神经病啊！"

"小宝贝，你不认得我了！"他淫荡地笑。

我用力掰开他的手，转头，是一张四十多岁陌生的脸。我看四周，那些保安围着他，当然也围着我，估计是他们的老板。这老板和郑巧是什么关系？我打量四周，想着该怎么逃脱。“好久不见，你气色怎么一点都没变？”我用嫌弃的口气抱怨道。

“你嫌弃我？我可想你了，当时拍的照片被你爸爸赎走，你爸当官的，我连底都没留，这些年可想死我了！”

照片？我爸爸还知道？所以家里只有我不知道郑巧小天使的另外一面？我半撒娇道：“那你也没死，又骗人。”

“小宝贝，你嘴巴越来越厉害，你说，我经营舞厅这么多年，见过的女人也多了，怎么独独就对你印象最深，都忘不掉！”他摇着头，似乎回想过去不胜感慨。

我说：“这么说，我们得喝一杯呀。”我指着站在门附近的保安，让他帮忙倒酒过来。

他倒了过来，我笑盈盈地接过了酒。保安降低了一点戒心，走过去要把另一杯酒拿给老板，我猛然伸脚一绊，他一下子摔倒在旁边另外一个保安身上，我抓住这瞬间的空白，拔腿就跑，听到后面保安们边骂脏话边追了过来。

多年的记者采访生存技能让我知道跑下去一定跑不赢，我便随手抓起门口几个啤酒瓶，往后摔，玻璃碎片遍地乱飞，他们的速度降低了几秒，刚好绿灯亮起，我蹿了过去，再往前就是大商城，终于摆脱了这些变态。

原来我演得再逼真，也不过是表象。过去的妹妹仿佛落了一夜雪的大地，一片白茫茫真工整，多日以后才渐渐显露出原来的模样，不完美，有缺憾，甚至狼藉，可是谁的青春期完美无缺呢？如若我们当时就看到对方的不完美，也许反而更珍惜彼此。

得到就是失去，执着于对就变成错，那些年，我们各自都有心魔，一叶障目，见不到对方的痛苦。

然而再多说已经无用。

许何年笑了笑，这次不是挖苦，反而如同自嘲："可是又有几个人在明白多说无用后懂得迷途知返？执迷于过去，忘记现在，生命本来就多心酸，却总是自困。"

但是即使不自困，也并没有广阔天地可以逃。

我回到小区楼下，望着楼上的光线，只有我家的灯还亮着。陈诺打电话给我，问我这么晚是不是又加班，他在给我做夜宵。

他的身影没变，他的声音没变，温柔得能听出残忍的回声。我发现我拿钥匙的手在打战，我的脚也在打战，让我跨不进那个熟悉的家。

我屏息了五分钟后，才进去，他见到我很高兴："夜宵刚做好，你就回来了。"

他说："我找了一个好地方作为我们结婚纪念日的场地。"

他说："希望每个结婚纪念日都独一无二，让你回想起这段婚姻不会后悔。"

我现在已经能成功过滤他的情话了，他太了解女人了。男人的誓言像实验室里的试验，男人们总是兴致勃勃，女人们总信以为真，后果却多半让人心灰意冷。

就像郑巧小天使也有巨大的阴暗面，那你陈诺好男人的背后又是什么？

我想知道，让我即便为错的人牺牲，也不至于错得太彻底。

许何年说：“对，至少可以作为一个失败案例给世间人一个警醒。”

陈橙握着我冰冷的手给我安慰，示意我不用理那刻薄鬼。

我望向陈诺的眼睛：“你记得我想邀请我父母吧。”

他点点头：“你邀请你想邀请的人，我也会邀请几个亲戚朋友帮忙庆祝。”

呵呵，结婚纪念日。我想了想，还是想问，也许这是我最后一次问：“你爱我吗？”很多事情都这样，你以为你很美好，随后就有一盆冷水泼过来。就如我们之间只有五厘米的距离，但又何尝不能说是隔着一个地球。

此刻我凝聚全身的力量，要使出所有的本事，把看美剧、英剧学到的所有本领使出来，打败这个心理学家，破解这个心理学家，判断他的手势、他的眼神，甚至他转瞬即逝的微表情。

他叹了一口气，然后转身拿起夜宵：“当然，你在想什么？”

不给我判断的机会。他看我始终低气压，摸摸我的额头，我说是感冒后的疲惫。他拿了药，我趁他不注意偷偷藏了起来，结婚纪念日他到底想请谁、想干吗？但我也有我自己的安排。既然我们彼此都已经心知肚明，好，干脆在结婚纪念日掀开这个骗局吧，什么样的下场我也在所不惜。

第二日，我回好久没回的娘家邀请父母，顺便整理一些郑巧的遗物，却发现基本没有郑巧的遗物了，照片没有，用过的东西没有，大厅里没有，父母的房间里没有，连郑巧的房间都快变成了储物间，仿佛郑巧就这样消失了。

我问爸爸：“怎么了，郑巧的东西都没了？”

我爸说："你妈睹物思人，你不在这里住，我们就不需要开始新生活，非要你妈把眼睛哭瞎？"

虽然是这个理，但我妈也还是挺活泼的，我看我爸哭瞎的可能性倒是多一点。

最后我只能在房间里找到我们十六岁时的一张合照，以及一个十六岁生日时陈诺送她的 MP3。

我打开 MP3，里面只有一首歌，老歌，Bryan Adams 的 *Everything I Do*，我倒是蛮喜欢这首歌的。

陈诺忙着布置结婚纪念日的现场，我心一横，索性把林思理也邀请了。

他带我过去，路曲曲折折，直开往郊区，路越来越荒凉，我心收紧，莫名紧张，最后抵达，是本城著名的花卉展场。即使是晚上，各式各样的花朵始终开得热烈。这凉夜，地上的花像天上的星星一样多，和浩瀚的天空遥遥相望。不知道他是怎么租下这么大的展区的。

我很想知道，如果很用心很用心地去骗一个人，久了自己会当真吗？明明知道对方在骗自己，那久了也会当真吗？

我说："为什么晚上了，几乎所有的花都还开着？"

他说："你看这里如此亮，二十四小时灯不灭，花被欺骗了，以为是白昼。"

我和他走过一个个花区，各种香味在身边游荡。

"真厉害，连花都骗得过，为了利益也是不择手段了。"

陈诺停下脚步，很认真地看着我："你为什么总从这种角度看问题，你不试着想想，有人想尽了办法，甚至不惜欺骗，不过是为了让这些花开得更开心。"

"论狡辩，我自愧不如，好奇妙的骗子自白。"我笑。

我们心照不宣，走到展区的会议室，巨大的五层蛋糕，现场还有人在布置茶点，人世间温暖的热闹，到处都是气球彩带，霓虹灯闪亮，也许他还有秘密的礼物。这俗气的喜悦却令我泪眼模糊，这温存再虚假却也温暖我，但今晚过后不会有了。

邀请的客人们陆续抵达，很开心地对我们说恭喜，你们这么恩爱的夫妻现在很少见了，祝你们结婚五周年幸福，一定会白头偕老的。

白头偕老做不到，但等下可能会因为对方一夜白头。

我父母也到了，林思理也到了，没想到夏洛克也来了。

陈诺先致辞，他很沉静，仿佛现场并没有其他人存在，他只是在对我念着一首诗："谢谢你愿意与我结婚，尽管我们的现实有种种不堪与不得不，尽管处于这冰冷的万物中，我依然爱你。我喜欢我没有的东西，譬如那么遥远的你。我的厌倦与那缓慢的暮色在争辩，但是黑夜来临时，对你的爱，开始为我歌唱。"

我承认我几乎感动了，我已经感动了，但我收到的虚假感动已经太多，我负荷不了了。我很大声又很缓慢地说："真希望这些爱是给我的，多么可惜，我不是你爱的那个人。"

现场的人都瞠目结舌，我爸爸恫吓道："你胡说八道些什么！"

我正视着父亲的眼睛说："爸，其实他一直都知道。"我转头对陈诺笑了笑，对我爸说，"你不需要大惊小怪。难道你要我演一辈子吗？再敬业的演员也总有息影的时刻，就是这个时刻了。"

我妈的眼泪止不住往下掉，哭着骂我："你为什么非要这样？陈诺对你多好，你非要这么给他难堪，你还有心吗？"

"对不起，妈，成全你们的幻想，成全你们虚伪的和平并不是我的责任，我也需要真实的快乐，真实的幸福。”

几个亲戚交头接耳，隐约听到他们说，原来我和父母是串通好的。我也看不清他们到底是什么脸色、什么表情，我的眼里是沸腾了的海水，最想说出的话终于说出口，我的假面终于落地，我却感到迷惘又空洞。

我转头对陈诺说：“你好，陈先生，我是郑好！你知道很多年了吧，谢谢你一直这么配合，很遗憾，我撑不住要先谢幕了。”

陈诺脸色苍白，但他的情绪总是埋得最深，我不明白他是伤心还是失望。

我说：“结婚证书上的人是郑巧，说到底今晚过后，我们连夫妻都算不上了。你医院的财务问题希望早日解决，我的那份保险恕我不愿意让它生效了，就算我们都放对方一条生路吧。”

我爸黑着脸，好像要冲上来掐死我，我妈的哭声大得让我烦躁。林思理情不自禁地呼出了声，我看到他热切的眼神。我说：“还是切蛋糕吧，既然走到了错误的终点，以后肯定会结出对的果子，大家庆祝我们的新生吧。”

陈诺按住我切蛋糕的手，说：“等一下，郑……好，我有话说。”

我瞄着他，心想他还有什么话要说。夏洛克忽然上前一步问陈诺：“陈先生，爱演戏的我又来了。我现在有个大问题要请教你。”

陈诺淡淡地说：“你问。”

夏洛克说：“我去问过处理你们当年车祸案的人，他说，当时你们伤得很严重，但你却异常平静并轻易地接受和解，他们也觉得不可思议。你说你很爱你的妻子，可我怎么觉得你像是要蓄意谋杀她，能告诉我为什么吗？”说完，他对我打了个响指，“比不在场更高明的就是在场！”

他拿起手机把他和警官的对话放了出来：……这么严重的车祸，当时两家人各有苦衷地都急于结案，很快就达成了和解。

真是令人讨厌的人，没有比把别人的人生当成素材和戏剧的夏洛克更让人反感的人。这一刻，我明白陈诺为什么这么讨厌夏洛克。

陈诺看了夏洛克一眼，鹰一样的眼神，我没见过他这么愠怒的眼神：“我刚好也要问夏洛克先生，不过我问题比较多。”

夏洛克还是一副吊儿郎当不在乎的模样。

陈诺问：“首先，你作为一个作者，挑拨别人夫妻关系，收人钱财谋财害命不亏心吗？其次，你到医院拔贾静的氧气罩你愿意承认吗？最后，贾静的丈夫过世你们要负多大责任？”

每个问题都像棒子打在我木然不能运转的脑袋上，我不了解贾静和夏洛克怎么又能扯出这么多纠纷，夏洛克认识贾静比我认识得还晚，陈诺这是在信口开河？

夏洛克笑得前仰后合，仿佛陈诺在说一个大笑话。陈诺说：“我早知你不会承认，那就让知情人讲讲故事吧。”

我顺着陈诺眼神的方向往后看，一时之间惊呆了——贾静的父母推着贾静走了出来。贾静坐着轮椅到我附近，轻声对我说：“对不起，郑小姐，连累你了。我会把我知道的都告诉你……从和你有关的那场车祸说起。”

贾静元气大伤，声音虚弱，但我能感受到她义无反顾的愤怒以及曾经的无助。

虽然我渴望知道真相，但看她如此，也颇有不忍：“你还好吗？”

贾静笑着摇摇头：“我是不会好了，可是希望你和陈诺能好，陈先生也很可怜，我们同病相怜。”

我琢磨不了她所谓的同病相怜，她开始说：“我和我丈夫雷以鸣以及车祸中过世的市长儿子许……心磊其实是从小一起长大的，那时候他爸爸还不是市长。”

只讲完这句，她的眼泪就猝不及防地落了下来。

“和以鸣的厚实不同，阿磊是一个特别淘气的男孩子，即使他爸非常严苛，他被打后没两天就又乐呵呵的，是我见过最乐观昂扬的心性。从小他带我们翻墙、爬山，买三张车票就跑邻市去玩上一整天。因为有了他，全校曾经都羡慕我们的友情。我曾经以为天都是为我们而蓝的，星星都是为我们而亮的，日月风花雨都闪闪发光。阿磊越长越英俊，上了大学，也是他们大学里最帅气的，至少对我而言是这样。对，我喜欢的不是以鸣，是阿磊，即使是现在，我的心也永远属于阿磊。可是阿磊不一样，阿磊有了喜欢的人，是，他们学校打篮球的另外一个……男生。对，是男生，如果是一个女生，我觉得我能争，我能等，大学的爱情又有几段能善终呢，最后不都要分道扬镳？我们有那么多年的友情让我们能白头偕老。可是，他不是不喜欢我，他是不喜欢女生，这是天生的，我没有办法，他也没有办法。那个时候我开始了解，我们不只对世界无能为力，我们连对自己也一样无能为力。他的压力太大，我好心疼他，毕业后，他们将要面对什么，我知道，他更清楚。可是，他说：‘明知没有明天，今天也要爱下去，本来，我们就是有今生无来世。’不管怎样，不管他和谁在一起，不管他爱不爱我，我都等他。那一次，他男友逼着他去向他父亲坦白，否则就分手。他和我还有以鸣在河边喝酒喝到半夜，他哭了，我第一次见到他那样痛哭，鼻涕眼泪糊了一脸，小时候那个被爹狠揍的熊孩子从来没这么哭过。他说他父亲肯定不会原谅他，不管怎么选择都注定失去。为什么是他？这个世界这么多人，为什么偏偏选择他是这样的人？他不过是喜欢一个人，为什么这么难？他说他的男友真的很好，好到他不能拖着他永远在阴影里生活。我那时候很平静，我对他说：‘我可以，我可以永远在阴影里生活，如果你需要掩护，我可以掩护你们，我们结婚，你继续爱你爱的人。’他是个高尚明亮的人，不肯这样利用我、牺牲我。即使我告诉他我的决定，他不需要我，我也永远不会结婚，我会一直等。当然这一切都不了了之。一段时间后，就是车祸那天，他去机场追回了他要出国的男友，他应该很开心吧。我知道他开心起来会是怎样手舞足蹈。”

我想起跳楼那天，贾静房里放的歌：你的心到底在想些什么，为什么留下这个结局让我承受。

贾静的眼泪像是滔滔河水断绝不了：“后来就出车祸了！当时去机场时我叫以鸣去追他们，以鸣说他到现场时车祸已经发生五六分钟了，来不及救阿磊。阿磊爸也知道了，崩溃后选择尽快低调地处理这件事，这和你们家的选择达成了一致。阿磊爸爸看到监视器里阿磊因为高兴过头开着车忍不住和他男友牵手拥抱做很多亲昵动作结果乐极生悲。当时我完全崩溃了，没办法接受这件事，没办法看关于他的任何东西，他爸爸要销毁所有视频文件，最后只有我留了一份，因为这是他在世间最后的一幕，是他和他的爱情最后的甜蜜。我太难过了，慢慢就患上了抑郁症，以鸣一直喜欢我，也日夜照顾我，终于我决定我们就这样在一起吧。如果事情就这样平淡过去也好，阿磊就这样永远在我心中。那一天，我终于鼓足勇气打开那个视频文件，边看边哭，哭到无可抑制，整个胃往上翻，我只好按了暂停键，结果发现车祸发生时，旁边的车就是以鸣的。他明明告诉我他五六分钟后才到的！他回来后，我问他是不是见死不救？别人觉得危险不敢上前，可是以鸣是他最好的朋友，他怎么可以在旁边看着阿磊活活被烧死？即使没有办法救活，他至少应该尝试，但是他连车窗都没有摇下来。以鸣被质问得没有办法，终于说：他也非常后悔，非常自责，他太喜欢我，他知道如果阿磊在，我永远和他不可能，最痛苦的时候也不是没有想过让阿磊消失。人总是自私而恶毒，在现场时他这个念头再一次冒了出来：如果阿磊就这么消失呢？即使我去救也救不来，这并不是我的错，这是老天的决定。这是几秒钟的决定，等他后悔，已经来不及了。阿磊再也回不来了。”

贾静讲到最心痛处，越讲越快，有时候甚至听不太清：“他是个杀死兄弟的凶手，我要和他离婚，他不肯；我让他去死，死的应该是他，他是人渣、刽子手，背信弃义的混账，我天天和他吵架，他从来不和我吵，默默承受。每次想到在车上绝望的阿磊我就喘不过气来，我的抑郁症越来越严重，我拒绝就医，他就替我去看，拿了药千方百计地强迫我吃。然后到了阿磊生日的前一天，我再次崩溃了，我对他说：你应该去死，就死在明天，才能对我和阿磊有个交代。我没有想到……我回来后，他真的……”

我很努力地听着她的一字一句，倾听一滴一滴眼泪破碎之后，一颗更破碎的心，我问：“但他过世那天，你有回来过吧？”

贾静说：“对，之前我的车剐蹭，放在4S店修，然后我朋友说有急事先提出来用。他刚好来的是我所在的城市，那天晚上演出完，本来是没办法回去的，结果就有了车。我想这是注定的，是阿磊想我了，我就开车回去，我直接去了阿磊的墓地。你知道吗？阿磊和他男朋友甚至不能待在同一个墓地里……”贾静又哭了起来，良久才断断续续地说，“我待了一个晚上才出来。后来，我才懂，我这朋友收人钱财来害我，给我制造了我丈夫过世时的在场证据，虽然这对我都不重要了，但看墓地的爷爷是可以给我做证的。不过我这朋友不知道他们的计划，只是被人愚弄，但有个人知道，是吧，夏洛克？”

我蓦然发现，那个看起来毫无动机的夏洛克也许才是最有动机的。我自作聪明发现的线索是夏洛克引导我去发现的，我成了这个贱人手上的刀。

贾静死灰般绝望的眼神看向夏洛克，夏洛克哭笑不得地说：“我和你有什么仇，你这样陷害我？”

贾静说：“那我和你有什么仇？我已经跳楼，一了百了，到了医院，你还要来害我？是的，我们没有仇，是你背后的主子和我有仇！”

“主子？”我震惊于这隐情的复杂曲折。

一直在旁沉默的陈诺终于说话：“夏洛克幕后的主子就是阿磊父亲的政敌，今年两个人争一个位置。要抹黑一个政治家，如果不是经济问题，那只能是作风问题了。阿磊父亲保守谨慎没有经济问题，于是，他们就打那个监控视频的主意了，而那个视频就只有贾静手里有。他不只陷害贾静，同样也扰乱你，医院那个晚上小孩送的信、利用权力到你们台里要求领导不让你跟这案子嫁祸给我，还有保险、什么狗屁兄弟相残的案件，一系列动作都是他们在误导你。”

贾静笑了，笑纹还没荡开眼泪就流了下来：“夏洛克，你以为你陷害我、杀了我丈夫，我就会屈从？以前你不懂我会为了这个视频做什么，现在你应该懂了，呵呵，死对我而言又有什么？我宁愿跳楼死在你面前，也不会给你，你还不明白？”

我明白这被情伤了无数次却义无反顾的贾静，她一定每天都在悔恨没有跟阿磊去机场，没有替阿磊挡下那场灾难，那又怎么可能在自己手上让阿磊的父亲再受一次伤害？又怎能在阿磊过世多年后，让他再次成为报纸媒体斥责的对象，成为市民们茶余饭后揶揄讨论的下酒料？她是在拼了自己的生命维护他死后的清净。

当自己喜欢的人成了自己的信仰，我很了解这样的女人能迸发出多么可怕的力量。

我问："为何你不销毁那个视频？"一问出口，我就觉得自己问了傻话。那个视频是阿磊留给贾静的最后的身影，对她而言，虽是最大的伤口，却也是红尘中最后的眷念。

她说："问题不在于视频，即使销毁了，他们也一样会来威胁恐吓我们，直到我们愿意为他们站台，阿磊最好的朋友——多巨大的杀伤力！"

夏洛克笑："你们的故事很精彩，不过我只是个小说作者，何德何能，就这么被你们编撰成了一个伟大的案件设计者？"

陈诺说："夏洛克，你要的视频她交给我保管了，还有，之前你们虽然黑了医院所有的监控，但可惜，我之前在花瓶下装了一个监控。你做了什么你自己清楚。"

我记起那间病房里陈诺的香水味。夏洛克强笑道："别吓唬我。"

我看到林思理的脸色始终灰白，不管是我还是夏洛克的身份，信息量对他来说确实太大。半晌他才说："你怎么是这种人，你一向是我佩服的高人。"

夏洛克说："兄弟，别听他们胡言乱语，吓唬得了谁。"

陈诺淡淡地说："我不吓唬你，我知道你这种戏剧化人格最多疑了，你需要的是证据。"又转头对我说："帮我打开一下电脑。"

我走过去，打开电脑，电脑显示，需要输入密码，我问："密码多少？"

他说："你生日。"

我依言输入自己的生日，电脑打开。电脑的开机声响起，忽然激起了我所有的细胞，因为今天我放下了郑巧的身份，我不自觉地就输入了郑好的生日，而我们虽然是双胞胎，但因为是半夜生产，一先一后，就差了一天。

我记起上次输错的密码，忽然明白了我想要追寻的残忍真相，这种明白让我痛彻心扉，也明白了贾静为何和陈诺同病相怜，如此类似的处境，更确切地说，应该是和以鸣惺惺相惜吧。当时车祸，他是想一个人死，但那个人不是我，一直不是我，是那个爱他至死的郑巧。我也一下子想通了为何家里没有一点郑巧的遗物，多年前的心痛现在才到访，我觉得头痛欲裂。

我颤抖地打开他说的视频，果然发现夏洛克拔掉贾静氧气罩的画面。

陈诺说："你们利用以鸣的内疚逼迫以鸣，以鸣因为贾静以及最后坚持的底线始终不肯吐露视频所在，所以你们害死了他，又想办法嫁祸给贾静，以为贾静经过这样的打击一定十分脆弱，结果发现贾静比顽石还难以攻破。再后来，你们发现贾静已经偷偷转移了视频，于是干脆下手想让她变成死人，毕竟死人最安全了。不过，你不好奇我是什么时候拿到视频的吗？"

夏洛克看事情败露，陈诺提前招呼好的公安和记者已到来，大局已定，他笑道："没想到我会输给你，只不过因为你在暗处，那一天就是我们第一次见面的那天。"

陈诺笑道："你也不算太笨，至少会让税务来捣乱我医院的账，嫁祸我医院有经济危机，又那么刚好让郑好知道。你不也在暗处，可惜隐藏技术太差。你好好做一个作者，又何苦蹚这浑水！"

夏洛克惨笑道："一个作者？作者就是清高圣贤？作者也要钱活下去，靠那点版税我怎么活？大家不都是这样活？你自己也一屁股阴暗的事，装什么道义假清高什么？"

陈诺摇头，夏洛克已经被公安强行带走。临走前看了我一眼，冲着我大叫:“你不是想知道当年车祸的真相吗?看他敢不敢给你看,去啊!哈哈!哈哈!”

贾静父母推着贾静回医院,贾静微弱地拍拍我的手:“陈先生不容易,他说这么多年是他一直一厢情愿不放开你,看你痛苦,他更痛苦。你呀……”

根本不是贾静想的这样,他一厢情愿爱我?这么多年,直到此刻,他还这么想?真的,我们这些年的爱和时光都被狗吃了,而那只狗摇摇尾巴,无所谓地跑远。但现在这些都不是最重要的了。

等记者和公安走完,我请所有的亲人看客离开,除了林思理坚持不走,他说看到我重新活过来,他有权知道真相。也许我是真的欠他一个真相。我看着陈诺,陈诺摇摇头:“这件事就到这里,视频我已经删除了,从这个世界上消失了,没有人看得到。”

我说:“为何销毁?你在害怕什么?”

陈诺声音惨然:“你为什么总不相信我,你为什么不相信我爱你,为什么别人的三两句话胜过我们十几年?为什么你总要让我变得如此失败?”

热气哽在喉咙,我说不出话来,如果说我想为那个可怜的妹妹讨回公道恐怕也会被嘲笑吧,生死两不相问,死后倒是惺惺作态。但我演郑巧太久,有时候我开始明白她,有时候我开始觉得自己是她,我们在同一个娘胎里住了漫无天日的十个月,也许在那十个月里我们的手也紧紧相握过。很多从小打到大的兄弟姐妹过了青春期后,却开始懂得宽和、爱、体谅,延续出了脉脉亲情,那么神奇的,以前无比讨厌的那个跟屁虫一样的弟弟,那个臭屁哥哥,最后变成最不能取代的存在,也许是因为血缘在这个绝情的世界里还有它独有的温暖和力量。可是这和解的机会我们却缺失了。

好不容易我才平静了心情,哑着声音:“我知道你不会销毁,贾静被逼成那样都没有销毁，你更不会，你只是不让我看，你怕我知道真相。”

我回头对我爸妈说：“你们也怕，不是吗？”

我父母的脸色一下子变得无比苍白。我说：“如果郑巧知道最爱自己的父母也参与了设计自己的案子，她会如何想呢？是你们把她送到那个到达天堂的副座上的。”

我母亲眼泪落下来，我爸爸嘴唇哆哆嗦嗦，最后还是没有说出话来。

也许今天已经流完了我前半生的眼泪：“不过我也许说错了，她自己也知道，父母和她的关系并没有我以前认为的那么好，所以我的爸妈在女儿郑巧去世后，家里可以没有一件她的纪念物。我也要负责任，作为长女，我太过叛逆，以至于连妹妹和家人关系开始紧张甚至让家人财务一度紧张，都没看出来。”

我父母始终没有再说话，只是一下子苍老了。

“郑巧私底下是什么样的女孩子我也知道了，不知为什么我某刻忽然明白了她，她是这般用努力来掩饰自卑的女孩子，不过是希望得到大家的关注，不过是想赢过我，但无论她怎么把功课做到最好，无论她表现得多乖巧，都没用，她姐姐玩个游戏翘个课，大家就投去所有关注的、紧张的目光，直到青春期，她甚至连最想要的爱都得不到，既然如此，为什么还要努力呢？为什么不换种办法呢？就如同小孩子玩火，有时不是好奇，而是希望看到忽视自己的妈妈为自己焦虑；就如同被罚站的学生不感觉羞耻，反而充满得意扬扬的快乐，因为他觉得自己成了焦点。她不是本性问题，她只是希望借由堕落能得到关注和爱，我对她要负很大的责任。”我哽咽了，“那些狼藉的、令人头痛的，或许爸妈你们刚开始还刻意帮她遮掩，直到那些裸照出现，你们花了那么多钱摆平，后来一而再、再而三地被狂徒勒索……这样令人头痛的女儿消失了也好，不至于让家门声誉扫地，你们难免也会这么想吧，何况还有爸爸的仕途。但是我妹妹变成这样，多半都是你陈诺的功劳吧，我了解她的性格，一个永远不爱她的人可以逼疯她。我爸爸帮我们都买了保险，刚好你们合作的生意出现了资金流问题。可是，我唯一疑惑的是，她再坏、再不堪，都是你们的女儿，都是爱你到发狂的人，为了现实你们也太现实了吧！你们怎么下得了手？哦，你们没有下手。只是一个突如其来的意外，虽然内心有鬼，但两手清白，上天眷顾坏蛋。”

现场一片静默，静得听得到千万朵花朵呼吸的声音。那个旧 MP3 被唯一还在现场的外人林思理打开，里面的音乐不期而至地外放起来，Everything I do，I do it for you look into your heart，You will find there's nothing there to hide... 不知道郑巧每次打开，听到这首歌，会是什么样的痛楚。那些痛楚现在令我忍不住痛哭：“陈诺，你是不是托郑巧送这个 MP3 给我，你真是厉害，无须拒绝，就用她的手，让她明白你是不会喜欢她的。但是她没有给我，她把它当成了一生中最重要的宝贝，放在了连我父母都没有清除到的地方，她一直假装这是你送给她的。你呢，你如果喜欢我，你会连表白的勇气都没有？为什么每次我以为懂你一点就有更多的问题出现，为什么我们彼此拥有却得不到幸福？”

我看着一直静默的父母和陈诺，心中还存着一点点幻想：“你们如果觉得我说的是错的，觉得我误解了你们，用这么恶毒的想法去猜测你们，就告诉我，打我，打醒我，让我知道真相。”

然而，他们都没有说话，沉默一点点杀死了我唯一的指望。

我说：“你们知道我本来对陈诺并不上心，所以你们的交易条件是……牺牲郑巧来挽救公司，然后再让我假扮喜欢你的郑巧，真是一箭双雕。陈诺你如此聪明，总有一天，你会再用你的办法让我做回郑好，天衣无缝、神不知鬼不觉的我没办法察觉的好办法，多么残酷的你们……陈诺，你如果喜欢我，就不应该用这种方式。”

陈诺眼中泛着和我同样的泪光，想要靠近我。我拼命对他摆手：“别再靠近我，这么多事，我们还有什么可能……”

我父母还有陈诺模糊的影子在我的眼里颤抖，旁边的林思理拉着我的手：“先离开这里吧，郑好。”

此刻如果能离开这里，刀山火海我也愿意下，如果能忘记这一切，多少碗孟婆汤我也愿意一饮而尽，我看到陈诺想要追上来又停住了的脚步。

夜色迷离，从郊外回城内，我们踏上了黑暗的漫长旅程，没有月亮的晚上，连星光都不再闪耀，只有车内两双眼眸。前路崎岖，车轮遗忘回头路，不知走了多少公里，我仿佛从前世的河泅渡上岸，一切都要成过眼云烟，可那太过迫近的记忆却又历历在目。

我第一次到林思理的家，他有点激动，我第一次以郑好的真面目面对他，尴尬又恍惚。我在客厅坐着，他忙着为我整理客房。

一会儿，我想上洗手间，就走到一个小房间，打开灯，灯光一亮，我简直以为跨进了多棱镜的世界，有无数的我看着我，满墙都是我的照片，低头的、微笑的、回眸的。原来这里不是洗手间，是他洗照片的暗房。

都是过去的照片，我承认我是被打动的，那么多年，连我自己都放弃自己，以别人的身份生活，他却始终怀念、记挂着我。

想想别人拍了这么多的自己也觉得脸红，我的目光停在了一张照片上，是那天我们离开贾静家后和陈诺吃饭，我和陈诺离开前他抓拍的。

我觉得有点不对劲，我再次扫了一眼这些照片，全都是我很久以前的照片，只有几张，尤其这张，我记得非常清楚，时间已经飞逝到我和他一起工作时，以郑巧的身份。

我再仔细看，有一张是我刚入职的照片，还有我们一起加班到深宵的照片。

我逃命般逃离了他家，踉踉跄跄，命运安排，让我走进了你们的店。

“对啊！他其实从头到尾也都知道我是郑好。我忍不住想笑却又想哭，这是一场我自己的独角戏，我扮演了郑巧这么多年，以为神不知鬼不觉，忙着陶醉自己，忙着分辨自己，演到最后抽不出真身，其实每个人都在围观我，看我的笑话，当我得意扬扬时，他们一定在心中笑惨了，他一次次在我面前提郑好，却从不拆穿，这到底是怎样的恶趣味？相交多年，我发现我不认识他，我对每个人都胡思乱想：夏洛克也是他介绍进来的，他到底想干什么？他所谓的爱也不过如此吗？”

我看向许何年自嘲：“我要说的结局就是，我身边没有一个人值得信任，我只能在一个陌生的小店对三个陌生的人倾吐心声。”

许何年这次却没有趁火打劫，只是说：“也许这是生活的真相，你以为觥筹交错，把酒言欢，回头才发现，所有人都悄悄离席，剩你一个人自斟自饮。”

终归，所有人都是过客，饮完一杯就匆匆离开，只有自己陪自己自斟自饮到白头。我本最不爱猜忌，可身边人却都雾气重重。

我闻到沉沉的甜香，是“岁月真相”出炉了，勾起我所有的食欲，我才发现在这个结婚纪念日，我一粒米也没有吃，也是凄凉。

沈默走过来，他说：“通常我没有告诉食客，每个甜品都有我们的独家秘方，它有镇痛作用，来抵消你们听完秘密的苦。”

“来这里的人听到的秘密滋味都是苦的吗？”

“苦的不是秘密，是人生。”沈默说。

我笑，拿起甜点就吃：“现在给我吃毒药我也不会眨眼。”

这个毒药真好吃，就像生活，把所有的苦楚都伪装得楚楚动人。我觉得我的视线因为甜点似乎逐渐清晰起来。

许何年问：“你想知道谁的秘密，你的爸妈、林思理、你丈夫，或者你妹妹？天啊，你真可怜，该知道的太多了。”

我想了很久，很难取舍，但听到只能选一个人，我的心早替我做了决断，陈诺，我想知道你的模样。不论你多差，手段多残酷，心思多难猜，思虑多缜密，性格多冷淡，也许是爱，即使你给了我一条绝路，我都要天真地以为还别有生天。我说：“我想看看那个视频，想知道他到底是怎么想的，他有没有愧疚之心，他是不是值得我的爱。”

“没问题！”陈橙作势在抽屉里掏了掏，掏出一个 U 盘，说里面就有那个视频。

我笑，简直是儿戏：“怎么会在这里？”

陈橙好像在开玩笑：“因为我是个魔法师，我能拿到别人销毁的、从这个世界上消失的一切东西。”

“所以，他真的销毁了？”

“嗯，贾静舍不得销毁因为有眷念，而他销毁，是为了断了贾静的念想，更重要的是，他为了保护一个人，我给你看，是因为你命中注定要看到。”

我还来不及反应，许何年打了一个响指，视频自动 3D 投影在空中，我看到一辆疾驰的车被后面一辆速度更快的车迅速撞上。

后面那辆车里，两个英俊的男子很亲昵，巨大的震荡，玻璃碎成花，钢铁弯成纸，车内安全系统启动，但冲劲太大，两人已经头破血流，瞬间昏迷。

而前面那辆车，陈诺的头撞在方向盘上，血流不止。他聚集最后一点力量挣扎地往后看，伸出手想照拂我，我在车后座陷入了昏迷，奇怪的是，我穿着郑巧的衣服，用的郑巧的发夹，而车的副座，没有人，没有郑巧，空空如也，郑巧在这场车祸中是缺席的。

我的脑袋已经无法收容我的震惊："这是什么？郑巧不在，这不可能。"

"对，她不在。"许何年说。

"不可能，如果没有人出事，为什么他不给我看？"

"你想想，那些警察、保险公司，甚至贾静、夏洛克，有谁告诉你你们车里有人过世？没有，他们不知道你以为车内有人死亡，而你却把这当成了大家的共识。大家说车祸双方很快达成了和解，你以为他们是杀害了郑巧所以求之不得。至于夏洛克为什么用车祸之事威胁陈诺？也许是他以为陈诺故意制造车祸想杀害你，是你，而不是你脑海中那个不在场的郑巧。他根本不知道你们之间的故事。"

"所以，这个世界上从来没有郑巧存在过？"我觉得我已经疯了。

"当然存在，你双胞胎亲妹妹，怎么可能不存在？"

"那她在哪里？陈诺为什么不肯让我看？"

"因为他销毁 U 盘想要保护的人就是你。因为郑巧在十六岁的时候，就已经不在这个世界上了。"沈默平静的声音翻起了我脑海中的巨浪。

我还来不及反应，眼睛却一下子看到了年轻的陈诺和我。十岁的我爬到树上，他在树下笑着看，眼神清亮，薄唇微抿。而和他并肩而立的郑巧恨不得把我从树上摇下来，我却只顾眺望远方。原来是这样，原来我们错综复杂的关系那时就开始了，而我却茫然不知，直到此刻，我变成了局外人看着当年，才明白那些无处追寻的陈年旧梦。十二岁，他每天都来我家作陪和郑巧做作业，直到此刻，我才注意到他一进门总是习惯地看郑巧旁边我的位置是否空着；十五岁，未成年的我送给自己一个成年礼——自己出去旅行了一个月，当我风尘仆仆回来，第一个迎接我的是陈诺，第一个抱住我的是陈诺，我却没有注意到他痛楚的表情和那个怀抱的热度；十六岁，陈诺把 MP3 交给郑巧，郑巧痛楚的眼神从此灼烧我到现在。

那个年轻的陈诺是如何掩埋那些草长莺飞的爱意，长成了现在这个沉默无话的男子？而我又是如何辜负他那些年，在结婚的这些年又是如何以让他痛楚来换取自己的快乐？我又是如何以最恶毒的想法去指控他，猜测他的？

“让我们好好聊聊，聊聊你的心好吗？”我喃喃地问着那个年轻的陈诺。

“好呀。”我仿佛听到他对我的答应。如果多年前我这么问一句，也许我们都不会变成现在这样，你不再是那个你，我也不再是那个我。

“可这都是命运，这都是际遇，当我们经历劫难，抚摸着彼此的伤疤，会更明白那些爱的意义。我们会明白，爱不一定漂亮，不一定光亮，爱有时候也丑陋，丑陋但是永恒，像那些伤疤，像你年老后的皱纹。爱就是皱纹，就是伤疤，就是烫，就是痛，就是你。”陈诺对我说。

“连我自己也不知道何时开始喜欢你，我们三个总是在一起，可是你不像你妹妹，你妹妹是需要被保护的，你妹妹总是穿得漂漂亮亮的，站在水坑前露出为难的表情，而你一脚已经跨了过去，甩甩脚上的泥。你一辈子都这样，甩一甩，继续往前走，不会看身边人，也不会往后看。你总说我更喜欢你妹妹，你不知道因为你妹妹喜欢依赖我，不像你，你从不看我，你从来看不到我爱你，你以为我永远在照顾你妹妹，带她蹚过泥水，帮她扶单车，可是照顾并不等于爱。而你，你从来不需要我的双手，对于你，我又有什么用呢？我时常问自己，我什么时候喜欢你的？也许是那天去你家，你突然从高高的围墙上跳下来，一脸好笑地准备看我被突袭受惊的笑话，或者是你妹妹生病了，你代她和我在全校师生面前做升旗手，你从未做过，却一副天不怕地不怕的样子，你的眼睛里也没有你妹妹升旗时那种清高和良好的自我感觉。是这个时刻或那个时刻，或者隐藏在生活中的每时每刻，等着我自己去发现。我讨厌自己在你面前总是那么笨拙，笨拙得不知如何讨好你，我成绩全班最好，我体育也很棒，我脑袋聪明，很多人不是喜欢我就是嫉妒我，我甚至想拿着那些情书向你炫耀。可是你为何从来都不在乎我，是因为你从来不在乎这些世俗的虚名？那你到底在乎什么？你妹妹一直都知道我喜欢你，对于别人，包括你妹妹，我是个刻薄无情的人。我知道她喜欢我，有那么几个时刻，我甚至想，你妹妹这么喜欢我，我为何要这么累，我干脆也喜欢她好了，你们长得一模一样，既然我能喜欢你，我也会喜欢她的，可是，我做不到。真奇怪，爱真的是一个奇怪的东西，她经常传简讯给我，我不断告诉她我喜欢你，我需要一个倾诉者，我需要她收回自己的爱。可是更深沉的心思是，我希望她告诉你，至少让你们矛盾越来越大，那样你总会看到我。我从不胆小，可是我知道对你表白只会得到最坏的结果，我早就明白，你早早就把我划入你妹妹喜欢的那类，你不喜欢的那类：品学兼优、遵守规则、长相突出、讨人喜欢……我对你而言是妹妹的男朋友，永远在你的安全线外。

“对你的爱让我沉默，它变成了我胸中的怪物。后来你妹妹对我表白的时候，我再次拒绝了她，而后，她渐渐和我拉开了距离。我觉得这样做是对的，我不能用对你的爱来伤害她，我没有想到那段时间她开始沉迷于那些场所，很久以后我才知道郑巧变成那样。十五岁时，你和妹妹大吵一架后，突然不辞而别，搭上了一群驴友，去高原上一个月，你不知道你父母有多么抓狂，你不知道我那一个月是如何熬过来的。当你一身疲惫地站在我面前，还是那个你，轻松自在，没有包袱，如同只是去一趟野餐回来，还是白衬衫、牛仔裤，只是脏兮兮的。我紧紧抱着你，以为你就会懂，懂我不能失去你，懂你对我而言比全世界加起来都还要重要。

“那个 MP3，我是想自己交给你的，但是郑巧非要转交，她说我以前总要告诉她多喜欢姐姐，现在怎么连转交个礼物都不放心。你也许很诧异，因为这些故事对你而言是那么陌生，因为这所有的记忆后来你混乱了，你遭遇了一场巨大的变故，很多记忆倒错或者故意忘记。

“那天你回来，又看到你妹妹在你的房间里，穿你的衣服，用 MP3 放着你喜欢的音乐，故意挑衅你，你生气地和她大吵了一架。明明不是很大的事，也许是这么多年对彼此的不爽日积月累成了此刻的原子弹，你们甚至大打出手。你整天四处跑筋骨活络，也许最后还是你妹妹受伤多一点。她摇摇晃晃地出门，你以为她要出去买药，虽然有点担心，但多年的矛盾导致你拉不下脸来。我们都没有想到事情会变得那样严重，几天后，你妹妹再回来，是一具衣冠不整、被强奸的尸体，你看到那尸体上你给她的伤痕犹在，你当场就晕倒了。自责、痛苦、心碎从那以后就和你如影随形，我从来没有看到过豁达的你这么绝望，因为你太善良。当时你爸爸看郑巧出入那些场所早就给郑巧买了保险，后来保险公司赔付了一大笔钱，这笔钱是我家帮岳父一起整理的，后来也是医院成立的原始资金之一。因为后来的你记忆混乱，以及我们的故意引导，你一直以为是车祸后发生的事情。当时你爸爸担心唯一的女儿再出事，又为你买了保险。后来，你父母发现你的奇怪现象，你也开始穿郑巧的衣服、学郑巧说话，本来都是郑巧仿照你的。但大部分时间又不这样，只是这种情况越来越频繁，他们才知道，你太内疚，以至于精神分裂，分裂出了一个郑巧来缓解。

“我改了志愿，报了心理学，从那个时候踏上了心理学家的道路。从那个时候开始，我每天只睡四个小时，只要我努力，我一定会治愈你的，可是我学遍了所有知识，也没有一点办法，我才明白人类有多渺小，虽然看起来什么都可以克服，其实连一个感冒都治不好。而你的精神分裂越来越严重，慢慢地，郑巧的比例越来越大，我担心，总有一天，郑好会消失，这个世界只剩下一个郑好的躯壳和一个郑巧的灵魂，这样的世界，没有你的世界，我还怎么生存。所以我不是为你，我是为了我自己。当你再次发病，三天内郑好竟然都没有再出现，三天，当你再次回来，我知道我不能这样，我不能一次次等待，万一有一天你回不来了呢？我不能冒这危险。有什么办法能消除你的内疚呢？让你忘记郑巧的事情。我想了又想，最后和你父母提了个荒谬的建议：在你面前，用事故杀了郑巧，不只想让你忘记郑巧死亡的真相，放弃心中的内疚，也让你以为郑巧已经死了，可能就能杀死郑巧的人格，控制住病情。虽然并没有前例，听起来也很荒谬，我也不知道成功的可能性有多大，但为了这种可能我愿意付出我的生命。

“终于，你的父母答应，我明白你父母下了多大的决心，失去了一个女儿，另外一个女儿，即使只剩下个躯壳本来也想守护着。我也知道我的责任有多大。我可以出事，你不能出事，所以你说的也没错，我是要杀掉一个人，我是要杀掉郑巧。等你再一次变成郑巧，我们以新婚的名义上了车。

然后事情并非我们能控制的，原本是要自造车祸，没想到飞来一场真的车祸，还好，你如我所愿昏迷了。也许是上天垂怜，你以郑好的身份醒过来，忘记了大部分的记忆。我们的计划顺利进行，你的父母告诉你：在我和郑巧婚礼的路上，郑巧死亡。希望你代替郑巧嫁给我。你父母也知道我会给你最好的照顾，为了你的病情我每天精心准备药物来辅助控制。这是一个老天都眷顾的方法，唯一的变数就是林思理，你从小的玩伴，从小喜欢你的另外一个男生，除了你父母以外唯一知道你有精神分裂症的人，他同意计划的前半部分，他不知道计划的后半部分，你父母借机让你嫁给我。于是，愤怒的他进入你的工作范围，时刻准备揭穿我，尽管我讨厌他，但公平点，夏洛克只是他的朋友，对于夏洛克这个偶然因素，他也是全然被利用的。

"其实他想揭穿我，我又何尝不想让你变回你自己，可是怎么让你变回你自己又不会离开我？我想了这么多年，始终束手无策，什么都不敢做，我无法忍受你在我身边又离开我，如果要让你走，我宁愿你从没来过。每次看到你那么辛苦地扮演郑巧，可是你根本不是她这样的人，总是各种兵荒马乱，我看着又是忍俊不禁又是心疼。我是刻舟求剑的人，我刻下了落剑的地方，可船行太快，在变幻的水流里，我再也找不到归路。我可以感受到我拥抱你说爱你时你讥讽的眼光，当我觉得你多少有一点爱我时你就会用嘲笑打破我的幻想，也是，对你而言，连爱人都分辨不清的人的爱是有多廉价，多不靠谱，多可笑。可不管怎样，你在我身边，这一切都是值得的，这一切总有一天会改变的，明天，后天，下次，下次。"

陈诺泪眼蒙眬地看着我，我觉得眼前的陈诺不断地颤动着。等我平静一下，我才发现是我的眼泪在颤动，是我的双手在颤动。

当别人为我付出了一切，我却执意去质疑他们，我的父母，我甚至怀疑我的父母要亲手伤害自己的女儿，而实际上是我这个女儿这些年不断用冷漠伤害他们。陈诺对我的爱我视而不见，我用自以为是的悲情包装着自己，拒绝任何人走近，让陈诺在身边徘徊，却始终没有办法打破我们这诡异的关系。

陈诺，那个多数时候都在沉默的陈诺，那个看起来总是满腹心事的陈诺，原来你猜不透的心事是我，但你不说，我也不说，我真的有那么脆弱不堪吗？为了所谓的保护我，我们非要这样阴差阳错到老吗？我忽然明白，当你握住一个人的手，感觉到他手上薄薄的茧，你不会知道他其实翻越了多少高山。当有一个爱你的人站在你面前淡然地告诉你他爱你，你不会知道他其实为你付出了多少。当你谴责握着你手的人太薄情，不懂得和你并肩飞行，你不会知道他曾经为了遇见你，被没收了翅膀。

“大多数人总是擅长放大自己的痛苦，又看轻别人的付出，所以有那么多的爱恨情仇，是吧？”当我失魂落魄地走出午夜甜品店时，我听到陈橙用不经世故的语气问沈默。

沈默始终沉默，像是陈诺一样沉默，像太空一样沉默。

006

换换你的爱（上）

我们来到了我们生命的驿站，
我们勒住生命的马头，
对彼此告别，然后朝着截然相反的方向狂奔，
再也不看身后扬起的灰尘。

“电影《卡萨布兰卡》里，男主角重逢女主角时问：‘这个城市这么多酒吧，你为什么独独走进我的酒吧？’这个问题，没有人能回答吧？很多事，说不清也想不通的。”我说，我希望有酒，我需要酒，可是他们的甜品店并不卖酒。

两个年轻的店主陈橙和许何年坐在我身边，听我的故事，对于他们而言，也许惊心动魄，也许不过是店铺营业以来又一个普通的夜晚，他们也许有兴趣，也许只是在假装有兴趣。

我从小就规划好自己的人生，先考上市里的重点实验中学，然后考上“985”大学，学建筑学，因为建筑专业薪水高，出来就和黎爱结婚，黎爱和我算是青梅竹马。我们一直一起努力，也考上了同一所大学，她学中文，除了父母以外我最爱的人就是她。身边的朋友或多或少羡慕我们的感情，是羡慕还是嫉妒，说到底也很难分清楚。在我还不懂人生的时候，我曾经以为人生可以计划，并且按照我们的计划在走，直到那一天。

那一天，我们两个刚好毕业三年，存了一小笔钱，再加上双方父母的存款，够付那套我们心仪已久的房子的首付。当我们签下合同时，我变出一枚戒指，向她求婚，她欣喜交集，含泪答应。天蓝树青，白鸽子飞过，天鹅在人工湖里悠游，一切都不热烈，但悠久绵长，近乎天长地久。我不喜欢热烈，太热烈的都不持久。

我们邀请了一堆朋友一起庆祝，因为太过高兴，我们决定狂欢一次，便定了城里鼎鼎有名的一间酒吧。

大家毕业后各自奔波，虽在同一个城市，但也是绝少相聚。大家都很兴奋，我和黎爱最兴奋，毕竟我们即将变成一对携手到老的情侣。从那么小开始，黎爱一年年成长，长成了典型的玉女，披肩的长发，含着秋水般的眼眸，说话有度，做事给人留余地，宽容而可爱。当然，刚开始她并不是这样的，刚开始我们也为了抢一块饼干大打出手，最后以我被家长拎着去她家道歉作为终结——不打不相识嘛！我们的回忆太多太多，我太感激在我五岁的时候，她家搬过来和我家成了邻居，这一切一定是命运的安排。

我们干杯，啤酒的白色泡沫在空中炸开，金黄的液体有着小麦的熏香，大家高呼："祝贺你们终于结束爱情长跑，进入婚姻的殿堂！"

我说："我们可不是长跑，我们是携手慢慢走，一起欣赏风景和诗歌，一起向往远方。"

"哟，秀恩爱，死得快！"他们习惯了我恶心的腔调，照例一片此起彼落的嘘声。

"说真的，你们两个人一直在一起，都十几年了，不乏味吗？"死党万明问。

"不乏味，因为我们有一样的价值观，我们太了解彼此了，只有和彼此在一起最舒服，为此，我们经得起一切诱惑。"我可能有点喝大了，说起来没完没了，再加上刚订婚，高兴得近乎自负。黎爱微笑着，同意我的观点，轻轻靠在我的肩膀上，给这些羡慕嫉妒恨的单身狗们一万点伤害。

万明不同意了："呵呵，你们只是没有面对过诱惑。"

"狗屁，我们不是没有收到过偷偷递过来的匿名小情书，都数不清，我和你说。"

"那算什么诱惑？那顶多算小迷惑。"

"呵呵，问题是我根本没有受到半点迷惑。"我对黎爱的爱不是这两句话可以打发的。

虽然万明和我是死党，但他的人生观和我从来都不兼容。他说："我根本不相信人间有坚贞的爱情，所谓坚贞只是世面见太少。"

"万明啊，你这样的人生观，不会幸福的。"我说。

"幸福也不过是相对的概念，你们觉得你们的爱情坚贞，非常幸福，但放荡让我更快乐，我们要不要玩一个小小的游戏？"

"什么游戏？"

"我们打个赌，你们去勾引吧台上那对年轻情侣。"我们顺着万明的眼睛看过去，吧台上确实有两个蛮入眼的年轻男女在喝酒，正偏着头亲昵地和对方讲话。

"喂，万明，你这么玩可不行，人家快结婚了，你这样把别人玩坏了你能负责？"朋友出声阻止。

"我们才不会被玩坏！我们只是不想玩，我们要对感情负责。"

"就是要让你们对彼此的感情负责啊！不是在一起才算负责，如果这点诱惑都经不起，分开也是一种负责。"万明笑着说，"你们即将结束单身了，就当单身夜的一个狂欢。"

我和黎爱可没那么傻，人家让你做你就做，那不是感情好，那是智商低。

万明潇洒地拿出一张黑卡："我不下血本你们这么保守的未来小夫妻

肯定不干，大家一起玩玩，如果经此役顺利结婚，我给十万的礼金，你们对彼此这么有信心，除了验证自己情比金坚之外，可没任何损失。”

“哇，出手阔绰啊！”大家叫道，立马站在了万明的一边，“太刺激，你们可以的，玩个小游戏赚十万太划算了！你们不上我们上了！”

“你们上，我可不干，我就押他们。”万明慢条斯理地说。

我看了黎爱一眼，彼此心意相通：“话说到这份儿上，不上显得我们对彼此的感情没有信心，你说吧，怎么玩？”我随手转起了桌子上的空瓶子，十万块对于毕业不久的我们也不是小数目，万明家财万贯不在乎，我们感情坚贞更不怕了，刚好我们以后还房贷还需大笔的钱，人生短短，游戏一场，何乐而不为！

万明想了一下，说：“你们假装单身各自和吧台上那两个人搭讪，如果他们上钩，我给你们五万彩礼，你们五天后把他们甩掉，十万奉上！你们成功了，可是改变了我的人生观，不只是十万，我还要代表我感激涕零的老爸老妈准备神秘惊喜送你们！不过前提是，这五天你们两个不能互通音信。”

条件不难，但要如何勾搭别人对我们来说真是件难事。毕竟我和黎爱一起长大，读初中时就确定了彼此的心意，整个过程顺理成章，没有推诿或者波折，甚至明确的表白都没有，双方自然而然就在一起，如同山上会有路，如同沙漠会有沙，都是天造地设，都是理所当然。所以要我们对陌生人搭讪，确实不容易。不过试试又何妨。

我打了个响指，搭上黎爱的肩：“我们没问题，准备好钱吧。”黎爱很自信地说：“阿哲没问题，我自然也是没问题的。”

我和黎爱商量了一下，趁那个男生去洗手间，我过去，而黎爱则去洗手间偶遇。

我到柜台前，那个女生的酒刚好喝完，我叫了两杯酒：“我要和她一样的，她的算我账上。”不管酒多贵，反正都算万明头上。

她笑着转头看我：“你喜欢看老电影吗？”

我不置可否：“为何这样问？”

“你这搭讪手法很老套。”

昏暗的灯光掩饰了我的尴尬：“你一个人？”

“你一定看到我不是一个人，所以出现得如此巧。”她继续笑，虽然话语直白，但微笑的脸让人看不出她有厌恶之感。

“对啊，我想碰碰运气，也许你们并不是情侣。”

“那对于我来讲，你是我的好运气吗？”

“如果你没有男朋友，那我是你的好运气。”

“可是，你都订婚了。”她眼睛微微垂下来，看着我的戒指，我简直无所遁形。是现在的女生都这么厉害，还是这个女生特别厉害？我和黎爱从小在一起，根本缺乏这种挑战。

我讪笑了下，我都想给自己僵硬的笑脸打两巴掌：“不是，戴着玩的。”

“和人打赌？觉得我特别难以搭讪？搭讪成功了有好处？”酒上来了，她的鬈发垂下来，映衬着金黄的酒，无形中有一种自然的魅惑。

“你怎么会这么想？”她不按常理出牌，我也不能乱了阵脚，我平静了心情，自然地问。

她皱了皱眉，仿佛提到了不好提的往事：“曾经有人这样做过，等我爱上他后，他就走了。为什么把别人的爱情当赌注？为什么两方的赌博，输家却是我？也许这个世界都这样？把对无辜的人的伤害当成自己的筹码。”她眼圈微微发红，盯着杯子里的酒，酒荡漾着，透明的黄金，满满的心事。

被她这么一说，我意识到我做的事情有多卑鄙无聊，为什么我只考虑到我和黎爱，凭什么把这两个无辜的陌生人拉入赌局：“对不起，很抱歉勾起你这样的回忆。”

她听我这么说，抬眼看我，如水波般亮晶晶的眼睛，俏皮一笑：“哈哈，你信了，你这个人真好玩。”

我气得转身要走，她按住我的手，正色说：“你是个善良的人，我配合你如何？”

我有点呆了，她说：“刚才我听到你们那边的嘘声，后来你过来，我猜也知道你们在干什么。既然我是知情者，你要做的事情不会伤害我，你的赌注是什么？毕竟我比你更无聊。”

“你为什么要配合我？”

“我有钱，并且无聊。你看不出来？”她说。

我犹豫。她说：“让你演演双重间谍，对你没什么坏处。”

我想了想，一向安稳惯了，不禁打了退堂鼓。她说：“你看，你女朋友和我男朋友相谈甚欢，你比你女友还放不开。”

我转头，看到从洗手间走廊出来一个男人，不知道他说了什么，黎爱笑得开心。一股嫉妒从心中骤然升起，我赌气说：“好，你都不怕，我怕什么，我们就演五天呗。”

“行吧。我们出去吧。”她说，也并没有和男友打招呼就出了酒吧。

酒吧外有穿黑衣服的司机从车里跑过来，尊敬地说：“小姐。”

她挥挥手：“今天，他陪我走回去，你们自己回去吧。”

我心想：果然是个有钱家的做派，有钱真好，想做什么就做什么，不用像我为了赚十万块还要玩个感情游戏。

她说：“你是不是觉得我是有钱女孩，生活为所欲为，开心得不得了？很遗憾，不是这样。”

我心中一惊，她是有通心术吗？走在弯弯曲曲的石头路上，星光月光照着，山南水北的人踩过，石路生了岁月的皱褶，两边的屋静静蹲在那里，仿佛沉在海底深处的贝壳。

“去哪里？”我问，心思全在酒吧里的黎爱身上，毕竟对方是陌生人，担心她的人身安全。

“不用担心你对象，没有人比我男友更知书达理。”她看了看手表，“真巧呢，今天刚好是 2 月 14 日，现在快午夜十二点，我想去一个地方。”

我便不再问，两个人在夜色里游荡，我笑着说：“你是个有钱人家的小姐，刚认识我，就这样让我陪着，不怕我打劫你？多危险啊！”

她转头看我，认真看我：“你会吗？”

我阴森森地点头：“会。”

她笑，露出漂亮的牙齿，连牙齿都整洁明亮得看起来极有教养：“你不会，即使你想，你也是只能想想，你是个有心无力的人。”

“呵呵。”我有点生气，什么叫有心无力的人，“你太小看我了。”

“我不是小看你，我是羡慕你。”她说。

我又疑惑了：“羡慕什么？”

“你相信命运吗？”她淡淡地问，但也没等我的回答，继续说，“我相信，我是个不愿听任命运安排的人，这是我的悲剧。而你，你愿意和命运手牵手，这是你的幸运。”

“说得你好像很了解我。”我们走着，走到了接近铁路公园的地方，这是市区里极美的地方，十几年前有火车通过，如今废弃了，剩下空往前伸的铁轨，铁轨失去了功能，生了锈，不会再有火车开过，路两边开满了花树，人们把它当成一个景点。

“因为你很像我来不及告别的一个少年，非常像。”

“他是怎么样的？”当我问出这个问题，我知道自己想要得到的答案不是关于他，而是她眼中的我。

她说：“谢谢你突然出现，让我看到多年以后的他，性格也像。有些淡漠，对生活好像没有激情，其实很想犯规，很想去突破。”

我们走进了铁路公园。

“那么，我们来这里干吗？”

正是季节，铁轨两旁花树盛开，芳香入鼻，远远看着，暗香浮动在幽蓝的夜里，铁轨忽隐忽现地伸向远方，虫子在树上和石头缝里低低地叫着，仿佛是呼唤着久远的童年，不再有火车经过的铁轨，会感到失落还是轻松呢？

“很多年前，他从这里离开，我没有来送他。我们再也没有见过。”她说。她的眼睛里是少女般粉红的花朵和心事，时日逝去，花开花落，老了少年，毁了诺言，错过的告别在心中演了千万次。只是那个少年也许已经是异乡一个大腹便便的父亲。

她转头对我说：“你说当时他有期待我来吗？他有等过我吗？”

“这个问题我没有办法回答，我不知道你们的故事。”我有点为难，可是也有点同情。

她露出浅浅的梨涡：“能有什么新鲜的故事呢？不懂事的富家女上高中爱上了不良少年，被家里反对，家里人把我关起来，不让我们见面，我们约定那天晚上私奔。但是我没有来。”

“可是，你没有来或许更好，青春期的爱情哪里作得了数。”我安慰她，却想到我和黎爱，我们没有那么多钱，但我们是平静而幸福的。

“他救过我，当时我在校门口差点被绑架，我被他救了，他住了一个月的医院。他以前名声一直不好，抽烟、打架，大家都觉得他坏。可是我去看他时，他穿着蓝白条病号服，安静地看着窗外，窗外三角梅开得如火如荼，就像现在这样，他看着一只鸟从一朵花飞到另一朵花，开心地笑了，眼睛弯成了清净的湖泊。我想他才不是一个坏孩子，为什么一个孩子抽烟就是坏孩子？一个成年人抽烟就不是坏男人？他只是急于证明自己成年罢了。”

“那你为什么没有来？”

“我有好多问题想问他，如果他长大了，就大概是你这样子吧，经过青春绚烂的叛逆后，变回了一个普通的男人，会懂得老板在要假装加班，会懂得炒菜要开抽油烟机。”她没有理我，只是自言自语。

“你能和我重演那次的告别，告诉我他的答案吗？我答应和你玩这个游戏，就是有这样荒唐的想法，反正我们的游戏本来就是荒唐的。”

“怎么演？”我哑然。

“当你是他吧，说出你的想法，让我死心。”

她没等我的答案，走到我面前，看着我的眼睛，问我：“你没有等我，我们约了 2 月 15 日，你为什么要提前一天走？”

我哑然。

“你真的收了我父亲的钱吗？他让你去留学，所以，你的爱情和承诺也是可以变现的？”

我看到她的眼睛里泪光闪动，多年前的心痛如同一个久违的心魔一样总是去而复返，让她对以后的每段爱情都心存芥蒂。

我该怎么说呢？如果是我，如果是当年的我，爱上了当年的她，那么，那笔钱我会收吗？多少钱对那个年纪的我会造成诱惑？十万？二十万？给我二十万，我会离开黎爱吗？我承认当年年少的我会摇摆的，没有失去我们学不会珍惜，这大概是万明说的，人生真正的诱惑。一个十八岁的孩子如何抵抗二十万？

“你真的收了吗？这一百万有让你过上理想的生活吗？”她问我。

一百万？也许她父母会口出恶言，一段充满阻拦看不到未来的感情，即使没有她父母，当年的我们都太年轻，爱情短暂，变故无数，会收吧。我想给她这个答案，让她从此死了心也是一个功德。

我说：“我收了，不是用钱去换你，只是，反正都要失去你，总是要失去你，至少，我能拥有更好的未来，虽然我知道将为此负疚一辈子。”

她擦掉眼泪，扬起嘴角笑：“人们总是喜欢说一辈子，相爱一辈子？负疚一辈子？相爱都撑不过几年，何况内疚。”

我们沿着铁轨走，走到了尽头，只能往回走。

她说：“谢谢你，你会不会觉得我很幼稚，那么久以前的事了。”

我说：“不会，能在游戏中结束心魔，是一件好事。”

她说：“还有很多想不开的事，就靠你了。”

我说：“你心智这么成熟，当年他收没有收你早有你的答案吧。”

“其实，难道你看不出来，我想要的不是一个答案吗？”

我再次哑然，女人这种生物好复杂。

“再理智的女人也很难判断自己的感情，我没有答案，我看透现在的身边人，但我没办法揣测那么久以前，一个救过我的少年。”

我明白，她不是想放过当年那个少年，是想放过自己。

这是一个和黎爱不一样的女人，这是一个理性和感性都很丰沛的女人，理性，大概是从无数次情感的挫折中培养出来的吧。

我忽然明白，也感到心痛和抱歉，即使那么多岁月过去，也不会有一个女人想知道所谓的那个真相，在最初的爱情里，一个自己心爱的少年为了钱，离开自己。

很多事情，模棱两可，让你永远惋惜和挂牵，好过得到一个死心的答案。

我们走到路口，仿佛看到火车轰隆隆地从身边经过，那个少年，扒在玻璃窗上，月台上没有他年轻的爱人。他也在等她，他也知道等不到她，他在今天，她在明天，他的眼泪顺着玻璃窗流下来，他拼命地挥手，向着那个空无一人的月台，火车徐徐开走。相爱不是一辈子，负疚不是一辈子，离别才是真正的一辈子。

我忽然迫切地想说：“不管他经不经得起诱惑，他都是爱你的，那是青春里最真切的爱，他变成了最普通的一个男人，你是他心中最不普通的那个部分。”

这是真的，这是真的，不管我之前给出什么答案，都不会否定你们的青春，也不会让你们的青春就此死去。走出暗淡的路，如黄昏一样的路灯洒落在她脸上，笑容一点点重回她脸上，真实轻松，但愿她从此摆脱，我感到了释然。

“你的工作是什么啊？”她问。我们开始聊起彼此过去的人生。我的专业是建筑学，我的人生像一个建筑一样一砖一瓦，兢兢业业，到如今正正直直。我的梦想是有一天去米兰，看我偶像设计的那座大厦，这是一个极具流动性的、不可能完成的梦。有一天，未来的一天我会去看看我的梦。

她说："是吗？为何不现在就去？"

"现在？"

"对啊！"

"但是我连签证都没有。"

"包在我身上，亲爱的临时男朋友。"她笑。

简直不能相信，多久之前我还在中国的夜里和她散步，而此时，我已经和她漫步在米兰的街上，有钱，做成什么事情都不必诧异。如果你不喜欢钱，那一定是你还没尝到钱的好处。此刻我只能这么想。

当我站在那个建筑下，看着光线在她的身体上流淌，光芒在我眼里闪烁，它如同一个被捕捉的梦，她说："疑是银河落九天。"

隔着东西方，隔着上千年的光阴，那古老的中国诗歌，此刻如此妥帖地适合这个西方现代建筑。我忍不住笑了，她说："你哭了。"

我说："谢谢你。"

她说："不客气，钱能让人高兴，那就是值得高兴的事。很多时候，我的钱总是带来悲剧，并不让人高兴。"

"是吗？"我转头问她。

她点点头，我伸手到她面前："那给我一点你的钱。"

她不解，但还是把钱给了我。

我沿路给所有卖艺的、乞讨的人钱，迎来一张张笑脸，他们为我们歌唱，他们为我们拉起莫扎特漂亮华丽的乐章。沿途风光美景，石头建筑古老如斯，道路如旋律般流畅。她开始笑，跑了起来，我跟着她跑，拉着她，她的头发在阳光下飞扬，你看，你看，这些都是你的钱买来的快乐。

是啊，是啊，整个城市都真诚地为我们歌唱。

我们跑得气喘吁吁，最后停下来，你看着我，我看着你，还是笑个不停。

好不容易，等平静之后，理智回来，我想起我的黎爱，连忙把她的手放开。她倒也不觉得尴尬，毕竟我们都知道对方是假的，只是自然地整理头发。我并没有道德压力，我和黎爱都知道这个赌局，所以这几天的假扮只要不越线，我们能互相谅解。

她说："再一次谢谢你陪着我，今天是我喜欢的人的结婚之日。"

我才明白她的说走就走："所以你想出国？"

她说："也不是，我出国或者不出国，他都一样会结婚，但是有你在，我好像没有那么不开心。"

我也很开心，因为她带我来米兰圆梦，但她开心，我不需要那么为她的破费而感到不安。

去酒店的路上，她问我和黎爱的故事，我想说，但想想，我们之间多是琐碎的事情，细水长流，并没有多少值得说的故事。我抬起了手："你那天说对了，我们订婚了。"

她脸色一黯："我才是你女朋友，你告诉我你和别人订婚了？我是第三者？"

我哑然，她又笑了起来，她真是一个情绪反复、爱作弄人的女孩子。我说："你真是一个太特别的女孩子，拿你没有办法。"

"对啊。"她偏着头，想了想，"我喜欢的人都拿我没有办法，所以只好离开我。"

"婚礼一定开始了吧？他结婚的西装、未婚妻的婚纱还是我挑的，他说我眼光好……我当然眼光好了，不然怎么会喜欢你呢？”她看着窗外。窗外的景色如似水流年般逝去，越来越快，越来越快，仿佛长大后感受到的时间，让人触目惊心，回头看，童年的时间缓慢得如同永生。

我轻轻抚着她的背，给她无力的安慰。她说得对，我不过是一个有心无力的男人：“别难过了，他如果有一点在乎你，怎么会让你去置办这些？”

“他不知道我喜欢他，从来不知道。”她斩钉截铁地说。

“为什么？”

“为什么不告诉他？”她回头看我，“因为喜欢我的人都拿我没有办法，都会离开我。”

我忽然觉得异常心痛：“我不是那个意思。”

“不告诉他，从未在一起，也就永远不会分离，你说是吧？”她很认真地看着我。

我回答不了，只好转换话题：“那酒吧你那男朋友，不是你真心喜欢的？”

哈哈哈，她笑了起来，好久，喘不过气来，抬起头，嘴角还满是笑意，眼睛里却都是泪花：“酒吧那个是我哥哥，不是我男友，你，你真是太善良，太诚实了。”

我知道，她不过以嘲笑我来掩饰心碎。一个谈笑着为爱的男人挑选婚礼西装，为恨的女人挑选婚纱的女人，应该有一颗再也不怕破碎的石头心吧。我们下了车，喷泉里的爱神维纳斯站在水中央，流水从她肩上的篮子流下，一圈石头天使围绕着她，石头的天使、石头的维纳斯，也都有一颗石头心吧。

爱太多，心就会慢慢变坚硬，即使有伤，也不过是一道痕，不会心碎至死。我和黎爱，没有经过热烈，没有经过痛苦，究竟是幸运，或者是另外一种不幸呢？

回想着，我记不起对黎爱最初的心动，一切都是混沌，自然而然。是体育课她扭扭捏捏让我去买卫生巾，或者她帮我隐瞒了考砸的那次分数，我们是最亲密的人，见过彼此最糟糕的窘境，身边的人都觉得我们会在一起，即使挖墙脚的人挖着挖着也就失去了信心，半途而废。在大多数人平静的人生里，第一条卫生巾、第一次不及格都已经是惊天动地的大事吧，从这个角度讲，我们也共同承担了生命里太多的惊心动魄，想到此，我有些安心了。

她订了最好的甜酒，邀我一起去泡温泉，我有点犹豫，她说："你有你喜欢的人，我有我喜欢的人，又有什么好怕的呢？"

温泉雾气氤氲，她美好的胴体浸泡在水中若隐若现，杨贵妃温泉水滑洗凝脂大概不过如此。她喝了一口酒，就皱眉道："这酒我不喜欢，甜味不对，换一瓶。"

我道："你才喝一口，这么贵的酒，为啥不多喝两口？"

"如果喝了一口觉得不甜，为何还要喝完一瓶白白受苦？我人生中要将就的事情多了去，唯独这些能自由挥霍。"

如果钱够多，当然这些道理都成立。那些需要将就的人和事，无非是选择不够多。但看不到境况，天天喊着让别人别将就的人，也不过是另外一种傻×。

"你说你和未婚妻的感情从小学到现在？真让人羡慕。"她喝着酒。水里仿佛传来她的温度。

"你呢？"

她沉吟不语，转头看身边的我，虽然我们如此接近，但雾气缭绕，我看不清楚她的容颜，最终，我看她笑了笑，也许是温度升高，唇色显得特别鲜艳。我的心猛然一跳。

我不知道为什么，我觉得我必须说点什么，便急切地说："和你不一样，我们都是普通人，但我觉得我们的爱情不普通，一段能走十几年的爱情在哪里都不会普通。"

"不普通？我喜欢普通的爱情，普通有什么不好的？"

"普通有什么好的？"当下我只想反对她，不知为何。

"你这么努力过一个普通的人生，其实却有一颗不甘于普通的心。"她忽然一扬手，把水泼到我脸上。

我看她，她看我，忽然两个人都笑了起来，都有些奇怪的释然，仿佛认识很久。

良久，她从水里站了起来，先出了门。

我们像是好朋友一样拖着手在异乡的街上闲逛，穿梭在各个城市，这些城市随时都会冒出一个名胜古迹，罗马的斗兽场、恺撒被杀的地方，一个个如雷贯耳，照理说应该要建成一个公园尽情展示，可是静悄悄的，和其他普通的建筑在一起，家常的，平心静气的，如果在国内，早就被圈起来收门票了。

"你觉得最好的建筑是什么？"

此时此景，我们同时脱口而出："时间！"

那些金碧辉煌、毫无缺点的现代建筑也并不动人，即将倒塌的比萨斜塔、布满青苔的大佛、被烧了的圆明园，所有动人的东西都残忍、狼狈。本来，人生就很狼狈，充满缺陷。

"我第二任男朋友用了一个建筑纪念我。"她随手一扬，我看到一座大厦，造型奇特，像是一颗心，又像是一滴眼泪。

我还没评论，她忍不住自己哈哈大笑："为什么有人会想送这个？我觉得送这个和对我说'亲爱的，今天生日，我买了个豪华墓地送你'没啥差别。你说，你也是个建筑师，你说说这像话吗？这是对的吗？你们到底是怎么想的？"

我自己觉得已经很了解她了，她虽然在笑，但她的眼底一片苍凉。

"你理解错了，这是很重要的，这是他第一次设计的东西吧？代表你在他心中有独特的意义。"

"哈哈，是有多特别，一滴眼泪啊，他在心中给我建了一块墓碑。"

我猛然按住她的肩膀："你不要这样，你不要这么自嘲！好不好？如果这是他真心的礼物，那他真的很在乎你，很爱你。你不要总是嘲笑自己的爱情。"

"真的是这样吗？"她忽然大力抱住我，柔软的，激烈的，高温的，令人心惊胆战，意乱神迷。她在我怀里，很久才低声说："今天他是你，今天你的话是他说的，那一切都是值得的。"仿佛在说服自己。

也不过是又一个悲情故事。她天生有爱上穷学生的本领，大学又喜欢上了穷学生，但又担心像上一个只喜欢她的钱。过去的心魔困着她，她总是不能表露自己的感情，因为害怕受伤，她选择隐藏，选择成为他最好的朋友，可以暗地里资助他。穷学生的梦想是建筑，她一直帮助他上了最高学府。穷学生留学后，渐渐就再也没有和她联系，不是自己的，终究留不住。直到成名后，她在杂志上看到，他说第一个建筑是送给她的，他们相处的几年，亲密到不像朋友，根本就是男女之间的相处，除了肉体的接触外。只是他们彼此都不点破。他一直都明白她的心意，感谢她的帮助，但无以回报，于是送了她一滴眼泪。可是与冰冷的建筑相比，她需要的是一个切实的、温暖的怀抱。

“他是不是很努力？”

“对。”

“他是不是对你很好，可是有时候很忧愁？”

“嗯。”

“我也是个普通学生，如果我把第一个建筑送给谁，那个人一定对我有最特别的意义。你说他很穷，我想根源在于这里，他是自卑，他也许觉得在你们这段感情中自己是弱势的一方。你喜欢他，却从不说破，他一定以为你认为他配不上你，你们不能长久。一个有志气的人往往拖着一份比志气更大的自尊心在前进，那是他人生唯一的行李。”

“也许你说的都是对的。”

“你如此聪明，看得穿，为什么这些都想不通？”

“所谓看得穿是一次次失败后练就的武功。当一段感情失败，可能是对方的问题，但当一段段感情都失败，那一定是我自己的问题，我希望有外人告诉我，事情错在哪里，更希望他告诉我，我并没有错。”

“你并没有错。”我很郑重地对她说。

“谢谢你。”她抬头对我说。迷人的芳香沁入我的鼻子，我连忙放开她。

那些都是过去，都是往事，在这样狼狈的人生中我们成长，努力变得有分寸，懂得分辨是非，变得从容得体。那个青春的灵魂即使迎面走过来，大概也是如陌生人般擦肩而过。

我们在欧洲待的最后一夜，她说要给我一个惊喜。

酒店叫了车，我在车上问她：“去哪里？”

她说：“等下你就知道，是个好地方。”

车穿过夜晚的佛罗伦萨，那些带着古老微笑的建筑在两边倒退，也许其中有乔托设计的，也许那里有达·芬奇来过的，几百年来，这些建筑来来回回装载的是历史书里那些了不起的人，但它们的气焰一点都不嚣张，所有伟人在这里也不过是平凡的人。这种平衡让人的心态显得平静，又油然而生一种新的伟大。

我们进了别墅区，转了几转，灯光忽然亮了起来，透过大大的玻璃窗，可以看到里面是一个上层人的酒会。

一口气讲到这里，那个灯火辉煌的夜晚又在我眼前亮起，我暂时停歇了一下。

陈橙问："什么酒会？"

许何年耸耸肩："笨蛋，当然是一次著名建筑设计师的交流酒会。"

"你怎么知道？！"我惊讶道。

"我和你那位上流小姐一样会读心术咯。"

我知道他话中带刺儿，也不想理会他。

的确是建筑师的酒会没错。因为我并不懂意大利文，在门外我还是不懂这是什么酒会，她也不肯说。倒是开门的人非常热情，一看到她就非常热情地拥抱，用不是很熟练的中文说："美丽的中国小姐，我们又见面了。"

"是啊，欢迎我吧。"

"当然欢迎。"

一进去，我立刻发现我最崇拜的建筑师就在面前，并且冲着我们微笑，天啊，我激动得说不出话来，又觉得一切都是假的。我环视了一圈，发现还有好几个我相当喜欢的世界级建筑家，都是我有生之年很难遇到的。

“你猜对了，这就是你心中想的那个酒会。”她冲我狡黠地眨眼。

我最喜欢的建筑师冲我们走来，照例是冲着她。她甜甜一笑，我忽然读懂了这个微笑，别人喜欢她，是因为她如此真诚，而我看到了每个微笑背后她的孤独和悲伤，她，有钱而悲伤，哦，这么有钱还悲伤，在网络上，会是被人吐槽的好段子。

她向建筑师们介绍我，我何德何能，这么年轻就有这样的机会。她从来都富有，这些人对她而言也不过是平常人，这不过是一个平常的酒会，这就是人和人之间的差距。她知道我会喜欢这个酒会，但她不会察觉到，这个她随时可以来随时也可以走的酒会，对我到底有多难得。

大多数人都会说英语，我和建筑家们攀谈着，兴致盎然，谈起欧洲悠久的建筑史，他们对于中国完全不同风格的建筑也赞叹不已。我源源不断地吸收到新鲜的理念，不知时间已过，回过神来，才发现她不见了。

我急忙找过去，一路问，到处都找不到，我越来越感到焦虑。明明知道她不会丢的，不知道为何我就是那么担心，那么迫切地想找到，明明酒会如此安全，却胡思乱想，害怕她出了什么意外。

终于在后面发现她，她歪在一张沙发上，轻松自在地睡着了，真是对任何人都没有一点防备之心，真是让人担忧又烦恼。

我走近她，虽然这里都是名流，但也不能证明没有色心坏胎的，她怎么就这么毫无防备地睡着了呢？我想叫醒她，可是不知道为何，当我蹲下身的时候，看着她熟睡的脸，却改变了主意。

我发现这可能是我人生遇见的最好的机会，这么多我崇敬的大师，我的人生可能从此改写。

可是与其和这些大师讨教攀谈，我却宁愿坐在她身边看她睡觉。

我想我是疯了吧。

酒会上衣香鬓影，觥筹交错，大家谈着在中国北京又要筑起的伟大建筑、纽约曼哈顿一个新的地理规划，而我只想坐在她旁边看她睡觉。她睫毛密而长，皮肤娇嫩，恬静、温暖，美丽的胸膛随着呼吸起伏，外界的喧闹到她这里好像自动画了一条分割线，时间在她的身上淡得仿佛没有时间，可是她的脸还是忧郁的。

“在梦中，至少在梦中，你高兴一点吧，美丽的中国小姐。”我在心中默默说。

在酒会快结束前，我装作刚刚走过来，叫醒她，不想她觉得因为她的睡觉让我错过了多么了不起的场合。

“最后两天，换我来你的生活里试试吧。”回国的飞机上，她说。

我感到为难，我的生活范围是小小的工作室，小小的出租房，小小的酒吧，努力地工作，职称、薪水、房子首付，哪里又有她大小姐可以体验的。

但这些并不是最关键的。我忽视我内心最深处的声音，它在告诉我，我不想让她见到我的生活，我希望我对她来说还是那个从天而降的男人，我们萍水相逢，就当是他乡之客，就如同偶然在同一个屋檐下等雨停，晴天之后各自分散，很久以后她也许会想起那场雨，也许会想起我，都是完美无缺的。

“我的生活寡淡无味，平淡无奇，你很快就会腻的。”

“平淡的东西才最不容易腻，不是吗？”她挽着我的手，对我笑，“你害怕吗？你也有大男人主义，不想别人干扰你的生活吗？”

“并不是。好，那你可不准嫌弃。”我恶狠狠地说。

“一言为定。”她很高兴。

“你想看到我生活的哪一部分？”

“你在哪个学校读书的，常常走哪一条路，喜欢去的酒吧，喜欢去的饭店是哪一家，开心了干什么，不开心的时候干什么，就是平常的你。”

第一站是我的学校，初中和高中都是在这个学校。

“你和你女朋友在这里曾度过很美的时光吧？”她转头问我，眼神中有羡慕的星光。

我不知道为何有点心虚，不知道哪里来的心虚，我想铺张我和黎爱的爱情，但又不太想让她知道，心情如此矛盾。也许我是怕受过很多感情伤害的她感伤吧，我心中对自己解释。

“其实就是普通的学生一样念书啊，上课下课啊，没什么两样。就很普通。”

“多普通呢，我想听。”她很有热情地说。

一段十多年的感情该有多普通呢？又该有多不普通呢？最不普通的地方大概在于，我们慢慢懂得，两个人并肩而行是非常难的事情，总有人走快，总有人落下，要有耐性，要时时回顾，要懂得等待，要懂得互相迁就，于是，干脆牵着手吧，谁也不会被落下。

“这里就是我和黎爱经常来吃的小吃店。我们每个月的钱有限，每顿吃多少钱，她都要管的。

“这里是我们经常来的书店，书店现在不好做，可是书店开久了，大概就很难开其他的店了吧。

“这里……这里，就是我们第一次去的宾馆……”回想起来，即使是第一次，可能是彼此太熟悉，即使是生疏的第一次也并没有太尴尬，回想起来，热血沸腾倒是有点。

她听着，低头看我的手："这戒指是一起挑的？"

"对，她仔细合计了一下，什么款式比较划算。"

"你们像是一对结婚多年的夫妻，六十岁还能手牵手去公园散步。"她下了判断。

"是。"对这点我很有自信，"我们约定好了退休后不照顾孙子，也不给儿女添麻烦，我们一起环游世界。"

我们坐公交车，公交车一站一站地停，我们断断续续地交谈，阳光懒懒地照着，她坐在我旁边，手臂搁在公交座椅上，像是一节洁白的、漂亮的藕。

我告诉她我们住在哪里，因为黎爱喜静，我们宁愿多花点时间在上班的路上。有时候来不及，为了节省时间，到了在一个洗手间她尿尿我刷牙的程度。

我告诉她我喜欢的建筑著作，令人欣喜的是，她都知道。黎爱从来没有兴趣了解这些。

我告诉她我和黎爱最大的差别在于，她不吃辣，我吃辣。这么多年，还是不能互相迁就，这么多年吃火锅都点鸳鸯锅。

彼此之间，点点滴滴，不轰轰烈烈，但终于水滴石穿。

我心中有一个荒谬的想法，她是不是喜欢我，所以和我去米兰，完成我的梦想，现在又拼命想了解我的生活。是我的误解吗？可是这个念头一升上来，就如星星燎原一样控制不住，一个突如其来的妄想如此真实，心中有我也不能了解的狂喜。

沉浸在往事中的我听到有人轻哼了一声，不知道是陈橙或者是许何年，大概是看不起我。我也看不起自己，我以为我经得起诱惑，我以为我的爱情坚固，其实不过是马其诺防线，如此轻轻松松就一败涂地。不知道是人心本来就经不起考验，还是只是我经不起。

她带着谜一般的笑容，不评论也不说话，不知她是否认同。她一直看着窗外，我也掉头看，她说："前天就是在这家酒店举行的婚礼，现在又有了新的婚礼。"

她一句话浇灭了我的妄想，她的心还在过去。这是本城最好的酒店，现在大拱门里庆贺的是其他豪门的婚宴。结婚也不过是一道程序，你结完了总有别人结，司仪们念着同样的祝词庆祝不同的新郎、新娘。

她说："生老病死都是秩序，相爱离开不过日常，你说我为什么想不开呢？我为什么不能像你和黎爱那样呢？"

我实在忍不住我的好奇，有奇妙的东西在我心中煎熬："他是什么人？叫什么名字？"

她笑了笑："奇妙的地方在于，我连他的名字都不能说，连他是谁我都不能告诉你，因为这连说出来都是错。"

我想追问，以我的性格，别人的事情如果不告诉我，我是不屑于去问的，可是这次我忍了好久才不去追问。

她仿佛中了枪，忍着巨大的伤口，喃喃地说，很小声，仿佛在说服自己："我的爱情带给我的都是痛苦，我爱上他时，我自己煎熬，他知道后，因为个性不同，每天用惩罚对方的方式让自己痛苦。我们分手后，又是一个巨大的深渊。所以，我真的羡慕你和黎爱，拥有一场没有痛苦的爱情。"

我不说话。为什么这个他这么神秘？一个有妇之夫？或者其实这个他是她，所以成了不能宣之于口的秘密？这世间有各种各样的爱情，我没有体验过这样的爱情，于是我只能保持沉默。

“突然好想喝酒。”她说。

刚好看见我平常来的小酒吧，不怎么上档次，但是很生活化，不会给人压力，也许能痛快地喝到底，在我们的最后一天。

天空彻底地暗了下来，路灯徒劳地瞪着眼睛——黑夜薄弱的守护者，等着另外一个天明。

我一杯，她一杯，我们喝着酒，断断续续聊着天，但我感觉到她的心不在我这边，她的思绪飘到了天上，飘到了那个已婚的前爱人身边吧。我的心也空空落落的，多少酒也填不满，毕竟这是我们最后的告别。

酒保和我很熟悉，笑着说：“你女朋友？”

我连忙摇头：“不是。”

他说：“我就奇怪了，你说过女友从来不和你来酒吧，不可能有这么好的酒量。”又转头对她说：“厉害，你真是千杯不醉。”

“真的吗？”她其实有了醉意，口吻如同撒娇般，令人想让她充分依赖，她说，“每天喝酒，酒量自然好。”

突然之间，她号啕大哭起来，毫无形象地大哭，酒吧里的人都投来探究的目光。酒保紧张道：“对不起，是我说错了什么吗？”

她只是哭，仿佛要流尽所有眼泪。

我感觉心很痛。我抚着她的背试图安慰她，可是没有用，她像个孩子一样，完全不在意外界的眼光，在一个公共场合痛哭失声，为了一个要不到的玩具。

“憋坏了吧？那就哭吧，哭完了，一切就好了起来。”我说。

“就像前两位，这位也会过去的。你不要担心，一切都会好起来的。”真正的心痛都无法安慰。

好久，她声音渐渐小下去，可能是没有力气了吧，沙哑的，有一声没一声的，客人们也早就收回了好奇的心，各忙各的。

有一个人走过来，对她说：“小姐。”

她擦干了眼泪，是她刚才叫的家里的司机到了，她站了起来，对我露出永远不再见的笑容：“再见，谢谢你的这五天，我永远铭记于心。”她指了指自己的心口，“继续好好爱你的黎爱，像你一直做的那样，兄长一般。”

我看着她，直到她的背影消失在门口。推门的刹那，冷风往里吹，让我清醒了一下。她走了，她原本不在我的生命中，这一切都是幻觉。如果我们的人生都是一个网页，她不过是我网页下面的一个链接，看似有交集，点击，你将进入另外一个完全不一样的网页。

我喝着酒，有一搭没一搭地胡思乱想。

酒保说：“你心情很不好？”

我没有说话，忽然听到手机的提示声，不是我的手机声音。

我低头看，才看到她的包包放在旁边忘记带走了，我拿起来，发现是一个备忘录的提示：“您今天要做的事：一拖再拖的事，也可以一了百了，向我所拥有的一切说声抱歉。最后一刻，来接我的会是你吗？那个少年。”

她要自杀？我回忆她最后的眼神，永别的眼神，也许不是对于我，而是对于这个世界。我觉得我所有的血液冲到了头顶，把我的头炸成了爆米花。破解不了她手机的密码，我胡乱地翻着她的包包，希望找到她的地址，却找不到。刚好有一个电话打了进来，我接起来就问：“你好！”

对方说：“这是嘉美的电话吧？”

真是讽刺，我现在才知道她的名字。我焦急地说："她的包落在我这里，请问她家地址在哪里。我要给她送过去。"

他犹豫着不回答。我急切地说："你放心！我绝对不是骗子，如果是骗子也就不用你告诉我地址了。我是她朋友，她家大门大户，家里肯定不止她一个人！"

他打消疑虑告诉我。我拎着她的包就跑，迅速拦下一辆车。每流逝一秒钟，她活着的希望就少一秒钟，我知道她家里肯定只有她一个人。我从来没有这么忐忑、害怕、心痛过。

即使她本来就要永远消失于我的世界，我也不希望她永远消失于这个世界。知道她还活在这个世界，是对我最大的安慰。

我从来没有体验过这样的感情，她这样热烈的感情，爱对方爱到为了对方去死是什么样的感觉？我虽然知道这种爱是不健康的，可是，心中的失落那样明显。

那样炽热、发着光的爱情，我的爱情呢？平淡变成了寡淡，日常变成了寻常，情侣似是兄妹。我知道我的想法是不对的，平淡的爱有平淡的好处，可是，想法由不得我自己。我心中清清楚楚知道我在羡慕什么，我在心痛什么。

那种迸发出整个生命热情的爱，这一定是爱，它热烈到生命也容不下它。我的爱是爱吗？我是错误地以为我曾经的爱是爱吗？泪水不知不觉充满了我的眼眶。

我到了，突破了重重物业的守卫，拼命地按门铃，就差找物业把门砸开了，好久，仿佛一个世纪，门打开了。

她穿着浴袍站在门口，仿佛刚洗了一半澡。水一滴滴往下滴，不是水，是血，是她手腕上的血。她在生死边缘被我拉了回来，那烦躁的门铃没法给她一个平静的死亡，那个少年始终没有到来，她放弃了，决定择日再说。

她虚弱地靠在门上，双眼迷茫："怎么是你，就差一点。"

我紧紧拥抱着她，如一个失而复得的珍宝，哭了出来："你没事，你没事就好……"只是认识她五天，她活着已经比整个宇宙存在对我更重要。

她虚弱地说："你怎么了？"

我边打急救电话，边冲进去找急救箱给她包扎。我怎么了？我怎么能告诉你？它也成为一个我对你无法宣之于口的秘密。

原来诱惑不是那些物质阶层带来会面机会的建筑师，不是异国的山山水水，不是那些新鲜和刺激，最大的诱惑来自灵魂。也许万明早就看透了我们。在相处的这五天里，那冥冥中产生的欲望、心痛、好奇演变成了一股热烈的火焰，我失去了从容和平静，和黎爱所有的事情都平静自然，我感受着从来没感受过的东西。我甚至疯狂嫉妒她过去的那些主人公，只是我不承认。

而在这个时刻，我才发现，黎爱，这五天，我没有打电话给她，她也没有打电话给我。她在哪里？她有什么变故？我们熟悉到我竟然一点都不为她担忧。我们的爱情是能够遵守游戏规则的爱情。我忽然明白了，万明给我们的爱情一个规则，不是让我们遵守，而是让我们打破，打破其实是比这个游戏本身更好的一个证明。

"变心就是变心，为自己找再多的理由也改变不了你变心的事实。"许何年玩着自己的手指，慢条斯理地说。

沈默端来他做好的甜点，我真的需要甜点来满足我恐慌和空虚的心，于是我吃了一大口。我知道他为何选择做这个甜点。我在意大利的酒会上也吃过。提拉米苏，来自意大利，含义是：带我走，或者记住我。

他问我："每个人只有一个机会，你想知道黎爱为何不联系你或者想知道嘉美的秘密？"

这是一个要命的选择，但并不困难。只要我放下负疚的心，因为除了他们三个，没有人知道我做了何种选择。我知道我心中的渴求："我想，知道嘉美……"

许何年轻声笑了笑："不用不好意思，我们早就猜到了。"

我狠狠地吃了两口，看到了令我迷恋的嘉美。

"我曾经很幸福。我妈妈是我十二岁那年过世的，在过世前的那十二年，她用她的商业头脑帮我爸爸把一个建筑设计工作室发展成了一个全国排行前三十的房地产公司。凡事都讲运气，每个人的运气都不能用尽，我妈的运气大概就在我十二岁那年用完了。

"我妈过世半年后，我爸爸对我说，他要领回一个男孩子，希望我能谅解，他是我的哥哥。在我妈妈之前，他曾经有个私生子，而现在私生子已经十五岁，在那个孩子需要父亲的时候，他不能出现，在那个孩子不再需要的时候，我格外需要的时候，他却要把他带回来。

"大家都觉得我妈妈能干厉害，此刻才发现，她至死都被那个看起来憨直的父亲蒙在鼓里。

"他还没来的时候，我天天都在想：一个从小没有爸爸的男孩子会是怎样？会孤僻、愤世嫉俗、会摧毁我或者我爸的生活来报复吗？电视剧里都是这么演的，而我应该必须非常讨厌这个入侵者。我身边的亲戚朋友都传授我秘籍，让我半个月内让他出局。不过不知道为什么，我很努力地酝酿情绪，却不知道我应该怎么去讨厌这个我素未谋面的男生。我从来没有恨过什么人，我有什么需要我爸妈总是立刻满足我，我身边的朋友待我亲切自然，愤怒和恨离我太遥远。我爸爸在有我这个女儿之前就有了他这个儿子，忽然我想，被剥夺了人生的是他，该恨我的人是他？

“那天中午，我正在房子外的花园里看一朵刚开的玫瑰，太阳金光闪闪，我爸爸推门进来，带着一个男孩，对我说：嘉美，这是你的哥哥，迦南。

“迦南？我抬头，太阳太大，照得他的头发和脸都在反光，我看不清楚。他对我笑：‘嘉美，不过我的迦不是你的嘉，相同发音却不是同一个字。’

“可是，我听着是：嘉美，我的家不是你的家。

“我心中微微迟疑。我该给他拥抱或者握握手？别人的兄妹都是怎么相处的？我还没想好，他就大力地给了我一个拥抱。我的身边，猩红色的玫瑰在开着，暖风吹着，吹着，栅栏的小门摇摇晃晃，他的白衬衫如白色的海浪在我眼前翻涌。为什么他的笑容这么灼热，他的身体却这么冰凉？仿佛满身风雪，刚从海上来。

“真的好奇怪，为什么他也不恨我？就像我不恨他。我们不是应该互相憎恨吗？为什么他这么大方，不局促，不拘束，如同是一次寻常的放假归来。

“他是我的哥哥，我是他的妹妹，我们却在十多年里互相不知道彼此的存在，多么奇怪的关系。那些从小一起长大的兄妹，一定非常熟悉彼此的习惯，看惯了对方邋遢的样子，互相埋怨又互相保护。而我，十多年来一直是独生女，整个家族的掌上明珠。我孤独而又把这种孤独当作理所当然，忽然来了一个陌生男人，我们要朝夕相处。

“迦南是个非常优秀的男孩子，高而瘦，头发浓密蓬松，刘海抵在眉宇之上，沉默的时候如满腹心事，一笑就开怀。他转学到我学校，我才知道他学习有多好！即使在我们学校，也能排名年级前三，而我，没志气的我，永远在班级前三十名徘徊，我对成绩天生无感，我爸妈也从来不给我这方面的压力。‘成绩不代表一切，快乐最重要，大不了出国读书嘛。’他们总这么说。

“对啊，对他们来说，我的快乐最重要，所以我简直是在一个童话世界里成长起来的。有一个哥哥，我的童话世界圆满了，放学了，会看到一个男孩子倚在校门口等我，回头对我笑，那么多女生叽叽喳喳，好奇这个很扎眼的人在等谁。他在等我。

“他对我说：‘嘉美，这里。’他穿着校服，对我笑得灿烂。

“每个人都嫉妒地说我有多幸运，从小家境优越，衣食无忧，妈妈去世后，上帝怕苛待我，立刻送来一个哥哥补偿。

“不管上学、下课我们都形影不离，他很努力地要尽一个哥哥的职责。我其实是习惯迟到的，因为他在等，我不得不改掉这个习惯。他会做饭，烤好看的饼干，最神奇的是还会做蛋糕，为什么这么全能？他说他妈妈是个蛋糕师，他向她学的。

“我问：‘你妈妈呢？从来没看到她来看你啊。’他说，‘因为她去世了，所以才让我来这里。’

“他继承了我爸爸房产设计的天赋，让人不相信他是我爸的儿子都太难。喜欢他的人很多，比喜欢我的人还要多。唯一的遗憾是，他是我的哥哥。

“我并不缺少别人对我的好，恰好相反，大家都疼爱我，可是他们都是长辈，他们给我的是如同对宠物般的呵护。但他是不一样的，我们聊最近新出的流行书，他吐槽那位作者写得那么烂也能红；生日的时候，我收到人生第一支 YSL 口红，他送的。大家惊呼怎么可以送给还没满十六岁的我口红，只有他笑：不用，看看也好嘛！培养时尚细胞。他知道我多想要。

“点点滴滴，入我心房，多了一个哥哥，我的生活仿佛多了一百倍的精彩，那种感觉，如同你等了一夜，终于看到洁白硕大的昙花瞬间盛开，瑰丽、盛大、措手不及。

“但我总有莫名其妙的不安全感，这个半路出来的哥哥会不会忽然消失了呢？我太习惯于他的存在，他的呼吸，他的笑容，他拍我脑袋无奈的样子。

“所有的改变在那天，我和他到学校，他在学校门口救了一个被流氓调戏的女同学，几个流氓顺手想绑架我，被他几脚踢开了，但他一个人难以对抗那么多人，被打伤了，幸好学校的保安来了。我爸爸赶过来，随从送惊慌失措的我回去，送他去医院。我爸爸找人把一切事情都摆平了，那几个流氓收了钱。我一到家立刻就掉转头去医院看他，他穿着蓝白条病号服，安静地看着窗外，窗外三角梅开得如火如荼，他看着一只鸟从一朵花飞到另一朵花，开心地笑了，眼睛弯成了清净的湖泊。

“他对我笑：‘嘉美，不用担心，我没事。’眼角鼻梁还有青紫的伤痕。

“多么心痛啊，他是我的哥哥。他变成了我的心魔。

“那个女同学经常来看他，我来医院十次碰到她九次，有时候我进去，听到他们谈天谈得很高兴，哦，我明白这些愚蠢的少女，被长得好看的人救了今生就以身相许，长得难看的就下辈子再做牛做马。

“我发现我变成了一个恶毒的少女，我又恨又嫉妒，很多女生喜欢我哥哥，轮不到你。

“可是事情不是我说了算，我哥哥还是和她谈恋爱了，我不知道我哥哥看上她什么了。她唯一不平凡的地方就是平凡，她唯一起眼的地方就是不起眼。

“我爸爸坚决反对，觉得这个平庸的女人会耽误他儿子的人生。我看着他们一次次吵架，心中多少次希望哥哥能妥协，可是又那么心痛，这个女人有什么魅力，值得他这样喜欢，甚至于这样一次次吵架，伤害我爸爸。每吵架一次，证明这个女人在他心中又重了一分。

“直到他喊出要断绝和爸爸的关系。为了这个女人，他要和爸爸断绝关系。

“他们吵完架，他要回房间，我站在门口，问他：‘你想断绝和爸爸的关系，也就是等于为了她，要断绝和我的关系。’

“他怔住了，每一次吵架，我都是旁观者，从未有替他说过一句话，他大概被我冷淡的态度伤害到了，可是当我说出这句话，他眼神中有惶恐，有怜惜，有深深的舍不得。

“那一刹那的情绪，别人一定看不到，但我看到了，因为我一直在衡量自己在他心中的分量，他那一刹那的情绪是我生命中的亮光。以后好几年我靠着这些生活。我还能求什么呢？

“那个女人果然不值得他爱，他们决定 2 月 15 日私奔，她收了我爸爸给的一百万，搭乘了 2 月 14 日的车，从此再也没有出现。

“2 月 15 日，我焦急地在客厅等还没回来的迦南，直到夜深，在车站等不到人的哥哥像一条失败的狗一样回来。我第一次看到他那么颓废的样子。

“我说：‘不值得。她不值得你对她那么好。’

“我说：‘一百万对她来说是天价，所以至少证明，你在她心中还是天价的地位。’

“等着他的时候，我学着烤了一个蛋糕，他看到眼前那个鬼一样的蛋糕，说：‘你烤的？’

“我尴尬：‘对啊。’

“他一口，一口，吃掉了整个蛋糕，一点也没剩，我甚至怀疑他会撑死。

“他说：‘很好吃，以后你也经常烤给我吃好了。’

“就此，我成了一个蛋糕技能比他还要强的高手，因为他需要我。

“事到如今，我常常在想，被他爱着的那个女人心情怎么样呢？被他爱着是怎样的感觉呢？那个女人是不是真的爱他？我经常在噩梦中醒来，想起那件事，我让爸爸用一百万去收买那个女人的一家，甚至于我陪着我爸爸去，人是我说服的。

“我看着她黯淡又喜悦的表情，我就知道他2月15日等不到她。可是负疚感常年伴着我，直到那天，我遇到一个男生，我假装我是你，我问了那个男生好多问题，不管有没有那一百万，你们终究不会长久，但青春爱情的意义并不在于长久或者短暂，我终于感到了释然。”

故事听到这里，我的心渐渐冷下去，我渐渐懂了，她给我讲的故事半真半假，很多细节的添加都是假的，很多身份都是错位的，因为真实的故事太绝望，她讲不出口，她喜欢的人是她的哥哥，又怎么启齿呢？她在一旁，看着她的哥哥爱上一个一个人，她想知道他们在想什么，她假装自己是哥哥爱上的那个人，有时候又假装自己是哥哥，试图得到自己想要的答案：他不爱那些女生。她在角色中煎熬，试图找出一点点不绝望的理由，她想象着自己哥哥的心情，扪心问着自己，哥哥真的爱上那个人了吗？没有，没有，即使你永远不会爱上我，只要你永远不会爱上别人，那就好，那就是我绝望人生中最好的结果。从头到尾，没有很多恋人，也没有很多恋情，她自始至终，只喜欢着一个人。

“你喜欢的人都是一样的，普通，努力。大学的时候，你又开始默默资助贫困的学生，可是你轻易不再说爱，因为那次给你的教训太大，而我不但成为一个优秀的蛋糕师，还成为一个优秀的学生，考上了你的大学，你不知道我曾经离所谓的学习优秀有多远，但你知道为此我付出了多少代价。很多课程在你的辅导下才突飞猛进，你对我如此耐心，难怪每个女孩都想要有一个哥哥。多么可惜，我们没有从小一起长大，如果是，我们的关系会正常一点，我也会快乐一点。你的第一个建筑作品，说是以对我的感情为基础设计的，把这个建筑送给我，是一颗心，一颗饱含热泪的心。真是讽刺。终于那个穷学生去留学，又离开了你。为何我们各自的感情都没有好下场呢？明明你是那么好的人。而我的故事，不知道开始，看得到结局。我是个变态，我觉得我恶心、肮脏，我的心事不能说，多少次我希望你知道，多少次我更怕你知道。

“我总是觉得你对我的好是我借来的，我总有一天要全部还回去。我晚回家你弄的冷面夜宵，早晨起来你亲手做的烤面包和牛奶，第一次去上班你为我准备的香奈儿套装……这是寻常兄妹的相处模式，可是我们不是那种从小一起长大的兄妹，所以我误入歧途。这些年来，这些绵密的亲密困住了我，你的这些好，我不想当成一个哥哥的关心，我也一点都不想还，因为总有一天我会失去你，我知道，就是知道。当有一天所有这些都失去时，我要抱着它们取暖。

“我放纵自己，我流连夜店，我尝遍世间的酒，希望酒能救我，但没有人能救我，酒又怎么可能做得到？不过喝醉的感觉确实很好，我没有罪恶感，不再为自己可怕而肮脏的情感感到痛苦，我什么都不怕，仿佛回到没见到你之前，偷得了一点点轻松。为什么会这样？有好几次你忧心忡忡地问我：‘嘉美，你为什么从来不谈恋爱？你有什么心理障碍吗？有什么问题和我说，我和爸爸都很担心你。’我该怎么说，我该说什么。我该说如果生命中没有你，该有多好？说我是多么不值得的人，不值得你们替我担心？

“后来，你终于找到了一个适合你的女人，爸爸也非常满意，才貌双全，门当户对。我的反对显得苍白无力，直到那天你问我到底对未来的嫂子有什么不满意？有什么不满意？我对她没有任何不满，我不满的是她将成为我的嫂子，说出来你会吓傻吧，你以为的那个温良的妹妹藏着多么歹毒的心事。你沉痛地对我说：‘你怎么变成这样，天天喝酒，夜不归宿，你以为长大了我就管不了你？’你的手撑在我的手侧，你气愤的鼻息就在我的头上，你低头看着你这个变成怪物的妹妹。‘我们都长大了，再也不能像以前一样相处了对不对？’我问你，你没有回答。因为你知道我是对的。我以前很羡慕贾宝玉和林黛玉这对表兄妹，贾宝玉和林黛玉去宝钗家喝酒，夜深了，林黛玉看宝玉喝多了，便问：‘我要走了，你走吗？’宝玉带着醉意说：‘你要走，我便跟你走。’我觉得这是最深情的一句话。至情至性都在日常，这人世间太匆忙、太残忍，花开花谢，人来人往，舍不得也留不住。有个人，不知道你要去哪里，不管你要去哪里，只要你说，他便跟你走。没有什么比这更好。如果做兄妹，是这样的陪伴，是我要走，你便跟我走，我可以忍受我们做一辈子的兄妹。但并不是，你要去结婚了，而我，我走到哪里都没有你。你的婚礼，我是参加不了的，我想那场婚礼是我某个心事的休止符，我们来到了我们生命的驿站，我们勒住生命的马头，对彼此告别，然后朝着截然相反的方向狂奔，再也不看身后扬起的灰尘。我约你，一起在酒吧，最后一次畅谈到天亮。我想离开你、离开家，但又无处可去，直到那个陌生人来搭讪，我忽然有了主意，假装他是你，假装他的爱是你的爱，就用几天，我们去你过去的故事里走一走，假装我是你过去每个故事的女主人公，假装我们没有任何血缘关系，假装你带我参加你们国际设计师的酒会，假装我们一次次萍水相逢，假装你爱我，一次又一次，那么也就无憾了，我可以对你做出个体面的告别，亲爱的哥哥，把心事永远地埋藏，永别了。”

我不懂得我心中是震惊多一点，还是痛苦或者悲伤，直到看着她消逝在眼前，我们都静默了。

陈橙看着沈默：“你如何评价这段爱情，也许是不道德的爱情。”

沈默说：“别忘了，我们永远不评价别人，不评价我们看到的秘密。”

许何年说：“我们看到的只是一个面，看到的只是嘉美一个人的秘密，这不足以支撑我们去判断整个事情。”

他们没有评价我的爱情，我以及我对嘉美的情愫在这段惊世骇俗的爱情前是局外人，渺小到可忽略不计，我终于明白她为什么那么羡慕我和黎爱，我们的爱情宛如兄妹，我们的爱情如此顺理成章。而像我们的她，从没有资格开始。

我不知道爱是什么，我也不知道真正的爱会让人痛苦或者快乐，但我有自知之明，我如此容易变心的爱大概算不上真爱。我们输给了一个简单的游戏，我和黎爱离爱还很远，又有什么值得羡慕的？

我走出来，星空灿烂，手脚却冰凉如死，我想起我们见的最后一面，她浪漫多情的双目，她滴着水的脸颊，她滴着血的手，她无力的叹息，这些都不是为了我，我只是她人生的过路人，她开着车，看到路边挥手的我，顺便捎着我走了一段路，我却情不自禁地忘记了自己不是司机，只是过客。我放弃了一切，下了车，面对无穷无尽的荒野，再也回不到自己的原路。

007

换换你的爱（下）

生活在这个星球，
几十亿的人，又有几个人能得到自己的圆满？
从出生的第一声啼哭开始，我们就各自背负各自的苦难，
每一个光鲜面具背后多是一张充满伤痕的脸。

“我的人生是从那个决定开始改变的。”讲出这句话时，我充满了命中注定的遗憾，那个决定让我失去了正常的人生，而我太想知道，人躲在正常里，能躲避多少危险。

如今，我被迫离开了那些习以为常的生活，一个人面对世俗的风暴和世界的无常。就如此刻，我坐在“甜蜜交换秘密”甜品店里，我不知道有多少人在这里交换过秘密，也不知道有多少人在这里得到了新生的力气，又有多少人在这里失去了人生的意义。

“嗯，我们知道，因为你的未婚夫来过我们这里。”年轻的陈橙说。

“他来过？我们差点就……结婚了。”我有点黯然，自从那个赌约之后，我们就失去了面对对方的勇气。

“你为什么没有联系他？”许何年问。

我准备好了答案，可是不是为了这个问题。

许何年看了我一眼又转口问：“这个问题对你肯定不再重要咯，我更想问的是，你为什么来这里？”

“因为好奇，因为对迦南的好奇。”我说。

“我明白女人对男人的好奇通常代表着什么。”许何年戏谑。

当时我为什么会同意那个赌约？我不够明白自己，也许太一帆风顺的生活让我有点恐慌，本质上每个女人的内心都渴望危险。当我们决定牵手走进围城，从此面临生孩子、教育孩子、变老变丑这些事，我承认我很恐慌，虽然我从来没对他说过。婚前恐惧症很多人都有，克服一下就好了。

万明提出那个赌约，代价是十万赌金，我原本嗤之以鼻，但忽然我想我还是很有魅力的，试一试，我们并没有什么损失，手牵手这么多年，当然能找得到回来的路。

结婚前最后的放肆，我摘下戒指放到口袋里，我把这当结婚前一次特别的单身之夜。如路飞，高喊着："我要成为海贼王的男人。"一种疯狂的冒险在心中摇曳。

那个男人去了洗手间，我在女洗手间，等着，他一出来，我快步跟着走出来，装作在整理妆容，不小心撞了上去，化妆品还来不及收回去。

"对不起。"我们几乎同时说。

我抬头看他，他剑眉高鼻，双眼含笑，显得好脾气。能够征服这样的男生是个了不起的成绩，如果征服不了，那也不算丢脸。

我转头，我的未婚夫和那个鬈发的妩媚女生聊得正欢。

我看着他被我的粉饼弄脏的裤子，急忙道歉："实在不好意思，是我的错，你裤子看起来很贵……我要怎么赔偿你？"

他笑笑："没事，你不用担心。"便抬脚要走。

我心里着急，毕竟很少带着目的性和男生交谈："要不，加个微信吧，多少钱，到时候我打给你。"

他停住脚步，转头，微笑，灿如桃花："你在搭讪我？"

我内心尴尬，表面还要装出被冒犯的圣女模样，皱眉："当然不是！

你这裤子多半报废了，我过意不去。”

他点点头，拿出手机：“原来不是，那还真是可惜了。本来以为桃花开了，有大美女来搭讪。”

我被逗得笑了一下，加了他的微信：“裤子处理了记得告诉我，我给你发红包。”

“行。”他说，脸色一黯。

我转头顺着他的目光，看到我未婚夫和他女朋友走了出去。

我说：“那好像是我朋友，你认识？”

他摇摇头：“不认识，不过他旁边那位是我的……妹妹。”他沉吟了下方才说。

我说：“你放心，我朋友是个大好人。”

他笑了笑：“她……都这么大了，我有什么不放心的。”

我们告了别，我看到他到座位上拿了外衣，我便快他一步走出门，在门口打车。他出来，果然看到我：“你去哪里？”

“我叫车。”我说。

“这里不好叫车，我送你一程。”

虽然是个好提议，我还是有点犹豫，说到底是刚认识，没必要为了十万冒这么大的险。他说：“你脑海里是不是瞬间闪回了几千个刑事案件？放心，都不会发生。”

我哼了一声：“谁知道呢，人面兽心的人多着呢，万一你对我图谋不轨，把我囚禁在你家豪宅的地下室呢？”

他哈哈大笑，开了车过来，捷豹的标志我还是认识的。他打开车门：“来不来？”

我装模作样在车后拍下车牌，虽说装模作样，但也是真的，毕竟我们也是初相识，危险度还是有：“发到朋友圈了，结交了土豪要炫耀一下。”

“好的，我明白了。”他蛮绅士，并不恼火。

坐在车上，车上放着孙燕姿的歌：我不难过，这不算什么……没想到这成功人士还这么有少女心。

其间，他接到电话，属下在汇报，他断断续续地回答：哪里的工程该结款了，哪里的土地要参与竞拍，哪个大楼的设计非常有亮点……有条不紊。听得我都有点崇拜，毕竟我未婚夫刚好也是做这行的，我多多少少懂一点。

“我们市区那个号称最高的楼是你们建的？”

“不是，是对手建的，坦白地讲，徒有外表，排水系统很差。我们公司绝对不做这等花里胡哨的事情。”谈到工作，他很严肃，正经得可爱。

我差点脱口而出：我未婚夫也这么觉得，还好及时制止住了自己。我说：“我也这么想。”

“你也这么想？”他转头看我，有点兴趣。

“嗯，我刚好很熟的朋友也做这一块。”

“是吗？你到哪里？”

“我到深海南路。”我胡诌。

“好。”一会儿他在半路停了下来，“这栋楼才是我们新建的。”

我抬头看，整个宏伟的楼还被绿篱包裹着，但能看出造型特别，如半个弯月伫立。

“月有阴晴圆缺，世事古难全。”他说。

“你对买家不会这么推介吧？”我笑。

“我对买家说这象征着胜利的镰刀，包含了社会主义的核心价值观。

从风水学上叫乘风破浪，更是极佳。”

我们同时哈哈大笑。

“他们信？”

“我说什么，他们都信。”他嘴角微微上翘，此刻才有点孩子气，“我要上去看一下，你要不要去还是在车里？”

我抬头看了那还没建好的楼，夜已深，这楼肯定空无一人，内心不免有点害怕。

他有点坏笑：“怕是案发现场？”

我无言，他拿起手机，手搭在我肩上，随手拍了一张，发给我。我一看，四十五度角，我惊诧得瞪大了眼睛。

他说：“先把和嫌疑人的照片发朋友圈。”

我为了保护自己，才不跟他客气，立刻在朋友圈上发了，因为我也想让我未婚夫看到，虽然是我答应这赌约的，可是女人嘛，看到未婚夫跟别的女人走掉，理智上明白，情感上还是很不舒服，该要作一下就得作一下。我很想知道他此刻和她在做什么。

工作梯只到半中间，我哀叹：“真的要爬到顶楼哦。”

“对。”

“你到底是不是老板？这么认真。”我和他呼哧呼哧一起爬上了楼顶。

“是老板才更要认真检查。”

“这半夜能看到什么？”

他没回答，但是过来拖着我。毕竟我穿着高跟鞋，鞋都快报废了。我说：“你报废了裤子，我报废了高跟鞋，我们的恩怨一笔勾销了。”

终于到了楼顶，一走出去，空气清新得如同华山绝顶，一览众山小，整个城市都在眼里，低下头，所有的楼匍匐在你的脚下，城市的街道一横一竖清清楚楚。

他站在那里，轻叹："站得太高就是这么危险。"

"那坐下来吧。"我找了干净的位置，拿出面巾纸铺在地上，坐了下来。

他说："身不由己。"

"哪里有那么多身不由己。"我不明白他。替他铺了地，他跟着坐下来。

他似乎很焦虑，一会儿就拿出手机看一看。我问："你在等谁的信息？"

"没有，工作习惯。"他说。

我当然不会信。可是这里的风景实在太好了，想想等一下还要下那么多楼梯，我实在头疼。他拿出手机，努力拍着眼里的浩瀚星空，以手机的拍照能力，这样的夜景是挺难拍好的。

我忍不住说："你还真是少女心。"

他笑了笑，没有回答。

我看着他，莫名地，感到一阵心痛。我不知道为什么，我总觉得他非常不开心，他年轻有为，英俊多金，来自一个可能的豪门，什么都有，可是他那么痛苦。

毫无理由地，看着眼前的他和夜景，我想到那句和他似乎毫无关系的诗：我用什么才能留住你？我给你贫穷的街道、绝望的日落、破败郊区的月亮。我给你一个久久望着孤月的人的悲哀。

人有悲欢离合，月有阴晴圆缺，此事古难全。

我说："你是什么星座？双鱼座？"

他忽然转头看着我，很认真地说："你，巨蟹座，居家，外表看似保守，倾向安稳过日子，其实内心渴望冒险，渴望不平凡，怕坐过山车，又想坐过山车。”

我吓了一跳，简直条条都中。我说：“你祖传跳大神的技能？”

他说：“嗯，等下我拿出水晶球你不要觉得意外。”说着嘴角带着悬而未决的微笑。

一会儿，他刷了一下朋友圈，我刚好瞥了一眼，是他妹妹和我未婚夫，身后是蜿蜒的废弃火车轨道。

我们两个同时脸色大变，半晌他说：“下去吧。”就不再说话。

我隐约感到一种奇怪的关系。但怎样的奇怪，我也想不透，随着他慢慢走下楼。漫长的下楼过程，他一言不发，让整个痛苦的下楼时间如被拉长了几倍。

我看他，他极力保持无事的模样，但皱着的眉头和眼神出卖了他，他在自己心事的迷宫里走不出来。

回到车上，我问他：“你忽然不高兴了？”

我看到他笑得小小的酒窝：“没有什么值得我不高兴。”

“包括你的妹妹？”我轻声问她。

我明显看到他震动了一下，听到他说：“你很敏感。”

“而且，相信我，我包容性很强的。”不知道为什么我添上了这句话，我总觉得他那搞得定一切的作风下是一个惊慌失措的男孩，让人心疼。当我这样看过去，夜的光亮隐隐约约照出他的轮廓，他显得格外单薄。

他没有说话，我只好没话找话。

“为什么你觉得我内心渴望不平凡？”

“因为我和你相反，没有人比我更渴望过上一个正常人的生活。”他轻描淡写。

车开得越来越快，把星光抛在背后，公路被迅疾后退的路灯带出一道道光。

到了我指定的地点，我要下车，他说："明天我们去蹦极好吗？"

"啊？"我有点惊诧。

"我请你，蹦极，也许也是你渴望的一种。"

"好。"我想起赌约，我想起我和未婚夫约定了好久一起去蹦极，但总觉得未来还有好多机会可以去，结果一次也没去成。

第二天，他开车来接我，我们去本城知名的蹦极山崖，工作人员问我们选择怎么跳。

"像杨过一样直接往下跳。"他笑。

我不理他，问工作人员："有什么不同的死法？"

工作人员觉得我的说法不比他好多少。介绍完，他挑眉说："我们选择双人跳。"

"我接受挑战。"我用平淡的语气来掩饰我的害怕恐慌。

毕竟往下看一眼我都头晕，还要往下跳，天啊，我是疯了才来这里吧。

"你怕？"

"我才不怕。"我有我的逞强和倔强。

我们被绑在一起。我说："没想到昨天才认识，今天我们就同生共死。"

"一辆汽车爆炸，多少不认识的人都死一块了，我们能认识都算幸运。"

风很大，呼呼地吹，把我整个刘海吹乱了，我们两个站在悬崖边，如要去殉情的情侣。我害怕极了，脚在哆嗦，人类真的无聊，用这种方式来摆脱平淡乏味的生活。一时的刺激也不过是饮鸩止渴，我突然有点想回家。我想拼命扇动翅膀逃脱，但我没有翅膀。

他抬手帮我整理了一下刘海，没有头发的阻挡，我把这悬崖看得更清楚了，还没来得及反应，他说："跳！"

我们两个瞬间天南地北，耳边尽是猎猎风声，剧烈的风好像要割破我的皮肤，我整个人往下栽，虽然只是一刹那的时间，但分明已经经历了生死劫，如同将睡未睡之间做的噩梦，一脚踩空掉下去，掉下去，没有底，全身的细胞都惊醒，猛然弹跳起来。我眼睛看不清楚，分不清东南西北，只是格外感受到身边的另外一个肉体，温暖、凛冽，让人眷恋，那是我现在唯一感到安全的事物，我感到有水溅到我脸上，很近，温的，瞬间被风吹凉。

我说："你哭了？"

他大声回："你说什么，听不到！"

我大声回："你哭了？"

他没有回答，不知道有没有听到。我们停下来，挂在半空中，在风中摇摆，如同蜘蛛侠一样，我们是双生蜘蛛侠。

他看着我，我看着他，眼中的彼此如此崭新，如此凌乱，我们好像被这一跳打碎了身体，打碎了界限，重新混在一起。他猛然凑过来，吻我。他的唇单薄但温暖，他的鼻梁不小心碰到我，他脸上湿湿的，刚才是他的眼泪。我应该拒绝他，我有多年的男友，我们即将成婚，即使是赌约，我也不能越过这界限，但是我推不开他。我的身体颤抖着，一定是刚才做了高危的运动，我的头脑被这一吻捣成了粉末；一定是因为倒挂着，我无法思考，比这一跳更激荡的是我的心跳；一定是我在心疼他，我能感受到，他灵魂最深处的那种痛苦，尽管我不知道是什么。

好久，我们回到了人间。"你刚才为什么哭？"我知道肯定不是因为害怕。

“不知道，是生理性泪水吧。”他随便找了个借口。

到路口，有工作人员拦住我们：“你看，本来我们是不出来的，但还是特地来找你们！你们的照片拍得多好！一张只要一百。”

我一看，整个脸都红地了。有几张是我们跳崖中风中凌乱，面目狰狞，最后两张是我们倒吊在那里长吻，我看起来很陶醉。简直太丢人，我急忙走开。

工作人员再三说：“非常经典，小两口不买可惜了！非常经典！我们多少年才捕捉到这么好的画面！要放大了，放门口做我们项目的宣传画！”

我在心中都想破口大骂，我可是要结婚了，我有相恋多年的另一半，我就是在非正常状态下不受控地非正常了一次，就要被这么残酷地游街，就要被全城张贴，没两天就会有人把相片拍了发给我妈或者他妈，我还能活吗？

不道德的感觉如影随形，即使是赌约，我刚才已经越界了，可是却有种隐约的、按捺不住的刺激，这可能就是偷情带来的快感，我感到更加羞愧。

他说：“买可以，但我们不允许不经过我们同意随便张贴，把底片一起给我，我出一千购买！”

比这画面更千载难逢的是这人傻钱多的客户，他们巴巴地把底片都交了出来，我也放了心。

“我们先回城，再吃晚饭。”他是肯定句，但又似征询我。

“好吧，这里荒郊野岭的，东西贵又不好吃。”

我们回去的途中，我调收音机，听到：“有钱人终成眷属，本城最大房地产商之子许迦南将迎娶……”

许迦南就是他，我知道。我一时内心凌乱，想着用什么措辞去问他，他却先开口："对，我就要结婚了。"

虽然我不想纠结刚才的吻，我想忘掉那个不道德的吻，可是他为什么要吻我？毕竟要结婚了，是个女人都有这样的疑问吧！

他说："你身上有一种淡然包容的气质，也许内心不是这样，但就是让人情不自禁，把真实的心事在你面前展现，也不害怕会泄密。"

就是说我无公害，同时也没有魅力咯。那你为什么要吻我！毕竟你都要结婚了！

我最终还是问不出口。

车忽然停下来，他趴在方向盘上，脸朝着我这边的外面瞧去，波澜不惊地说："看到了吧，这拱门、这横幅、这闪闪的灯光牌，我明天就要在这里结婚了。"

他仿佛端详着一个和他无关的盛世美景。"明天！"真是比我还离谱，我至少是为了钱才出来浪荡，"那你今天还有空和一个女人蹦极，你……"

我没说完，转头看他，他显得没什么力气，脸上殊无欢愉之色，这绝不是一桩因为爱情结合的婚姻。别人的笑谈成真，不是有情人终成眷属，是有钱人终成眷属，然后他们越来越有钱，然后我们越来越穷。

月有阴晴圆缺，此事古难全。求仁得仁，又有什么值得埋怨的。

他笑了笑，重新启动了车："我也和她谈恋爱，没有人知道我的真实心情。"

很奇怪，我认识他不久，他把我当最可信任的人，我对他很崇拜，崇拜中又带着复杂的心痛。他时不时会流露出一种孤儿般的眼神，也许我们磁场对，他最隐秘的部分被我捕捉到了。

虽然和未婚夫分开了两天，我心中不时担心：他在哪里？吃得好吗？

没有我会不会更想我？即使是游戏规则，也该偷偷给我报个信啊！竟然真的音信全无，仿佛因此得道升天了似的，让人非常不快！既然他没有联系我，我不可能先去联系他，但这种不联系其实是基于对彼此的确认，我知道他会照顾好自己，我们的感情已经到了一种比较理智的状态，同时我心中也不得不承认在婚前分开两天，有了从未有过的相对自由也挺好。以后要相守一辈子，不怕没有时间。

一对情侣相对的时间太长会想分开喘口气，分开了三五天就又会想对方了，人大抵都这样。

我们去饭店吃饭，推门，服务员熟稔地引领我们，客户经理迈着专业的脚步向我们走来。看来是熟客。

“许先生今天也来。还是原来的位置吧。”

“也来？”他问。

“您未婚妻在那边吃饭。是约好了吗？”他手一扬。

我看到一个打扮精致的女人在那边吃饭，红唇，两个耳坠闪闪如吊灯。我打量着她，只能说，光看外表是绝对登对。她抬头恰好看到了我，我是被抓了个现行？

我们两个走了过去，许迦南介绍说：“这是我的未婚妻。”

又向未婚妻介绍我：“这是我女朋友黎爱。”

什！么！鬼！我以为我听错了。但我看到他未婚妻的反应以及未婚妻的朋友一脸的错愕，我知道不是我的耳朵问题。

他未婚妻喝道：“许迦南！你不要太过分。”然后冲着我说，“这就是你的水准，你的眼光？”

许迦南也不说话，拿出一张我们刚才拍的照片，放在未婚妻的桌子上。

“我们般配吗？至少比和你在一起开心多了。”他笑着说。

我看他未婚妻的脸气得都不需要任何胭脂、口红了，她顺手拿起手中的水直接向我泼过来。竟然还是个泼妇！如此“端庄得体”，我根本没想到，来不及躲避。

许迦南推了我一下，替我挡了，水都泼到他脸上和衣服上。

“这就是你的水准。”他拿纸巾擦了擦脸上的水，又转头对我说：“黎爱，我去下洗手间。”

我可不想单独留在案发现场，万一敌人趁我方主力不在歼灭我呢？我跟在他身后，走远了，他低声对我说：“对不起，把你搅和进来。”

我本来很生气，莫名其妙地成为双方对峙的第三者，可是看着他的眼神，他还没道歉，我就已经原谅了他，不知道为何。他到底拥有着什么心碎的秘密？他和未婚妻又是一笔什么烂账？即使富贵荣华，到底意难平。

他走进洗手间，我站在门口，听到里面哗啦啦的水声，如同听到一生停不了的眼泪。

他走出来看到我，还是一样地微微笑：“让你看了笑话。”

可是，我仿佛听到另外一个隐形的他对我讲：“请你帮帮我。”

我脱口而出：“我有什么可以帮你的吗？”

他眉心一紧，仿佛对我的问题感到诧异。我讪笑了下：“我不自量力了。”

他温柔地驳斥我：“怎么会呢？”

我又认真地追问：“那我有什么可以帮你的呢？”

他也很认真地摇头：“谁也帮不了我。”

他话说得很慢，也很坚定，甚至我可以这样认为，过往，从一个夜开着灯亮到下一个夜，他认真想着谁能够帮他渡过难关，但想了多少人，就排除了多少人。

玉帝大难临头，可以请来如来。可是如来如果有难呢？谁能帮忙？能力越大，孤独越大，灾难越大。

他特地给我了一张额外的请柬，邀请我参加他的婚礼。

“可是我有点害怕呢。是个鸿门宴吗？我会被你未婚妻毒死吗？”我笑着问。

“刘邦在鸿门宴上可是毫发无伤。”他笑着回答我。

回到家，我很想发个信息给我的未婚夫，但最终还是忍住了。他偶尔发了几条朋友圈，是和那个女生走过的风景，我明白他是发给万明看的，就像我也发，既然是游戏，大家都要过于投入，才有得赢。我仔细地看，那些风光分明不是国内的。短短两三天，他已经和她飞到了另外一个国度？我想不明白这件事，我们曾经计划了多久，可计划永远赶不上变化，从来都有更重要的事情要做。如今他和一个陌生的女人说去就去，我过不了心上的坎，满腔的恨意让我控制不了要发信息质问他，忽然想到我同样去了蹦极，我为什么能对他和自己采取双重标准？人最容易原谅的是自己吧。

我心虚地放下了手机，想起了许迦南的种种。我始终想不透他到底有什么排解不了的痛楚。

他竟然还有空接我去他的婚礼。我第一次见到开车出来接客人的新郎，我简直是受宠若惊又诚惶诚恐。

我说：“你都不要接新娘啊？”

“接过了。”

“不用招待客人吗？”

“没有心情。”

“他们不生气？”

“邀请他们已经让他们很高兴了。”

“你还是蛮中二病的嘛！”

“你才看出来呀。”

“你打算把我当打击新娘的道具使用多久啊？”

“你不是道具，你是一个我在婚礼上不想接新娘却愿意接的人。”

他这话说得模棱两可，我心跳如乱码，如文档上数字和字母夹杂着飞快地写了一行又一行，手忙脚乱地检查，才看到电脑键盘的两个键卡住了。明明感觉心情略沉重，但话说着说着就轻快了起来，车开过跨海大桥，很长的桥，如同桥的尽头就是另外一个城市和另一种人生，最远处很高的峰顶，云如烟一样被大风吹出，在渐渐暗下去的蓝天底子上，千万缕飘散又合在一起。

到了举行婚礼的酒店，新娘在大家的簇拥下迎接客人，看到我出现，眼白翻得我都怀疑她眼睛抽筋了。

众人拥了过来：“许迦南，你太过分了，这么大的事情自己跑哪里去了？！留下新娘一个人你过意得去吗？！”

许迦南笑笑：“我不是来了吗？”

几个人看到我面生，便问：“这位是……”

“这位是我的贵客，好朋友，我怕她不来特地去接她的。”许迦南说。

大家有点愣住了，很重要，但新郎却担心不来参加婚礼非要亲自去接，这其间的关系简直呼之欲出。可是婚礼的女主角还在，几个聪明人闭口不谈。

新娘刚挽救回来的眼黑又要翻出去了。

我忙着想转移个话题当自己的救命稻草，也救救场：“你爸妈在哪里？”

“我爸在里面吧，我妈早不在了。”

众人又有点奇怪了：“这么好的关系连对方妈妈过世都不知道啊！”

许迦南道：“感情不是用是否知道对方姓什么、家中几口人来决定的。”

我觉得更尴尬了，只好继续转移话题挽救更要崩溃的现场：“你妹妹呢？也在里面？”

他笑了笑，露出一边的酒窝，分外的，再一次的，孤儿般的眼神：“她不会来。”

我简直想要追问下去：“为什么哥哥的婚礼妹妹不来？为什么你一副她不来你完全理解的模样？以及，为什么你看起来那么想她来，又不想她来？”

婚礼上当然没有发生什么出格的事情，毕竟人家是门当户对的结合，婚礼安全系数当然也高，而我当然明白自己，不过是一个看客。

我人生阅历浅，这样水准的婚礼也不过见过这一次。宾客们说这次的婚礼只是为了宴请很多达官贵人不得不举办的，按照许迦南之前的设想，只要旅行结婚，但两方家长都不能容忍这么草率，双方再三妥协，终于从三亚的婚礼缩到了现在的规模。

主持人是国内知名的电视主持人，等下的节目有独唱、舞蹈，据称也是国内有名的歌手、演员，因为关系好，特来献技。我倒是没想到我这张请柬还兼着演唱会票的功能，也是意外之喜。

主持人施展十八般技巧要让许迦南吐露闺房之乐，许迦南照例笑着避开。我发现这个人，打太极拳最会了，你一拳打中他的心，才发现那不过是空的，他的心不知道在哪里。主持人让新郎、新娘接吻，我不禁脸一热。

许迦南说着漂亮的笑话，在新娘唇上轻轻一吻，我甚至怀疑他没有贴到她的唇。众人当然不满意，但不满意也没用，许迦南话讲得漂亮，什么都好像可以商量，但其实什么都商量不了。关键是看起来还是一团和气，喜气洋洋，婚礼该有的快乐这里看起来都有。

我看着台上的他，想起蹦极的时候脸上的温热，也许是泪水，也许是误会。他是这样地固执、坚持，不知为了哪般，而台上这个她为何又愿意忍受这些？

我呢？我也快结婚了，一直构思着自己的婚礼。首先不要有千篇一律的司仪，其次要别具匠心，别人婚礼上的烂桥段不要搬过来，后来我想通了，你以为人生独一无二的婚礼对别人而言也不过是打一份工做一件事，而我连拍婚纱照都要穿租的，从那一刻起我们都应该认清现实，又有何资格再心心念念那些粉红少女梦。

同一件婚纱，千百个人穿过，不见得谁都适合，没关系，后期美化一下，在婚礼现场上放着也是精美绝伦。全没有拍婚纱照时的肮脏、气喘吁吁、满头大汗，蚊子飞来飞去叮你，一个表情拍了几百张脸都僵了……那些属于生命真实的细节是不允许放到台前来的。

我正想着，手机微信响了，我点开，是许迦南传来的：我在城南小山坡的竹林等你。

我四处看，许迦南果然不在，只有新娘在两家父母的陪伴下一桌一桌强颜欢笑地敬酒。这个许迦南，做戏只做半场，事情明明尘埃落定，但非要给他们难堪；明明举重若轻，非要玩这种孩子把戏。

我看每到一桌，父母都在解释：迦南忽然身体不舒服，可能这些天太累了。

别人也乐于替他们圆场：身体重要，身体重要。这些就是个仪式。

但我也不愿意现在就走，显得我跟许迦南真有什么似的，事实上我在犹豫要不要赴约，虽然我知道我会去的，但前提是，他要等。

敬酒到我们这桌，新娘看到我在，那表情也不知是喜是忧。父母们照例又在说那套说辞。新娘特意碰了一下我的杯，我便说：“凡事太过完美便没意思，美中不足，以后才有记忆。”

走出酒店，我打了车，摇下车窗，风吹落星光，银闪闪地冰凉，我想问自己，我到底在做什么？我要去赴一个没有缘由的约定，我为什么如此跃跃欲试？我的半生都循规蹈矩，这几天我逃离了寻常的生活模式，每一天都不再能预测，反而让我更加兴高采烈。也许相对于安分守己，每个人都有冒险的冲动，只是衡量了代价，大家按捺下冲动。

到了竹林下，我张望着不见人影。好心的司机有些担忧：“小姐，真的要在这里下吗？一个女孩子，很危险的。”

我可能是入了魔，虽然感到惶恐和害怕，但这种危险又让我生出奇怪的好奇和勇气，我掂量了一下，摸了摸包里常带的防狼棒，下了车。

司机看了看我，慢慢转悠了一圈，似在等我更改意见，见我矢志不渝，只好走了。

我一人立在无人的竹林下。风吹着竹林瑟瑟响，我想起那些遥远的，仿佛没存在过的悠久年夜，闲堂闭空阴，竹林但清响。独坐幽篁里，弹琴复长啸。

我听到竹林里一声脆响，一个人钻了出来，我做好了戒备，却是他，真是他。他神采奕奕，如同从幽暗中走出一个明亮的少年，和天上那弯月亮相得益彰，悠悠的亮光，仿佛照亮了所有胆怯和不安，极迷惑人，但我很明白这个人表情和内心是极其不一致的。

我说："这就是许先生的待客之道，特地找我来这么危险的地方，然后一个人逛去了。"

他说："我听到你的车声就出来了。"

讲到此刻，回想着那晚的景、那晚的人，周围仿佛都浸染了微微的酒意。陈橙很好奇地问："那么晚去竹林干什么？"

我笑了笑："我们穿过了整个竹林，在星光和风声的节拍中。"

许何年用手轻轻拍着桌子，仿佛在神游，忽然说："你不害怕？你们才认识多久？"

我想了想："天然的信任，原本我是一个很谨慎的人，我也想不通那几天我在发什么疯。"

"天然的信任。"许何年淡淡地重复了下我的话。

这个竹林在一个小山上，高两三百米，也不是什么名山，当然也不会有路灯之类的照明，我为什么决定陪他穿过整个竹林呢？也许是中了星光和晚风的蛊毒吧。他说他每年都有几次一个人晚上走过这个竹林。

有危险吧？有的，这样的地方谁说能保证安全都是谎言。一个人走在深夜的竹林中，踩在参差不齐的竹叶上，几片干枯的叶子就响彻整个竹林，整个人分外地醒着，全身似乎长满了耳朵在聆听，且脑中思绪不断：会不会有蛇？会不会有贼埋伏在竹林深处？……潜意识中的不安让你进化出前所未有的听觉能力。

我和他并肩走在竹林中，我们欣赏这里的安静，交谈也压低了声音，怕打扰了众生，让静谧随着风四面八方而来。

他说："本来我想把我的事全部告诉你，可是现在又说不出口。"

我说："很多时候，我们想过如何宣泄，在心中排练着所有撕心裂肺的场景，可真的到了那个时候，却只是安静地沉默，我们明白，一切都无能为力了。"

"一切都无能为力了。"他喃喃地说，"你想知道？"

"走进来之前我很期待。可是现在不了，至少不希望从你口中听到。有些心事无法言说，强迫你自己解剖自己总是残忍的。"

他顿了顿，竹叶在我们的脚下沙沙地响："你大概猜到一部分了，你毕竟聪明。"

我不能回答，我怕那个答案让他失望，我更怕他的答案和肯定的眼神让我失望。我宁愿只是欣赏你漂亮的哀伤，为此我要克制着自己，不去探究你。

许何年听到这里，笑了："既然如此，你还是来到这里了。"

"对啊，我还是来这里了。"我自嘲，有些事情我们总是明知故犯。

走了一会儿，"你喜欢罗密欧和朱丽叶吗？"他忽然问。

"谈不上喜不喜欢吧，只是太热烈的东西我不相信，你呢？"

"我呀，我不喜欢。"他踢了几片落叶，叶子随着风飘了好远。

"为什么？"

"太轻浮的爱我不信任。"他说。

"轻浮？"我第一次听到对罗密欧和朱丽叶这样的判断。

"罗密欧前一秒还为前女友而感伤，后一秒就移情朱丽叶了，太年轻，太肤浅，太盲目，经历过的人生太短所以没有判断力。青春就是总以为自己面前的就是人生的全部了，总以为自己是世界的主角，只有自己遇到了真爱，只有自己大悲大喜。如果没有先天的家族仇恨和突然而来的杀人悲剧，这段感情过不了多久也要烟消云散。也许等他们真正相处后就发现彼此难以忍受的性格，等几年过去，热情过后，回头看那曾经为之生、为之死的感情，也不过如此。”

我其实是同意他的，我们年轻的时候视野太小，偏偏又听不了劝。如果罗密欧一直活下去，那样的热烈注定不能持久，那青春的热情很快就转移到下一个人身上了。“那你相信永恒的热情吗？”

“我并不是不相信长久的热情，我相信爱情，可我们生而为人，哪里说得上永恒。”他淡淡地说。

他越这样反对，我越知道他心中其实有属于自己的一段永恒的热情和爱情。

“但是你对爱情的相信有条件？”我转头问。

他笑着点点头：“经过岁月考验，经过真正的诱惑。”

我心中一顿，问：“怎么说？”

他说：“年轻总是缺乏理智，全凭不可信的感性和热情。我想那种经过了岁月摧残、理智考验的热情，在心中不断辗转而没有磨灭，心平气和地认栽了，大概才算得上永恒的热情吧。一个少年向往海是很正常的，但一个人出多了海后还喜欢海，那种喜欢才是真正的喜欢。”

我想着，我感受着，他所有的经验都是从经历中得出，痛苦的经历能历练出惊人的感受。我们在他秘密的边缘环绕，彼此却对真正的秘密心照不宣。

“缺少了热情，你会不会感到孤独？”我问他。

“热情并不会让我们不孤独，你呢？你会不会？”他低头看我，目光仿佛看穿了我，“在喧闹的大街上，在身边满是人的时候，忽然感到致命的孤独。明明最亲近的人们，共度一生的人就在身边，可是有时候却觉得遥远，如同我们回忆童年的感觉，开始意识不清，开始犹豫，这个人真的是我的那位吗？爱到底是什么？这是一种幸福的开始还是所有可能性的消失呢？你承认吧？”

“我不承认。”我说。

“你承认吧。”他笑笑，“在酒吧见到你的第一面，你向我搭讪的表情和眼神绝不是一个单身的女生。”

“是这样吗？”我发出疑问。

“可是我懂你内心隐藏的渴望，当时你自己也没发现，但是这种害怕和渴望让你愿意来到这里。这种渴望让我痛苦了太久，我想，某个方面，也许我们是一样的。”

“哪里一样？”

“我们都有这样的困惑：还有别的爱情吗？我有我不可得的渴望，你有你得不到的渴望。”

我信了他，我信他懂我心中那个最隐秘、不可说的地方，甚至我曾经不懂自己的地方。但我不想要这种相信：“这是我的选择，我需要一个确定性，生活的确定性。”

“选择？你觉得我们真的有选择吗？我们选择过吗？”他问。

我哑口无言。如果我年轻一点，我当然会说我有，所有事情都在于我自己。但现在我显然不是年轻的自己。

“我们都明白事大过人，我们也都明白一切都是命运造就的遇见，我们不过是做了一点决定。”

我说：“我们是渺小的，很多事情都先于我们存在，我出生在哪里、我遇到什么样的人、这是什么样的国家等，在我还未明人事前早就发生了，我们只能就着当时仅有的环境、当时仅有的条件，做一些命运觉得明智的我们会做的决定。”

这么说着，就很悲观了，我们所有的决定不过都是因为受困，还到不了更宽阔的地方，认识更多的人，于是只能在贫乏中做了不得不的选择。

当你会做其他选择时那才叫选择，而我知道，在所有条件不变的情境下，不管我穿越回去多少次，我都会做出同样的选择。这不叫选择，这叫宿命。

我和我的未婚夫，我们从小一起成长，青梅竹马，我们爱对方，早已分不清友情、爱情、亲情各占多少，没有理由不白头偕老。可是，也许我们只是在当时的选项中做出的选择。因为当时更对的人没有及时出现，如果出现，我们的命运也许再次坍塌、重建。就如我的此刻，就如他的此刻，命运给我们一个巨大的考验，因为我们真的做出了一个大胆的决定，于是他遇见了一个不可能的人，做了不可能的事，甚至于把我抛到脑后，这个不可能的人也许是那个从天而降的，对的人。

我和迦南边走边聊，原本我很担心随时可能冒出来的未知危险，慢慢发现并没有，慢慢地我甚至忘记我们在做一件危险的事。

生活中，我们拥有彼此的城堡，城门紧闭，欣赏自己领域里的星空，我们的生活是静止的，甚至太过画地为牢，如今我们在窗口向对方摇手，互相交谈。

他说他非常痛苦的时候就一个人在夜里穿过这片竹林，让自己清醒。

“会有蛇吗？会有狮子吗？会有豺狼虎豹在这里出没吗？你们相遇过吗？”我问。

“我就是豺狼虎豹啊。”他笑着回。

我说：“我喜欢几何图形的裙子。”

他说：“我喜欢穿几何图形裙子的女孩子。”

我说：“那你喜欢我吗？”

他说：“我喜欢的女孩子喜欢穿几何图形的裙子。”

像个绕口令，但我知道，我知道，不是我。所以我们遇见那一天，你决定同意开始，你决定尝试，是因为我刚好穿了几何图形的裙子。

我不再想问他为何吻我，也不想问他为何邀请我参加他的婚礼以及为何翘了自己的婚礼约我来到这里。这些都是因为爱，因为我们拥有一种爱的渴望。只是我们的对象不同。

我们是一样的，我们的心此刻贴得如此近，但我感受到了一种永远的失落，那种失落骤然来的时候，痛还没那么明显。慢慢地，抽丝剥茧，我才发现那痛的存在，越来越深，我心中暗藏的期待破灭了，他爱我的可能性完全破灭了。

我原本就知道他约我来，志不在此，但我还是抱了错误的期待。因为我毕竟是个女人，因为对方是他。

我们开始聊灵魂学、聊宗教、聊尼采康德、聊体育，甚至聊红楼梦，每个话题都那么投契，他说一个观点我立马心领神会，为他独到的观点感到震惊，很多想不通的事情原来只是等着他来告诉我。

即使完全沉默的时候，我们并肩穿行在竹林中，甚至听见鸟飞过的微声，野花与野花的窃窃私语，我也一点不感觉尴尬和不适。

他的沉默明亮如灯，简单如指环，他就像黑夜，拥有寂寞与群星。他的沉默就是星星的沉默，遥远而明亮。让我在他的沉默中安静无声，并且让我借他的沉默与他说话。

最核心的问题我们没有再触及，走出竹林的时候，月光隐隐落在他的身上，我分外感觉到我、他，还有宇宙的存在。曼妙的、永恒的，绕着我们转的宇宙。

他说："谢谢你陪我度过了最黑暗的时刻，我的司机会送你回去。"

他站在那里还是微笑，比起以前的微笑不一样，这个微笑是知己的、真切的。我知道这是我们之间的告别，没有眼泪，也没有声音，就是告别了，自然而然地，再也不会见了。

我木木地，感觉到冷，眼眶却有点热，我抬头，遥远的银河好像就映照在我眼里，漫长地，流淌着银色的微笑。

既然是告别，总有人要先走。我听到风吹动竹叶的声音，哗哗的，一阵一阵。听到他的脚步声，渐渐远去，最终背影也消失在夜色中，就像从来没有出现过。你短暂地出现，我的人生走形得不像样子。

我喜欢你是热闹的，也喜欢你是寂静的，但我害怕刚失去你时的寂静。

我想高喊，我觉得我叫出声来，你一定会回头看我，可是仿佛有什么卡住我的喉咙，我未出口的声音融化在这巨大的沉默里。

我听到司机呼唤我的声音，我听到很远传来的街道上买卖的人声，我知道我回到人间了，我从天上重新回到了这个生活了几十年的，普通的人间。

秘密就在我的唇边。也许你知道我知道，也许你不知道我知道，这原本是你晚上约我来的原因，只是我有了错误的期待。也许在你庞杂的生活中，我是唯一能倾诉的陌生人，可是，你终于还是说不出口，也不敢说出口。

遇到你那个晚上，那一幕我记得非常清楚。

你妹妹跟着我未婚夫走出去时，我看着，她那西班牙般色彩鲜艳，后现代艺术感极强的几何形的裙子消失在门外，刺激了我的视网膜。

陈橙打断了我漫长的回忆，问："这是你最后一次见到他？"

"嗯。后来听说他妹妹住院，他疯了一样，但只是听别人说。"我说。

"既然他的秘密你已经猜到了，那你还想知道什么？"许何年不解。

"我想知道我是错的。"我说。好糟糕，最糟糕的就是看着未婚夫发疯地送一个陌生女人住院，而作为未婚妻的我却这样冷静，甚至想尽办法冷静地打探，希望得到一些信息证明我原来的猜测是错的。

"已经不关你的事情，你又何必执迷。"店主沈默拿着做好的甜点过来。

"是不关我的事。"我很心酸地承认，"我不知道他是如何怀着那一份不能说的爱熬过那一段段艰难的岁月，每次想起，我都心痛得无法呼吸，所以我很想知道他以前的生活，所有的细节，我想知道他没有我想象中受那么多苦，你们可以办到吧？"

我近乎恳求地看着他们。

沈默沉默了一会儿："你先吃一下甜点吧。"

我知道这是他花了很多心血做出来的，一看就知道是本城最好的甜点。"可是我现在吃什么都是苦的，也只是辜负了你们的美意。"

许何年感叹道："女人总是那么多的借口，不肯承认是自私。你不过是因为爱这个人，所以控制不住想知道他的前世今生，事无巨细。"

沈默说："这款巧克力杏仁蛋糕来自奥地利，很久以前，奥地利国王称它为'甜蜜的问候'。"

我听懂了，吃了一口蛋糕，可这不是一个甜点是一个陷阱吧！看起来甜美的蛋糕竟然这么苦，苦中又带着奇怪的呛味，呛得我双眼冒泪。我正要骂人，才发现是我产生了幻觉。

我看到阳光下一个花园宅子，花园里有个小姑娘，门外，一个男人带着一个少年要推门进去，那个少年青涩挺拔，但凭着那双漂亮的眼睛，我当然认得出他是十多年前的许迦南。

我看进了许迦南犹豫而又敞亮的眼睛里，我的眼睛变成了许迦南的眼睛，我变成了许迦南。

我看到了眼前精雕细镂的铜门，两扇铜门上各自凸出一个盔甲战士，目不转睛地看着新来的我。旁边的男人拍了拍我的肩，似乎想给我信心，他是我刚见面的新爸爸。之前我有过妈妈，但从未有过爸爸。

我知道今天会有两件事重新改变我的人生，一个是我来到了新家，一个是我将见到从未见过的妹妹。

去一个新的家，对我来说已经不是第一次，但也谈不上驾轻就熟。

我刚过世的妈妈是一个很有爱心的蛋糕师，不知道为什么，我们经常搬家。我曾经有个哥哥，但多年前因为疾病过世了，哥哥过世后，妈妈又默默地搬了家。后来我妈妈也得了同样的病，大概是遗传，这种病有很大的遗传概率，我不知道我会不会也有这样的潜在危险，一家人就被这个病灭绝了，我当时只是担心我妈妈的病，来不及担心这件事。

直到有一群陌生人来我家，宣称要认领回自己的儿子，被我妈妈哭着喊着赶走了。

那个晚上，我问妈妈到底是怎么回事，那个人是不是我的爸爸。她思考了很久，终于选择不再隐瞒："那个是你哥哥的爸爸，但不是你的爸爸。"

"什么意思？"

"我从未和别人讲过，因为我经常搬家，也没有人知道……你是我领养的。"我妈妈有气无力地说。

犹如晴天霹雳："所以，你也不是我的妈妈？"

故事很寻常，从一开始就不是我的选择，我被遗弃在妈妈的蛋糕屋前，当时我哥哥也才一岁，我不知道我的亲生父母怎么想的。大概认识我妈，知道她是个善良的人，又有养育孩子的经验。我妈妈也的确领养了我。

她对我和哥哥并没有任何差异，甚至对我更加严格，要求更高，所以直到那一刻，我才知道我是个弃儿。

我妈妈说那一段时间，她处于非常难熬无助的阶段，当某天早晨打开门，看到我安静地睡在店门口，就像看到曾经的自己。"我也是被遗弃的，你是被亲生父母遗弃，我是被爱人遗弃。被放弃的人是没得选择的。而放弃你的人还会说：'有时候，放手是最好的选择。'这不是安慰你，这不过是他们对自己良心的交代。那个人是你哥哥的亲生爸爸，和那个女人建立了个大企业，这里的人已经没人知道你曾有一个哥哥，我已经不行了，也知道那个女人过世了，所以故意透露信息让他找到我，我把你哥哥的物件冒充是你的，去做DNA鉴定。"

我这才知道我妈妈为什么一直搬家，一个是躲避，一个是掩护，自从哥哥过世后，她就换了名字，再次搬家，绝口不提。

我妈妈忽然坐了起来："我以后不能照顾你了，他会来领你，他家里只有一个女儿，你好好学习，以后继承他的企业，他的企业就是你喜欢的建筑行业。谁又能料到你是鸠占鹊巢，那个女人在地底下应该会气得再死一次，我终于赢了一次，赢得彻底，看我到时候见到她怎么嘲笑她！只是你要小心防范，那个女人心狠手辣，想必女儿也不是什么省油的灯。这也算是替你妈妈报仇了。”

我从未想过自己的身世，更没有想过我母亲有这样惊人的安排，一时吓得不知道该说什么话。我妈妈见我没有回应，又落下泪来：“我一辈子命不好，唯一的牵挂就是你，你过得好我就安心了，即使你不肯答应，就看在这么多年的母子情上，算是报恩吧。”

我迟迟没法答应，直到我妈妈临终一刻，逼着我发誓，不然她就不会原谅我。

我不是为了报恩，和他们也没有仇，我是为了她，要帮她实现最后的愿望。我不过是个孤儿，她是我尘世里唯一的亲人，也是我唯一的妈妈，因为我不会去寻找我所谓的亲生父母，当他们把我遗弃的时刻，我们已经失去了联系的意义。

我和我新的父亲走进去，迎面是个小花园，玫瑰在晴天里开着，那个所谓不是省油的灯的女孩——我的妹妹穿着黑白几何格子连衣裙正在细心地给玫瑰浇水，听到我们的声音，便抬起头。她的肤色很白，水汽升腾起来，金色的阳光在她周围散发着一个个七彩小光圈。

我们走近她，她的父亲介绍完后，她带着点笑意，看起来没有一点敌意。我是来抢她的东西的，可那些东西根本不属于我，我和她也没有仇恨，我们是命中注定的两个人，所以我打定了主意对她好，从现在、此刻开始，我给了她一个大大的拥抱。

我从来没有想过我会成为谁的哥哥，但就这样，我有了一个名不副实的妹妹。

她叫嘉美，但她的家不是我的家。

我渐渐发现她对我是真的没有敌意，尽管她身边的神神鬼鬼们怒其不争，设法在家里掀起巨浪。她一派天真模样："错不在我，也错不在他，为什么大人做了错事，受到惩罚的是我们？"

她的天真温和来源于良好的家境和宽松的教育，她很少看到阳光下的阴影，一个生活在夏天的人怎么能感受到雪花呢？而我妈虽然爱我，但我们过的也算是颠沛流离的生活，见过各种冷暖。

就凭能有这样的女儿这一点，我不觉得她妈妈是十恶不赦的人，可是我妈妈也是一个优秀的女人，我知道这世界不止是正义和邪恶之争，世事难分黑白，好人不见得就能和另外一个好人好好的。

我天天在学校等她放学，因为我很担心她，很多人喜欢她，也围绕着她，她分不清善恶，总觉得别人对她好就是好意。

所以我必须和她一起走，其实我又有什么资格分析别人，在她身边最险恶的人大概是我。

久而久之，别人开始羡慕了，你看，多么完美的一对兄妹，老天真是从来都不平等呢。

她渐渐发育，有回躲在房间里不肯出来，任凭我打了多少电话，直到最后我偷偷去超市给她买了卫生巾，她整个脸涨得通红，别提多可爱。

看着她改变，骨骼一点点拔高，褪去了婴儿肥，脸型愈发精致起来，胸也开始有了美好的形状。她没有妈妈，很多哀愁和苦恼没法诉说，我找了很多少女青春期的书，希望帮她摆脱尴尬。

甚至于她的第一个 bra 是我帮她买的，然后偷偷拜托保姆给她，不要说是我买的。

她的成绩烂得惊人，但是却漫不经心，我不得不兼起代课老师的重任。她有点不情愿，但仿佛又很难拒绝别人的善意，懒懒的，做到难的题，就皱起眉头，一副不情愿的样子，傻子都看得出来。后来还把言情小说夹在书本里，趁我不注意就偷看，真是令人无奈呀。

十六岁，我送给她人生中的第一支口红，她高兴得要命，吊在我身上亲了我好几口。

我第一次当哥哥，不知道怎么做才能成为最好的哥哥，但我希望能努力做到像一个真正的哥哥，我不知道这是怜惜或者内疚。不管我对她多好，都是我对她的亏欠。

隔了几天我打完球一身汗回来，走到庭院，她躺在沙滩椅上，黄昏的太阳将落未落，有点余晖在她身上，她用遮阳帽半遮着脸，一双长腿交叉着，听到我推门进来，就半睁开双眼看我，唇上涂着我送她的口红，有点少女的鲜艳，透露出一点点半熟未熟的魅惑。

那一瞬间，我永远都记得那一瞬间，不管我变得多老，岁月怎么流逝，我们是否天各一方。那一瞬间，万般柔情从我心头涌起，她长大了，我的妹妹，我的嘉美。那个天真的、不喜欢学习的、令人无可奈何的妹妹，她终究会长成个大受欢迎的成熟女郎。我分明感受到脸上的汗水，一滴一滴，是运动后的汗，我感到欢喜、焦躁、痛楚、欣慰、难受，我在阳光下融化了。

很久以后，我总会想起那个时候的她，天真无邪，慢条斯理，没有烦恼，那个她去哪里了呢？是我害了她吗？她原本的成长轨迹不是这样，不管再如何往下走，她也绝对不会变成后来那个酗酒、让父亲失望、让亲戚们嗤之以鼻的、夜夜流连夜店的午夜女郎。

所有回忆就像是困在我眼里的沙，再痛苦也不能揉。

那一天早晨，我们本该一起去上课，我特地早了几分钟，因为我听到有几个流氓要绑架我妹妹。我正准备打听详细的消息时，有个流氓刚好出现，立刻动手要打给我信息的那个女生，我和他便打了起来。嘉美后面来到，流氓择日不如撞日，竟然想今天动手，几个人扯住了嘉美，我后悔到了极点，后悔没多叫几个人来，如此草率地行事。所有绑匪杀人的新闻在我脑海中飞闪，他们扯着她就要上车，我拼了命也不能让这个事情发生。忽然从未拥有过的力量重新注满了我的四肢，我打到了她身边，紧紧抱着她，护着她，我想到死亡，如果要绑她，除非我死吧。幸好父亲和一伙人及时过来了，因为怕她害怕，我当时只告诉了父亲真相。最后我们几个都进了医院，那一伙流氓得到了最重的惩罚，顺藤摸瓜，把幕后主使也抓了起来。

到了医院，冷静下来的我开始害怕，我对嘉美的感情是不是有点变态。当她来看我，推门进来，我绝望地确认了自己的恶心，我对她清清楚楚的是情欲，我和那些绑匪又有什么差别呢？如果她知道了她心中的好哥哥对她怀有这样不可告人的爱情，她一定会立刻远离我，远离这个卑劣的、罪恶的灵魂。

我没法说出我们不是兄妹的真相，我的妈妈在天国俯视着我，但我想拯救自己，至少我可以走，所有东西都归还她。我抓住了那个女生，我知道她喜欢我，所以我利用她。我和父亲当着嘉美的面吵架吵到她哭着回房间，吵到要断绝父子关系。她冷静地问我："你想断绝和爸爸的关系，也就是等于为了她，要断绝和我的关系？"

我愣住了，我多想告诉她，我不是她哥哥，如果能够重来，我不愿是她哥哥。

不过我还是失败了，那个女生对我所谓的爱经不住诱惑，而我也经不起考验，离开她是一个永恒的酷刑。

深夜灰溜溜地回家时，我看到她坐在客厅，烤了一个蛋糕，丑得跟鬼一样，她也因为满脸泪水，丑得跟蛋糕一样。

她在等我回来，她怕我真的不回来了，其实我不回来对她只有好处，她将远离一个罪人。我吃光了蛋糕，我们甚至喝了酒，我们醉了，醉得不省人事，醉得她不会知道我吻过她。

从那之后，我们短暂地，像以前一样相处。她是运气流选手，努力了一下，竟然考上了和我一样的大学。

大抵是命运对我的惩罚，因为我鸠占鹊巢，觊觎不是我的，所以给了我得不到的，不放过我，惩罚我。

我尽自己的能力资助一个有建筑梦想的学生，她对此表示无法理解。不知道为什么，我总是想管着她，她却越来越背道而驰，她蹦出了那个乖乖女的外衣，变成了一个完全不一样的女生。

我越是要管她，她就反抗得越厉害。我不希望她喝酒，她就偏偏要喝；我不喜欢她抽烟，她就开始学抽烟；我不要她去夜店，她就天天流连。

大概是我心中有鬼，全世界只有我自己知道我不是她的哥哥。我每天不只要和她斗智斗勇，还要和自己幽暗的心事做斗争，和自己一颗心血斗。我知道一切都是我的问题，我变得偏激，遇到她的事情不理智，试探她，不希望她交其他朋友，想方设法问她为何不交男友，但一旦有这种苗头，我是第一个把它熄灭的，我到底在希望什么？结果我们从未真正在一起，却早就伤痕累累。

当爱超越了表达，你发现自己不会说话。这一切从来不会开始，从来不会结束。

我无数次想讲出事情的真相，但没有人比我更清楚这是一个什么威力的炸弹，它将会把我们整个家都炸得片甲不留。人间事就是这样，一个谎言由你开始，但由不得你来结束。

我开始怀疑我的爱，我质疑我的爱，我甚至想，爱到底是什么？为什么我们会爱上另外一个人？化学上说“苯基乙胺使人坠入爱河，多巴胺传递亢奋和欢愉的信息，去甲肾上腺素让恋爱的人产生怦然心动的感觉”，听起来就可笑。

著名的英国诗人说爱情是一种病态，病好了，爱情就消失了，可笑的是他却和夫人白头偕老，一病到底。

《罗密欧与朱丽叶》里的爱情实在太年轻，太肤浅了，看不下去。《泰坦尼克号》的都要好一点。《少年维特之烦恼》要好多了，虽然也是少年的爱，他的爱不是刹那的、感官的，是绵长的、理智和感性不断斗争的，他希望做出其他更恰当的选择，他出去过，又回来。因为他发现，全世界加起来也不及她对他的诱惑。

“我竟到了如此的境地，对她的感情包容了一切，我竟到了如此的境地，没有她我的所有都将是纸上谈兵。我已有上百次起了去搂她脖子的念头！伟大的上帝知道，一个人看到眼前有那么多心爱的东西，却不能伸手去取，他心里该多么痛苦呀！伸手去拿，这原本是人类最自然的。”我和几百年前维特的心事是一模一样的。自杀？特别煎熬时我也想过。爱情是怎么发生的？是不是我其实只是对她的怜爱和占有欲，我混淆了这种感情，可是为什么为了她一句话，我从欧洲坐了一夜飞机回来，为了她，我的所有原则也是可以放弃的。

我有时候强烈质疑自己，我其实是贪恋一个家的安稳，贪恋那巨大的财富，贪恋那个能实现自己建筑理想的机会，于是把这些包装成了爱。如果我对她的爱足以对抗一切，我为何放弃不了这一切。

她经常讽刺我，让我去结婚，有个老婆可以管，就可以少管她，后来我订婚了，她却反对得比谁都激烈，她不能理解我的选择，她非常讨厌她未来的嫂子。

我们经常吵架，毫无理性的。那一个晚上，她又在酒吧闹事，我过去了，我们爆发了有史以来最激烈的争吵，甚至于说出以后老死不相往来，不要装什么好哥哥好妹妹，让人恶心烦心，以后什么关系都没有最省心。我几乎要把真相脱口而出。即使是这样的状况，最后一点理智还是拉回了我。

我承受不了再也见不到她的任何可能，但我也对我们的关系感到空前的崩溃。

后来，我在酒吧遇见了一个叫黎爱的女生，我调查了一下她，她和我相似，又比我幸福，她有一个青梅竹马的未婚夫。

我很羡慕，也想试探以及尝试我是否还有另外一种感情的可能，我想，我们的感情情况如此类似，她一定了解我。

我不可能轻易说出自己的秘密，我的未婚妻曾经和我一起开一个建筑会议，那天刚吵完架我心情复杂，把笔记本忘在会议室里，她拿了给我，里面写满了嘉美的名字，她抓住了我的把柄。

后来，我们公司投资一个大项目，资金流出现了困难，大象般的公司可能因为现金流问题而倒下，我父亲说，最好的办法是，我们两个公司合作，她不失为一个可以的结婚对象。我恨她要挟我。但支撑我的是，我们公司股份大部分挂在嘉美名下，我希望能把公司做好。我希望因为有我，她永远会是那个无忧无虑的小女孩，可事实永远是相反的。

黎爱是个好女孩，我发现她和她未婚夫的感情并没有她自己想象的那么坚固，原来多年情也可以毁于一旦，那么我是否也有这种可能？如果突破命运对我人生的安排，抓住这个忽然而来的机会，我也是有选择的，我会不会喜欢上她？我们很投契，我们在竹林的那一个晚上，甚至是我遇到嘉美后，最平静、舒适的一个晚上，只是，所有试探只是让我更确定对嘉美的爱。

虽然我早就绝望地发现，嘉美已经不是当年那个天真的女孩，她变得刻薄、尖锐，总是抓住我的痛点和弱点毫不留情地攻击，她褪色了，她苍白了，她世故了，会玩弄别人了，可是我却比以前还要爱她。

爱是什么？为什么会爱上一个人？我是一辈子也想不通了。

但如果这世界上只有一种爱情，那一定是我对她的爱。

一生一世，万劫不复，让我们永远互相折磨。

许迦南慢慢消失在眼前，他们三个人看着我哭得像个傻瓜，我也不知道我是为了可怜的许迦南而哭，还是为了我那轻易就失去的爱情而哭，总之，哭得一发不可收拾。

良久，许何年说：“比你惨的多了去了，别哭了。”

陈橙也附和，我却依然哭个不停。

沈默拿了一套牌出来，我不知道是做什么用的。当他每抽出一张，就有一个秘密在我眼前浮现，我明白了，这是所有来过他们店里留下的秘密，也许我也是其中的一张。

未婚夫莫名其妙消失，孤老一生的女明星；参加一次狂欢派对却从此决裂的伙伴；只要和自己关系开始要好的人就会离奇死去的可怜女生……

我明白，生活在这个星球，几十亿的人，又有几个人能得到自己的圆满？从出生的第一声啼哭开始，我们就各自背负各自的苦难，每一个光鲜面具背后多是一张充满伤痕的脸。

慢慢地，我的眼泪停住了，不知道是因为流光了眼泪，还是因为别人的惨安慰了我。

世事如棋，落子不能悔。但我想，这是我人生中的一次歧路，一次短暂的出走，我和我的未婚夫都记得来时的路，当我站在分岔的路口，每一条路都崭新又陌生得令人惶恐，要不绕回去吧。去做那个反正不管穿越回去多少次还是会做的相同选择，我们还是会白头偕老的。

我慢慢走出了午夜甜品店，不想再回头看一眼，我相信我的未婚夫有同样的想法，相信他也做了同样的决定。

『恶之花』的修罗场

人都是非理性的，

一对相处多年的情侣，

说爱说恨都太潦草，

爱恨交织才是常态。

我差不多要忘记我已经做过多少甜点了，当然这也很正常，人的记忆机制经常如此，越经常做的事越记不住。

“你们以前认识？你们是一起商量开甜品店的？”那个面色颓废的客人问道。

“我们不认识。我是最后加入的。”陈橙说。

“那谁是第一个？”客人进来之前已经在外面喝得很醉，皱着眉头问。今夜雨又大又凉，每年梅雨时节都这样，倒像是天空有什么伤心事，不然为何总是在同一个时间痛哭一场。

“你猜。”陈橙说。

客人醉眼看了一圈：“那个做甜品的？”

“错了，他是第二个。你对他有兴趣？”许何年笑着说。

“我觉得他满腹心事。”我听到客人这么说我。

“不是每个伤心客都要一张死人脸，你想知道他的故事？可惜他不会愿意讲。”许何年故意道。

“那为何我的故事要和你们讲？”客人不开心。

“你跟我们讲不是因为我们想听，而是你需要答案。”许何年拆穿。

“你这人这么刻薄，伤心事一定最多咯？”客人气呼呼地说。

“怎么，想和我交换伤心故事？可是你的故事对我来说没这个价值。”许何年还是玩世不恭的笑容。

那个客人不理许何年了，用手指着我，醉醺醺地说：“你为什么来这个甜品店？”

“有一个手艺，就做一份工。”我说。

“你一直都是甜品师？”她坚持不懈地问。很少客人这样，我不知道为什么她对我这么好奇。

我问：“你为什么对我这么好奇？”

“因为……你很像他。”她忽然号啕大哭起来，虽然我们见多了情绪无常的客人，但也觉得有点尴尬。

陈橙问：“他在哪里？”

“他永远不会在了。”她哭着说。

我走过去，坐在她对面，拍拍她的头：“看得出你很爱他，可是这种事……又有什么办法呢。”

我知道，所有的安慰不过是空话，真正的伤口安慰不了。人之所以痛苦，全在于对那些过不去的人事，明知没办法还要不死心地坚持。不然我也不会在这里卖甜品。

“我不爱他，我恨他。他是个恶魔。”她咬牙切齿地说。

我有点不明白她的逻辑，又有点懂了：“什么？”

“他得病了，我要照顾他，他离不开我，我不能离开他，可是他恨我，就像我恨他一样多。”

“哦。”我说。

她抬起头，惊讶地看着我：“就一个‘哦’？”她抓住我的手，简直是用了全身的力气。

“想开点，你的痛苦并不比别人的深重——一年又过去了。”我看着外面不停歇的雨，人都是非理性的，一对相处多年的情侣，说爱说恨都太潦草，爱恨交织才是常态。

在甜品店这些年，我一年只讲一次我的故事，这么巧，我发现这一天又到了。

“也许我们不一样的故事里有一样的痛苦，如果你想听，今天我可以讲讲。”

她抬起头，努力让自己显得清醒，仰着的角度让自己看起来像是一朵努力绽放的绯红花朵。她很想听，虽然没有原因，一年一年，人来人往，大家都深陷在自己的往事中，也不会有几个人想了解我们，所以想必这是缘分。

每次讲到自己，即使是再三讲过的故事，我还是不知道怎么开头。那么就从那次颁奖典礼讲起吧。

生活中我是个话不多的人，大家都觉得我沉默无趣。我也知道我这个人认死理，有点偏执，喜欢的东西不容易改变，相比而言，我在网络中反而活跃些。我特别喜欢一个名叫李文音的女影星，李文音还没成名时，我就是她的粉丝，每天上网都要找找李文音的新闻，把一个三十集电视剧里她的三五分钟表演剪下来分享，这简直不是现在的我会做的事，全源于年轻时的热情，我刚好又是善于坚持的人。做这些事我没有任何功利性目的，只是高兴，这种骨灰级的资历让我成为贴吧的吧主，后来她人气稍微涨了一点，又有两个吧主加入，因为共同的爱好，更巧的是都在同一个城市，我们就成了好友。

一年一度国家级电影颁奖典礼的第二天，我们三个人又约了起来。

我还是第一个到，一会儿，白松也来了。白松一看就说："那个贱人还没来啊！"白松是一个蛮有爱心的老师，可爱直率，但情绪化，动不动就奓毛。我经常让他好好调整自己。

那个爱迟到的贱人叫李东升，李东升是记者，虽然不是娱乐版块，但通常也会带些沾边的离奇情报，谁和谁劈腿了、谁是一路睡上去的。大家说说笑笑，有人当真有人则不，白松对这些事特别感兴趣。

等了足足二十分钟，李东升才来，白松一见他就炸了："喂，你有没有人性，今天是李文音获影后的颁奖典礼，还有新成员要加入我们，你还迟到，你是多大牌？"

李东升笑嘻嘻地进来，放了包，掐着白松的脖子叫道："新人在哪儿，在哪儿，新人都还没来你急什么！"

我说："知道你至少要迟到半个小时，所以给他的时间后挪了四十五分钟！"

白松好不容易摆脱他的魔掌："死贱人，迟到还这么嚣张！出去采访又收了什么贿赂、吃了什么壮阳药，力气这么大！"

"我收什么贿赂了！再说，小心我告你诽谤！"

"去吧，去告吧，快去！我收集的证据够你坐十年牢的。"

"那算什么贿赂！那叫见面礼！你个死贱人！我那都要坐牢，那大家都要坐牢，你清高，你廉洁，你赶紧把家长送你的购物卡通通吐出来！"

"什么……什么购物卡！你别……别血口喷人！我一心扑在教学事业上，还要遭受你这种凌辱！"白松故意结巴。

我笑道："好了，我都听到了，你们可以保持沉默，你们每句话都将成为呈堂证供。”

“哇，警察了不起啊！”两个人同时叫道。

“那是自然，我们可是正义的化身。”我说道。虽是调侃，但作为一个警察，我还是很自豪的，怀抱着正义的理想，尽管现实不尽如人意，我懂得凡事不能强出头，但底线始终坚持，不作奸犯科，办的每件案子都要对得起自己的良心。

“哦，那你可是本城最后的正义，最后的良心，识相的我们要给你造个石像放在市政府喷泉旁。”白松阴阳怪气。

还好这俩人不是我唯一的朋友。

几年前，我在网络上认识了一个特别谈得来的人，今年又在现实里认识了一个小伙子，兴趣爱好多有重合，说不来的投契。缘分天注定，都比这两个人的德行好多了。

“有你这样的老师，学生何其不幸！”李东升说，两个人又掐起来了。刚好门口有人遛着狗走过去，白松看了脸色变了，李东升也不掐了。

我劝慰道：“怎么，又想起你家奥斯卡了，都过去一年了。”

“我家奥斯卡死得好冤枉。”白松一脸心痛。

“你也报了仇，还能怎么样呢，是不是？”

奥斯卡是白松养的宠物狗，白松说取名为奥斯卡是为了庇佑李文音，让她以后能接到好莱坞片子拿到奥斯卡奖，没想到奥斯卡出师未捷身先死。但白松说奥斯卡至少招财了，给他招到了一堆购物卡。某一日白松上课回来才发现奥斯卡走丢了，找了好久没找到，一个月后，白松在爱狗协会之类的微博上看到一张流浪狗中心的照片，奥斯卡已经被安乐死了。去认回奥斯卡的时候，我们两个旁观者都掉泪了，因为奥斯卡实在是一只非常乖巧懂事的宠物，和大家在一起已经五个年头了。

而我们的安慰只能是，安乐死总好过被贱人们煮了吃，至少有个全尸。这个安慰不能阻止白松哭天喊地半个月：为什么只丢了十多天就要被杀死，为什么不能等一等，为什么手段这么残暴。奥斯卡为李文音招到奥斯卡影后的使命还没有完成，白松天天怨气冲天，直到我们为奥斯卡报了仇，他才消停下来。

"好了，别说这些丧气的事情了，我们是要来庆祝李文音得最佳女演员奖的啊！"

我从旁边拿出准备好的糕点："这是我特地为这个好日子做的甜点！"舒芙里是我朋友最爱的甜点，来自法国，入口即化，如梦幻般虚无缥缈。

李东升道："一个警察竟然有做甜点这么基佬的爱好。"

"滚蛋，你别吃！"我警告他。

李东升连忙抱我大腿："我说着玩的嘛！别这么当真，谁都知道沈弟弟做的甜点最好吃了！"

白松伸手就要抓甜点，我打开他的手："喂，为人师表要有点礼仪，等新人来。"

白松碎碎念："新人搞什么！怎么还不来！"

这个新人名叫林鹿鸣，这一年来在吧里非常活跃，李文音这一年来人气大涨，吧里人越来越多，鱼龙混杂，我们决定扩招吧主，他有钱又有闲，做事认真，被推为新吧主，这是我们第一次会面。

白松神秘兮兮地拿出自己带来的东西，得意扬扬地摊开给我们："看看我带来了什么好东西！"是李文音最早电视剧的 DVD 和海报，自从网络越来越发达后，这种东西已经不发行，再加上当时她根本不出名，所以这些东西非常难得。

我和李东升叫道："你哪里搞到的？！"

李东升伸手要拿，白松急急护住："小心点，损伤一根毫毛你赔得起吗？！"

李东升白了他一眼，陶醉在海报里："真是太纯了，这是李文音第一次穿比基尼的海报啊！她当时才……"他掐指一算，"十五岁。真的是我见过最天真的小女孩！"

听到这句话，那个客人忍不住大笑："你们几个大男人这么幼稚，还有偶像！"

我说："谁没有？你没有吗？"

客人瞬间闭嘴。我们都擅长双重标准，随意评判别人。

她不经意说出那句网络名言，我们一边笑一边非常同意她的看法。那个时候我们也都才十几岁，青春期的时候迷上一个姑娘，说得土气直白一点，她就是我们的梦中情人，我们第一次遗精醒来，梦中就是她。她陪着我们成长，我们看着她走红，回头看，她成了我们人生的坐标，她的履历里拥有我们的似水流年。看着这张海报，我们心想那时候我们才十六岁；看着那个古旧的电视剧，我们泛起十九岁的回忆，一年一年，一节一节，她变成了生命中的独家记忆。

白松说："真是机缘巧合，这次苏盈直接被 pass 掉，不然文音还是挺悬的。"

苏盈和李文音闹过不愉快的事曾被自媒体加以渲染，尽人皆知，作为对手难免有龌龊事，和李文音有仇就是和我们有仇。何况苏盈在圈子里出了名的脾气差，性格恶劣，几次在微博上和网友对骂，开车超速差点撞到人，片场抢戏，红地毯抢风头，做的恶劣事数不胜数，影视同辈们提及苏盈多半呵呵。无奈她演技好，人气高，她的粉丝们乐于迁就她，还不要脸地自我拔高，说他们家偶像是艺术家，艺术家没有坏脾气就如啤酒没有酒精一样扫兴。

媒体天天唱衰苏盈，封她为“恶之花”，预言她早晚要出事，和国内经济学家唱衰房地产一般，每天一篇负面新闻。人心中有了这个预期，自然希望对方真的如自己计算的一样垮掉，验证自己神机妙算，因为彼此不认识，也就不会觉得为了一点虚荣心让对方牺牲掉整个人生有多残酷，可惜天天被打脸。但谁又料得到后来为了一件小事，竟然导致她一落千丈，粉身碎骨。

听到这里，醉晕了的客人若有所思：“原来那件事和你们有关，闹得很大啊。”

我在我自己的故事里，不想回答她。

即使是佛像也有金身斑驳的一日，她不过是一个女演员，脾气坏到不会瞻前顾后，不懂得审时度势，怪得了谁？当时的我们比这次李文音得到影后还高兴。音粉们不少人推波助澜。

我说：“距离她被封杀已经一年了啊！所以做人还是正面点。”我们都是成年人，虽然对苏盈厌恶至极，但不得不承认，她的演技确实比李文音高好几个级别。

但是又怎么样呢？跟着我默念三百遍：李文音天底下最可爱善良，李文音天底下最可爱善良，李文音天底下最可爱善良……

白松看了看四周：“沈默，你怎么找到这个地方？”

“怎么？”

白松耸耸肩：“地方是不错，但都没人啊！神奇！你怎么知道这地方！”

“哦，这是新人舅舅开的，他来A城顺便要看他舅舅新开的店，我干脆定在这里，省得他麻烦。”

李东升要求高，看了看，夸了句：“这里还不错。”

几个大男人集体陷入少女情怀，这时我看到一个俊秀的男生从玻璃橱窗前走过，停在门口，脱下了戴着的贝雷帽，拿下口罩，推了门进来。

他一进来看到我们三个，立刻道歉：“对不起，我迟到了！”

我说：“你很准时，是我们早到。”

他长得高而瘦，挑染栗子色的头发，鸽子灰的瞳孔，年轻俊美如偶像明星，就是黑眼圈有点严重，整个人不知为何，有挥之不去的阴郁和忧郁。他看到我看他手上拿的口罩、帽子，忙说：“我有鼻炎，今天空气不好。”

声音略微沙哑，估计还感冒了。

我点点头。白松高呼了一声：“你颜值太高了，你做了吧主让我们怎么混下去？”

李东升说：“他没做吧主，你也混不下去。”

“滚。”

我很真诚地说：“你是本吧颜值最高的了，我们见过的人当中。”

他被我们这么夸，没说话，看起来有点害羞，更显得可爱了。我忽然感觉他有点面熟，便问：“我们见过吗？”

他困惑了一下，才说：“我没来过A城，在A城也没有朋友，应该没见过吧。”

白松白了我一眼：“你土不土啊，这套近乎的方式。对不起，我要出去一下。”

“你又闹什么幺蛾子？”李东升不耐烦。

“我要出去吐一下。”白松做出被我恶心的鬼样子。

他坐了下来，一会儿才调整好了心态：“白松哥，沈默哥，东升哥，多谢你们给我这个机会，我会好好报答你们的。我给你们带了礼物，等下一一给你们。”

李东升大手一挥：“说什么呢！我们都喜欢同一个明星，是缘分。”

他坚定地抿唇：“一定要的。”

我看了他的行李，大包小包，估计要在舅舅这里住几天。

他说：“虽然一直在网络上交流，但见面的感觉还是很神奇，和网上的感觉完全不一样！白松哥是老师，沈默哥是警察，东升哥是记者，真是神奇，在现实里套上职业，总是很难想到，这么正正经经的人会是谁的粉丝。”

是这样没错，套上了职业，就仿佛有了理性的光辉，其实职业只是职业。我说：“到这个年纪是再不会狂热地喜欢上谁了，那是年轻时候喜欢的。”

“年轻时候。”他说，“沈默哥是个长情而固执的人呢，喜欢一个人就会一直喜欢下去。”

他这么说，我有点害羞，不知道如何回答。他又自己回答：“我也是这样，喜欢一个人就会一直喜欢下去。”

李东升笑道：“你才几岁，就敢有这样的承诺。”

“我虽然很年轻，但已经知道我未来会怎样了。”他异常笃定，但我总是感到这种笃定后面有一种奇怪的悲伤。

这个只差我们几岁的小伙子和在网上聊天时的感觉也完全不一样，也不是不好，就是比网络上还神秘，又有一种孤冷的气质，也许是我当警察当久了吧。

我看到他随身带的包动了一下，我说：“鹿鸣，你的包在动呢！”

他恍然大悟：“对哦。”他拉开了一点拉链，一只可爱的小狗伸出头，扑闪着大眼睛看着我们。“好可爱！”

“是我姐的宠物。”

“那你怎么带上了！”

“我姐不久前过世了。”他淡淡地说。

我明白他那种莫名的忧伤来自哪里了，看上去，他姐年纪最多和我们差不多，李东升做多了社会新闻，知道现在年纪轻轻就得绝症的人很多，又或者各种飞来横祸，各有各的命。虽然习以为常，但就发生在眼前，还是有点恻然。

他看着我们：“为什么你们会为一个陌生人感到难过呢？没有关系，你们不用替我难过。”

白松说：“你这话奇了，我们为什么不能为一个陌生人感到难过？”

鹿鸣笑了笑，摇了摇头，哑着声音说：“我不是这个意思。”

我们点了饮料，李东升敲敲桌子：“来，我们先干杯，这些甜点可是沈默亲手做的。”

鹿鸣看了看那些甜点，又抬头看了看我：“沈默哥真不像警察。”

“那警察应该是怎么样的？”

“你沈默哥他纯属热爱生活，可不是娘——炮！”白松故意拉扯着声音。我用力扔了一个舒芙里到他脸上。

这个世界有奇怪的分工认定，男性该做什么不该做什么，仿佛做了糕点就会影响男性气概，明明优秀的糕点师又有很多是男性，可是落实到真正的世俗生活，总有这样那样的偏见。

鹿鸣吃了一块，说：“好吃！”

白松又开始嘴贱：“那自然是好吃。你沈默哥可是为了一个没见过面的网友开始学的糕点呢，感人肺腑吧。"

李东升冷笑："你最八婆，我记者证真该让给你。"

鹿鸣用小鹿一样无辜的眼神看看我又看看白松，我说："有一个很聊得来的网友，我们聊了好多年，她很喜欢吃甜点，我就按照她喜欢的甜点开始学着做。"

"是女生吗？"鹿鸣说。

"当然是女生。"白松说，"在他心中和文音并列的女神，可惜这么多年了，女神都没赏脸见他一见，可怜的小默子。"

李东升正色问："沈默，这么些年了，你都不想见她一面？"

我看他如此正经正要回答，他又说："万一……是男生呢？"

白松看到李东升这小子其实比自己更阴损，忍不住哈哈大笑。

我不想和他们计较，我作为一个警察，是男是女这么多年还分不清？那也白混了，只是见面的事情提了很多次，她刚开始挺想见我，这一年反倒不愿意了，也不知道是什么原因。

但和她见面并不是我和她聊天的目的，真要见面我反而也会犹豫不决。在我现实的人生中，并没有出现过这样的女生，我们出了社会，掉到云端之下，拘泥于枯燥的人生，在连谈理想都怕被人嘲笑的生活里，在"安心工作，五十岁做个警长，退休金多一点，别老瞎折腾，想那些有的没的"一句句真心警告下，你越会发现这样一个热爱生活、从不抱怨、开朗自由的女孩子有多难得，简直是折射着人生最美好的一面。如果见面了，是不是就破坏了这一切，那就太可惜了！她也是因为这样的担忧才不想见我吧？

我说："再等等吧，总会见的。我们先聊正事。"

"对，聊正事。"李东升拍了拍鹿鸣的肩膀，"我们这群吧里老一辈聊聊当吧主的经验。我们以前做学生时间很多，现在忙，管理吧里的时间越来越少，就靠你们新一代了。鹿鸣你也知道，当吧主和做做字幕一样，没有收入，就是靠一腔热爱。”

鹿鸣认真地点点头。

“这种热爱呢是发自内心的。所以，第一，要花大量的时间，最好时时挂在吧里，方便处理紧急之事；第二，我们要无条件维护李文音。”

“无条件？不分对和错？”鹿鸣问。

“李文音怎么可能做错事！”白松果断插嘴。

鹿鸣没有说话，大概觉得我们都做着这样的职业还这么不讲道理，白松也不是不辨黑白的人，故意夸大其词，多少有点调侃，但这个小孩子比我想象的还要理性和认真，这也不是一件坏事。

“有一点很关键，谁攻击了李文音，我们一定要以牙还牙，绝不能让别人觉得文音很柔弱，我们很好欺负。”李东升说。

“这样不是招来更多敌人？真的能维护文音吗？”鹿鸣又问。

白松忍不了，翻了个白眼：“小子，你能不能虚心听前辈的，前辈是那种不分青红皂白的人吗？这都是受过教训后的经验之谈！现在的孩子就是自以为是。”班主任犟脾气上来，天下皆是他的学生。

“对不起，我只是想搞清楚。”鹿鸣略带委屈。

我说：“好了，新人有些疑问是正常的，不问才有问题。”

李东升正色道：“这都是我们要遵守的吧规，你看看，那个苏盈虽然被我们打倒了，但粉丝们也想着反扑，这个社会就是弱肉强食，你凶别人才怕你。”

鹿鸣小心翼翼地说：“喜欢一个人为什么就要去讨厌另一个人？喜

欢一个人为什么要背上这义务？她们两个之间的事其实我并不关心，而且……”他看了我们一眼，“不喜欢一个人为什么就要打倒她呢？”

他这问题我们一时回答不上来，白松和李东升直皱眉看我，毕竟这小子最初是我提名作为吧主候选人的。

“你还同情她？有什么好同情的？她‘恶之花’的恶名是我们给安的？再说，我做记者不知听了多少她乱七八糟的事情。”李东升不屑，根本不想谈及她。

“‘恶之花’。”鹿鸣听了这个名字，脸上浮现了一点笑意，“媒体真有才华，我上大一时，老师介绍法国一本曾经轰动的诗集名字就叫这个，写的是巴黎最肮脏的一切。”

我们看着他，这孩子因为涉世未深，脑海里估计还有很多文艺泡泡，充满了罗曼蒂克的想法。

李东升虽然也是中文系毕业，但浸淫社会这么多年早成了老油条，最烦和人扯文学谈理想了，文音大概是他和所谓精神生活唯一的纽带了。

“我可以往下说吗？”鹿鸣礼貌地问我。

鹿鸣沙哑着声音接着说：“我看到一个报道，在恐龙时代，有一种树叫伍德铁树，遍布整个地球，在地球年轻的时候，白昼就像我们曾自以为无比漫长的青春一样，恐龙成群结队地穿梭在伍德铁树下，那样神秘又原始。后来，恐龙灭绝了，如今世界上仅存一棵伍德铁树，它脱离了和它适合的时代，已经没有用了。如果换成人，它就是人类中仅存的一个异类，人类的文化史曾经就是消灭异类的历史，如果不是人类现在进步了，努力让自己变得宽容，它肯定被指责成一个格格不入的恶之花。它是不是也该被消灭？一个美好的世界，应当容纳各种互不喜欢的人一起生活吧。”

说完，他用他无辜的眼神看着我们，我们面面相觑，不知道他讲这些是什么意思，但明显是在指责我们不应该对苏盈发动攻击，既然喜欢文音，那就做好喜欢文音的事情就好了。他们两个听不下被一个青葱少年教训，显得特别不耐烦。

李东升眼里放出寒光："你小子什么意思？教训我们？说我们做得不对？"

"不是这个意思。"他连忙摆手，"我只是要当新吧主，总要和你们理念一致，才能保持同等的节奏，和大家探讨探讨，希望我没有说错什么。"

白松转了转眼珠："你的意思？你是不是苏盈粉丝，你是间谍？"

鹿鸣连连摆手："怎么可能？"

"怎么相信你？"白松看着他。

他无奈，看上去也没想到自己会惹上这等猜疑，便求助地看了看我："是沈默哥推荐我的，沈默哥不会看错人。不过我也不能连累他，我给你们证明。"

他从包里拿出随身携带的收藏品，非常珍贵，我们三个都没有，然后对文音大大小小的、从未被报道过的事情也如数家珍。白松和李东升方才相信了他。也不怪他们怀疑他，毕竟这是我们第一次见面，没有戒心才更奇怪。我虽然觉得这小子思路清奇，但人与人本来就不能全然一致，我和白松、李东升也有很多三观不合的事情，求同存异才能成为好友。

正沉默间，小狗叫了几声，鹿鸣亲昵地摸摸狗头："乖。"

白松看着小狗，眼神里有羡慕，也有旧日的伤痛："好可爱啊。"

鹿鸣柔声说："白松哥也喜欢宠物啊！"

一会儿鹿鸣想起来，又说："对哦，我想起来了，当时因为宠物的事故，白松哥和人撕逼，那是去年的热门头条吧。对不起，勾起了白松哥的伤心事。"

他道歉得很诚恳。

白松说：“没事。”

他又小心翼翼地问：“去年，到底是什么原因啊。我能问吗？”他一边轻抚小狗，一脸怜爱。因为这只小狗，白松瞬间觉得和这小伙子是一路的，爱屋及乌，便对鹿鸣也疼爱起来。

白松说：“那个时候，我宠物走丢了，找到的时候已经被安乐死了，那个刽子手，不到一个月的时间就下了手！我们打听了，才知道她这些年已经杀了近千只猫、狗！竟然有这样凶残的人！微博上有人拍了她注射安乐死的照片，旁边是一堆死了的猫、狗照片，她竟然还在笑！在笑！那张照片，被她打针的就是奥斯卡！”白松想起这件事又伤痛又恶心得想吐，眼睛里浮现了薄雾，“我写了一篇控诉长微博，附带了那照片，李东升在的媒体帮忙进行报道和转发，沈默在的警局微博公众号也帮我转发了，还有爱狗协会之类的宠物微博都来帮忙。我没想到两三天就有几十万转发，无数人替奥斯卡出气，人间还是有真情的，她真是罪有应得。”

白松沉默了，我和李东升想起那件事情，又是痛心又是烦心。

“那为什么会牵涉到‘恶之花’苏盈呀。”

“谁知道啊！她坏事做多了见到鬼了呗！”

我们三个也没想到苏盈和那个注射安乐死的宠物医生是朋友，物以类聚，被网友扒出两个人和刚刚过世的动物的合照，哪个心理正常的人会照这样的照片？短短一日内，达到近百万转发，酿出比上一波更强烈的舆论狂潮。

苏盈毫无人性，喜欢虐待动物的消息层出不穷，各种图片源源不断，真真假假，观众也分不清是真的还是PS的，那么多图片，总有真的。很多爱宠物的人自发用PS图讨伐苏盈和她的恶魔朋友，网友愤怒之声一波接一波。

短短几天，苏盈的名声就臭不可闻，更要命的是她还不知收敛，那个风口浪尖上，晚出酒驾，超速差点撞到路人，情绪还特别恶劣，又成了新一波头条。这段时间适逢她要转会，谈好的合约毁了，没有人敢接手，整个职业生涯就这样被毁了，谁又会想到这么多年辛苦打下的基业抵不过一张照片。

客人听着，想起去年的那个状况，不禁有点感叹："自媒体时代群众的力量是可怕的，能火速成就一个人，也能轻松毁掉一个人，只能说多行不义必自毙。"

作为当事人，我们陷入了去年那段疯狂而复杂的回忆中，百感交集。

很久，我们听到鹿鸣轻声问："白松哥后悔了吗？"

白松没想到自己煽情了这么久，竟然得到这个问题，弹跳起来，如同被针刺到："我后悔什么！我做错了什么！"

鹿鸣说："我不是这个意思，只是看到白松哥的神色，以为白松哥后悔了。"

"你小子真是！我到底有什么值得后悔的！"白松无语道。

"我以为白松哥知道。"鹿鸣怯生生地看了看我们，一会儿才说，"有件事不知道该不该告诉你们……"

"知道什么？"白松白眼。

"有屁就放！"李东升不耐烦。

"听说那个女生自杀了……"鹿鸣小声说。

"什么？"我怀疑是我听错了，"谁自杀了？"

"那个宠物医生。"鹿鸣没有信心地重复了一次。

“你哪里来的消息？谁告诉你的？”李东升脸色变了变，坐直了。

“我前天在贴吧里看到的。你们不知道吗？”鹿鸣问。

“网上的消息哪里能当真。”李东升又坐回去，断定是假消息。

我说：“哪里的？找出来我看看。”

他抿着嘴唇，拿出手机，找出那个帖子递给我，下面已经有几百条留言。我一条条看过去，看着发帖人的回复，有很详细的细节和信息，看来确实是真的。

我手抖，手机掉到地上，我们算无形中害死了一个人吗？

鹿鸣捡起手机，递给李东升和白松，我看到他们的表情也跟着凝重起来。他们也知道是真的，因为还附上了那个宠物医生在医院抢救的照片。

白松脸白了，李东升脸黑了。我意识到我作为一个警察，间接杀了一个人。一个我不认识的人，一个原本不应该由我来裁决的人。因为我的情绪和非理性，我害死了她。

一片沉默。一会儿，白松说：“已经过了一年了，她自杀，根本不是为了那件事吧。”

鹿鸣看了看白松和李东升的脸色，又看了看我，不敢说话。

我说：“帖子说是因为那件事。”

李东升说：“我做记者这么多年，什么人都见过，其实这件事不该怪在我们头上。”

我知道他们是因为负疚而推脱，这是灾难面前，每个人的本能反应，退缩或者逃跑。

或者如鸵鸟把头埋在沙子里，假装一切都没有发生。

可是，我没有办法用这种方式去推卸责任。我说：“我们的确有错，去年我们做得太过了。我们不应该那样的。”

李东升忽然对我吼道：“你现在说这些有屁用！你要告解请你去教堂。”

毕竟是一个人死了，我知道他们都不好受，便不再说话。

白松缓了缓，说：“我们做老师的经常听说各种新闻，比如有学生因为被老师批评几句，就想不开自杀了，老师虽然很内疚，但这是老师的错吗？”

李东升点点头说：“白松说得对，自杀终究是她自己的行为，即使她真的是因为那件事，那也是因为她心理脆弱，网上天天有人被骂，怎么别人就没自杀？她不为这个自杀，以后也会为其他挫折自杀，这个锅我们不背。”

白松紧接着说：“而且那件事摆明是她的错，网络上多少人没做错什么都被骂得狗血淋头，她做错了，害死了我的狗，凭什么就不能骂了！她有这么娇贵？人人都要让着她？”

我没想到这两个人比我想象的心理承受能力强这么多，听着他们不满的争辩，一种奇怪的痛苦从心蔓延到我的喉咙上，我如鲠在喉：“不论对错，她罪不至死，我们的确做错了。”

李东升道：“我们做错了什么！沈默你这菩萨心肠怎么做警察的！这么久还这么没长进！难怪只能在家做做糕点，娘炮！”

我一个糕点直接摔到他脸上：“你说什么！”

李东升吃痛，也怒了，站起来，要跟我打，这混账好吃懒做一日日变肥，打得过我？

白松和鹿鸣连忙拉架：“好了，好了，怎么变成你们打起来了！本来就够头痛了！”

我心想也是，只是那种痛苦无处宣泄，不禁迁怒于他。

白松说：“放轻松点。”我看向他，他确实已经完全扭转了负面情绪，

“你们想，奥斯卡也死了，她因为奥斯卡而死，也算一命抵一命。”

鹿鸣听到这种歪论，忍不住惊讶：“人和狗怎么能相比？”

白松如同一个不可理喻的动物保护协会会长：“怎么不能比？生命都是平等的，人比较尊贵？再说，她这种有残杀动物倾向的人故意混入流浪动物基地，安着什么心？就是想顺理成章地杀害动物，杀了多少动物？那些动物就是活该？这种人有什么值得同情的！”

李东升紧紧盯着鹿鸣，打量着他：“这事就是你挑起的，你究竟什么目的？”

鹿鸣脸都吓得绯红，看起来更柔弱了，沙哑着声线，小声道歉：“对不起，东升哥，是有人发帖子到贴吧，我以为你们早就看到了，对不起。”

李东升本来就是厚黑学继承者，这些年越发过分，只是我时常忍耐，现在我对李东升很不爽：“怎么事情是他惹起的了？根本和他无关，你怪他干什么？”

李东升不理我。

鹿鸣又道歉：“对不起。”他拿着饮料，“都怪我大嘴巴，告诉你们这件事，我不懂事，你们不要怪我。”他怯生生的，我拿着饮料跟他碰了碰。

他举着杯子，李东升打算不理他，最后犟不过他，也跟他喝了一口，他才高兴了一点，紧张的神色缓了缓。白松也接受了他的道歉，喝了和解的饮料，开始吃起蛋糕。

李东升边吃边接着白松的话：“白松说得对，而且这种杀手狂魔心理素质好得很，怎么可能因为被人骂几句就自杀？她自杀虽然是真的，但肯定不是因为这件事，一定是这个发帖人想赖在我们身上，到底是什么企图呢？”

我听了心乱如麻，觉得恶心又难受，我们虽然是因为喜欢一个明星相遇，因为共同的爱好成为多年朋友，但我不希望我的朋友只是这样，毫无同情心和内疚心。我更不希望做了多年朋友，才发现我的朋友竟然是这样的，那我一定也好不到哪里去。

死亡的阴影在我心中不断盘旋，我觉得喘不过气来，头重重敲到桌子上，耳边隐约听到白松他们的呼唤声，我想我要难过得晕过去了。

眼前一片黑暗，睁开眼时，我一时想不起自己身处何地，一会儿才记起刚刚发生的事，心又重重往下沉，可这里不是我们刚刚身处的地方啊。我觉得四肢酸痛，动弹不得，才发现我的手脚都被人捆绑起来了，我大惊，转头看到身边的白松和李东升也是一样的状况。

我努力用身体触碰他们，轻声叫道："喂，怎么回事？醒醒。"

旁边的李东升悠悠醒来，发现身陷囹圄也惊恐万分。白松问道："怎么回事？谁干的？"

我看了看四周，鹿鸣并不在，我说："我想是鹿鸣。"

李东升咬牙切齿："我就觉得这小子古怪，你怎么挑的人？"

我真是烦他："看来是饮料里下了药，现在说这些有意义吗？"

"对啊，现在说这些有意义吗？"有人推门进来，开了灯，非常刺眼。他细声说："东升哥永远是这么擅长推卸责任。"

李东升骂道："你有病啊，把我们绑在这里干吗？快放了我们！"

白松说："你不是心理变态吧！放了我们，有什么事好好说，大家有缘，相聚一场。"

鹿鸣坐在不远处的沙发上，还是那个漂亮病弱的惨绿少年。他看着我们，却又如同透过我们看到遥远的城市以外的荒野，慢慢重复白松的话："心理变态，有缘相聚？白松哥不愧是做老师的，忽然就会讲人话了，怎么刚才就不讲这样的人话？”

“我……”白松忽然意识到了什么，“你是那个宠物医生什么人？”

鹿鸣也不搭理他，只是慢慢叙说：“我也没什么意思，只是有一个故事搁在心里好久了，特别难受，想和你们讲一讲。”

我冷静下来，背靠墙壁最下面，贴着砖，我慢慢磨着绳子，但又只能轻微动作，动作稍微明显，他就会看到，到时候就更麻烦了。

白松忽然大叫：“有人吗？有人吗？”

鹿鸣淡淡地说：“别叫了，这个店用的是世界上最好的隔音玻璃，你叫到失声也没人会听到。何况现在这么晚了。”又嘴角微微一扬，“为了你们，我可是花光了所有的积蓄。”

我们这下都明白了，他已经筹谋了很久。

他说：“你们一定很不明白，为什么我一年前就开始筹谋这件事，因为那个宠物医生不是前天自杀的，是一年前。”

我的神经重重一跳，全身跟着痛，她确实是因为我们而死，那浓重的死亡阴影笼罩着我。

白松有点害怕了，一会儿他转了脸色，求情道：“对不起，我们也不知道会那样，她的死我们确实有责任，我们好好商量，你需要我们做什么我们都会做。”

鹿鸣轻哂，我却听到这笑声后隐约的哽咽，他说：“责任？白松哥忽然就觉得自己有了责任？刚才你们不是都觉得她是咎由自取？心灵脆弱？活该？是不是，东升哥？”

李东升双唇紧闭，沉默。

鹿鸣用非常轻蔑又痛苦的眼神看着李东升和白松：“雪崩的时候，没有一片雪花觉得自己有责任。群体从不承认他们的罪行，即使把事实摆在他们眼前也是一样。”

他刚才不过在考验我们，也许我们有良心一点，事情不至于此。但很多事我如身处云雾里，搞不清来龙去脉。

我知道这件事再挖下去，对我来说一定是最大的痛苦，但我无法避而不见。看到这样的鹿鸣，他情绪如此稳定，我知道他一定排练了很多次，日复一日地筹谋，我知道他心中有多少恨，他不会放过我们的。

我也没有办法放过自己，我想知道因为我曾经的失控到底犯下了多大的罪行。我也希望能改变当下的境况，说到底，我还是自私，我虽然害死了人，可是我想活下去。鹿鸣这样施行私刑对自己并没有好处。我说：“鹿鸣，我知道我们犯下了大错，可你这样做毕竟是犯法的，对你自己也不好。”

我才发现我的声音低哑成这样，鹿鸣接着我的话：“那什么才对我好。”

李东升接口：“我们愿意接受法律的裁决。”

鹿鸣冷哼了一声：“东升哥，你闯荡江湖这么多年，何必欺骗我这种小孩子。如果法律裁决得了你们，我需要做这种事？法律裁决不了你，良心道德也裁决不了你，因为你，根本，都没有。”

他掉转头看着白松，一直看着，他虽然纤弱，但那眼神怎么说？冰冷？仿佛他自己是没有体温的生物。白松原本避开他的眼神，但他并不缩回，只是盯着他，让白松避无可避。这其实是一个心理较量，鹿鸣是地狱里的审判官，只负责白纸黑字，校验生平错对，一一判决。看得出白松害怕起来，鹿鸣终于说：“白松哥刚才说得很理直气壮，一命抵一命。这种理念也没错，是吧，白松哥。”

他还是之前那种平淡无波、与人无争的声线，但忽然生出了十分的恐怖。

白松终于说："一命换一命也不是绝对的，要看她的命和我的命是不是对等。"

客人听得有点害怕，便问："你怎么逃出来的？当时很恐怖吧！"

我已经可以平心静气地回答："那个时候，我确实很恐慌，但我想我没有怪鹿鸣，我知道那个医生一定是鹿鸣很亲密的人，我们是罪有应得。"

鹿鸣并没有生气，只是笑了笑，笑中有些凉意："白松哥的意思是，她是个凶残暴徒，而你是个受人敬仰的老师，你的生命比较高贵。"

他忽然站了起来，白松眼睛低了下去，鹿鸣又坐了回去："好消息是你终于有兴趣知道她是什么人了。我当然会告诉你——你们。"

他扫了一眼，李东升、我。

我看着他，细微地、一点点地磨着手上的绳子，这么慢的速度，几乎觉得不能成功。

"曾经有一对姐弟，爸妈因为工作常常出国，姐姐一直是一个热心、善良、开朗的女孩子，弟弟身体不好，多是姐姐照顾。有一回弟弟深夜发高烧，没人能帮忙，姐姐就背着弟弟到医院，一路奔跑颠簸，姐姐那瘦小的背骨刺痛弟弟的胃，即使现在想起来还有鲜明的感受。医生说晚来一点也许就出大事了。对于弟弟来说，想起姐姐，就想起胸前那个温柔的牵痛，姐姐那个时候也不过才十岁。弟弟从那个时候起最大的愿望是能娶姐姐，长大一点懂事了，愿望变为能娶姐姐一样的女生。姐姐从小喜欢小动物，经常拿着食物喂那些流浪狗、流浪猫，被爸妈碰见了，免不了被一阵骂，怕感染病菌。有次我们在街边，看到一辆飞驰的车撞翻了一只流浪狗，姐姐的眼泪瞬间就落了下来，她告诉弟弟，她以后想要让所有流浪的小猫、小狗有个家。弟弟想富于同情心的人容易显得软弱，所以他要保护好这个敏感多情的姐姐。”

我听明白了他和宠物医生的关系，可是他说的话是真是假？那为什么宠物医生要做那种事？毕竟自己人总会维护自己人。我心里有很多疑问，希望能从他的话中探明事情的真相。

“姐姐大学毕业后，原本有很好的工作，但她自愿到很偏僻的城郊的流浪动物收容中心，弟弟知道她在实现心中的梦想，只是从那以后，每次看姐姐都要穿越半个城市。可是梦想有多美好，现实就有多残酷，这个城市有太多不负责任的人，流浪狗和流浪猫太多太多，有的甚至感染恶疾，不得不处理，而且收容中心的场所太小了，财力能力太有限了，很多号称很有爱心的人只是喊喊口号，站在高处指指点点，从不肯真正伸出援手。收容中心规定，流浪狗和猫如果十五天内没有被认领或者收养就要被安乐死。收容所已经很宽容了，很多城市流浪狗都被当街打死的。在姐姐的各种斡旋下，十五天变为三十天，可这并不能改变很多流浪动物的命运。而执行这个安乐死的是姐姐。姐姐从来无法接受这个事：她要帮助它们，首先要杀死它们。可是现实逼着她这么做，她不做也有别人做。别人可没有她的爱心。第一次执行安乐死的时候，看着小狗在她手上渐渐失去呼吸和体温，她痛哭不止，回来不断做噩梦。这种情况并没有因为执行任务多而变好，反而越来越严重。姐姐常常在噩梦中醒来，消瘦，甚至压力大的时候就掉头发，弟弟劝姐姐不要做这份工作了，姐姐不愿意。弟弟知道姐姐在坚持什么，这种坚持让姐姐痛苦，又让姐姐义无反顾。姐姐说她明白人生不是白雪公主，走到哪里都有贵人；人生是人鱼公主，为了能做出一点点事，你要在尖刀上起舞。”

白松闷声闷气道：“是你……姐姐，你当然说她是世界上最好的！”

鹿鸣不理他，继续说：“后来有一天，姐姐打电话给弟弟，哭着对弟弟说，她在网上被攻击了，有很多人骂她。弟弟说：天天有人在网上骂你，你要做这件事就要习惯。姐姐说这次不一样，就挂了电话。弟弟知道很多人不理解姐姐，网上的人都是陌生人，解释给他们听，解释得完吗？也不是没试过，可是有几个人信？他们不过就是想骂你发泄而已。

“弟弟打开网络，才发现这次真的是民情汹涌，微博头条、微信文章数万人转发，刽子手、婊子……多难听的话都有，忽然所有人都成了善良的人，只有姐姐是个恶魔！他赶到了收容所，收容所根本没钱，别提找公关，但他们正找人写声明，可那人说要发声明没问题，但估计作用不大，最好要先避过这个风头。弟弟便带姐姐回家。拔了家里所有网线，和姐姐聊了一个晚上，姐姐情绪稳定了一点，只是沉默，筋疲力尽，不想说话，她累了太久。

“第三天，弟弟有事回学校一趟，一到学校听说事情又闹得更大了，连忙回来，发现姐姐已经不行了，手边是打开的手机，手机上几万条评论都是谩骂。姐姐被送到医院急救，最终没有救回来。”

鹿鸣的声音有点颤抖，但他极力稳定自己的声线，我听着，听到那隐藏得那么深的痛苦，那午夜梦回都会让他一夜又一夜痛哭醒来的悲剧，他现在假装这是别人的故事，讲给我们这些真正的刽子手听。

鹿鸣走近白松，隔着一个人的距离，蹲下来，直视白松的眼睛：“白松哥，你知道姐姐的遗言是什么吗？姐姐和你的理念是一样的，你说有多巧？她说：‘生命都是平等的，我和流浪狗没有差别，也会痛苦、流泪，也会绝望，也会死。’”

我听着，不知道为什么，眼泪流了下来。

李东升鼻子哼了一下：“你不过是想为姐姐报仇，想让我们内疚！干脆点，说那么多干吗？以为我们会信啊！”

鹿鸣坐回去：“你为什么不信？”

李东升说：“故事倒是编得很感人，可惜破绽太多，那张和动物合拍的照片怎么说，笑得那么开心，可没看出她有你说的那么痛苦！”

“照片。”鹿鸣说，“当然，照片，像东升哥这样的人做了几年记者，就变成怀疑世界上所有人的虚无者，唯一幸免的是文音吧？文音还是因为小时候就喜欢，你那厚黑价值观还没形成。所以像东升哥这样的人如今还念念不忘文音，就是所谓的心理补偿吧！”

李东升哼了一声，表示他有话就说，别瞎扯。

“娱乐圈有个当红影星被人称为‘恶之花’，因为脾气暴躁、直肠子、做事不会拐弯抹角，常得罪人。但很奇怪的是，这个脾气暴躁的明星倒和姐姐这个平民成了好友，后来弟弟才知道这个明星从不带眼识人，姐姐因为帮‘恶之花’认领回走失的宠物而认识。姐姐温和，明星火暴，两个人在一起经常是非常好笑的画面，可是‘恶之花’真心疼姐姐，也知道姐姐从不贪图什么，甚至不拉她为收容所捐献。‘恶之花’私底下常有捐献，但和姐姐保持干净的金钱关系，姐姐说‘恶之花’是她人生中两个最好的朋友之一。有一次，‘恶之花’来看姐姐，姐姐正在给动物执行安乐死，眼里都是泪光，‘恶之花’知道姐姐的苦衷和不得已，便讲娱乐圈很多明星的笑话给姐姐听，讲到某个装模作样的明星时，‘恶之花’绘声绘色，姐姐终于笑出声。她们都不知道这刻的她们被拍下来将传遍全国，更不知道有人仅凭着这张照片就给她们定了死罪，她们的人生仅仅因为一张没有前因后果的照片走向彻底的破灭。”

我无法相信“恶之花”是这样的人，我们讨厌她太久，自以为比谁都了解她，几乎所有媒体都讨厌她，总不能大家都是抹黑她吧？

鹿鸣停了下来，没有看我，只是看着白松和李东升：“我来给大家念一念当时网友的评论，让大家有点身临其境的感受。”

鹿鸣打开手机，如朗诵一般念着网友攻击姐姐的评论。

“心这么黑，癌症晚期是迟早的事，你会死得比这些猫狗惨。”

“社会上总有那些心理极其扭曲的人，简称心理变态。组十几个粗壮汉子团去强奸她，她这么变态，应该会喜欢！”

“贱女人，黑心不要脸，把残害生灵当事业，妖孽，那些怨灵早晚会来收你，等着！”

……

只是，他虽然佯装平静，念了两三句还是念不下去了。

我以为哽咽声是来自我，原来是来自他。

我感到前所未有的痛心和抱歉：“我们做错了，对不起，我们做错了。”

鹿鸣静静看着我，脸色如深渊一般，看不出起伏。

白松也说：“我们做错了，对不住。”

鹿鸣掉转视线，冷笑：“杀死一个人，毁了另一个人的一生，一句‘对不起’就了事了？事情落到自己身上，就特别容易被原谅？”

如果我们能做到宽恕别人像原谅自己那般轻易，天下太平。

旁边的李东升毫不动容：“全都是你在说，既然你姐姐如此冤枉，为何当时你们不捅出来？”

鹿鸣说：“捅出来干吗，让同一拨人掉转风向，骂你们一下？有什么意思，你们会受到惩罚吗？不会。我不让他们报出去，因为从那个时候开始，我下决心不管花多少时间，都要亲手惩罚你们，给世人一个教训。”

我们都明白了，这个事情不会善终，本来还抱着一点点希望，他毕竟是孱弱善良的男生，只是给我们一些苦头，现在彻底明了，他的恨意有多深重。

正说着，李东升突然双手解放了，飞快地去解脚下的绳子。我就知道李东升东问西问是在拖延时间。白松眼睛放出亮光，叫道："快点，快点。"料定一个孱弱少年不是李东升的对手。

然后，我听到枪响的声音，李东升的腿部有殷红的血流出来，紧接着，白松的脚也被击中，然后一阵剧痛，轮到我，我被打在胸口上，痛得我几乎要晕过去。

鹿鸣手上拿着枪："你们真以为我计划一年，就这么容易让你们跑了？给了你们机会，可惜你们坚持不悔改，一点点真实的心痛都没有。"

他故意的，让我们有点生机，不过是另外一个试探。

他又开了枪，李东升的左手，白松的右手，血流了一地。两个人脸色惨白，剧痛让他们不断呻吟，仿佛死亡开始掀起帷幕。

他丢了一根绳子给李东升，用枪指着李东升："自己绑起来。"

李东升面露惧色，双手颤抖，花了很久，终于把自己捆得结实。

我觉得那把枪如此眼熟，正如我觉得鹿鸣很眼熟。我问："你哪儿来的枪？"

鹿鸣说："你终于认出这把枪了！沈默哥你的啊！"

"你怎么拿到的！"

鹿鸣笑了笑："何止是枪，枪法也是沈默哥你教给我的啊！"

"什么意思？"我不明白，今天明明是我第一次见他。

"我刚来的时候，就说要送给三位哥哥礼物了。现在该献礼了。"他打开包找东西。

不知道他要拿什么，白松和李东升惊惧地往后挪。鹿鸣掏出一顶假发、银边眼镜，戴了上去，然后把口中一直含着的东西吐了出来，沙哑声没了，恢复了原来清凉的声音：“认得出来吗？”

“是你！”我惊讶极了。

“对啊，沈默哥，你曾说过我是你这些年交过的最交心的朋友，结果换个造型就把我忘记了。”他笑着撒娇，如同一个不谙世事的纯白少年。

他真是太大胆了，这一年乔装打扮，在我身边，主动接近我，装成一个穿着朴素的书呆子，想法和兴趣经常和我不谋而合，原来早就在研究我。我那个时候很庆幸现实中有这样的好友，他对枪法有兴趣，我教他，甚至于我有一阵出差，托他照顾金鱼，公寓钥匙都给了他一份。

原来这是他接近我的目的。

白松和李东升看着惶恐的我，不知道为何我会那样。

他又对白松和李东升说：“轮到你们了。”说完，他扮出另外两个形象。

一个是白松学生的哥哥，一个是李东升的采访客户，因为投缘，开始有往来。

“是你！”白松又惊又惧，但不知道他为何要花这么多力气做这个事。

“白松哥最厉害了！家长群天天很热闹呀。‘老师辛苦了！’‘谢谢老师，我儿子成绩上升了一点。’……去年端午节收购物卡十五张，总额一万八千，中秋节收购物卡二十张，总额两万三千，教师节十八张。除了购物卡之外，还有各种礼物……不愧是为人师表！”

“你……你胡说八道！”白松虚弱地说。

“怎么会呢？”他翻开手机里的截图以及收集的各种证据，“我可不像白松哥，我做事讲证据。”

白松垂下了头，无法辩解。

“至于你，东升哥，你收礼收得太夸张了吧！去年一年就收了五十万，一半的报道都是为了钱写的，怎么说呢，这职业道德呀令人刮目相看！”

李东升估计知道他早就准备好了万全的证据，也不想争辩，只问：“你想干什么？”

“我也帮你们编了一个长微博，让你们红火一番，身败名裂。你们不是道德完人吗？当你们用石头攻击别人时，一定觉得自己无懈可击吧。结果不过如此而已，真让人……失望。”他摇摇头，强忍内心巨大的愤怒和痛苦，“至于你，沈默哥，等下再来谈谈你。”

现场再次陷入死亡前夕的沉默，仿佛是一个战后的沙场，到处丢盔卸甲，到处都是尸体，我想外面的月亮一定已经升得很高了，如同一双审视的、冰冷的眼睛。

我们三个人的血渐渐汇聚在一起，我感到自己越来越虚弱。

白松哭着求饶：“我知道错了，你放过我们吧，求你放过我们吧！”他断断续续地哭，“当时我也不知道，因为奥斯卡死了，我很伤心很难过，对不起。”

“那你为什么是看到奥斯卡死后照片的第二天，才开始写微博？”

“我……”

“我告诉你为什么！因为你当时在争取一个职称评定，那一天失败了，你本来是不会发那个微博的，你是一股怒气不得不发，你是迁怒！”

白松惊呆了，连我不知道的这个鹿鸣也都知道，他无话可说。

“沈默你让警局帮忙转发，作为一个警局，竟然连起码的背景调查都没做！仅仅因为你相信白松！而你，李东升，私下收了钱，动用报社的公信力和力量！还假装是为了朋友义气！”

“你收了钱？收了谁的钱？”我惊讶地看着李东升。

李东升脸黑得不能再黑，不说话。突然，他气急败坏地吼道：“你再怎么洗白也没用，苏盈酒驾、在新闻发布会上砸东西，这些都是我害的？她本性就是这样！她就是‘恶之花’！”

听到这里，客人已经转变了对苏盈的看法，那些曾经从众的想法，虽然她还没听到真相，她摇头叹息：“这个时代，我们喜欢一个人、讨厌一个人都太轻易，喜欢变讨厌也太容易。”

你看，她就是一个现实的版本，从厌恶到喜欢，只因为我一席话。我们评价一个人都如此轻易，因为不需要花费任何成本。

“苏盈姐听说我姐自杀进了医院，从饭局里冲出来，不顾一切，一路超速，中途被拦了下来，最后还是没见到我姐姐最后一面！她总是太冲动，最后还坐了半年牢。我让她冷静，可是她怎么冷静？在新闻发布会上砸东西、痛骂你们、痛骂了所有网友，她骂错了吗？可是她毁了自己，你们全都安然无事，高升的高升、受贿的受贿，日子过得别提多甜美！当时我想这就是我们的整个社会啊，这就是这个社会的规则啊！没有人会帮苏盈姐，她已经身败名裂，一个女明星坐牢，即使能复出，要花多少年才能洗清这个污点？我叫她忍着，先不要说出真相，我这一辈子，我搭上一辈子，也一定会报这个仇，一定要还给她一个清白。”

我不知道为什么，血流得越来越少，眼泪却流得越来越多，我一个大男人，我一个警察竟然犯了这样一个大错，即使让我死，也是应该的。

“可是李东升收钱和苏盈有什么关系？”我还是想搞清楚，死得明白。

他忽然把所有李文音的收藏品，我们的、他的，撒了一地。

“你们不是一直觉得李文音很单纯吗？一个从来不犯错的单纯女生，难道以你们三个的智商不会想这本身是多么可怕的事情吗？你们不是没有智商，你们只是欺骗自己。”

我想拒绝他下面说的话，因为我知道他即将戳破我人生最大的泡沫和幻境，白松痛苦地闭上了眼睛。

“她们两个是竞争对手，冲突也谈不上谁对谁错！我不想为苏盈姐澄清，她本来就是这样的霸王个性，到处得罪人！但是李文音的团队一直在黑苏盈！为什么有人去拍我姐，为什么我姐的照片出来第三天，她和苏盈的照片又出来！这从头到尾是一个局，一个筹谋很久的局！苏盈姐的公司不愤她要离开，觉得培养她多年，她忘恩负义，双方拿着什么性格不合或者恩情义气说事，说到底是利益纠纷，谁对谁错说不清，可是他们的手段太下作。他们最清楚苏盈姐的日常，和李文音的团队联合起来。而你们只是局内毫不知情的棋子被利用，甚至连最基本的调查都没有，就自以为是在伸张正义，为奥斯卡报仇，为流浪狗和流浪猫伸冤，就被牵着走！当然没有你们，没有白松，也会有另外的人被摆布，他们在那里蹲点多久了，拍的照片何止一两千张，总有办法做出照片泄露的样子。你们突然跳出来，如同上天为他们助力，不过李东升不一样，东升哥收了钱，多半也明白了一半，却继续选择充当打手！往坏处想是为了钱不问是非，往好处想是觉得不管李文音如何，你都帮亲不帮理，谁知道呢。”

鹿鸣凛凛看着李东升，嘴角的笑意早已消失。

李东升也没什么力气了，声音模糊地说：“事到如今，说这些干屁，你要折磨就折磨个够，不行就放我们走，不放，你自己也脱不了干系，何必为我们这些人渣把自己拖下水。”

白松上气不接下气地哭，低声下气地恳求：“你姐那么善良，肯定希望你好好生活，我们也很惨了，放我们一马吧。"

鹿鸣不接他们的话，对他们不屑一顾，倒是看着我，问我："沈默哥，要放了你吗？"

我已经很灰心，即使出去，我也要背着这个债一辈子，警察也没法干了，永远和这个痛苦血斗，有什么乐趣可言。"你如果觉得我们死才能赎罪，那就让我们死吧。"

鹿鸣冷冷地看着我，一点都不意外："我希望你们死，那是自然的。但我对沈默哥和他们两个还是不一样的。"

"为什么？"

"我姐临走前给你留了言，我想了又想，还是要带给你。"

"你姐姐？她认识我？"我简直无法理解，但冥冥中又感到一股比之前还要巨大的灭顶之灾。

"沈默哥有个非常好的网友叫作'如果你都不快乐'是不是？"他说，眼睛盯着我。

我知道他要说什么了，我失控地吼道："你撒谎！她前几天还和我联系，我害死你姐姐是我的错，你不能用这个骗我！"

鹿鸣深深吸了一口气："沈默哥，从头到尾，你应该知道我没有一句话骗你们，这一年，和你联系的一直是我。"

我的眼泪不知道为什么簌簌往下流，怎么也止不住，如同坏了的水龙头，我心中那股巨大的悲伤仿佛传说中的那一场惊涛骇浪，淹没了整个杭州城："你胡说！"

"我没有胡说。为什么一年前你们已经约好见面，这一年来我姐姐却诸多推托，你刚才已经有预感了不是？"

我无话可说，我知道这是真的，这一切都是真的，我觉得整个世界一下转入深秋，所有茂盛的绿叶哗啦啦全落光，所有崭新的房子一下子变老，所有耀眼的光芒都变为灰。

“我姐姐从来都没那么聪明过，可是她对你太熟悉了，对你倾注了太多心意。那天，她翻着那些骂人的话，翻到了你的微博，她觉得语气如此熟悉，她进了你的微博，翻了几页，里面有你曾经和她说过的观点，也有几次你们聊天的截图，她知道了是你。大概在那个时刻，她彻底绝望了吧。原来你也不过如此，被她认为是人生中最好两个朋友之一的你。”

曾聊到高兴处，我确实马赛克了名字把截图放在微博上，有这样的朋友忍不住想要炫耀。

“她应该和我解释，我一定听她的。”我喃喃地说。

“所以还是她的错咯？”鹿鸣看着我。

我不是这个意思，可是所有事情一环接一环，置我于死地，我还能做什么，还能说什么。

鹿鸣把一张纸扔到我面前：“你自己看吧，我就……不念了。”

我努力拿起那张纸，血沾满了那张纸，是我迟来的血债血还。话很短，不过两行：“亲爱的 lonely man：世界是荒诞的，人生是痛苦的，生活是无意义的。我投入最多热情的反噬了我，这世界和你并不让我心碎，只让我觉得恶心。”

我明白了她的意思，我甚至都不流泪了，因为眼泪也不过是无能的掩饰，是寻求他人原谅的一种表演，所有已发生的一切，以及我自己，都让我觉得恶心。

我记起了所有和她聊天时的场景，春天仿佛在开满了苹果花的林荫道上，夏天仿佛在水稻生长的田野里，白衣短裤的少男少女、飞来飞去的篮球、柠檬的香味、单纯快乐的可乐吱吱冒着气泡，一切都充满了热情和希望。

她说：如果在黑暗的时代，我们不去做些什么，那意味着我们就是黑暗的同谋。

她问我：对生活这么多的热情是不是有用？当我对幸福的憧憬太过急切，痛苦就在我的心灵深处升起。

她说：重要的不是治愈，而是带着病痛活下去，因为对光亮的向往，让我格外脆弱。

她问：你知道吗？我近来越来越懂莎士比亚那句话：没有受过伤的人才嘲笑别人的伤疤。

……

鹿鸣站起来，看上去要走，白松已经彻底垮了，在那里哀哀地哭，谄媚道："你放我们走吧，我们知道错了，你何必为了我们这种人把自己搭进去……"

鹿鸣说："我怎么会把自己搭进去？枪是沈默哥的枪，咖啡厅是我之前用沈默哥的信息注册的，发到网上的帖子也是用沈默哥的号，事实是沈默哥知道当年的当事人自杀了，而且竟然是自己最好的朋友，他接受不了，你们起了内讧，最后自相残杀。"

他带着微笑，解开了我的绳子，之后走了出去，白松和李东升绝望地瘫软下去，我听到他锁上了门，听到他终于在门口仿佛发泄般放声大哭。然后哭声渐渐消失，他走远了。

我的视力渐渐模糊，听觉也渐渐消失。我知道等我们肮脏的血流尽了，那审判的最后一刻也就来临了。

慢慢地，我又好像复原了，我听见两个女生在说话，然后眼前的幻觉渐渐清晰，在窗明几净的咖啡厅里，两个最不可能成为朋友的朋友，喝着红茶，吃着舒芙里，窗外有一棵巨大的没有名字的绿树，白色的鸟低低地飞。

脾气坏的女生说："你要清醒一点，他们会心痛一只狗，但不见得会同情一个人。就是这样，我们就生活在这么充满恶意的世界里。”

脾气好的女生问：“世上只剩下一棵伍德铁树，恐龙时代留下的树，它失去了适合它的时代，是该活下去还是离开？”

脾气坏的女生说：“它要勇敢地离开，即使有人挽留，有人觉得可惜，也要离开，这是人世间的规则。璀璨转身好过留下来被蠢物糟践。”

我知道她们是谁，我害怕她们消失，我想和她们说话，但我没有资格，我想向她们道歉，但我没有资格。

我心中有个强烈的愿望，如果她能回来，如果我能再见她一面，我是什么都肯做的。

醒过来的时候，我在一个陌生的地方，有一双眼睛看着我：“你终于醒了。”

“你是谁？我在哪里？”

“这里是‘甜蜜交换秘密’甜品店，我是你未来的合伙人。”

“什么？”我听不懂这天外之音。

“我的店铺需要一个会做甜点的合伙人。”

“关我什么事，你疯了吗？”我虚弱地说，心情实在糟糕。

“我没有疯，我知道你心中最大的梦，是想见到一个名叫‘如果你都不快乐’的女生，是不？我们合伙后，有一天你会见到的。”

我还能见到她？我简直不知道他在说什么，只好问：“他们呢？白松和李东升呢……”我有不祥的预感。

“我说服鹿鸣放了他们，他们挺好的，也就身败名裂，因为受贿坐几年牢吧……”他说得轻松。

“那……鹿鸣呢？”即使提起他的名字我都觉得自己罪恶滔天。

“你总有一天也会见到他的……”他说。

"那你见到他了吗？"客人问。

"没有。"我转头问许何年，"他到底在哪里？"

许何年说："他就快来了。"

繁华时代更显得时日易过，歌舞升平里一年又一年。我不知道这个"快"是一天或者一年。

窗外大雨下得昏天暗地，仿佛这个世界没有过晴天。一天一天，我倒数，等着能见到她，能够赎罪的那天。

客人的兴趣转到拥有更多谜团的许何年身上："你呢？你怎么会在这家店？这家店是你创的还是……"

"想知道？"

客人重重点头。

"那又是另外一个故事了，不过我的故事不一样，是要收钱的。"

客人垂头丧气，许何年当然不会讲，因为那是一个更漫长的故事，他和我以及陈橙一样，都在等一个不可能的人。

在这样不可能的等待中，我们拥有了不可能拥有的技能和力量，成为我们决意要去成为的人。当我们收集到足够的秘密，把每个秘密还给遥远的悲伤树林，树洞全被秘密填满，一棵棵重回到地下，悲伤树林变成了无忧草原，太阳重新升起，照亮每一个角落，我们想见的人就会回来，我们彼此见面，拥抱或者忏悔。

图书在版编目（CIP）数据

午夜甜品店 / 黄墨奇著. -- 杭州 : 浙江文艺出版社，2017.12

ISBN 978-7-5339-5105-4

Ⅰ. ①午… Ⅱ. ①黄… Ⅲ. ①长篇小说—中国—当代 Ⅳ. ①I247.5

中国版本图书馆 CIP 数据核字（2017）第 291271 号

责任编辑：瞿昌林
责任印制：朱毅平

午夜甜品店

黄墨奇 著

出版 浙江文艺出版社
网址 www.zjwycbs.cn
经销 浙江省新华书店集团有限公司
印刷 三河市嘉科万达彩色印刷有限公司
开本 880 毫米 ×1230 毫米 1/32
字数 277 千字
印张 11.75
版次 2017 年 12 月第 1 版 2017 年 12 月第 1 次印刷
书号 ISBN 978-7-5339-5105-4
定价 42.00 元

每一道甜品背后都有一个秘密
每一个秘密里都有一个你

初见本书，只是出于对作者隽奇的文风和似曾相识的主题的好奇，也可能因为内心一直过度渴望一本由本土作家撰写的“深夜食堂”类的作品，所以每每看到类似题目都会多留意几分。意外的是当细细阅读本书后，不经意间被作者带入一个似真似幻的魔幻现实世界，自己多了一双可以窥破天机的隐形眼睛，目睹了一个又一个欲盖弥彰的心灵秘密，或善意无私，或肆意偏狂，或无奈绝望……

我们每天都生活在命运的车水马龙之间，每晚都枕着成千上万的秘密入眠，或许每一个秘密背后都藏着一个不为人知的自己。本书似乎在人内心深处最柔软的地方加一勺糖，甜入心肺，而又令人悸动不已。

作为70后的我，似乎通过本书开始逐渐理解现在年轻人间流行的“丧文化”，原来这种文化竟是年轻人们在跌宕无常的人生面前，一声叹息之后重新振作启航的精神原力！本书实属夜深人静时一人倚窗掌灯夜读的佳作。

智尚生活发起人
（华帝董事长）

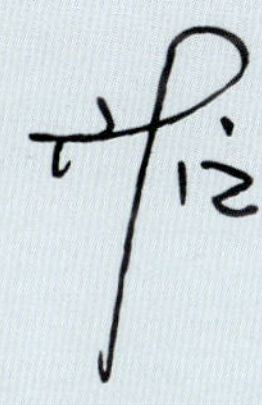

感谢卢楚麒先生暖心推荐

最暖心的秘密